沂蒙

风雨沂蒙情

电影文学剧本选集

傅绍信 著

经济日报
出版社

图书在版编目（CIP）数据

沂蒙风雨沂蒙情：电影文学剧本选集 / 傅绍信
著. -- 北京：经济日报出版社，2021.3
ISBN 978-7-5196-0861-3

Ⅰ.①沂 … Ⅱ.①傅… Ⅲ.①电影文学剧本–作品集
–中国–当代 Ⅳ.①I235.1

中国版本图书馆 CIP 数据核字（2021）第 085652 号

沂蒙风雨沂蒙情：电影文学剧本选集

作　　者	傅绍信
责任编辑	王　含
责任校对	蒋　佳
出版发行	经济日报出版社
地　　址	北京市西城区白纸坊东街 2 号（邮政编码：100054）
电　　话	010-63567684（总编室）
	010-63584556　63567691（财经编辑部）
	010-63567687（企业与企业家史编辑部）
	010-63567683（经济与管理学术编辑部）
	010-63538621　63567692（发行部）
网　　址	www.edpbook.com.cn
E－mail	edpbook@126.com
经　　销	全国新华书店
印　　刷	成都兴怡包装装潢有限公司
开　　本	710mm×1000mm　1/16
印　　张	22
字　　数	200 千字
版　　次	2021 年 3 月第一版
印　　次	2021 年 3 月第一次印刷
书　　号	ISBN 978-7-5196-0861-3
定　　价	65.00 元

击恶扬善颂忠魂

傅 闻

父亲又要出书了，书名《沂蒙风雨沂蒙情》，是一部电影文学剧本选集。

闲聊中，我建议请位名家给写个序言，父亲却说请个小人物写就行。我便好奇地问道："老爸准备请哪个小人物写呢？"他笑了笑，望着我说："就请你吧，你就是很合适的人选。"我先是吃惊地张大了嘴巴，接着又大笑一阵说："老爸真会开玩笑。无论从写作水平还是从年龄资历讲，这个序怎么也轮不到我来写啊！"父亲却说："这怎么是开玩笑？"看父亲说得很认真，我便又怯怯地问道："爸真的要我写？"父亲笑着说："一言出口，驷马难追；君子无戏言，况是父亲乎！"他又解释："我的书稿你都看过，凭自己的感受简要介绍一下书的内容，有什么不好？"父亲说的话的确不像戏言。我只好壮起胆子说："爸不怕我写的序言辱没了你的作品，我就试试。"父亲严肃地说："不能只想试试，要抱着写成写好的态度，认认真真地去完成。"接着又诙谐道："君子约定，义务劳动，不付报酬。"

有了这个君子约定，我不能再推辞，但心中也并不太惶恐，总觉得父亲不会真指望我办这件事，只不过是考验考验我罢了。我写不好，他不用就是了。

本书共收录了《一门忠烈》《黄秋虎起兵》《樱花之落》《烽火八岐山》《望断南飞雁》《沂蒙女人》6个电影文学剧本，最终以《沂蒙风雨沂蒙情》作为书名。前面的4个剧本都是抗日战争题材的。父亲说过，抗日战争是个伟大的爱国主义题材，爱国主义精神是永远值得赞颂的。父亲出生在抗日战争时期，小时候听老人们讲过不少抗日故事，对抗日英雄非常崇拜，以至于后来对我辈也常常讲起。20世纪80年代，他在主编《临朐县志》的过程中，因为修志需要，又进一步征集到了大宗抗日资料，也更多地了解到侵华日军烧杀掳掠的法西斯罪行。日伪的摧残，曾使我美丽的家乡——临朐县一度成了骇人听闻的"无人区"，38万人口的大县仅剩了8万人，那是何等悲惨的情景！那段被帝国主义任意宰割的历史，铭刻在了中国人民的心上。

父亲每每说起当年日军的残暴，总是义愤填膺，壮怀激烈。他说，想想我们中华民族曾经受过那样的苦难，我们的先辈曾遭受过那样的凌辱，令人痛心疾首。他说，多难兴邦，我们祖国必须要富强，民族一定要振兴，匹夫皆有兴邦之责。他还说，自己所以要写抗日题材的文艺作品，就是想为兴我中华尽绵薄之力。父亲火热的爱国之心令我感动。他不仅写了不少文艺作品教育后代，每年还要到各中小学校去宣讲数十场党史国史教育课，这都是基于他的爱党爱国之情。他希望每一个学子将来都能成为建设国家的栋梁之材。

4个抗日题材的剧本从不同的层面和角度描述了中国人民与侵华日军所进行的艰苦卓绝的斗争。故事曲折动人，人物个性鲜明，许多情节感人泪下。《樱花之落》写了一个日本少女的遭遇。侵华日军强迫一名日本少女做慰安妇，将其摧残致疯，裸身流落街头。日军为掩盖罪行，又将其杀害灭口。剧本揭露鞭挞了侵华日军的兽性。《望断南飞雁》写一名青年学生于1947年被国民党强征入伍，裹胁去了台湾。数十年来，家中母亲和未婚妻子苦盼亲人回归，白发母亲最后呼唤着儿子的名字离世而去，年事渐高的未婚妻仍苦盼着丈夫的归来。老母和未婚妻曾天天去南岭遥望，望断南飞雁，不见亲人归。《沂蒙女人》写抗日战争时期，沂山王嫂救了一名八路军侦察员。解放后，这名侦察员转到地方工作，步步升迁，成了市里的领导。他不忘当年王嫂的爱国情、救命恩，经常去沂山看望王嫂。在王嫂的儿子病危之时，是他援手挽救了王嫂儿子的生命。由此，两家情谊日深。王嫂死后，她的后人仍不忘市里老领导的恩情。在老领导一家遇到缺少人力的困境时，王嫂的儿媳和孙子倾力相助。剧本歌颂了两代人的革命友谊，赞美了社会和谐就在于友善、互助和感恩。

　　这六个电影文学剧本，父亲不是一气写成的，也不是一年写成的。自2005年抗日战争胜利六十周年之际，他的抗战题材的长篇章回小说《流血的土地》出版后，不久就写出了电影文学剧本《一个日本兵和他的姐姐》，后改名为《樱花之落》。之后，在写长篇小说《燃烧的河山》《不屈的沂蒙》等作品的同时，他又写出了多个电影文学剧本。

　　父亲是怀着满腔激情搞创作的。他在写作时，时或落泪。我有时看到，便说，爸哭了。他说，要想使故事情节和人物形象感人，必须精心构思，首先要感动自己，感动不了自己，何以感动他人。因为近水楼台、得天独厚的条件，我有幸先读过父亲的书稿。读到一些悲壮的情节时，我也忍不住泪水溢出眼眶，难怪父亲有时会墨泪齐下。他创作《一门忠烈》，写到冯毅之的妻子不向敌人屈服，抱着两个幼子毅然跳崖时，因为悲痛而写不下去了，不停地拿纸巾拭泪。父亲说，这是个真实的故事，"一门忠烈"是当年鲁中行署和鲁中参议会赠给冯家的门匾，门匾现保存于淄博市博物馆。冯毅之是抗日战争时期的山东省益都县（今青州市）县长，他一家三代老少六口人和八路军伤病员一起抗击日寇，英勇不屈，全部牺牲在马鞍山（位于今山东省淄博市淄川区）上，这代表了中国人民誓死与敌人抗争的骨气，其壮烈感天地、泣鬼神。他为此专门写了一首长诗"一门忠烈颂"。父亲常说抗日战争的胜利，是中国人民用鲜血和生命换来的。他说，曾有多少抗日志士在刑场上高呼打倒日本帝国主义，呼唤同胞们英勇奋斗，拯救中华！作为炎黄子孙，这段历史是永远不能忘记的。

　　父亲做事严谨，创作亦是如此。他对作品总是反复推敲，我读他的书稿后，父亲都是让我谈看法、提建议，只要提得有道理，他一定会采纳。他说文章是改出来的，剧本也是改出来的，有了出色的电影剧本，才能为拍摄一部好电影打下基础，剧本是一剧之本嘛。

　　父亲不想请名人作序，这与他的为人低调有关，他不情愿借名家之嘴来吹捧自己的作品。他说过，古往今来，真正的好书必须要得到广大读者的认可，是靠书的质量传世的。父亲让我这个小人物写序言，他不是不知道自己的女儿是个才疏学浅的无名之辈，只是觉得女儿了解他的创作过程，读过初稿，知道剧情，作为第一读者，甚至被一些情节感动得落过泪。基于这些，让我写序，并再三叮嘱，溢美之词一概不要，实实在在地说出自己的看法，有优点就说优点，有缺点就说缺点，千万不要说些虚妄的话，让人家不得要领。

父亲信任归信任，他的书稿我还是不敢评说。我若说好，恐担偏爱之嫌；若说不怎么样，又觉违心。还是用他老人家那句话，让读者和观众去评裁针砭吧！不管怎样，我就这样交卷了。父亲若将其置于书首，也不会为他的书增色，弃之亦不足惜。絮絮如斯，权且代以为序。

2021 年 4 月

目录

Contents

烈忠門一

一门忠烈

画外音伴字幕：

故事发生在抗日战争时期的沂蒙山区。

1942年11月9日，2000多名日伪军包围了马鞍山（在今山东省淄博市淄川区），以机枪、大炮、飞机轮番轰炸扫射。山上的30多名八路军伤病员及部分避难家属坚决抵抗。弹药耗尽，投石杀敌，与敌人血战两昼夜，终因敌众我寡，山上人员全部牺牲，抗日军属冯旭臣（今青州市长秋村人）一家老少三代六口人浴血奋战，以死报国。

字　幕：

冯旭臣（出头像）（1888~1942），任过益都县抗日民主政权参议长。

冯文秀（出头像）（1919~1942），冯旭臣之女，中共党员，蓼河区妇救会会长。

孙玉兰（出头像）（1907~1942），冯旭臣之二儿媳，中共党员，妇救会会员。

冯新年，10岁，孙玉兰之长女。

冯卢桥，6岁，孙玉兰之次女。

冯平洋，1岁，孙玉兰之三女。

画外音：1946年，抗日民主政权鲁中参议会，鲁中行政公署向冯门敬赠巨幅金字门匾：一门忠烈。

电影文学剧本

一　长秋村冯旭臣家门前　夜

门外站着一个30岁左右的男子和一个十八九岁的青年。

年长一些的男子左右环顾了一下，敲响了大门。

门开了，出现的是一位50多岁的老汉，这就是冯旭臣。

门外30岁左右的男子上前轻轻叫了声："爹！是我。"

门里的老汉让他们进家。

30岁左右的男子向同来的青年点了点头，悄悄说："隐蔽瞭望！"

那青年说："我知道！还是在树上放哨。"

二　冯旭臣室内　夜

冯旭臣进屋就说："他娘，毅之回来了。"

"毅之回来了？"冯毅之母亲从套间里出来，拉住了儿子的手，上下打量着，心疼地说："瘦了！五天前是你大哥登奎的生日，我给他煮了几个鸡蛋，盼着他回来吃，他没有回来，这鸡蛋不能再留了，我去热一下你替他吃了吧。"

"娘，我去给毅之做点饭吧。"一位30来岁的妇女领着一个10岁的女孩进来了。

"玉兰来了。"冯毅之母亲说。

女孩扑到冯毅之跟前，叫了声："爸！"

冯毅之立即抱起了她，亲了一下说："新年，你还没睡？"

新年："两个妹妹都睡了，我和妈妈刚睡下，妈妈拍了拍我说爸爸回来了，我就和妈妈起来了。"

冯毅之："好！好！新年懂事了。"

冯毅之妻子孙玉兰深情地望着冯毅之，说："你和二老说说话，我去给你做点吃的。"她去了。

三　冯家大门内外　夜

冯毅之母亲敞开门望了望夜色中的街上，赶忙掩了门，走回院中。

四　冯家室内

毅之母亲进屋，急急问道："毅之，你咋没带个警卫员放哨？大门虚掩着，要是敌人来了怎么办？鬼子汉奸抓你抓得可紧了，贴告示说是要花三千大洋买你的人头呢！你们说说话，我去放哨。"

冯毅之拦住母亲："娘，你别担心，警卫员冯佃笃在外边呢，他在暗处，你看不到他。"

"那就好！佃笃这孩子机灵，叫人放心。我去厨房帮帮玉兰。"她去了。

冯旭臣把门掩上，问道："毅之，听说你当了个什么四县主任，有这事?"

冯毅之："为了有利于联合抗日，益（都）临（朐）淄（川）博（山）四县成立了联合办事处，大家推我当主任。"

冯旭臣："这比当益都县长担子更重了。"

冯毅之："眼下主要就是和敌人打游击呗。"他看了看父亲，凑前低声说："爹，有件不幸的事我得告诉您老人家，最好先别告诉俺娘，我怕她挺不住。我……我登奎大哥，他……"

冯旭臣悲痛地点了点头，说："我已经知道了，登奎牺牲在抗日战场上。我也没敢跟你娘说。你娘为你哥的生日还买了鸡蛋，一直盼着他回来一趟。"

"爹，您知道了?"

"是文秀回来跟我说的，她也没敢告诉你娘。"

"文秀妹妹回来过? 她是蓼河区任妇救会会长，经常忙着到各村去发动妇女抗日。"

"她也是夜里回来的，说你大哥牺牲得很壮烈！"冯旭臣声音悲怆："唉……出师未捷身先死，常使英雄泪满襟！为民族求生存，赴国难而死，是他的光荣，也不枉爹拉扯他一场！只是他那孩子希年还小……"

冯毅之："我和三弟登恺一定把侄儿抚养好。"

冯旭臣："你们的担子更重了！……现在形势非常紧张，日伪反复'扫荡'，因为捉不住你，便说你是什么'冯铁头'。"

冯毅之："敌人多次捉拿我，我都逃脱了，便觉得我像铁蛋一样滑头，叫我'冯铁头'。"

冯旭臣："小心谨慎，为你大哥报仇，为你姐夫孙铜山报仇！为咱中华民族争气!"

警卫员冯佃笃进来了。

冯毅之立时警惕地问道："佃笃，有事?"

冯佃笃走近冯毅之，说："我隐蔽在树上，看到有个黑影绕着你家院子转了一圈，又推了推你家的大门，见大门虚掩着，他将门拉上，出了村向鬼子据点那个方向去了。"

冯毅之说："爹，这时候不能大意，我们得走。你和娘一定要保重！今夜你们最好先到外边躲一躲。"

五　日伪据点　夜

胡月五在向日军小队长岩井报告："我瞭见有两个人进了村，以后就不见了。冯旭臣家大门原本是关着的，我去推摸时，却又虚掩着，我料定是他儿子或女儿回来了。"

"他儿子？"岩井问道。

"他儿子女儿都是八路，他家一窝子八路。"胡月五说，"他儿子冯毅之是共产党的益、临、淄、博四县联合办事处主任，也就是说，他同时当着四个县的县长。"

"噢——冯毅之！大大的共产党！"岩井说，"抓住了冯毅之，你的功劳大大的！皇军的有赏！"

"冯毅之的妹妹冯文秀一定也是共产党，是蓼河区妇女抗日救国会会长呢。"胡月五说。

岩井鼻孔里"哼"了一声，对胡月五说："你的带路，去长秋村的有！"

六　冯家厨房　灯前

冯毅之对母亲说："娘，我要走了。"

母亲："咋这么急？我和玉兰把饼子烙好了，你吃了再走。"

冯毅之："这饼子我们带上。"

孙玉兰忙用包袱去包饼子。

母亲又说："把那几个鸡蛋也给毅之带上吧，不等你大哥回来了。"

孙玉兰把包好的饼子交给丈夫，深情地望着他："孩子们今天还吵着要见你……"

新年拉住冯毅之："爸爸，我不让你走！"

冯毅之抚摸着她的头，说："爸爸要去打鬼子！"

新年："我见到爸爸了，妹妹醒了要找爸爸怎么办？"

冯毅之苦笑了笑，说："我去看看她们。"

七 冯毅之妻儿住室

6岁的卢桥和1岁的平洋，躺在床上睡熟了。

冯毅之俯下身子亲了亲她们梦中的小脸蛋，又摸了摸她们的小手，说："孩子，国家有难，爸爸不能照顾你们。"他又对新年说，"新年是大孩子，等她们醒了，你跟她们说，爸爸回来亲过她们了。"

新年点了点头。

冯毅之又拉住妻子的手："玉兰，你在家受累了。我在外边打鬼子，你担惊受怕，又要照顾着孩子和老人，还干了不少抗日工作，太感谢你了。"

孙玉兰说："我在家苦点累点都不要紧，只要你在外边安全就好。"

"你放心。"冯毅之将新年抱到床上，说："新年睡吧。"他拉住妻子的手，走到门侧，悄悄说："我们搞到了800发子弹，藏在镇里老菜馆，想办法弄出据点，游击队等着用。"

孙玉兰："老菜馆我不熟，怎么跟他们联系呢？"

冯毅之："去找吴掌柜，联系暗号是……"他对妻子悄悄耳语。

八 冯旭臣住室 夜

冯旭臣对妻子说："毅之说得对，咱也转移出去为好。"

冯旭臣妻子："这深更半夜的，孩子们都睡了……"

冯旭臣："你和玉兰各抱一个，我带一个。你去叫起玉兰和孩子，马上就走。"

冯妻还犹豫。

冯旭臣："儿子和女儿当八路，女婿也当八路，我们家成了敌人的眼中钉，你懂吗？我们大意不得。"

九 长秋村头

孙玉兰和婆母各抱着一个孩子，冯旭臣牵着新年，他们臂弯里挎着包袱，刚走出村头，就听到杂乱的脚步声和日伪军的喊叫声："快快地……快快地，先包围冯家！"

冯旭臣妻子低声说："俺娘哎——咱幸亏是先走了一步，这鬼子还真来了，八成又是那个无赖鬼去勾的鬼子。"

冯旭臣严厉地说:"少说话,快上山!"

十　冯旭臣家院中

日伪军翻箱倒柜,摔盘砸锅。

日军向小队长岩井报告说:"这家的人全跑了。"

"跑了?再搜一遍!"日军小队长岩井说。

日军用刺刀穿刺柴垛,搜查栏圈。

一日军向岩井报告:"小队长大人,这家里没有人。"

一名伪军向岩井报告:"报告岩井太君,又细细搜过了,床底下也搜过了,还是没有人。"

岩井鼻吼里"哼"了一声,一挥手,日军立时举起了火把,点燃了房屋。

汉奸队长唐应三向前说:"把这个八路窝子全烧光!"他要伪军也纵火。

岩井又"哼"了一声,说:"不!留下两间,他们或许还会回来。"又转向唐应三,"你的派人在暗中盯梢观察,一旦发现……"

唐应三眨着一双狡黠的眼睛:"太君的意思是要我们守株待兔?"

岩井:"你的大大地聪明。"

唐应三十分得意,喊道:"杨班长!"

杨班长应声而到。

唐应三与杨班长窃窃私语:"你带几个人……"

杨班长连连点头。

十一　村外山崖上　夜

冯氏一家人站在崖山,望着村中。

新年指着村内大火,说:"爷爷,那是咱家被烧了,咱怎么住呀?"

冯旭臣:"不怕,爷爷领你们住土洞,土洞更暖和。"

十二　朱崖镇老菜馆

菜馆掌柜戴着花镜正在打算盘。

衣着破烂的孙玉兰挑着两只脏兮兮的水桶进门。掌柜抬头看了一眼,问道:"喂!你是走错门了吧?这里是菜馆。"

孙玉兰说："掌柜的，俺当家的不是跟你说好了？我来你这里挑残汤剩菜回去养猪，把猪养大了卖肉给你。咱互相帮忙，你好俺也好。"

菜馆掌柜又看了她一眼，说："你们当家的姓康（抗）？"

"对呀！"孙玉兰说，"他说你闺女家也姓康（抗）！"

"你穿着这样破烂……"

孙玉兰："来挑又脏又酸的泔脚水，还用得着穿好衣服了？只要能把泔脚水挑回去就行。"

掌柜："也是，也是，你到后边来吧。"

十三　后院室内

酒店掌柜将两个包扎严密的油布包交给孙玉兰，说："每个桶内放上一包，然后盛满泔脚水，这倒是掩人耳目的好办法，只是担子不轻，每次也只能运出几十发，这 800 发子弹何时才能运完呢？"

孙玉兰："老掌柜，我能运完的，多跑几趟嘛。"

掌柜说："辛苦你了。"他瞧了瞧外边没人，又悄悄说，"告诉毅之，一定要谨慎，前些日子敌人花 3000 大洋悬赏他的人头，现在又增加到了 5000。你也要注意安全，贩运子弹，一旦被鬼子抓住是要杀头的。"

孙玉兰："谢谢掌柜，我会小心的。"

掌柜："谢什么？咱都姓康（抗）嘛！"

十四　日伪某据点路口

孙玉兰挑着两只水桶从街里走来。

两名伪军拦住了她："担着什么？检查！"

孙玉兰将担子放下，说："老总，这些脏水也检查？"

伪兵走近一看，两桶中全是油乎乎的浮着烂菜叶的泔脚水。接着骂道："他妈的！又脏又酸又臭，挑这东西干啥？"接着用脚要踢。

孙玉兰赶忙拦住，说："老总，你千万别踢翻了，这泔脚水若淌在这里，酸臭味难闻，你们可怎么在这里站岗呀？这些酸臭的淘米水、剩菜汤是菜馆里要倒掉的，我们庄户人家挑回去喂猪可以省些粮食。不然，俺跑来挑这脏水做什么？"

伪兵看孙玉兰灰垢满面，头发脏兮兮的，衣服也破，骂了句："他妈的！真会过日子，哪个村的?"

孙玉兰:"就是前边村里，以后俺还常来挑呢。"

"臭娘们，滚!"伪兵又骂了一句。

孙玉兰:"俺快走，免得臭着老总。"她挑起水桶去了。

十五　土崖洞前

阳光下，奶奶抱着平洋，拍打着哄她入睡。

冯旭臣在教新年和卢桥识字。

在一块平地上，用木棒画出了两行字:

我是中国人

我们爱中国

"卢桥会念了吗?"冯旭臣问道。

"会! 爷爷你听我念。"卢桥用小手指着地上的字，一个字一个字地念:

我——是——中——国——人

我——们——爱——中——国

"新年会写了吗?"冯旭臣又问道。

"爷爷，我正在写呢。"新年用木棒在地上一边写一边说。

"爷爷，我会念了，我要学唱歌，姑姑咋不回来呢? 她说要教我们唱歌呢。"卢桥说。

"她不是已经教你们唱《大刀歌》了吗?"冯旭臣问道。

"她说还要教我们唱很多歌。"新年抬起头说。

"你们好好学习，好好听话，姑姑会来教你们的。"冯旭臣说。

"奶奶，我饿了，妈妈怎么还不回来呢?"卢桥说。

"是啊，这都大半天了，你妈妈怎么还不回来呢?"冯旭臣妻子说，"好歹平洋睡了。"

冯旭臣看了看西斜的太阳，也有些着急地说:"你和孩子们在这里待着，我去崖上的林子外边瞭望一下。"

十六　山道上

孙玉兰从崎岖的小道上匆匆赶来。

十七　山林边

冯旭臣从林中出来，迎住了孙玉兰，说："玉兰，你回来了？"

"爹，你在这里……"

"我和你娘挂心着你呀，路上可安全？"

孙玉兰："我一次带不出许多子弹，只能一次次往外运，这十几天，我每天都去镇上菜馆里挑泔脚水，总算把 800 发子弹全运出来了。"

冯旭臣："你这办法想得妙。敌人难以想到，泔脚水里藏有子弹。"

孙玉兰："毅之说他们打游击太需要子弹了。泔脚水酸臭，汉奸们不愿近前，我就安全多了。爹，子弹藏在我娘家，怎么给毅之他们送去？"

冯旭臣："从据点里搞出来了，就好办些了。现在四县联合办事处在孙家岭一带活动，我连夜去找毅之，让他们派人来取。"

孙玉兰："爹，去孙家岭要走很长的山路，你老去太累，还是我去吧。"

冯旭臣："你回土洞去，孩子们盼着你，喊你呢。"

十八　林崖下　土洞前

"噢——妈妈回来了！"孙玉兰一出现，新年和卢桥就跑上来迎接。

"妈妈，我饿了。"孩子们喊。

孙玉兰说："我从姥姥家带来了饼子。"她分给新年和卢桥。

"玉兰，你这些天怎么经常去她们姥姥家？"婆婆问道。

"娘，她姥姥身体不好，我只得过去帮忙照料，让您老人家照顾孩子受累了。"孙玉兰说。

婆婆："我不怕受累，只是觉得世道不安宁，到处有鬼子汉奸据点，怕你一个女孩子会遇上坏人。"

"娘，我会小心的。"

"你们女孩子出门格外叫人担心，我对文秀说过，每听到人家说某地什么人被害了，被劫了，就让我提心吊胆。"

"娘，那是你关心俺，心疼俺。"

"妈妈，我还要吃。"新年手中的饼子吃完了。

"还没给奶奶吃呢，快给奶奶拿。"孙玉兰指着包袱说。

新年拿饼子给奶奶："奶奶吃。"

婆婆："你爹去林子外接你去了。"

"娘，我见过爹了，他有事，出门去了。"孙玉兰说。

"会不会去找你文秀妹妹？听说蓼河区中队常与鬼子汉奸打遭遇仗，你爹一直挂心着呢。"

十九　孙家岭　四县联合办事处驻地村口

冯旭臣迎着寒风，顶着满头白霜来到了村口，被岗哨查住了。

另一县大队队员过来了，说："这不是冯大爷吗？快进村吧。"

二十　一农户院中

冯毅之迎接父亲，说："爹，幸亏你早来一步，我们正准备转移呢。看你这帽子上都顶着白霜，一定是走了一夜吧？"

冯旭臣："夜里更好避开敌人据点，少些盘问。"

冯毅之："爹有急事？"

冯旭臣："你们搞到的那批子弹，玉兰冒着危险从敌人据点里弄出来了，现藏在她娘家，我前来是想领你们的人走一条小道，抓紧运过来，免得再出意外。"

冯毅之："玉兰已从据点里弄出来了？那太好了！"

冯旭臣："玉兰这孩子，胆大心细，真难为她了。她说话不多，做事扎实。"

冯毅之："爹，你来得太及时了，上级通知，反扫荡马上就要开始，十分需要子弹，我马上派人去取。"

冯旭臣："黄巢关的敌人盘查很严，需要走山上的险道，要过鬼门崖，还是我领他们去。"

冯毅之："爹，怕你太累。"

冯旭臣："我能行。你大哥牺牲了，你姐夫牺牲了，他们那抗日的责任，我也得承担一份呀，想起国恨家仇，爹不怕累。"

一名炊事员端来一碗热糊糊，说："大爷，你这把年纪了，赶夜路前来送信，大家很感动，没有好吃的招待你，喝碗热糊糊，暖暖身子。"

冯旭臣："谢谢同志们。"

炊事员："冯大爷，咱中国人若都有你这样的抗日精神，日本鬼子就垮得更快了。"

冯毅之让炊事员去了，又问道："我娘她们可好？"

冯旭臣："还住在树林后边崖下的土洞里。村中常有陌生人出进，不敢回村。"

二十一 长秋村外的坟地里 夜

几双阴险的目光盯着村中，几名伪军隐蔽在这里。

伪军杨班长："他妈的！唐大队长要我们在此守候，这已经很长时间了，也没见冯家有人回家，今夜北风这么紧，天这么冷，你们先在这里守着，我进村去暖暖身子再回来替你们。"

"今夜会结冰，我们在这里不冻出病来才怪呢。"有人说。

"那也不能都走了呀，万一冯家有人回来了呢？要是误了大事，长官不责罚我们？"杨班长说。

"杨班长！杨班长！"有人从村头跑来了。

"什么事？"

那人说："我从房顶上望见冯家院里进去了个人。"

"看清了？"

"确实是有人进了冯家院子，看不清模样。"

"好！让他们都过来，包围冯家院！"伪军杨班长下令说。

二十二 冯旭臣家院外

十几名伪兵包围了冯家院落。

伪军杨班长去推冯家大门。大门上有锁。他问道："这大门怎么锁着呢？"

报信的那人说："我分明望见有人翻墙进去的。"

伪军杨班长："冯家人从墙上翻进去，让大门依然锁着，以为这样不易被我们发现。可老子有火眼金睛！我们也从墙上翻进去，逮他个正着。进！"他和几名伪兵从墙上翻进了院子。

二十三　院内

冯家房舍多被烧毁，只有几间厢房尚在。

伪军杨班长在院中喝问："谁在屋里？出来！"

厢房里蹿出一个人来，接着向后便跑。

"站住！"伪兵立即喝道。

那人不理会，直跑到东北角，飞快地跃墙而去了。

伪军杨班长："快追！"

二十四　院外

伪兵们从院墙上翻越出来追赶。有人说："他跑得贼快，快进树林子了。"

杨班长命令："开枪打！"他首先"砰"地打了一枪，接着又有几枪打过去。

"娘哎——"那人惨叫了一声，倒在地上了。

杨班长等伪兵围了上去。

二十五　小树林旁

那人还在地上惨叫喊娘。

伪军杨班长骂道："让老子候了这些天，我看你还怎么跑？"

地上那人说："原来你们是老总弟兄们啊？我还以为是冯毅之的游击队呢。杨班长，是我，是胡月五。"

伪军杨班长近前一看，骂了句："嘿！他娘的！怎么是你胡月五？"

"是我。"

"你小子深更半夜地跑到冯家去干什么？让我们白白忙了一场。"

"我……我看冯家一直没有人回家，想趁黑夜去他家偷点东西，想不到被你们发现了。"

伪军杨班长踢了他一脚："他娘的！真晦气！这一来，我们设暗伏的事全露馅儿了，村里的人也都知道了，冯家的人还会回来吗？胡月五啊胡月五，你个丧门星！好事全让你搅了，我真想一枪毙了你！"

"别……别……杨班长，我这胸部流血不止，你们赶快送我去医院。"

伪军杨班长："去你娘的吧！"又回头看了看冯家尚存的那两间房，说，"这房子留着也无用了，烧了吧!"

有伪军立即举着火把向房舍跑去。

胡月五还在地上呻吟："杨班长，我也是和你们一样，为皇军出过力的。你们送我去医院吧。"

伪军杨班长说了声："走!"头也没回。

"哎呀——我的娘哎——你们好狠心呀!"胡月五在后边哭叫。

伪军杨班长一边走一边埋怨探报人说得不准。

那人说："在夜里总是看不清楚，只看到有人蒙着头进了冯家，我还以为是冯文秀回来了呢。冯文秀在蓼河区任妇救会会长，皇军不是也要捉拿她吗?"

伪军杨班长："能捉住冯文秀当然也让皇军高兴，可是能捉住她吗?"

二十六　蓼河村

几十名妇女在一家院子里一边纳鞋底做鞋，一边欢乐地唱歌:

......

我们生长在这里，

每一寸土地都是我们自己的。

无论谁要强占去，

我们就和他拼到底!

......

20多岁的冯文秀进院来了。

"冯会长回来了!"有人喊。

冯文秀笑了笑："你们都忙着呢? 现在天气冷了，那批军衣做好了没有?"

"做好了，都包起来了。"

"这就好。"冯文秀说。

"冯会长，"一个姑娘说，"你教我们的游击队歌俺都学会了，你再教我们一支新歌吧。"

冯文秀："姐妹们，今天不教歌了，现在有紧急情况，我去四县联合办事处开了个会，上级通知说，敌人已在调重兵，要进行残酷的冬季大扫荡，上级要我们把军衣、军鞋，能吃的用的军用品给八路军送去。"

"冯会长，送到什么地方去?"

"这个就不要问了。我们把物品送到一座山庙处，会有人去接。"

"冯会长，我跟你去送。"

"我也算一个。"

……

20 多名身强力壮的妇女站了起来。

冯文秀说："大家准备一下，今夜出发！"

二十七　某山峰　夜

冯毅之与战士们伏于崖坡，他指着附近一处岗楼的灯光说："那是敌人的黄巢关据点，今夜去运子弹的同志虽然避开了黄巢关，但要走鬼门崖。鬼门崖距黄巢关不远，敌人的探照灯能照得到。狙击手，打掉敌人的灯光，掩护运子弹的同志们。"

狙击手把枪架在崖上，瞄了瞄，"砰"的一枪打去，敌人的岗楼立时黑暗了。

二十八　山峰悬崖上的小道　夜

冯旭臣对背着子弹的同志们说："黄巢关据点的灯灭了，敌人瞭望不到我们了，只是这地方路险，注意安全，不要踩空滑下崖去。"

二十九　鬼门崖　夜

冯旭臣让战士们停住了脚步，说："这是鬼门崖，有几丈高，崖下有通往四联办驻地孙家岭的道路。"他让背大绳的战士将大绳的一端拴在崖上的松树上，将大绳的另一端缓缓放下崖去。

战士们立时明白了，一个个背着子弹抓住绳索，顺绳而下。

三十　鬼门崖下　夜

一战士对冯旭臣说："大爷，你连夜奔波，一定很累了，我背你一程吧。"

冯旭臣说："你们抓紧回孙家岭，我就不去了。"

"大爷，你是要回家吗？你一个人走夜路太危险。"

冯旭臣："我要去蓼河区找文秀，你们回去后告诉毅之。"

三十一　山道上　夜

冯旭臣正行走在山道上，突然发现前边有人，他急忙闪身于草丛中。

"什么人？"对方也看到了冯旭臣，喝问起来。

冯旭臣听清楚了，暗发心声："是女儿的声音！"他站了起来："是文秀吗？"

来的是些妇女，冯文秀在前边领着，她一看是父亲，诧异道："爹，你怎么在这里？"

冯旭臣："我从孙家岭过来，正想去蓼河看看你。"他看到女儿背后 10 多名背着东西的妇女，问道："你们这是……"

冯文秀："鬼子的大扫荡马上要开始了，上级指示我们把这些棉衣、鞋袜送走。"

"送到什么地方去？"

冯文秀说："我去四联办开会见到二哥了，他说只要把东西送到黑松林中的山庙就行了。"

"天气冷了，这棉衣万不可落到敌人手里。"

冯文秀："这里离山庙那边的松树林不远了，送到以后，姐妹们可连夜返回，我等到有人来接了物品后也马上返回，大家都积极做好反扫荡的准备。"

三十二　山庙松林中　夜

山庙神像后放着一个个包裹。

冯文秀着急地对父亲说："东西都送过来了，二哥他们怎么没来呢？"

冯旭臣说："你二哥说他们也要转移，他没对你说这些东西最终送到哪里？"

冯文秀放低了声音说："二哥说这是准备送上马鞍山给伤病员的，他说伤病员的住址要保密，不宜让更多人知道，所以决定先把东西送到这里，再由县大队的人转送上山去。"

冯旭臣点了点头："你二哥办事很谨慎，他这是为伤病员的安全着想。山上的 30 多名伤病员多是你二哥安置的。我去山上送过信，见过受重伤踞掉一条腿的王凤麟团长，他们都是抗日英雄。"

冯文秀又看了看地上放着的一个个包裹，说："二哥他们怎么没来呢？咱们在路上听到远处枪声不断，莫不是二哥他们遇到了什么情况？"

"不然，我们先往山上送吧？"冯旭臣说。

冯文秀看了看父亲："马鞍山陡险难爬，您老再背着东西……再说，这些东西要运好多趟，我们也不能都离开，得有人在这里看守。"

冯旭臣："这倒也是。"

冯文秀说："我想回家去找二嫂来，帮我往山上运送，您老就看守在这里。"

冯旭臣说："也好。"

冯文秀要走。冯旭臣叮嘱说："咱那家被鬼子汉奸两次全烧光了，你娘你二嫂和孩子们住树林后的土洞里。"

冯文秀说："老家那一带我熟，能找到她们的。"

三十三　土洞中　夜

冯文秀进洞。

孙玉兰说："妹妹回来了。"

文秀娘忙拉住文秀的手："你怎么能找到这里？"

"我爹跟我说的呢。"冯文秀说。

"见你爹了？"

"见了，爹很好，他有事还不能回来。"

孙玉兰说："你回来了好，孩子们可想你了。可现在她们都睡了。"

冯文秀拉住孙玉兰的手："二嫂，你真了不起。冒着生命危险把那批货从敌人眼皮底下弄出来。爹说现在已送到二哥那里了，真该谢谢你！"

孙玉兰："这是咱该做的。你二哥不是比咱更危险吗？枪林弹雨的。再说，你二哥介绍咱们入党，咱不能不干点事呀。"

文秀娘："你们是什么党？"

冯文秀："娘，你就别问了。"

文秀娘："你们啊，神神秘秘的，好像娘也是外人呢。"

冯文秀："娘，你不该知道的就不要问，我们有纪律呢。再说，你知道了，会更替我们担心。你只知道我和二嫂都是好人，干的都是打鬼子的事就行了，我们不会给你丢脸的。"

"你们干的是打鬼子的事，娘知道。只是这世道乱，你们都得给我安安全全的，娘才放心。文秀不在娘身边，要常捎个信来。你大哥多少日子了，也不来个信，娘挂心啊。"

冯文秀："我大哥……他在部队上也许忙呢。"看了看母亲，又说，"娘，你在这里守着孩子，我和二嫂出去一趟。"

"你们都是好人，但做事不肯让我知道，是怕我挂心啊……好，好，你们去，给我安安全全的就好。"

三十四　松林山庙中

冯文秀和二嫂各背起了包裹，说："爹，你守在这里，我和二嫂往山上送。"

冯旭臣为女儿正了正背着的包袱，说："背东西上山挺累的，累了就歇一歇。"

孙玉兰："爹，我们年轻，不怕。"

三十五　山道上　夜

冯文秀和孙玉兰背着包袱立住脚，抹了把汗，向山上仰首望去。

三十六　马鞍山　夜

夜色中的马鞍山剪影：东西两峰突起，中间凹下，呈马鞍状。

三十七　马鞍山南天门　黎明

冯文秀、孙玉兰背着包袱，走进双峰间的南天门。

天色亮了，她们坐在一侧石头上休息。

冯文秀说："二嫂，亏你帮忙往山上送这些东西。"

孙玉兰："三妹你总是这么客气。你二哥说，抗日是咱每一个中国人都应尽的责任，何况咱们是共产党员。"

冯文秀："二嫂受我二哥的影响不小呀。"

孙玉兰："我是他媳妇，我最应该好好支持他打鬼子。"

冯文秀："二嫂是贤妻……也是良母。二哥不在家，你拉扯着三个孩子也够辛苦的。"

孙玉兰："咱爹咱娘帮忙不少。就像今天，咱们上山送东西，还不是多亏咱娘给守着仨孩子。"

冯文秀说："这倒也是。"

她们正说着话，突然从山下传来"砰、砰"的枪声。二人向山下望去，山林茫茫，什么也看不到。

冯文秀说："鬼子汉奸经常下乡搞突袭，莫不是又出动了？"

"咱还有那么多物品在庙里呢。"孙玉兰说。

"把这些包裹送上去，咱赶快下山，免得爹着急。"冯文秀站起了身。

砰！又听到山下枪响。冯文秀说："二嫂，山上王凤麟团长给了颗手榴弹，是让咱防身用的，我看还是你带着吧。"她掏出手榴弹给孙玉兰。

孙玉兰说："你带着吧。"

冯文秀："我有枪，蓼河区为我配的短枪。"她拍了拍腰间。

三十八　马鞍山前　山庙门外

冯旭臣在向四周瞭望。

砰！砰！接连枪响。

冯旭臣再次警惕地巡望四周。

三十九　山林中

日伪军在搜索。

有人说："游击队惯于钻山林，那边还有个山庙呢，也是可以藏身的地方。"

"走，去庙里看看，游击队想不到我们这个时候突然到来，说不定还在庙里睡觉呢。"

四十　山庙前

冯旭臣瞭望着四周，突然睁大了眼睛，发出心声："啊！……来了敌人……这物品怎么办……"

林子里又传来伪军的说话声："山庙就在那边，跟我走。"

冯旭臣又是一惊，发出心声："……我得把敌人引开。"他急急忙忙钻进林子里去了。冯旭臣刚走，几名伪军就端着枪从另一侧树林中钻了出来，一伪军说："这就是山庙，从前还有人来烧香呢。"

伪军正要进庙，突然从树林中传出冯旭臣的喊声："孩他娘，你在哪里……我找不到你了。你在哪里？"声音很大。

"什么人？"伪军一愣。接着有人喊："快！去林子里搜！"

伪军端着枪冲进了山林。

四十一　山林中

冯旭臣一边穿行奔跑，一边大喊："孩子他娘——你在哪里？看见我的篮子没有？"

"好像在那边，快追！"伪军们边喊边追。

冯旭臣张口气喘，脚下一绊，摔倒了。

几名伪军前来围住了他，喝问道："干什么的？"

冯旭臣坐了起来："到松林里来采干蘑菇的。"

"胡说！你采干蘑菇怎么没带篮子？"伪军喝问。

"来采干蘑菇，哪儿有这么早进山的？"

"不说实话，就捅了你！"伪军的刺刀指向了冯旭臣胸口。

冯旭臣说："我是采蘑菇的，本想早来采些蘑菇回去赶集卖呢，可是遇上狼了，我和老伴儿跑散了，篮子也跑丢了。"

"谁知你说的是不是实话。起来，跟我们走！"

四十二　山庙前

伪军在继续审问冯旭臣："你是八路探子。"

冯旭臣说："我说过了，我是采蘑菇的。"

"抓住了个什么人？"随着问话，几名伪军跟着一伪军官过来了。

立即有伪军上前报告："报告唐大队长，这个人在林子里乱跑，被我们抓来了，现正在审呢。"

伪军官上前绕着冯旭臣端详了一圈，冷笑道："原来是你呀，老家伙！你叫冯旭臣，是冯毅之——'冯铁头'的父亲，我说的没错吧？你为共产党当过益都县的参议长。皇军还没到益都时，你就在益都城里大戏台做演讲，号召老百姓起来抗日。那时我就认识你了，你敢不承认吗？"

冯旭臣冷瞧了他一眼，说："不错！我就是冯毅之的父亲，你知道了我也不怕！我宣传抗日打鬼子，有什么错？日本鬼子来侵略中国，不应该打吗？"

"现在是日本人的天下。"伪军官说。

冯旭臣怒不可遏："放屁！这是我中国的土地！"

伪军官："你敢骂我放屁？告诉你，老子是皇协军大队长唐应三！"

冯旭臣冷冷一笑："什么狗屁大队长，我看你是条日本狗！你连做人的资格都没有！"

"他妈的！"唐应三给了冯旭臣一耳光，"你落到老子手里，还敢骂我，我今天就打发你上西天！"

冯旭臣毫无惧色："你和日本鬼子迟早要完蛋，你疯狂不了几天，出卖祖宗没有好下场！"

"老东西，你甭嘴硬，我先拉你一挂，让你尝尝上吊的滋味！弟兄们，给我把他吊起来！不交出冯毅之，明年的今天就是你祭日！"伪军立即上前捆绑冯旭臣。

冯旭臣骂道："你们绑吧，狗汉奸没有好下场！中国人民饶不了你们。"

唐应三恼羞成怒，又打了冯旭臣一巴掌。

十几名日军从树林中搜索出来了，不等日军小队长岩井问话，唐应三立即上前报告："报告岩井太君，我们抓到了土八路'冯铁头'的父亲！"

岩井鼻孔里"哼"了一声："冯铁头，八路的有！"

冯旭臣不搭话。

岩井绕到冯旭臣对面："你儿子八路的干活！你的交出来，不交死了死了的有！"

冯旭臣盯着岩井："我儿子参加八路军有什么不对？"

"八路军大大的坏！"

冯旭臣质问道："八路军跑到日本去杀人放火了？去疯狂抢掠日本的财物了？去强奸你的妻子和姐妹了？去把日本的儿童挑死在刺刀尖上了……八路军保卫自己的祖国有什么不好？八路军不但不坏，而且很好！大大地好！最坏的是你们这些惨无人道的兽兵！最该杀的就是你们！"冯旭臣越说越激愤。

岩井没太听明白。唐应三讲给他听："这老家伙辱骂皇军，他说皇军很坏！……他一家子都是八路，我替皇军毙了他！"他把枪指向冯旭臣。

岩井止住了他："用他逼冯毅之投降的有！"

"唔——是——"唐应三立即哈腰后退。

四十三　山庙旁边树林中

冯文秀和孙玉兰回来了，她们还没走出树林，就听到唐应三在庙前喊叫："这庙里搜了没有？再仔细搜一遍！"他又向着岩井说："岩井太君，我再进庙里搜一遍。"

冯文秀对孙玉兰说："二嫂，咱爹被敌人抓住了，你看，被绑在那里了。怎么办？"两人从树隙间紧望着外边被绑着的父亲。

"我二哥他们怎么不来了呢？"冯文秀急得搓手，口中直吸冷气，说："二嫂，我有枪，我跑到那边树林中打枪，不知能不能把敌人引走？"

"敌人未必都去追你……"

"庙里的物品还没运完，爹又被他们抓了，真是急死人了……二嫂，顾不了许多了，我去了！"她急向一侧树林中跑去了。很快从树林中就传来冯文秀的喊声："冯毅之，敌人进了林子了，你快向外跑呀！快跑呀！"她举起枪，"砰"对天鸣枪。

四十四　山庙前

日伪军听到喊声，一怔："听到没有？冯毅之要跑！看来，冯毅之还真是藏在这片树林子里。"

砰！树林中又传来枪响。接着又传来喊声："冯毅之快到这边来！"

日军小队长岩井："冯毅之？追！那边！"他命令日伪军冲向传出喊声的西边树林。

四十五　山庙旁树林中

孙玉兰从树隙中望见日伪军去追冯文秀，她焦急地发出心声："敌人若是追上了文秀怎么办？"她摸了摸腰间的手榴弹，也向东侧树林中跑去了，边跑边喊："冯毅之，快向这边跑！敌人追上来了！"待她跑出百多步，向后扔出了那颗手榴弹，轰的一声爆炸了。

四十六　西侧树林中

岩井听到手榴弹爆炸声，疑问道："冯毅之的在哪边？"

有日军向东边一指："那边的也有爆炸声。"

岩井："冯毅之声东击西，原来向那边跑了。"他命令道："回！"

四十七　山庙前

日伪军回到了山庙前。

岩井急急问道："冯毅之的哪边？"

唐应三："西边打枪，东边扔手榴弹，两边都喊冯毅之，这……"

岩井："你的去东边追！皇军的去西边！"他又喊了4名日军，指着冯旭臣说："押进庙里，牢牢地看守！"

"嗨！"4名日军立正应声，把冯旭臣拉回庙中去了。

四十八　树林中

冯文秀在急急地跑着。

日军鸣着枪，紧追不舍。冯文秀气喘吁吁，看日军追上来了，她躲在了一棵大树后，侧身向日军射击。日军呜哩哇啦地喊叫着，要合围冯文秀。

突然，砰！砰！砰！一阵枪响，几名日军倒了下去。冯文秀回首一看，是冯毅之领着县大队赶来了。她好高兴，又说："二哥，你们怎么才来呢？咱爹被敌人抓住了，那批物品也还有一半没运上山去。"

冯毅之："我们遭遇了敌人，打了一仗，又绕道赶了过来，所以晚了，咱爹呢？"

冯文秀："被敌人绑在山庙前。我向这边松林里跑，又打枪又喊口号，想引开敌人；又听到东边松林里手榴弹爆炸，我估计是二嫂向那边跑去了，她可能也想引走敌人。"

冯毅之："真难为你们了。"他接着命令："王排长，你们排边打边向西方撤退，把敌人引向西边去，然后绕去大顶山会合。"又对其他队员说："你们跟我来！"

四十九　山庙前树林中

冯毅之领人从树林中穿行，来到庙前一侧的树林中，从树隙间望见山庙门前站着两个日军，端着刺刀守着大门。

冯文秀说："莫不是咱爹被押进庙里了?"

冯毅之用手势示意冯文秀和大家隐伏。

五十　山庙墙外

冯毅之拉了警卫员冯佃笃和另一名队员,悄悄绕向庙院外东侧,说:"搭人梯,瞧瞧院中。"

冯佃笃于是蹲下身子,让另一名战士搭上了他的肩膀,从墙顶窥测院内。

五十一　山庙院内

庙院内地上枯叶败草,东西偏殿尤为残破,冯旭臣被捆绑在一株古柏树上。两名日军持枪立于院中。

五十二　山庙院外

冯佃笃悄悄从人梯上下来,向冯毅之耳语院内情况。

冯毅之说:"从庙后翻进去,内外配合,先收拾这 4 个小鬼子。"

他返回树林中,招呼七八名队员:"跟我来。"

冯文秀说:"二哥,是进庙去救咱爹吗?我也去。"

冯毅之说:"需要翻墙进院,你进不去。"

冯文秀:"那你们去救爹,我去找找二嫂,我还担心她呢。"

冯毅之:"让佃笃他们跟你去吧,这一带地情他最熟悉。"

冯佃笃:"好!"

冯毅之领了七八名队员绕向山庙院后,从院墙上翻越进院。

五十三　密林中

冯文秀和冯佃笃等一边找寻,一边压低声音喊:"二嫂——二嫂——"

"是文秀妹妹吗?"孙玉兰从一枯树洞中出来了。

姑嫂欢喜,冯佃笃也高兴。

孙玉兰:"我把汉奸队引向那边,自己又转回这边藏起来了。咱爹呢?"

冯文秀:"二哥他们进庙救他去了。"

孙玉兰:"你二哥他们来了?"

冯文秀点了点头："二嫂，这里离山下不远，我回山庙去看看爹，你下山去看看孩子们吧，平洋还要吃奶呢。"

孙玉兰："可是不知咱爹救出来没有？"

冯文秀："二哥应该会有办法的。"

五十四　山庙院内

冯毅之让县大队队员从山庙东西两端与院墙间的夹道内分别悄悄向庙前迂回。

两名持枪日军在院内走动。一日军说："山庙内，花姑娘的没有？"

另一日军呜哩哇啦地说着什么。

一日军说："我去庙内的看看。"说罢便持枪向庙内走去了。

留在院内的日军上前托起冯旭臣的下颌，戏弄说："你的八路的干活！"

"呸——"冯旭臣一口痰液吐在日军脸上。

"八格呀鲁！"日军骂了一句，忙用手去擦抹。

冯毅之和一队员迅速从庙侧蹿出来，抱住了日军，死死卡住日军的脖梗。

日军未及喊叫出声来，即气绝伸腿了。

冯毅之一招手，4名县大队队员迅速奔向了山庙大门两侧的门后。

冯毅之二人将气绝的日军放倒在地，持枪向庙殿内奔去，刚走到殿门前，进殿去的日军一边喊着："木莫君，木莫君，里边的包裹的有！"

冯毅之和身边队员急闪身在门外两侧，待日军一出殿门，他们便迅即扑上去，抱住了他，将其拖进了殿内。

"八格呀鲁——"日军正要呵骂，冯毅之用枪狠击他的脑门，日军倒在殿内了。

山庙门外的日军似乎听到院内有异常声音，一人端着枪进大门来了，口中问道："木莫君，怎么了？"他刚进大门，即被隐于门后的两名县大队队员扑上去将枪夺了，卡脖捂口，拖向一侧。

日军挣扎着呜哇喊叫，县大队队员将刀刺进了他的胸口。

大门外另一名日军喊了声："八格呀鲁！"端着刺刀，气势汹汹向门内冲。

山门外树林中的县大队队员迅即奔向了山庙门口。

冲进庙院大门的日军听到了背后的脚步声，正要回头，已被县大队队员刺中腰部，日军倒地而死。

解决了4名日军，冯毅之急急上前为父亲解脱捆绳，问道："爹，你没事吧？"

冯旭臣："幸亏你们来了。"

冯文秀进来了，扶着父亲："爹，你挨打了？"

冯旭臣："这算什么！同志们来了，赶快把那些物品运走！"

"我去安排人，文秀扶爹上山。"冯毅之说。

冯文秀说："二哥，我和佃笃他们已经找到了二嫂，她去咱娘那里了。"

五十五　马鞍山上

挂着拐杖的一条腿伤员王凤麟（出现字幕：1911—1942，八路军副团长）紧握着冯毅之的手说："毅之兄，太感谢你们了！有了这些棉衣、鞋袜，伤病员的冬天就好过了。"

冯毅之："山上的粮食够用吗？"

"够！冯老伯把你家藏在山洞里的粮食也送到山上来了，这就更没问题了。"

"好！这就好！吃饭穿衣是大事。"冯毅之说。

王凤麟："老伯和你们一家对我们的支持太大了。"

"军民是一家嘛！有困难就捎信给我。今天遭遇了小股敌人偷袭，据情报，鬼子的大扫荡马上就要开始。"冯毅之握住王凤麟的手，"我不能在此多待，县大队的同志们马上要分头下去帮助群众转移。"

王凤麟说："你们也太紧张了，还这样挂念着我们。"

冯毅之说："一家人不说客套话。"他又对父亲说："爹，你没有大伤就好，我们得走了。"

冯文秀："爹，这物品都送上山了，我也得抓紧回蓼河去，我是区妇救会会长，得组织群众反扫荡。"

冯毅之说："三妹，你略晚一点儿走，等你二嫂回来了，你们去把咱娘和孩子们接上山来，敌人盯上咱们家了，先到山上避一避吧。爹，你说呢？"

冯旭臣还没说话，王凤麟抢着说："老伯，就听毅之兄的吧。您老受了惊吓，又挨了打，在山上休息休息。"

冯旭臣点了点头。

冯毅之领着人下山去了。

五十六 山腰间 夜

文秀娘领着新年，冯文秀背着卢桥，孙玉兰抱着平洋，在往山上攀登。

一阵山风吹过，卢桥叫了声："姑姑，我冷。"

新年也说："我也冷。"

文秀娘说："山上风大，孩子们穿的衣裳单薄了。我回去给她们找点衣裳带来吧。"

孙玉兰说："娘，我回去吧。"

文秀娘说："平洋在你怀里睡着了，你不能回。"

冯文秀说："我回吧。"

文秀娘说："咱家被烧了，带出来的那点东西都在土洞里堆着，你这几年不在家，你回去找不着，还是我回去吧。"又对新年说，"你跟妈妈和姑姑上山，奶奶回去给你拿衣裳。"

新年说："奶奶，别忘了带上我们的虎头帽啊！"

"好，好，带上虎头帽。"文秀娘说着走了。

五十七 马鞍山上 大庙前

八路军伤病员纷乱地坐着。

王凤麟右腋挟着拐杖向伤病员们说："同志们，欢迎冯老伯一家。冯老伯是个很有学问的人，听毅之兄讲过，老伯自己办过学校，任过校长，曾捐资助学。老伯6个子女在各地都参加了抗日工作，长子登奎同志是我们八路军修械所所长，在战斗中壮烈牺牲。大女婿孙铜山同志是副营长、县武装科长，也牺牲了。但冯老伯和全家人绝不丧志，更加英勇地与敌人斗争。冯老伯的次子毅之同志是四县联合办事处的主任，也是我的战友。他带领地方武装，不断袭击敌人，创建抗日根据地。这位冯文秀同志是冯老伯的女儿，蓼河区妇救会会长。这一位是毅之的夫人孙玉兰同志，这批物资，她们姑嫂二人曾一趟趟往山上送。冯老伯一家是个了不起的抗日家庭，抗日的堡垒户！他们到来，大家欢迎！"

伤病员们热烈鼓掌。

冯旭臣说："王团长，你和同志们为抗日流血牺牲，你们才是真正的抗日英雄。我们全家上山来，你们有需要我和孩子们做的，尽管吩咐。你们的生活，我可以打理，玉兰能做饭，也能换药、缝补。"

王凤麟："冯老伯，谢谢你们！"他看到了冯新年和冯卢桥，问道："小朋友，上山好不好？"

"好！和叔叔在一起好。"新年说。

"你叫什么名字？"

"我叫冯新年。"

王凤麟笑了："你这个名字好啊！过新年，穿新衣，吃水饺！"又问卢桥，"小朋友，你叫什么？"

"我叫卢桥。"

"卢桥？为什么叫卢桥呀？"

冯旭臣："这名字是我给孩子起的，她是 1937 年生的，为纪念卢沟桥事变后全国奋起抗战，就起了这么个名字。"

王凤麟："意义不凡啊。"他又转向孙玉兰抱着的平洋，不待他问，孙玉兰说："她叫平洋，刚满 1 岁，去年日本鬼子挑起了太平洋战争，为了早日打败挑起太平洋战争的强盗，他爸说就叫她平洋吧。"

王凤麟："用意深远啊，孩子的名字都带着抗日色彩。"他又问新年，"会唱歌吗？"

新年羞怯地一笑。

孙玉兰说："新年会唱《大刀歌》嘛，是姑姑教会的呢。"

"唱两句给叔叔听，好吗？"

冯文秀也说："新年，唱！"

新年唱起来了：

大刀向鬼子们的头上砍去，
全国爱国的同胞们！
......

她一边唱着，还做了个动作。

伤病员高兴了："小朋友唱得好啊！"又是鼓掌。

王凤麟又转向卢桥："冯卢桥小朋友，你也会唱吗？"

卢桥："我会说快板，是爷爷编的。"

王凤麟："你还会说快板？来一段。"

卢桥跑到爷爷身边："爷爷，我可以说吗？"

"可以啊！说吧！"

卢桥有板有眼地说起来了：

八路叔叔真勇敢，

打得鬼子瞎了眼！

八路叔叔真正强，

打得汉奸叫了娘！

八路叔叔到我家，

我给叔叔烧米茶，

捧枣子，切西瓜，

八路叔叔功劳大！

"好！小朋友太表扬叔叔了！"八路军伤病员们高兴地喊了起来。

王凤麟说："老伯，别说你家的人个个有出息，真是教育有方啊。"

冯文秀悄悄问父亲："爹，天到这时候了，我娘怎么还没上山来呢？方才我听到山下一阵枪响，莫不是有情况？我想下山去看看，把娘接上山，我还想抓紧回蓼河去呢，组织群众反扫荡。"

冯旭臣："你去吧，快去快回。"

五十八　长秋村

日伪军鸣着枪，拥进了村中。

日军小队长岩井举着军刀号叫："细细地搜查，一户的不漏！"

五十九　山林后崖

文秀娘挎着包袱爬上了土崖，听到枪响，又听到远处有人喊："鬼子进村了！"

文秀娘怔了一下，望见几名日军从村口出来，向崖上的树林中搜来，她赶忙伏身藏进了草丛中。

六十　土洞内外

冯文秀走进了土洞，洞中空空。文秀发出心声："娘走了？"她走出土洞，望了望周围，发出心声："娘上山了？还是回村了？"她攀上崖子向村中瞭望。

六十一　长秋村街上

日军小队长岩井还在号叫。

村中到处是日军搜查、抢掠的身影。

一日军向岩井报告："小队长大人，冯家没人，房舍全烧光了。"

又一日军报告："报告小队长大人，村中没有人。"

岩井鼻子里"哼"了一声："八格呀鲁！都跑了？……马上搜山！长官命令，梳篦清剿，草木过刀，山头的一个不漏！"

六十二　草丛中

文秀娘探首一望，只见日军向村外搜来。她赶忙滑下土崖，藏进了崖坎。

六十三　马鞍山上

冯文秀向父亲说："没见到母亲，只见许多鬼子进了村子，又望见鬼子从村子里出来，似乎要搜山。"

王凤麟说："为了山上的安全，这山门是应堵塞的，只是大娘还没有回来……"

冯旭臣略一思忖："敌人进了村子，又要搜山，你大娘怕是难以上山了，把山门堵了吧。"他看了看女儿，"文秀，看来你也难回蓼河了，先待在山上吧。"

冯文秀点了点头。

六十四　土崖上

文秀娘探出了脑袋，观察上边的情况。周围没了敌人，文秀娘发出心声："我还得上山，山上冷，这些衣服必须给孩子们送上山去。"她攀上土崖，奔着马鞍山走去。

六十五　山林中

文秀娘挎着包袱在林中穿行。

"八格呀鲁！快快地！"传来日军的叫骂声。

文秀娘定神一看，望见许多日伪军向马鞍山拥去。她脚下一绊，摔倒在树旁。

前边的日军惊问："什么的干活？"

文秀娘赶忙隐身于树后。

日军欲回首搜查。

一只野兔从文秀娘身边跳出，箭一般向林中窜去。

日军看到是野兔，骂了一句，回首向山上搜去了。

文秀娘望着搜山的日军背影，暗发心声："看来不能上山了……孩子们受冷怎么办呢……唉！"她叹了口气，转身下山去了。

六十六 马鞍山大庙前 夜

挂着拐杖的王凤麟在对伤病员讲话："敌人这次扫荡，号称'铁壁合围'，要严密搜山。马鞍山虽然山高势险，但我们也绝不能大意，要有应变的准备。我们人数少，东西两个山头战线又长，一旦有情况，凡能参战的同志，一律参战，各人的战斗位置按照我方才说的方案执行。"

夜色中，伤病员战士一张张严肃的面孔。

王凤麟向一名伤员问道："谭克平处长，送来的棉衣发给大家了吗？"

"发下去了。"

"好！天气很冷，山风又大，大家注意身体。"王凤麟说。

六十七 马鞍山围墙 夜

王凤麟挂着拐杖沿着围墙巡逻。

通信员小张要扶他。他说："不用，我能行。"还是坚持自己走。

六十八 马鞍山南天门里 夜

王凤麟挂着拐杖走来，两位守门的伤员立即站了起来。

王凤麟说："这里是上山的唯一通道，咽喉之地，所以让你们二位把守。"

"谢谢团长的信任！"其中一位伤员说。（字幕显示：鲁中区党委组织科科长李成仕）

"请团长放心，人在阵地在！"另一伤员说。（字幕显示：鲁中行署处长谭克平）

王凤麟："谢谢二位，门户之地，不可粗心。"

冯旭臣赶来了，说："王团长，你行动不便，去休息吧。这站岗巡逻的任务还有我和文秀、玉兰呢，我们会尽心的。"他又向小张说，"通信员，扶王团长那边坐一下吧。"

王凤麟说："老伯，你不能叫我团长，我和毅之是朋友，又是战友，你叫我凤麟就行了。"

冯旭臣笑了笑："好！那就叫你凤麟。"

王凤麟："哎——这就亲切了。"他坐下了。

冯旭臣坐在了他对面，说："你的抗日事迹，毅之跟我讲过，文秀也说过，你是大家心目中的英雄。"

王凤麟："老伯，反抗侵略，抗日救国，是炎黄子孙的本分和责任。"

冯旭臣："你说得对！咱中国人都应学习岳飞和文天祥的精神与气节。"

王凤麟感慨地说："就是嘛，人生自古谁无死？留取丹心照汗青。"

"前有古人，后有来者。"

"老伯，你们一家令人仰慕。您老会治家，全家人走上了抗日战场，男女都是俊才。"他沉思着，又说："抗日救国，这是令人自豪的事，可惜我这腿……"他摸了一下腿上的假肢，"我觉得作为一名战士，最大的痛苦就是成了残废，不能驰骋疆场。"他声音悲怆。

冯旭臣安慰他说："你的功劳不小了。"

"可日本鬼子还没赶出中国呀。"王凤麟遗憾地说。

"日本鬼子一定会被赶出中国的。"冯旭臣说。

"老伯，我坚信！"王凤麟又站了起来，"小张，跟我再转一圈。"

六十九 马鞍山上简易厨房

冯旭臣抱了些干柴进来，对正在做饭的女儿和儿媳说："烧火用干柴，让山下看不到炊烟。"

冯文秀："爹，我们想到了，拾来了不少干柴，还有松子壳呢，都是不肯冒烟的。"

冯旭臣："好！尽量多挖点野菜，为伤病员调剂好生活。"

"是。"孙玉兰应着，揭开了锅盖，蒸熟了的玉米窝窝头冒着热气，散着芳香。

新年喊起来了："叔叔，吃饭了！"

"叔叔吃饭了！"卢桥也跟着喊。

"别喊，山下有鬼子呢。"孙玉兰止住了她们。

"妈妈，鬼子是什么样？"

"鬼子啊，鬼子是大灰狼！"孙玉兰一边忙一边说。

"妈妈，我要吃。"卢桥说。

"先给叔叔送去，叔叔打鬼子受了伤，要让他们先吃，懂吗？"

两个孩子点点头。

七十　马鞍山东西两峰间山凹处

伤员们陆续地赶了过来。

新年、卢桥各用篮子端着窝窝头，依次走了过来，说："叔叔吃饭了！"

伤病员们看到两个娃娃来送饭，好感动，问道："小朋友，你们吃了没？"

卢桥说："妈妈说，叔叔打大灰狼受了伤，叔叔先吃。"

新年说："叔叔早养好了伤，好再去打鬼子。"

她们把饭篮子送到伤病员面前。

王凤麟很感动，揽住了她们："多懂事的孩子。"

冯文秀端来一锅野菜汤，为伤病员们盛进碗里。

冯旭臣有些惭愧地说："同志们受了伤，我想给大家当好这个生活管理员，但山上搞不到菜，让大家喝野菜汤，实在是惭愧。等鬼子扫荡过去，我下山去为大家搞点好吃的，补补身子。"

王凤麟说："老伯，你们一家人上山，我们能吃上这样热乎乎的饭，这已经不错了，你不要自责。"他说着端起糊糊喝起来。他的拐杖放在一旁。

在王凤麟坐下的同时，展露出了腿上的假肢。卢桥看到了，过来摸着假肢说："叔叔，你的腿怎么是木头的？"

王凤麟摸了摸卢桥的脑袋，笑着说："木头腿好！不腿疼，也不怕流血！"

新年认真地望着王凤麟的木腿。

平洋"呀、呀"地说话了："妈妈，我……我也要木腿。"

孙玉兰指着平洋鼻头说："傻孩子，叔叔受过伤。"

"受伤就变成木头腿了？我也要受伤。"卢桥说。

王凤麟说："你不能受伤，要有个好身体，打垮了日本鬼子，还要建设咱中国，干大事呢。"

"我们没有枪呀，怎么干大事？"卢桥问道。

王凤麟说："长大了叔叔给你们枪，到时候练得准准的，一枪打死一个鬼子！"

冯旭臣："别吵闹了，让叔叔们好好吃饭。"

七十一　马鞍山围墙内

冯旭臣提着篮子，沿着围墙走。每走到一位岗哨前，便从篮子里拿出一个窝窝头，说："你们离不开岗位，先吃个热窝窝头充充饥，等换了岗再去吃饭，野菜汤给你们留在锅里呢。"

"谢谢大爷关心。"一位岗哨说。

冯旭臣说："我在这里瞭望着山下，你坐下吃吧。"他站在了围墙边。

"大爷，我误不了事的。"岗哨一边啃着窝窝头，一边望着山下。他又问道："大爷，你说鬼子会上这样的高山吗？"

"听说鬼子这次扫荡特别残酷，咱不能大意啊！"冯旭臣说着，提起篮子沿着围墙去了。

七十二　南天门内　晨

冯旭臣提着篮子过来了，看到两位值岗的伤员，说："你们二位辛苦了。"

"冯大爷，你怎么来了？"

冯旭臣："你们值了一夜的岗，够辛苦的，我给你们送来早饭。你们叫什么名字？"

一位伤员说："我叫谭克平，他叫李成仕。"

他们正说着话，冯文秀提着个瓦罐来了，从瓦罐口上取下两只碗，为他们各盛上一碗菜糊糊，说："李科长，谭处长，这菜糊糊还热，你们喝了暖暖身子。"

二位伤员很感激地向冯文秀笑了笑，接过了糊糊。

七十三　马鞍山上　夜

冯旭臣站在一围墙内，望着山下。

冯文秀和孙玉兰来了，说："爹，我们在这里值岗，你去休息一下吧。"

冯旭臣："我能行！你们去别处替换那些值岗的伤员，他们连夜值岗，太累了。"

远处晃动着王凤麟巡逻的身影。冯旭臣望了一眼，感慨地说："王凤麟团长和毅之是朋友。毅之说过，他是黑龙江省宁安县人，去苏联留过学，回国后去了延安，又来到山东和鬼子拼杀。他不仅是团领导，还是八路军中第一个指挥使用炸药攻坚的人。现在一条腿没了，却仍然这样坚强，是我中华真男儿！我们要为伤病员多做点工作，让他们减少些痛苦。"

"爹，我和秀妹尽量去做。"孙玉兰说。

冯旭臣："小孩们呢？"

"都睡了。"

"爹，这几天，我一直挂念着俺娘，咱们下不了山，不知二哥能去找找娘不？"冯文秀说。

七十四　某山崖上　夜

县大队队员们各自抱着枪坐着，有的在瞌睡。

周围枪声不断。

冯毅之说："大家不能睡！我知道与鬼子转战了几天，你们都很劳累。但是，要知道敌人这次扫荡特别残酷，撒下了张大网，村村点火，处处冒烟，妄图将抗日武装一网打尽。我们若稍有疏忽，陷在这个网里就出不去了，所以必须继续与敌人转山头，同时要尽力保护群众。走！去西山。"

"不知西山怎样？也是枪声不断。"有人问道。

冯毅之说："与鬼子在山上周旋呗。大家每时每刻都要注意敌情，眼观六路，耳听八方，百倍提高警惕。"

（字幕：1942 年 11 月 9 日）

七十五　马鞍山上　拂晓

冯文秀望着山下，突然睁大了眼睛。

七十六　山下　拂晓

树林中有模糊的人影在动。

七十七　马鞍山上　拂晓

冯文秀急奔向父亲一边，说："爹，山下有人，好像是鬼子！"

父女二人盯着山下仔细察看。

冯旭臣说："去报告王团长！他在西边呢。"

冯文秀急急去了。

王凤麟和通信员小张正从西边过来。冯文秀帮着搀扶他来到围墙边。王凤麟望了山下一会儿，说："小张，传我命令，让同志们马上进入阵地。"

"是！"小张去了。

在微明的曙光中，伤病员们拖着伤残病体，各自进入了阵地。

王凤麟说："没有命令，不准开枪。敌人若没有发现我们，就让他过去。"

七十八　马鞍山悬崖下

日伪军陆续爬到了马鞍山顶的悬崖下。仰望极顶，悬崖陡峻，势若斧劈，崖壁上偶有藤蔓悬挂。

有人说："这样鬼地方，鸟也难飞，上边还会有人。"

日军小队长岩井："长官命令，草木过刀，山石过筛，上边的看看的有！"他用军刀指向了一名脸形比较瘦长的伪军。

长脸伪军胆怯，向后退了两步。

岩井举着刀赶了过来。

长脸伪军忙说："太君！我上！我上！"他从崖下寻到了一根垂下的藤条，双手抓住，蹬着岩壁向上攀爬。

日伪军在崖下紧张望着他。

长脸伪军爬到崖半，藤条断了。随着长脸伪军的一声惊呼，跌落到了崖下。接着哼哼唧唧地哭叫起来："娘哎——我的腰断了！我的腰断了！"

一名伪军去扶他，他还在哭叫。

岩井望着悬崖沉思。一名日军说了句什么话，岩井立即问道："你的办法的有？"

那名日军说："搭人梯。"

岩井说："搭人梯的上崖。"又转向伪军，"你们的饭桶，看皇军的上崖。"

立即有几名日军站在了崖下，搭起人梯欲向上攀登。

七十九　马鞍山上

通信员小张向王凤麟指了指右边的悬崖："鬼子从那边崖下搭人梯向上攀。"

王凤麟拄着拐杖移了过去。

八十　悬崖前

日军搭起了三节人梯。

八十一　悬崖顶部围墙上下

一名日军抓住了围墙顶部，露出了半个脸，向峰顶张望。他看到了顶部有穿褪色军服的八路军伤病员，回首要向崖下报告。王凤麟猛起身，手握石块狠狠砸向日军仰着的脸子。日军"啊——"了一声，翻落到崖下去了。

崖下日军上前扶他："看到了什么？"

跌落崖下的日军满面血污，手指崖上："有……有……八……"

岩井问道："上边八路的有？"

跌下崖的日军一扭脸死去了。

岩井仰望着崖上："八路的有！"

日伪军握起了枪。

八十二　马鞍山上

王凤麟一扬手，甩下一颗手榴弹。喊了声："打！"

八十三　崖下

手榴弹冒着烟在地上旋转。

日伪军惊慌间，手榴弹轰的一声爆炸了，日伪军倒下数人，活着的号叫着向树林中钻去。

岩井钻进林子，隐在树后，侧出半个脑袋望了一眼山势巍峨的马鞍山，吼了一句："八路的有！射击！"

日军从树林的空隙中向山上射击。

八十四　马鞍山上

王凤麟说："敌人躲进林子里，不敢到崖下，奈何不了我们，大家注意节约子弹。"又侧首对小张说，"把手榴弹搬出来，分到防守点上去。"

冯文秀说："我帮你去搬。"

冯旭臣说："你去帮你二嫂准备早饭，我去给小张帮忙。"

王凤麟说："老伯，你年龄大了……敌人又往山上打枪……"

子弹在马鞍山上横飞，冯旭臣和小张去了。

八十五　崖下林中

日军打了一阵子枪，又在一高台上架起机枪，向山上扫射。

岩井举起了指挥刀，日伪军冲到了崖下，试图强攻。

八十六　马鞍山上下

王凤麟推石下崖。各防守点也推石下崖。无数石块在山坡上翻滚。

崖下手榴弹爆炸。

日伪军有死有伤，又逃进树林中去了。只有机枪还在吼叫。

王凤麟看敌人逃窜，喊道："小张，狙击枪！"

小张将狙击枪递给他。他瞄了瞄，日军机枪射手刚站起身，他一枪打去，机枪射手倒地而死。

孙玉兰背着平洋，挎着热窝窝头，冯文秀挑着野菜糊糊到阵前来了。新年和卢桥也跟来了，她们从妈妈的篮子里拿出窝窝头，跑着往战士们手中递。

王凤麟说："现在敌人被打退了，但一定还会发起攻击，孩子们不要到阵前来，这里有危险。"

冯旭臣把搬来的手榴弹箱敞开，一边往外拿，一边说："小鬼子，不怕死你就来吧，尝尝中国手榴弹的厉害！"

八十七　山脚下

日军小队长岩井手握摇把子电话机话筒："报告中队长大人，我们终于找到八路军了，将其包围在马鞍山上，马鞍山险陡高峻，八路军据险死守，皇军三次冲锋，难以上山!"

话筒中传出日军中队长的声音："你的把马鞍山围死，我的马上的赶到。"

"嗨!"岩井立正应道。

八十八 马鞍山东山头

王凤麟边啃着窝窝头边说："这暂时的平静预示着敌人会有更强势的攻击，大家检查一下身边的武器弹药，做好战斗准备!"停了一下又说，"阵地是我们的，马鞍山是我们的!"

冯文秀一边给战士们盛野菜汤，一边在唱：

......

我们生长在这里，

每一寸土地都是我们自己的；

无论谁要强占去，

我们就和他拼到底!

......

八十九 马鞍山西山头

孙玉兰背着医药箱赶来了，对一名正在擦枪的伤员说："董股长（出现字幕：益临工委公安局股长董恒德），你吃好了?"

"吃好了，谢谢你们的照顾。"董恒德说。

孙玉兰："董股长，趁着敌人没冲锋，我给你换换药吧。"

董恒德："等把鬼子打退了再换吧。"

"这鬼子不知什么时候才退呢，你的伤得及时治。你到那边石头上坐下，我还是给你换了吧。"

董恒德很感动，说："好! 谢谢你的关心。"

待董恒德收起枪，孙玉兰架扶起了他。

九十 公路上

几辆日军军车停在马鞍山下。

日军小队长岩井跑上前向刚下车的中队长石日报告："报告中队长大人，这就是马鞍山，山上有八路。"

石日用望远镜望了望马鞍山。在他的镜框中，除了一座高峻的马鞍形的山峰以外，什么也看不到。他望了望西边的太阳，命令说："天黑以前拿下！"

"嗨！"岩井应道。

九十一　马鞍山腰

日军在几处高坡和岩石上架起了数挺机枪。

石日吼了一声，数挺机枪同时吐出了火舌，枪弹打在悬崖上，乱石飞蹦。

石日又一声吼。机枪抬高了枪口，子弹飞向山峰。

九十二　马鞍山上

王凤麟向通信员说："传我命令，等敌人冲锋再打。"他猫在围墙后，从围墙石块的缝隙中瞭望着山下。

冯文秀用篮子挎着手榴弹，奔跑向西山头。

九十三　山坡上

日军从山脚下往山上冲来。机枪在掩护他们冲锋。

石日举着指挥刀督战。

九十四　马鞍山南天门内

冯旭臣在往谭克平和李成仕身边搬石块。

谭克平说："谢谢老伯！"

李成仕也说："谢谢老伯的支援！"

冯旭臣说："这个地方重要，我看你们的手榴弹总是在关键时刻才舍得扔下去。"

谭克平说："咱弹药少，要用在最需要的时候。咱居高临下，用石头也可打敌人嘛。"

李成仕说："滚下一块大石头，砸不死敌人也可吓他个半死！"他微微笑了笑，"老伯到后边去，敌人又上来了。"

九十五　马鞍山上下

日伪军蜂拥至崖下。几只军犬对着山上狂吠。

日伪军扛来了木梯，搭在山崖上，在机枪掩护下沿着木梯向上攀爬。

"打！"王凤麟大吼一声。

石块顺着木梯滚落，梯上的伪军翻落在地上。

石日号叫，还要督战伪军攀登。

伪军个个胆怯。

一颗手榴弹落地爆炸，木梯被炸断，日伪军惨叫着退缩躲藏。

"打！打！"王凤麟又喊了一声。

崖下子弹横飞，地上石头翻滚。日伪军又败下山去了。

九十六　山脚下

太阳落山了，留下一抹余晖。

石日："土八路据有险要，皇军应有大炮的支援。"又命令说，"篝火围山，严密封锁！"

天色暗下来。

日军绕着马鞍山燃起了一堆堆篝火。

九十七　日军大队部

少佐大队长三乔在接电话："……什么？没有拿下？一座小小马鞍山，皇军一个中队拿不下，丢尽皇军的威严！"

话筒传出石日的声应："马鞍山山势陡险，皇军难以攀登，现已有多人战死，请求大炮支援！"

九十八　公路上　夜

日军炮车行进，灯光闪烁，直开到马鞍山下。

九十九　马鞍山上　夜

王凤麟在向战友们做动员："同志们，战友们！我们主力部队杀出了重围，去了外线作战。现在日军重兵围山，毅之他们的县大队人少枪少，只能与敌人周旋，难以援助我们。我们只能是与马鞍山共存亡！想想日本鬼子惨无人道，杀戮我多少中华同胞，烧毁我多少美好的家园，为了我们祖国母亲的尊严，为了我们的民族和兄弟姐妹的生存，我们流血牺牲是值得的。我们要与敌人血战到底，绝不能让敌人捉了活的去！"他望了望山下敌人炮车的灯火，又说下去："冯老伯，敌人还在增兵，明天必是一场恶战，我们可能会全部牺牲，你们全家不能再陪着我们。我已经组织火力，准备向东北方向集中开火，造成突围假象，迷惑敌人，掩护你们打开南天门，赶快下山去。现在天已半夜，形势紧急，老伯，你们全家要马上行动。"接着又喊，"谭克平处长，李成仕科长，我们在东北方打响以后，你们帮着打开南门。"

"是！"有人应声。

王凤麟又喊："有枪的同志跟我来，带上手榴弹。目标东北方！"他拄着拐杖要向东北方运动。

冯旭臣面容严肃，大喊一声："同志们都别动！王团长和同志们要拼命救我全家的好意，我冯旭臣领了，我全家人领了！但我们不走。同志们受伤到这种程度，还在为国家为民族苦战，我们抛下同志们走了，我冯旭臣还算人吗？我们还有脸面活在世上吗？再说，我的孩子们也绝不是贪生怕死之辈，长子登奎就是榜样。王团长不要多讲，不管遇上什么情况，我和孩子们与同志们一起杀敌！咱们活，活在一起；死，死在一起！"

冯旭臣正讲着，冯文秀领着新年和卢桥、孙玉兰抱着平洋过来了。

冯文秀抢过父亲的话说："俺爹说得对！你们能与敌人血战，我们也敢。俺爹多年来就常讲岳飞、文天祥的故事给我们听，更以我两哥一弟参加抗日引以为豪。大哥牺牲了，却更坚定了我们全家抗日的决心。俺爹常说，为了抗日救国，咱什么都舍得！到这时候了，我们也不怕暴露自己的身份了，我和二嫂都是共产党员、妇救会会员，俺爹决心跟大家战斗在一起，我们也绝不会给中国人丢脸，就是牺牲也不可怕！"

孙玉兰说："爹和妹妹说的也是我的心里话。我丈夫毅之与敌人战斗，不计生死，我不会给他丢脸！"

王凤麟紧握住冯旭臣的手，十分动情地说："老伯，你和两位妹妹说的话，让我们好感动！每一个真正的中国人也都会为你们的抗日决心而热泪盈眶的。"他说着，擦了擦眼角的泪水，"可是，三个娃娃还小，实在让人不忍心看到那惨痛的一幕。"

夜色中，伤员们也都动情了，说："冯老伯，你们是平民百姓，还是下山吧。我们会拼死掩护，一定让孩子们活下来。"

孙玉兰："同志们，敌人杀害我们中国儿童还少吗？用刺刀挑死中国的孩子还少吗？请你们相信，我的孩子也是勇敢的！"

冯旭臣："王团长，同志们，我们还是团结一致，与敌人拼到底吧！宁死在炮火中，也绝不当俘虏！要是都牺牲了，八路军会为我们报仇的！中国人民会为我们报仇的！"

王凤麟眼中又一次涌上泪水，说："同志们，冯老伯一家誓死与我们战斗在一起，我们一定要多消灭敌人，打出咱中国人的骨气！"

伤病员们也都动容动情了："与日本鬼子血战到底！"

"血战到底！"

"血战到底！"

夜色中，伤病员们一张张激愤的面孔显得更加凝重如雕。

冯旭臣："咱们是中国人，应该有与强敌血战到底的精神！我老汉向全国人民为同志们请功了！"

新年牵住爷爷的手："爷爷说我们是中国人，我们爱中国，我听爷爷的话。"

卢桥也上前说："我也听爷爷的话。"

平洋在妈妈怀中也在说："我……我……"

孙玉兰说："平洋也想说听爷爷的话。"

平洋稚嫩的小脸笑了。

王凤麟好感动，弯腰单臂抱起了卢桥，心痛地说："多好的孩子！你们为什么生在这样的时代！"

冯旭臣："全是日本鬼子造的孽，国恨家仇，不能相忘！"

一〇〇　马鞍山上小石屋前　夜

冯文秀对孙玉兰说："二嫂，你陪孩子们进去，我去帮着巡山。"

一〇一　马鞍山上　夜

夜色照出冯旭臣绕着围墙巡山的身影。

夜色照出冯文秀巡山的身影。

冯旭臣走近王凤麟，说："王团长，你在擦枪呀？"

王凤麟："我这支狙击枪，是缴获敌人的，可惜只有两发子弹了。"

冯旭臣在他身边坐下了。

王凤麟："老伯，我在这里想到了许多，想到了我们的部队八路军，想到了那些战友们，想到了毅之兄，想到了许多抗日英雄，四亿七千万中国人民是我们的坚强后盾，日本鬼子虽然疯狂，最终是一定要失败的！"

"这一点，大伯我坚信不移。上苍欲让其灭亡，必先令其疯狂！让法西斯强盗疯狂吧，最后看看谁是赢家！"

一〇二 马鞍山上 小石屋内

卢桥、平洋都睡着了。新年没睡着，喊："妈妈，我冷！"

孙玉兰脱下外衣盖在三个并排躺着的孩子身上。

新年抬起头："妈妈，奶奶回家去给我们拿厚棉衣和虎头帽，怎么不回来了呢？"

孙玉兰："鬼子包围了马鞍山，奶奶没法回来。"

新年："可是，我冷呢。"

孙玉兰："你们三个挤得近一些就暖和了。"

新年："奶奶还上山吗？"

一〇三 一土崖上 夜

夜空寒星闪烁。

冯文秀母亲左腕臂挎一包袱，从裸露处看出包的是小孩棉衣，她右手拿着虎头花帽。北风撩起了她的衣襟，吹乱了她的华发，面容焦虑地凝望着马鞍山，发出心声："鬼子围山打炮，山上成了火海，孩子们能安全吗？毅之能领人救他们吗？"

一〇四 某山头上下

冯毅之和县大队队员们气喘吁吁爬上山头，听到侧面枪声激烈，大家立即站住了。

冯毅之登上高岩瞭望，说："不好！鬼子在向逃难的群众扫射。"他跳下山岩，立即命令，"准备战斗，把敌人引开！"

他一声令下，县大队队员的轻机枪、排子枪迅速拉开了阵势，一起向山间敌人开火。

山间的一日军头头将指挥刀指向山上，呜哩哇啦地喊着。日伪军立即将枪口转向了县大队这边，并分向两边攀爬。

冯毅之说："敌人想迂回包围我们，让他们上来吧，小日本，我们转移！"

冯佃笃走在冯毅之身边，问道："冯主任，敌人每座山都要搜，不知马鞍山上怎么样？"

（字幕：1942 年 11 月 10 日）

一○五　马鞍山一侧的孟良台　黎明

日军炮兵向少佐大队长三乔报告："孟良台和后峪沟大炮就位！"

三乔手指马鞍山，日军炮弹向山上飞去。

一○六　马鞍山上

土石飞蹦，烟尘冲天而起。

有人喊："李成仕又受伤了！"

冯旭臣在喊："玉兰，救护！"

"知道了！"孙玉兰的声音。

王凤麟喊道："各自隐蔽！"

新年和卢桥被大炮轰醒，跑出来了。冯文秀立即赶了过去："到后边去！"她抱起了卢桥，喊着新年躲向一块巨岩后。

轰！轰！日军炮弹接连轰向马鞍山，山上成了火海。

一○七　马鞍山下

几名伪军在议论："皇军总是让我们打头阵，八路在上边，要打死我们还不容易。"

有人说："别发牢骚了，唐大队长也过来了。"

那边走过来伪军大队长唐应三，他神气十足地看了看自己的部下，说："皇军少佐大队长都来了，我能不来吗？这下你们可以放心了，山上一片火海，土八路很快就全报销了。"他扫视了一眼部下，"皇军不仅拉来了大炮，还来了援军，现在皇军已达两千，加上我们的队伍，总兵力将近 4000 人，山上的八路就是有孙猴子的本领也跑不了了。"

大炮的轰鸣声停息了。

唐应三："发炮结束了，山上大概没有喘气的了。我命令，你们与皇军一起冲锋上山，抓到活口者有赏！"

"大队长，真有赏？"

唐应三："我堂堂大队长，说话能不算数？"

一〇八 马鞍山上

王凤麟："小张，传我命令，准备再战！"

通信员小张："是！"跑去了。

一〇九 山坡上

日伪军像飞蝗一样向山上拥来。

日军大队长三乔指向马鞍山："一举拿下！"

一一〇 马鞍山上下

王凤麟猫在围墙后盯上了冲在前边的日军小队长岩井，骂了句："尝你个黑枣吧！"一枪打去，岩井倒地，滚下崖去。

日伪军一惊："山上还有人？"

一一一 山坡上

巨石翻滚，飞石如弹。

日伪军又慌忙躲向崖坎和树后。

唐应三失去了方才的得意，望着山上纳闷儿。

一一二 马鞍山上

王凤麟在喊："小张，山洞里还有多少手榴弹？"

"王团长，我知道，不足一箱了。"冯文秀回答。

"全分到阵地上去。"

"是!"

冯旭臣往王凤麟身边搬运石头。

王凤麟说："老伯，你受伤了，头上流血了。"

冯旭臣说："没啥!"他抓了把黄土，掩在了流血处。

王凤麟又喊："孙玉兰同志，快给大伯包扎。"

冯旭臣："不要喊，她正在别处救护呢。"

通信员小张跑来了，他的衣服已多处烧焦，向王凤麟报告说："王团长，奉您命令，我察看了东西山头，有11名同志牺牲了。南天门谭克平和李成仕也牺牲了。"

王凤麟："他们都牺牲了?"

小张悲痛地点了点头。

王凤麟："西山头李绪臣和谭继生在不在?"

"他们都二次受伤，还在。"小张说。

王凤麟："传我命令，让他们马上去守南天门!"

"是!"小张又去了。

一一三　山下

日军少佐三乔望着马鞍山凝思："山上土八路如此顽强，皇军的大炮炸不死他们?"

唐应三说："三乔太君，依卑职之见，山上有八路军主力部队，有大人物，有兵工厂，并筑有坚固的工事。"

三乔盯着唐应三，不说话。

日军中队长日高立于一侧，亦不发言。

三乔挥了挥手，让他们离开。他沉思了一会儿，摇起了电话。

一一四　日军司令部

奥村司令在接电话，他眉宇紧蹙："……什么? 皇军两千拿不下马鞍山? 这还称得上帝国军人吗? ……兵工厂? ……我的派飞机增援!"他接着又喊，"山田大佐！"

"报告司令官，山田在！"一日军大佐应声而至。

奥村："你是参谋长，要亲自督战马鞍山，我的派飞机增援。"

"嗨！"山田应诺。

一一五　马鞍山南天门

王凤麟拄着拐杖来到南天门，看见谭继生抱着头缩在一块巨石后。王凤麟说："谭继生，敌人的冲锋被打下去了，你紧张什么？赶快多找些石头来。"

谭继生瞟了一眼旁边谭克平和李成仕的遗体。王凤麟说："我知道他们牺牲了，才让你们俩过来……怎么？李绪臣呢？"

"团长，我在这儿呢。"李绪臣站在一侧围墙边，"这里可全看到山下的情况。"

王凤麟："注意隐蔽一些！"

"是！"李绪臣应道。

这时，山下传来喊声："山上的土八路们，你们赶快下山吧！再不下山，皇军又要开炮了！"

王凤麟说："甭理他！看准了目标再打！每一发子弹都很宝贵，一定要打死一个敌人。"他喊通信员，"小张，去东山峰！"

一一六　马鞍山东峰

冯文秀提着半桶水过来了，说："王团长，山上唯一的水源被炸毁了，我从石隙间接了点泥水，送给大家每人喝两口吧，可稍解口渴。"

"冯文秀同志，你在山上来回跑，注意安全。"

这时天上传来"嗡嗡"声，冯文秀说："来了飞机！"

两架飞机飞临上空盘旋，接着投下一串炸弹。

山上又是土石飞起，烟火冲天。

一一七　山下

唐应三："皇军炸弹投下，够山上八路喝一壶的。"

日军少佐三乔："山上的八路到底有多少人呢？"

唐应三："我看至少也有千儿八百的吧，不然的话，能这样坚持？"

一一八　马鞍山上

炸弹的气浪将冯旭臣掀落在一边。

王凤麟喊着："冯老伯！冯老伯……"要去扶他。又一发炮弹爆炸，飞石将王凤麟击倒，拐杖被抛在一边，被飞石砸断了。

天上飞机飞走了。

冯旭臣和王凤麟抖落身上的土石，抹了把脸上的土尘。冯旭臣脸又伤了。

王凤麟说："老伯，你二次负伤了。"

冯旭臣："没事！"他又去搬石头。

有人喊："敌人又上来了！"

王凤麟："小张，传令，打！"

"王团长，小张牺牲了！"

"王团长，没有弹药了！"

王凤麟吼叫着："用石头！石头！投石头！"

一一九　山坡上

崖上投下无情的大小石块，日伪军难以前进。

唐应三望着山上，叹道："山上的土八路是铁人也该熔化了，这是怎么回事？难道有神人相助？"

一二〇　树林中

山田大佐在打电话："奥村司令官，山田报告：皇军的两架飞机向马鞍山投弹，马鞍山一片火海，但山上的八路军依然抵抗，滚石如雹，皇军难以上山。"

话筒中传出奥村严厉的声音。

山田大佐唯唯连声："嗨！嗨！"他放下话筒，"奥村司令对我们很不满意，他命令再增派一架飞机，三架飞机若炸不垮马鞍山，就放毒瓦斯！"

一二一　马鞍山上

王凤麟说："各人身边要多堆集些石头。"

伤病员在忙着搬运石块。

从西山头传来冯文秀的歌声：

我们生长在这里，
每一寸土地都是我们的；
无论谁要强占去，
我们就和他拼到底！
……

歌声感染了冯旭臣，他脸上虽流着血，却一边搬石头，一边也在哼唱：

……
我们就和他拼到底！

新年和卢桥捧着小石头，跟在爷爷后边，也哼唱：

……
就和他拼到底！
……

山上的伤病员们都哼唱起来了：

……
无论谁要强占去，
我们就和他拼到底！
……

"飞机！飞机！"有人喊了一声。
三架飞机飞临上空，盘旋，投弹。
山上又成火海。

一二二 马鞍山附近山岭上

冯毅之和几十名游击队员凝望着大火熊熊的马鞍山。

警卫员冯佃笃焦急地说："山上的伤病员还能坚持吗？冯大伯和孩子们也都在山上，咱们拼着命去救救他们吧！"

冯毅之头也没回，望着马鞍山，说："侦察到敌人重兵两千多，飞机大炮机枪，我们只有几十个人，如何能杀进重围，不能把同志们的命搭上！"

一二三　天空

日军飞机飞走了。

一二四　山坡上

日伪军再次发起冲锋。

一二五　马鞍山上

到处残烟余火。

冯文秀头发烧焦了，她盯着山下一块高岩，说："王团长，在高岩上站着的，像是个鬼子当官的。"

王凤麟盯着山下，说："没错，是个鬼子头头。我狙击枪还有颗子弹，赏给他吧！"

一二六　山坡高岩上

日军山田大佐用望远镜望着马鞍山，忽又摘下望远镜，指着马鞍山得意地说着什么。他身边的三乔少佐在点头。

砰——一颗子弹飞来，山田应声倒地。

"大佐！大佐！"

"山田君！"

三乔等急呼着去扶他。

山田脑浆涂地，气绝身亡。

一二七　山坡上

日伪军还在冲锋上山。

一二八　南天门

谭继生抱着李绪臣，急呼："李绪臣！李绪臣！"李绪臣再不回应，他牺牲了。

外边传来伪军喊声："土八路再不投降，一个也活不成！"

"山上的土八路听到了没有？"

……

谭继生看看死去的谭克平、李成仕、李绪臣，害怕极了，向山下喊："只要保我活命，我给你们开门！"

"皇军说话算数！保你的安全！"外边又喊。

谭继生推开堵塞山门的叠石，将山门开了。

日伪军向山门冲来。

一二九　马鞍山东山头

有人喊："王团长，谭继生投敌，把山门开了！"

王凤麟回首一看，日伪军蜂拥进了马鞍山的山门，大喊："敌人要切断我们东西山头的联络，传令东西山头，各自为战！"他用石块投击敌人。

冯旭臣用石块投击敌人。

新年跑来了，她的衣服上还冒着火苗，一连声叫："爷爷！爷爷！"

冯旭臣赶忙为她灭掉了身上的火苗，说："新年快去找妈妈！"

新年："爷爷，山上的屋子都塌了，到处冒烟冒火，我找不到妈妈和卢桥、平洋。"

冯旭臣说："先帮我搬石头吧！"

"土八路没有子弹了，冲啊！"传来日伪军的喊声。

冯旭臣大喊："孩子们，同志们，我们是中国人，宁死在炮火中，绝不当俘虏！"

王凤麟摸了摸腰中的手榴弹。新年看到了，说："叔叔还有颗手榴弹！"

王凤麟说："叔叔知道。"他撕下白内衣的衣襟，用手指蘸着脸上的血，草草写了两行字，说："冯老伯，我这腿完全不能动了，请你传我的命令给同志们。"

冯旭臣把血书接了过来，往怀里一揣，回头要走。正看见一名日军向这边陡坡上爬。冯旭臣欲要投石，身边没有石块，便顺手捧起沙土扬了下去。日军迷了眼睛，冯旭臣找到一块石头，狠狠砸了下去。一颗子弹飞来，他倒在了血泊里。

新年惊呼："爷爷！爷爷！"

冯文秀赶来了，她爬上坡就喊："王团长，西山头陷落了，同志们都牺牲了。"一看父亲倒在地上，又忙喊："爹!"

冯旭臣从怀中掏出那块白布给女儿。

冯文秀一看是王凤麟的血书命令：石头也是子弹，注意节约石头!

"爹! 爹!"冯文秀又喊。

冯旭臣挥了下手，让冯文秀快去传达命令，他用微弱的声音说："新年去找妈妈!"他闭上了眼睛。

新年拼命喊："爷爷! 爷爷!"

"狗日的! 你来吧!"新年听到王凤麟在后面喊。她一回头，看见一名日军正端着刺刀刺向王凤麟。新年迅速将手中的石块击向日军，正击中日军头盔，日军一定神，王凤麟迅速抓住了日军伸过来的枪杆儿，顺手卸下了枪上的刺刀，上身拼命一跃，将刺刀捅进了日军腹部。又有三名日军围了上来。王凤麟大叫："新年离开! 离开!"

新年说："叔叔，我给你搬石头!"她离开的瞬间，王凤麟掏出手榴弹抽出了弹弦。三名日军惊慌失措，手榴弹爆炸了。

烟尘气浪将新年击倒，她脸上流着血，爬了过来，欲寻王凤麟："王叔叔! 王叔叔!"

日军的刺刀向她刺了过来。

一三〇　马鞍山围墙里边

山崖的围墙已多处炸塌，余火不断，残烟弥漫。

冯文秀手抓白布条，一边跑一边喊："王团长有命令，石头也是子弹，用石头打敌人! ……"脚下一绊，发现一名战士的尸体，忙拉了一把："林同志，林同志……"

一名日军从崖坡上攀了上来。冯文秀急寻一块石头，砸向日军，日军滚下崖去了。

日伪军大喊："抓活的!"

冯文秀急掏枪，枪里已没有子弹，她将枪砸向敌人，喊了声："打倒日本帝国主义!"转身跳下悬崖。

一三一　马鞍山上

已没了枪声和爆炸声，日伪军在残烟中搜索。

有人喊："那边有个女人!"

一三二　马鞍山悬崖边

日伪军围住了抱着平洋的孙玉兰和领着的卢桥。

卢桥紧依着母亲，望着日军。

"八路婆，投降吧!"

孙玉兰用另一只手抱起了卢桥，一步步向后退。

"八路婆，后边是悬崖了! 不要再退了，要想活就赶快跪下!"

孙玉兰面对狂敌，愤怒地大喊一声："打倒日本帝国主义!"

日军少佐三乔也上来了，他说了句日语。

日伪军开始向两侧迂回包抄。

孙玉兰面无惧色，对抱着的两个女儿说："孩子，妈妈只能带你们为国尽忠了!"她回身走向悬崖，又说，"中国人民会为我们报仇的! 爸爸会为我们报仇的!"携女纵身跳下悬崖。

"毅之报仇!"

"爸爸报仇!"

母女的喊声在山崖上回荡。

日伪军望着这壮烈的一幕，一个个目瞪口呆。

三乔少佐走向悬崖边，向下探望。崖下黑云翻滚，万丈深渊。三乔急缩回了身子，说："太可怕了! 中国人太可怕了!"他回身看山上山下日军的尸体，自语道："这就是皇军的战果? 死亡200多人!"

一三三　土崖上　夜

冯文秀娘立在崖上，手中的包袱和虎头花帽滚落在一旁。她凝望着马鞍山，泪流满面。

一三四　日军司令部

奥村在电话上发火："什么? 马鞍山上没有八路军主力? 也没有大人物? 只有伤残军人和老弱妇女! 皇军以如此惨重的代价夺下的竟是一座空山! 要追究责任! 重重惩罚!"

一三五　马鞍山山门外

三乔放下摇把子电话机话筒，面容不快。

唐应三把谭继生带了过来，为他请功说："三乔太君，这就是开山门的谭继生，该给他奖励。"

三乔盯着谭继生："为什么不早开山门？让皇军牺牲了这么多勇士？"

三乔掏出枪指向谭继生。

谭继生面如土色，一边退一边说："太君……太君……我若不开门，皇军上不了山。"

三乔不听他说什么，手中的枪响了，谭继生倒在地上。

三乔的怒火未消，又质问唐应三："你的说山上八路主力的有？还有大人物、兵工厂……山上却什么也没有，你的撒谎！"

唐应三看三乔目光有杀气，忙解释说："三乔太君，当时我看山上与我们死死对抗，我分析可能是……"

三乔："你的吃里爬外，是八路的内线，让皇军付出了惨重代价！"

"太君，我绝不是八路内线，我是真心实意为皇军效劳！"

三乔不听他饶舌，举起枪又指向他。

唐应三扑地跪倒："太君……太君……"他鸡啄食般地向三乔连连磕头。

三乔的枪还是响了。唐应三死在地上。

三乔绕山看了看日军的尸体，命令道："将皇军尸体赶快运走，不能让中国人看到大和武士的惨状和狼狈！"

"嗨！"日军中队长日高应声回答。

三乔一挥手，下山去了。

一三六　村头崖上

冯文秀娘跪在地上，望着马鞍山，流着泪在焚烧衣物和纸钱。口中说着："他爹，你和孩子们死得冤啊……"

耳畔响着孙女们的声音：

"奶奶，我冷！"

"奶奶，我饿！"

冯文秀娘流着泪说："奶奶给你们送衣服来了。"她将一件件童衣投进火中，念叨着，"这是新年的棉袄……这是卢桥的棉裤……这是平洋的……这是新年和卢桥的虎头帽，平洋的绒帽，这是纸钱，还缺什么，让爷爷在那边给你们买……"

冯毅之来到了母亲身旁，叫了声："娘，我终于找到你了！"他双手拉起了母亲。

母亲一看是儿子，一头扑进毅之怀里："儿子，你还活着？"

冯毅之："娘，我们一直在山里与日本鬼子周旋。"

她摸着儿子的身体，"好，还活着。"

冯毅之："我们牺牲了几个同志，我受了点伤，不要紧。"

娘攥紧儿子的手，痛心地说："马鞍山……你爹他们……"她哭了。

"娘，你知道了？"

"娘在这崖上一直望着马鞍山，山上的大火烧我心呀……我还以为你也……狼心的日本鬼子，丧尽天良啊……"

看到母亲痛哭，冯毅之也唏嘘了。

"儿子，"母亲说，"你，你哥，你弟，你们哥仨都要给我狠狠地打鬼子！你哥很长时间没回来了，等他回来，我要跟他好好说说这血海深仇，见了鬼子，一个也不能饶！我等他回来……"

冯毅之发出痛楚的心声："登奎大哥牺牲的消息，母亲还不知道，这时候，怎能忍心把这事跟她讲？"他难过地说："娘……大哥那里，我跟他说……"他向娘跪下，喊了声，"娘啊……"哭了。

母亲拉起他，自己流着泪，却为儿子抹了把泪，说："儿子，咱不哭。哭没有用，只有多杀鬼子才能报仇！"她自己依然是泪流满面。

冯毅之眼含热泪又为母亲拭泪，说："娘的话，毅之记住了。"

一三七　马鞍山上

冯毅之站在孙玉兰抱子跳崖处的悬崖上。他身后站着警卫员冯佃笃和县大队队员们。

山风呼啸，在崖上打旋。山风中回荡着孙玉兰的声音："孩子！妈妈只能带你们为国尽忠了！中国人民会为我们报仇的！爸爸会为我们报仇的！"

冯毅之面容严峻。

山风呼喊着妻女的声音：

"毅之报仇！"

"爸爸报仇！"

冯毅之紧握着拳头，突然伸手拔枪，咬着牙，对大"砰！砰！砰！"连鸣三枪。

他身后的队员们面容悲愤，也一起举枪，对天鸣枪三声。

一三八　马鞍山巍然屹立

镜头由马鞍山全景逐渐推近，逼视山上的英雄纪念碑正面碑文：气壮山河。

字幕：剧终

黄秋虎起兵

故事梗概

这是一个抗日故事。侵华日军残害了于兆龙即将拜堂的妻子，于兆龙悲愤交加，深夜独身潜入日军据点，杀死了夜进民宅奸淫妇女的日军小队长赖川，并留下布告，落款是抗日义勇军司令黄秋虎。这是他自己编造的名字，为的是威慑敌人。于兆龙的岳丈白立轩很是为于兆龙的勇敢所感动，鼓励他拉起队伍抗日，救国救民。于兆龙觉得自己人微力薄，难以起事，于是打起了为"抗日义勇队"黄秋虎司令招兵的旗号，并声称是黄秋虎司令亲入敌穴杀死了赖川，为民除害。民众佩服黄秋虎的正义和勇敢，纷纷报名参加于兆龙的队伍。

在此以前，卞家庄的卞振武在路上被日军赖川打了活靶。卞振武满腔怒火，临死前叮嘱妻子和女儿卞金凤说，为我报仇者，嫁金凤。卞家母女得知黄秋虎除掉了赖川，报了大仇，卞金凤决心遵照父亲遗嘱，嫁给黄秋虎。只是不知黄秋虎是何人？更不知他在哪里。现在听说于兆龙为黄秋虎招兵，觉得于兆龙一定知道黄秋虎在什么地方，于是参加了于兆龙的队伍，跟着一起抗日打鬼子。卞金凤多次向于兆龙询问黄秋虎的情况和消息。金凤母亲也曾说明金凤要嫁给替父报仇的大恩人黄秋虎。于兆龙很喜欢卞金凤，但他更知道黄秋虎这块招牌的威望，一直不敢承认自己就是黄秋虎，并一再谎称黄秋虎的队伍在外地与鬼子作战，打了不少胜仗。他以此聚拢人心，鼓舞军心。

时间长了，卞金凤和战友们似乎看出了端倪，觉得于兆龙很可能就是黄秋虎，但于兆龙仍是不承认。

在艰苦的抗日斗争中，于兆龙率队多次袭击日军，不断取得胜利，但他终觉得自己势单力薄。当得知八路军是一支了不起的抗日队伍，并亲自侦察了解后，他有意率队投奔八路军。恰在这时内部出了叛徒，暴露了于兆龙队伍的营地，日军连夜包抄。于兆龙带领少数人阻击，让战友们突围转移。他自己多处负伤，陷入重围。突围出来的战友们数次欲杀回村去救于兆龙，都没有成功。情急之下，他们想要赶快给黄秋虎司令送信，但没有人知道黄秋虎在何处。此时，白立轩终于说出了于兆龙就是黄秋虎的真相。

正在十分危急之时，八路军为救援于兆龙这支抗日队伍，急急地赶来了，立即杀向日军。卞金凤终于知道于兆龙就是黄秋虎，她不顾战火纷飞，拼命向村中冲去，她要救于兆龙。受重伤已经昏迷的于兆龙终于被救出来了。卞金凤紧握着他的手，流着泪说，黄秋虎，我终于找到你了，你醒醒，我是你媳妇卞金凤！

于兆龙终于醒过来了，他说自己骗了弟兄们，请原谅！他要弟兄们参加八路军，抗日到底！

电影文学剧本

在一棵古槐的枝杈上斜插着一面红旗，上书"抗日义勇队"字样，在红旗飘动的画面上。

推出片题：黄秋虎起兵

一　于兆龙家门外

大门两侧贴上了大红喜字，门眉上悬挂着红彩绸。人们在出出进进，一派喜气景象。

二　室内

窗上贴好了喜字窗花，人们在收拾新人的床铺。

一位 40 多岁的妇女帮新郎官于兆龙穿上了新衣，系好了纽扣，上下看了看于兆龙，说："好！好！兆龙更英俊，更气派了！新娘子过门一定喜欢你。"

另一妇女说："二嫂，兆龙和新娘子白龙雪曾一起跟着白龙雪的父亲读过书，白龙雪爱上了咱兆龙，所以咱于家派人去一提这门亲事，白家立时就应了。"

被称为二嫂的妇女拉着于兆龙的手说："兆龙，你爹娘走得早，你娘走的时候，拉着我的手，要我们操心为你说个媳妇，成个家，这一回新媳妇过了门，你娘在天之灵也就放心了。"

于兆龙说："谢谢二婶!"

一个男子的声音传进屋来："大红马借来了,迎亲队该出发了!"

二婶推了于兆龙一把："快去!"

三 于家沟村口

于兆龙身披十字红绸带骑在大红马上,迎亲队随其后,吹吹打打。他们刚出村口,就见一男子从村外急急地跑了来,迎住了于兆龙和迎亲队,张口气喘地说:"你就是白家的新姑爷于兆龙吧? ……不好了! 不好了! 白龙雪被鬼子害死了!"

于兆龙一怔,下了马:"你说什么?"

吹打乐也停了。

那人依然气喘吁吁:"我是白家的亲戚,本是去送白龙雪姑娘出嫁的,遇上小营据点的日本鬼子下乡扫荡,看到白家院里有人,便闯了进去。鬼子小队长赖川看到打扮一新的白龙雪俊俏,便把人们赶出屋,硬要强奸。白龙雪父母上前保护女儿,被打倒在门外。白龙雪坚决不从,咬断了赖川的手指,赖川用刺刀将白龙雪刺死了。"

于兆龙惊呆了。

那人说:"鬼子抢劫了村子,牵走了牲畜,抓了些人为他们修碉堡去了。"

于兆龙略一沉思,向身后人说:"你们回去!"他飞身上马出村去了。有人喊他,他头也没回。

四 白家庄白家

白龙雪母亲抱着惨死的女儿号啕大哭。

白龙雪的父亲白立轩呆立在一旁,面色愤怒得像要打雷。

邻人们也在抹泪。

于兆龙进来了,顾不上与人们打招呼,急扑向岳母抱着的白龙雪的尸体,惨呼一声:"龙雪——"泪如雨下。

白立轩看了一眼于兆龙,厉声道:"兆龙,起来!"

于兆龙站了起来,又扑向白立轩的肩头,悲痛地叫了声:"爹——"泪水如串珠滚落。

"别哭！没有用！"白立轩说。

于兆龙似乎清醒了些，抹了把泪给岳父母深深鞠了个躬，说："二老保重！于兆龙誓报此仇！"一跺脚转身走了。

五　于兆龙家

门上的大红对联已被撕得七零八落。

于兆龙捧着一把匕首，发出心声："此仇不报，枉为男儿！"

街上传来敲锣声，又传来保长的喊声："各家听好了，皇军命令家家都要出人去据点修岗楼，谁家不去，罚粮五十斤！"

哐！哐！又是锣响。

六　日军小营据点

于兆龙和劳工们在烈日下劳动。日军端着刺刀在监工。一位挂着指挥刀的日军头头过来了，日军向他敬礼。

劳工们窃窃私语："他就是鬼子小队长赖川，杀人抢掠，无恶不作，前几天在白家庄害死一个正待出嫁的姑娘。他每天晚上都要到后街上睡崔家闺女，崔家敢怒不敢言。"

于兆龙听到了，问道："后街崔家？有这事？"

那人说："咋不是真的？小营很多人都知道。崔家就在后街有大槐树的那个巷子口嘛。"

赖川过来了，人们不再说话。赖川口中骂着："八格呀鲁！快快地干活！"说着将一个瘦弱的老头踢倒在地，"你的太慢！"

七　于兆龙家中　月夜

于兆龙捧着那把匕首，站在院中，发出心声："说书人说元朝有个黄秋虎，专为百姓除恶除害，杀得鞑子听到黄秋虎的名字都胆战心惊……"他收起匕首，望着星空，继续发出心声："现在许多地方拉起了队伍抗日打鬼子，我何不以黄秋虎的名义杀鬼子，让鬼子摸不着头脑。"他沉思着，找出了块白布，蹙着眉用毛笔在白布上写起来。

八　小营据点围墙　夜

于兆龙寻到围墙旁边的一棵树下，掏出拴有长绳的铁钩，往树上一扔，铁钩便挂在了树杈上。于兆龙抓住绳子攀爬了几步，蹬着树干向围墙一荡，身体跃上墙顶，滑进了围墙里边。

九　小营据点月色昏暗星光闪烁

于兆龙悄悄摸到大槐树巷口，借助昏暗的月光，隐隐可见一名日军站在不远处的一家门前。于兆龙隐于槐树后，向巷中扔出一块小石头。日军听到响动，扭身问了句什么。

于兆龙又扔出一块小石头。日军喝问了一声，端起枪向巷口大槐树这边走来了。

于兆龙从小腿处拔出匕首，尾随着日军围槐树转了半圈，猛扑上去卡住了日军的脖子，接着将匕首刺进了他的胸膛，放倒了日军尸体，收了他的枪，又隐于树后。

过了一会儿，赖川从那家门口出来了，喊："井上！井上！"他见没人应声，骂了句："八格呀鲁！"向巷口走来。他走到槐树下，被日军尸体一绊，于兆龙乘机扑上去抓住了他的后衣领，不等他回头，匕首已刺进了他的咽喉。

十　白立轩家

白龙雪母亲紧望着于兆龙："你真的把害龙雪的鬼子杀了？"

于兆龙解开包袱，露出日军的两套军服。

白立轩又看了看于兆龙得来的一长一短两支枪，点了点头，对妻子说："快给兆龙弄点饭吃。"

妻子去了。

白立轩说："兆龙，这总算出了口恶气。明天老百姓看到鬼子的裸尸，一定是大快人心！……不过，日本鬼子是一定要查寻报复的！"

于兆龙："爹，我用白布写了个布告，让鬼子难以查找……"

十一　小营据点巷口大槐树下

日军围着他们同伴的两具尸体。翻译官捧着布告在念：

豺狼成性的日本鬼子听着：

你们跑到中国来杀人抢掠，无恶不作，丧尽天良。这个仇我们一定要报！这次杀赖川，是为了祭我被害亲人的灵魂。赖川二人的狗身子就留在街上喂狗吧！

除害者　抗日义勇队司令　黄秋虎

十二　白立轩家

白立轩说："你这办法好，让小鬼子既找不到义勇队，又难找黄秋虎……这日本鬼子残暴成性，杀中国人如同杀猪狗。卞家庄我那好友卞振武一家曾是省城马戏团的台柱子，日本鬼子来了，他们回了家，前几天卞振武出门在路上被小营据点的鬼子队长打了活靶，抬回家去，当天夜里就死了，撇下那母女哭得死去活来。"他看了看于兆龙，说，"你杀了赖川这两个鬼子，这是很让中国人出气的事，我得去看看他们母女，把这件事告诉她们，让她们也得点儿安慰。"

于兆龙定了下心思，说："爹，鬼子的衣服我已在龙雪妹的坟前祭过了，我可以再祭到卞大叔坟上，告慰他在天之灵。至于他的家人，我顺便告知一声就是了。现在世道这么乱，你老人家就不要外出了。"

白立轩点了点头。

十三　卞家庄卞金凤家室内　夜

母女对坐在暗夜的床上落泪。

金凤娘边哭边说："日本鬼子瞄着路上的行人就开枪，这还有点儿人性吗？你爹一生本分做人，死得冤啊……"

十四　镜头闪回

伤势很重的卞振武躺在床上，昏迷过去了。

金凤娘死攥着他的手，喊着："她爹！……你不能走啊！撇下俺娘儿俩怎么活呀……金凤还没婆家……"

卞振武徐徐睁开眼睛，断断续续地说："为我报仇者……嫁……嫁金凤！"

金凤娘："你是说，谁杀鬼子替我们报了仇，就把金凤嫁给他？"

卞振武目视着金凤，颤动着嘴唇，已说不出话来。

卞金凤明白父亲的意思，扑地跪在床前："爹，我一定听你的话，谁能为爹报了仇，我就嫁给他，服侍他一辈子。"

卞振武闭上眼睛，去了。

"爹——"卞金凤一声悲呼。

十五　（镜头返回）卞家室内　夜

金凤问道："娘，你说能有为爹报仇的人吗？"

咚咚！咚咚！突然听到有人敲击窗棂。

"谁？"母女立即警觉起来。

窗外传来男子的声音："卞大婶，打死卞大叔的那个鬼子头头赖川被杀死了，那鬼子的衣服被扒来供在了卞大叔坟前，让那杀人魔鬼向卞大叔请罪！"

"你是谁？你说什么？"金凤娘急问。

室外没了声音。

"金凤，快开门！"娘儿俩下床把门开了，只见一个黑影翻墙而去。

十六　山林中墓地　清晨

清晨的山林中静悄悄的。

金凤母女来到了卞振武墓地，只见两套日军军服放置墓前，上边放了块白布片，写着："我叫赖川，残杀中国人有罪！我该死！该死！"

母女面面相觑，不知这是怎么回事。

十七　卞家庄村内

村民在石碾旁议论着什么。见金凤母女走来，一妇女走上前告诉金凤娘说："嫂子，听说那个打俺振武哥活靶的鬼子头头赖川，被人杀死了，身上的衣服也被扒光了，光着身子死在街上。"

"什么人杀的？"金凤娘问道。

"听说是个叫黄秋虎的人杀的。"那妇女说。

"黄秋虎是哪里人?"金凤娘又问道。

"不知道。听说好像是个什么司令。"

十八　卞家室内

金凤说:"娘,黄秋虎既是为俺爹报了仇,我就遵照俺爹的叮嘱,嫁给他。"

金凤娘:"谁知他是个什么样的人?既是什么司令,也许早有了妻室呢。"

金凤说:"他若有了妻室,我情愿做佣人,为他们一家烧水做饭,服侍他们,报他的大恩,也算是对俺爹有个交代。"

十九　白立轩家中

白立轩对于兆龙说:"你以黄秋虎的名义杀了鬼子,震动倒是不小,鬼子到处抓黄秋虎,却是不知在哪里。老百姓传得沸沸扬扬,大快人心,都想见识见识黄秋虎这个英雄。"

于兆龙说:"爹,杀了两个鬼子,远远不够。我想以黄秋虎的名义招兵,或许能拉起一支队伍打鬼子。"

白立轩:"为了反抗日寇侵略,各地起了义勇军,为的是救国救民。前几天我侄儿白龙光捎信来,说是他们的工农红军改编成了八路军,开赴了前线打鬼子。眼下抗日是关系到我中华民族生死存亡的大事,你有决心联络人,竖起抗日的战旗,我支持。中国人齐心团结,不怕打不垮日本鬼子。"

"爹,有你老人家这句话,我就更有信心了。"

"你在省城国术馆学过武功,也会骑马,不过,作战不能只靠勇,更要有谋。"白立轩说。

于兆龙点了下头。

白立轩:"我看利用黄秋虎这块招牌还是有威望。"

"爹,我就以黄秋虎的名义招兵,这事只有你知我知。"

二十　赵家庄

村中古槐的枝干上飘着一面红旗,上书:抗日义勇队司令黄秋虎独立大队招兵。

街上陆续来了不少人。一位二十六七岁的男子走到碾台旁的于兆龙跟前,说："表弟，是你给黄秋虎招兵吗？"

"对！你是……"

"我母亲不是你表姑吗？我叫……"

"你是宗胜哥？"

"对，我是宗胜！听说黄秋虎招兵，俺村里来了八九个人。"他回首喊了声："王占牛！"

一个威风凛凛的大个子，提着鬼头刀过来了。宗胜又对于兆龙说："表弟，他叫王占牛，人称鬼头刀，听说黄秋虎杀鬼子，他在家里把鬼头刀磨了好几遍了。"

王占牛"嘿嘿"地笑了笑，问于兆龙："你就是黄司令？我想跟你干！"

于兆龙："我是黄司令手下独立大队的大队长，黄司令在南边山里，正指挥队伍打鬼子呢，听说这边有不少人想参加他的队伍，就派我过来招兵，因为我是咱本地于家沟人嘛。"

一个瘦小的人过来了："我要参加义勇队。"

有人说："刘壁虎，你敢上阵？"

"看不起人，是不是？我打过猎呢！"

另一个十四五岁的少年过来了："我叫小铁锤，我也参加！"

于兆龙将手中的本本交给宗胜，说："表哥，你给大家登记一下吧。"

二十一　白立轩家中

卞金凤娘说："她白叔，你振武哥死得冤，临死嘱咐只要有人为他报了仇，就把金凤嫁给他，现在出了个黄秋虎，真把鬼子杀了。不知他是个什么人？去哪里找他？"

白立轩妻子一听，惊喜地说："你问黄秋虎啊……"

白立轩怕妻子马上要把事说破，急忙阻止说："我们也听说这个人厉害，但不知是谁，多留意吧。"

金凤娘："白家兄弟，你认识的人多，消息也广，找到了黄秋虎，务必跟我说一声。"

白立轩："大嫂放心，这事我一定留意，一定留意。"

金凤娘又对白立轩妻子说："大妹子，你也多留心。"

白立轩妻子："是，嫂子，我也多留心，有了信就跟你说。"

二十二　赵家庄场上

"黄秋虎抗日义勇队独立大队"的旗子迎风飘扬。

于兆龙在领着数十人进行大刀操练。

有人喊："于大队长，有人找你。"

于兆龙一回首，见一50多岁的男子领着一位20多岁的姑娘走过来。

于兆龙迎上去，说："你不是这村的赵万同大叔吗？找我有事？"

赵万同说："于大队长，我也想参加你们的队伍打鬼子，不要嫌我老，我可以为你们做饭呢。这是我闺女赵青云，让她给我做帮手，保证让弟兄们能吃上热乎乎的饭。"

于兆龙说："赵大叔，记得你那天找过我，我怕你年龄大，吃不消……"他犹豫了一下，"好吧！大叔决心抗日，精神可嘉。就来干干试试吧。"

二十三　卞金凤家

"老太太在家吗？"随着喊声，从大门口走进两名带枪的人，手中提着糕点。

金凤娘赶忙迎进了屋内，问道："两位老总是……"

一位有小胡子的人说："老太太，你们的好运来了，你家卞金凤长得漂亮，听说在马戏团骑马跑场也是好手，我们杨司令知道了，让我们特来提亲。卞金凤若嫁给了我们司令，你娘儿俩就等着享福吧。"他说话带着嗡嗡的鼻音，他说的是杨司令，还是黄司令，让人难辨。

"黄司令，是个什么司令？"金凤娘问道。

"是我们全军的司令，这官可大了。"

"敢打鬼子？"

"我们司令天不怕，地不怕，什么都不怕。"

金凤娘回首悄悄对金凤："我们找黄司令找不到，他自己派人上门来了，这可真是……"她带着惊喜，会意地向金凤望了一眼。金凤羞怯地进套间去了。

小胡子说："老太太，这样天大的喜事，你不用说，我也知道是一万个同意的。过几天我们司令亲自上门迎亲，并有重礼送上，你这丈母娘就一步登天了。"

二十四　日伪田庄乡维持会会长田敬斋家

伪乡队队长王盼贵在向田敬斋报告："田会长，抗日义勇队在赵家庄招兵，已经有了几十人。"

"黄秋虎的义勇队？"

"是，听说他们的司令就是进小营据点杀皇军的那个黄秋虎。"

"这个黄秋虎不可轻视。"田敬斋说，"派人进城向皇军报告，趁他们初建，没成气候，一锅端了他们。"

"我们送情报，城里皇军不认识我们，相信不？"

田敬斋望着他："笨蛋！我家二公子田家北在城里给皇军当翻译呢，去让家北引荐不就行了。"

王盼贵连连点头，去了。

二十五　卞金凤家

一队迎亲队伍奏着乐停在了卞家门前。

身披十字大红花的新郎官在门前下马，被簇拥着进了院门。

新郎官是个矮胖子，一进门就亮开嗓门喊："老太太你好！小婿我来了！以后你就是本司令的丈母娘，我就是你的门婿了。"他一招手，三个大礼柜抬进了院子。接着又命令手下人："你们快把丈母娘扶好，我要给丈母娘磕头。"接着跪下了，一边磕头一边说："祝丈母娘好运！长命百岁！"

小胡子上前扶起他。

金凤娘乐得笑。

新郎官看了看室内，又问道："我那媳妇呢？"

有人说："她在屋里打扮呢。"

新郎官："不用打扮，我就喜欢原始原样的原装货黄花大闺女，快把她扶上马。"

"是。"跟来的人应声答道。

二十六　卞金凤家门外

卞金凤被扶上马，新郎官也上了马，奏着鼓乐唢呐去了。

金凤娘高兴地一直望着他们出了村。

二十七　白立轩家

金凤娘对白立轩说："白家兄弟，我急急来向你报个喜讯，你不用再费心了，咱金凤被黄司令娶走了。"

白立轩一惊："哪个黄司令？"

金凤娘："听说在黑虎山那边，什么军的司令，该就是黄秋虎吧？"

白立轩把腿一拍："坏了，坏了！黑虎山那边是杨中九拉着一伙土匪，自称天下第一军司令。"

"不是黄秋虎？那个小胡子副官说话鼻音很重，我听他好像说的是黄司令。"

"不！他大概说的是杨司令。"

"我听错了？他们把金凤带走了，这会儿走出二三里地了吧。"

白立轩说："我快去看看！"他急急出门去了。

二十八　赵家庄操练场

白立轩急喊："兆龙，兆龙！"

于兆龙正领人操练，看白立轩来了，赶忙过来问道："爹，你怎么来了？"

白立轩："快领人去救卜金凤！"

"怎么回事？"

"她被黑虎山杨中九骗走了，估计要走黑石崖，你们快去救她！"

于兆龙喊了一声："弟兄们集合，跟我来！"他领队跑步去了。

二十九　黑石崖下

胖司令的迎亲队伍吹吹打打往前走，突然从前边树林里蹿出三四十个拿着大刀的人来，拦住了去路。

胖司令喝问道："什么鸟人挡住本司令的迎亲队伍？闪开！"他的手下人立即拉动了枪栓。

于兆龙这三四十人立即扬起了大刀。

于兆龙上前道："你是什么人？敢大白天骗婚？"

胖司令在马上神气活现："什么人？老子说出名字来怕你们这些小蟊贼吓掉

了魂！告诉你们，老子是黑虎山天下第一军司令杨中九！"

卞金凤听清了："你是杨中九？不是黄秋虎？"她赶忙滑到了马下。

"媳妇，你甭怕！我杨中九能保护你！"

卞金凤爬起来："不……不……"她向一边躲，"我以为你是黄秋虎。"

杨中九掏枪指向卞金凤："怎么？你变卦了？"

于兆龙上前一跳夺了他的枪，将他拉下马来。

杨中九喊了声："弟兄们给我动手！"

于兆龙那三四十人早将杨中九的人围住，把枪夺了。

卞金凤说："谢谢你们救了我，我和俺娘都以为他是黄秋虎。"

于兆龙对杨中九说："听明白了吧？你没跟人家说明白你是杨中九，不是黄秋虎。既然还没伤害卞金凤，放你们走吧。"

杨中九想要讨回他们的十几杆枪和他坐骑黑马。

于兆龙说："你躲在山里祸害老百姓，又不打鬼子，这枪这马先让我们用吧。"

"你们……"

"告诉你，我们是抗日义勇队黄秋虎司令的独立大队。"

杨中九和手下人再没敢说什么。

三十　山道上

于兆龙的队伍得胜归来，个个精神振奋。

鬼头刀王占牛对于兆龙说："于大队长，这回有了枪，得给我一支了。"

于兆龙说："回去分配。"

卞金凤问道："你是大队长？是黄秋虎的队伍？我要跟你们当兵。"她暗发心声："只要加入了黄秋虎的队伍，还怕找不到黄秋虎吗？"

王占牛听到卞金凤的话，抢先说："你也要当兵？"他看了看卞金凤，"你这模样长得不赖，给人做媳妇，都会抢你，当兵怕是没人要。"

卞金凤有些气，白了王占牛一眼："于大队长还没说话呢，你……"

于兆龙说："卞金凤，你们母女被杨中九骗了，你娘一定挂念你。你受了场惊吓，还是回家吧，我派人送你。"

三十一　卞金凤家

"娘，救我的那些人是黄秋虎的队伍，我想参加，他们不肯收我……"

金凤娘："去找你白叔，看看他能帮忙不……"

三十二　赵家庄于兆龙队伍营地

白立轩领卞金凤母女找到了于兆龙。

金凤娘说："于大队长，你们既是黄秋虎的队伍，我家金凤就决心跟着你们干。"又转向白立轩，"她白家大叔，金凤爹临死前说的那句话你是知道的……你给求个情。"

白立轩将于兆龙拉到一侧，悄悄说："……就是这么回事，这姑娘决心嫁给黄秋虎报恩。"

于兆龙说："爹，哪儿有什么黄秋虎？这事你都知道，不能收她。"

白立轩："她们母女跟咱们一样，恨死日本鬼子了，我看收下吧。伙房里不是已有个姑娘吗？让卞金凤也去伙房做饭就是了。"

于兆龙只得点了点头。

白立轩："还有个重要情况，我有个学生叫申怀中，被城里汉奸大队长掳去逼做副官。他不愿当汉奸，我要他混在城里做内探，他让人送出信来说，田庄乡伪乡队队长王盼贵去城里报告了你们在赵家庄的活动情况，这几天鬼子汉奸极有可能出来围剿，一定要小心留意。"

于兆龙："田庄伪乡队？我们先收拾他。"

三十三　田庄　夜

于兆龙领人悄悄摸进了村中。

三十四　田庄乡伪乡队队部室内　灯下

灯光照见桌上杯盏狼藉，伪乡队队长王盼贵说："现在皇军势力强大，我们靠着这棵大树吃不了亏。眼下不少人家缺粮，我把咱们昨天抢来的粮食，分给你们每人 10 斤。谁要是发现了发财的机会，跟我讲。世上再缺粮也饿不着咱弟兄们，只要你们跟着我好好干。"又问道，"外边谁值岗？"

"三牛子和刘光。"

王盼贵说："现在分粮。"

三十五　伪乡队门外

两伪乡队员在值岗。

于兆龙、宗胜和王占牛沿墙根悄悄摸上去，不等岗哨发觉，将其抹了。

于兆龙一挥手，20 多名义勇队队员随他进了院子。

三十六　伪乡队室内

王盼贵还在喊着分粮："王大旦 10 斤……"

于兆龙带头冲了进来，用枪一指："都别动！举起手来！"

伪乡队员都吓蒙了，乖乖地举起了手。

王盼贵打翻了油灯，伸手去摸枪。王占牛暗将手中的鬼头刀劈了过去，只听惨叫一声，王盼贵死了。

于兆龙说："谁再动，就打死谁！"

宗胜又燃着了灯光，于兆龙让队员们把伪乡队的枪收了。说："今天先不杀你们，但今后不准再帮日本鬼子祸害中国人！"

于兆龙让人把他们赶进黑暗的套间，把门锁了。说："谁要是敢说话乱动，就叫你们尝尝手榴弹。"

伪乡队员唯唯连声。

于兆龙说："去田敬斋家，警告警告他！"

三十七　赵家庄村内　夜

日军中队长谷野挥舞着指挥刀指挥日军冲进村内。

"报告谷野君，村里没有发现义勇队。"

谷野："他们跑了？再搜！"他又问翻译官田家北，"田桑，是你父亲手下人王盼贵报告的情况，说义勇队在赵家庄招兵。"

"报告谷野太君，没有发现义勇队。"

"报告谷野太君，没有发现义勇队。"

谷野发怒了："王盼贵敢戏耍皇军？去田庄！"

三十八 田敬斋家

田敬斋面对于兆龙领着闯进的一群持枪人："不知诸位长官是哪部分的？深夜来到舍下……"

于兆龙说："田敬斋，告诉你，我们是黄秋虎抗日义勇队独立大队的！鬼子来了，你就干上了维持会长，你儿子田家北为鬼子当翻译，你父子当汉奸，还让王盼贵去向鬼子告我们义勇队的密，我们找你算账来了！"

田敬斋十分害怕："长官，我和儿子都是被逼的，至于王盼贵告你们的密，我一点儿也不知道，确实是不知道。"

"你支持抗日吗？"

"支持，支持！"

"把你家护院的枪缴出来，让我们打鬼子。"

"我这里还有支短的，那长枪被王盼贵弄去了。"

"看看！你还是支持了王盼贵那个坏蛋吧？"

王占牛说："大队长，甭跟他啰唆了。"又向田敬斋吼道，"让你们搅得我们还没吃晚饭呢，老子饿了，快去给弄吃的！"

田敬斋："是，是！我让家人去做饭。"又喊小儿子："家西，快喊人给长官们做饭。"

田家西应声去了。

一名义勇队队员跑了进来，急急报告说："于大队长，村西口发现了鬼子！"

于兆龙一怔："看清了？"

"看清了。"

"撤！"于兆龙说，又转向田敬斋，"你很高兴吧？"

"不！不！我……"田敬斋说不清。

于兆龙领着大伙出了田家大院。

三十九 田庄村内

义勇队行至街东口，又有队员报告："于大队长，村东发现鬼子！"

宗胜从南边转了来，说："于大队长，鬼子进村了，我们被包围了。"

队员们紧望着于兆龙。

王占牛："我在前边开路，冲出去！"

于兆龙略一沉思："不！回田家！"

四十　田家院内

田家西急急进屋跟父亲说："爹，我跟到街上，原来是皇军来了，他们被包围了。"

田敬斋幸灾乐祸："让皇军收拾他们。"

这时，于兆龙又领着返回了田家。

田敬斋又变成十分恭敬的样子："饭马上做好了，请长官们后院用餐吧。"

于兆龙沉思着："他想将我们一网打尽！"看了看田敬斋，"把你的家人全喊起来！"

田敬斋："他们都吃过晚饭了。"

于兆龙火了："让你去喊，你就去喊，快！"

田敬斋："是！是！家西，把他们都喊起来，听长官训话。"

于兆龙："田敬斋，你知道鬼子来了，很高兴是吧？告诉你，不要高兴得太早！"

田敬斋："不，我不知道来了鬼子。"

于兆龙："我分明看见你儿子往家跑，不就是向你报信？"他看到田家的男女老少十几口人都起来了，说："都到后院去！"

后院大厅也有个套间，于兆龙又说："这就好，你的家人都进套间吧。"又对田敬斋说，"你今天只有保护我们，你的家人才安全，我们的人在外间，你的家人在里间，你若敢出卖我们，我的人往套间扔一颗手榴弹，你全家人活不成。"

田敬斋吓坏了："长官……长官……我怎么保护你们……"

于兆龙："鬼子若来到后院，你就说，我们是田庄乡队的人，巡逻了半夜，到你家吃夜饭来了。"

田敬斋连连点头。

于兆龙说："拿饭来！"

前院传来日军的喊叫声。

于兆龙说："田会长，你主子来了，我这个乡队长陪你去迎接一下吧。"

他们刚要出门，谷野领几名日军与翻译官田家北进来了。

田敬斋忙上前施礼。

田家北说："谷野太君，这就是我父亲。"

谷野又盯着于兆龙。

田敬斋忙说："太君，这是俺田庄乡队队长。"

谷野："乡队队长是王……"

田敬斋忙说："姓王的是副队长，他今天不在，这是队长。"

田家北看了一眼于兆龙，疑惑道："你……"

田敬斋忙拉住儿子田家北的手："你忘了，他是后庄你表哥嘛。"又向儿子丢眼色。

田家北如坠入云里雾中，只好应着："噢……"

于兆龙说："报告太君，我们乡队为预防黄秋虎，巡逻了半夜，到田会长家中找吃的来了。"又回首说，"弟兄们，尽管吃，吃饱了还要夜巡，要严防黄秋虎。"

谷野又质问田敬斋："赵家庄的没有义勇队？"

田敬斋："义勇队前些天确实在赵家庄活动过，也许转移了，他们的活动，我也说不清。"

田家北把父亲的话翻译给谷野。

谷野拍着于兆龙的胸膛："你的大个子，不怕黄秋虎？"

于兆龙说："我们不怕！"

"哟——西！"谷野伸了伸拇指。把手一挥，日军跟他出门去了。

听日军的脚步去远了。王占牛把大拇指一伸，说了声："哟——西！"大口吃起饼子来。

义勇队队员无声地笑了。

四十一　处于山腰上的石崖村

赵万同、卞金凤、赵青云在做早饭。

刘壁虎在眉飞色舞地说着："……昨天夜里进田庄，我们于大队长演了场好戏，把日本鬼子蒙住了，田敬斋那老狐狸也只能服服帖帖听于大队长的。"

卞金凤："你们没害怕。"

刘壁虎："害什么怕。"

赵青云："你们真了不起！"

卞金凤："可惜我们被转移上了山，没见到那情景。"

赵万同一边忙着，一边说："说不定今后还有机会的。"

卞金凤："赵大叔，我们把头发绾起来，扮成男的，可随他们一起上阵。"她又对赵青云说，"妹妹，我们还得好好练习打枪和用刀。"

刘壁虎："你们愿意学，我教你们。"

"壁虎哥！壁虎哥——找你出操呢！"小铁锤一边喊着跑来了。

"这就去，这就去！"刘壁虎跟着小铁锤向外走。

小铁锤说："壁虎哥，你总喜欢找两位大姐说话，人家说你是个媳妇迷呢。"

刘壁虎："管他们说什么，我这点自由也没有？"

刘壁虎走了，卞金凤和赵青云又忙了起来。

听到又有人喊："卞金凤，你娘来找你呢。"

卞金凤应道："知道了。"

四十二　石崖村大树下

卞金凤说："娘，在这里坐一坐吧。"

金凤娘说："金凤，在这里过得苦不苦？能吃饱饭不？"

卞金凤说："有时连窝窝头也吃不上，还能不苦？不过大家热情高，都愿意打鬼子。"

金凤娘从怀中掏出两个鸡蛋，说："凤，你吃了吧，娘在家煮熟了。"

卞金凤说："娘，看你……"

金凤娘："快吃了吧，我捂在怀里，还不凉呢。凤，我问你，见到黄秋虎了吗？"

卞金凤摇了摇头。

"也没有他的消息？"

卞金凤又摇头，说："有人说，于大队长就是黄秋虎，他总是说自己是黄秋虎手下的独立大队长，又说黄秋虎在南山里，领着兵打鬼子。"

金凤娘："那天见于大队长一面，觉得他倒是个很正派的人。又那么英俊年轻，他若是黄秋虎就好了。"

四十三　室内　夜

窗口的月光照见睡在炕上的卞金凤和赵青云。

卞金凤翻了个身。赵青云问道："金凤姐，你没睡着？我想问你个事。"

"说吧。"

"实话说，你觉得于大队长这人怎么样？"

"挺好的，不仅长得好，对付敌人也有办法。"卞金凤说，"你是不是喜欢上他了？"

"金凤姐，不怕你笑话，我真喜欢上他了，只要他愿意，我就嫁给他。姐，你可别跟我争呀！"赵青云说。

"我要嫁给黄秋虎，只要他不是黄秋虎，我就不跟你争。"

"肯定不是的。他说黄司令在南山里呢。"

卞金凤的心声："黄秋虎到底在哪里呢？"

四十四　村内场上　月光下

卞金凤和赵青云在练刀，两人对打得出了汗。

刘壁虎在教她们。

于兆龙和宗胜从村头查岗回来，说："夜深了，都回去休息吧。"

宗胜一看到刘壁虎，问道："刘壁虎，你在干什么？"

"我教她们哩。"

宗胜小声说："教她们可以，你可别胡乱多想，两个姑娘两朵花，你可别癞蛤蟆想吃天鹅肉，你得撒泡尿照照自己。"

刘壁虎："嘿嘿，我哪敢想那些事。"

于兆龙问道："看见王占牛没有？"

刘壁虎："他说他娘病了，想回家看看，晚饭后就走了。"

于兆龙："怎么没请假？"

刘壁虎："他说夜里去，夜里回，误不了咱这边的事。"

于兆龙生气地说："这个王占牛，又擅自行动。"

四十五　山村村口

王占牛提着鬼头刀，赶着一个牵牛的50多岁的男子进了村。

刘壁虎迎上来说："王小队长，你没请假，擅自行动，于大队长可能要批评你。"

王占牛把眼一瞪："批评我什么？现在天刚亮我就赶回来了，还为咱部队搞来一头牛。"

四十六　于兆龙的大队部

于兆龙问道："牛是哪里的？"

"他偷的。"王占牛指了指中年男子。

"偷的谁家的？"于兆龙又问。

"桃花峪黑仓家的。我向这位长官说过了。"中年男子看了看王占牛。

王占牛说："他叫莫成仁，他儿子莫有义在据点里当汉奸小队长，老子儿子都是坏蛋。我今夜探娘回来，走在岭上，正遇上他偷了人家的牛，就让他给我们牵来了。咱的队伍可以改善一次生活。"

于兆龙："什么改善生活？偷老百姓的牛，是祸害百姓！"

王占牛："那是他祸害老百姓，又不是我们……"

于兆龙："我们不给老百姓送回去，不等于帮他祸害老百姓？"他对外喊，"宗胜！"

"来了！"宗胜进门。

于兆龙说："让这个偷牛贼领着，你给失主把牛送回去。"

王占牛还是不服气："这……"

宗胜按住他："听于大队长的。"

于兆龙说："王占牛，你过来，我跟你说。"

四十七　黑虎山杨中九驻地

小胡子副官对正在抽大烟的杨中九说："杨司令，我派人探听好了，于兆龙的队伍这几天驻在黄家峪。"

杨中九眼睛一亮："消息准确？"

小胡子："准确。"

杨中九坐了起来："好！我们投了皇军，正缺个见面礼。皇军是最恨黄秋虎的，抓不住黄秋虎，能抓住于兆龙，皇军也会感谢我们提供情报。赶快派人进城报告！"

"是！"小胡子应道。

四十八　桃花峪黑仓家

近 30 岁的女人陈三腊对粗壮的男人黑仓说:"黑仓,黄秋虎的队伍帮我们家找回了黄牛,这个情该怎么谢呀?"

"你说咋谢?"

陈三腊说:"走,去见见人家。"

四十九　于兆龙部队驻地

陈三腊拉丈夫黑仓跪在于兆龙跟前,连声说:"于大队长,你们是大恩人,要不是你们,俺那黄牛就找不回来了,俺给你磕头!"

于兆龙忙拉起他们说:"使不得!使不得!"

陈三腊说:"大队长,俺还有件事,就是想求你收下俺男人当兵。俺在家商量好了,觉得跟着您这样的人学,一定有出息。"她推了男人一把,"你说话呀!"

黑仓:"嘿嘿!就是就是!"

陈三腊:"大队长,俺男人叫黑仓,他姓黑,又长得黑。他是外地人,那年讨饭到俺庄,饿昏在俺家门前,是我和俺娘把他弄到家里,救了他。"

"嘿嘿!"黑仓又是一笑。

陈三腊:"他这个人嘴拙,可心里不拙,是非曲直他都懂得。看见有人受欺侮,他就出手相助,恶人纵然是天王老子,他也不怕,俺庄里人都说他'天不怕,地不怕,就怕陈三腊'。陈三腊就是俺。其实,他不是怕老婆,只是因为俺救过他的命,他愿意听俺的。"

"嘿嘿!就是,就是!"

"你看俺男人除了会说就是就是,还会说什么?"

"嘿嘿!"

"大队长,俺男人有力气,三个鬼子也打不过他。"

于兆龙笑了:"大嫂,你这么支持,我们欢迎大哥加入黄司令的队伍。"

陈三腊笑了:"大队长,谢谢你了!"又转身对黑仓说:"你跟着于大队长好好干,别想家,要想俺了,俺就来看你。"她为黑仓正了正衣扣。

五十　于兆龙大队部院中

宗胜对王占牛说："还是大队长高明啊！给人家送回去一头牛，换回来一个粗壮汉子和我们一起打鬼子。知道不，这叫人心换人心。你王占牛身高体壮有力气，但是……"他指着王占牛的脑袋，"这里不行。"

"嘿！"王占牛笑了，摸了摸脑袋。

五十一　义勇队驻地　卞金凤和赵青云住处　晚

一中年妇女进来就喊："青云，外甥女！"

赵青云忙应："三姨来了。"

三姨："你们天天忙，也没到我家去，晚上没事了，过去坐坐吧，我还留着红枣呢。"她看了看卞金凤，"你这姑娘真水灵，也一起去吧，今晚住我那儿也行，一起说个话儿。"拉了赵青云和卞金凤就走。

赵青云说："我跟俺爹说一声。"

五十二　于兆龙驻地　夜

于兆龙和宗胜在说着什么，一义勇队队员急急跑进来："于大队长，村外发现敌人，好像人数不少。"

"敌人？"于兆龙一惊。

又有人进来报告："报告于大队长，村外有鬼子，也有汉奸队。"

于兆龙蹙着眉："敌人是有备而来？……赶快组织从村后小夹道里转移上山。"

五十三　山村

日伪军拥进了村庄，呼叫着搜索。

日军中队长谷野呜哩哇啦地喊叫着。

杨中九也在街上喊："仔细搜，让于兆龙的人一个也休想跑掉！"

村里全乱了。

五十四　村后小夹道

于兆龙率义勇队队员从小夹道翻出墙去，出了村子。

"上山!"于兆龙低声命令道。在暗淡的星光下，他清点了人数，问道："卞金凤和赵青云呢？"

赵万同说："昨晚上青云她三姨把她们叫去了，可能是住宿在那里了。"

于兆龙说："不好！怕是我们转移，她俩不知道。"又问赵万同，"赵青云三姨家住哪边？"

赵万同说："村东北角，门前有棵老桑树的那一家。"他急转身，"我回去找她们。"

于兆龙拉住他："大叔不能去！敌人进了村，已经很危险了。"

王占牛："我去！"他要下山。

于兆龙又拦了他："你们都转移上山，还是我去。我查岗时观察过村里的情况，我能很快找到那地方。"又说，"服从命令，你们上山。"他独自下山去了。

五十五　赵青云三姨家

三姨急急唤醒赵青云和卞金凤："你们快起来，村里像是来了鬼子。"

街上传来鬼子汉奸的叫骂声。

俩姑娘一骨碌爬起来。卞金凤说："我们快去找赵大叔。"

三姨说："街上到处是鬼子汉奸，你们回不去了。快随我来！"她急急将赵青云按在灶后，将卞金凤藏进院中的柴草垛里。

两名汉奸兵端着枪进了院子搜查。

汉奸兵从灶后搜出了赵青云。看了看她，说："小妞挺漂亮，这回让老子尝口鲜黄瓜吧。"他逼赵青云脱裤子。

赵青云不从。汉奸兵用刺刀尖挑破了赵青云的胸襟。

三姨上前护住说："老总，您行行好，这是俺闺女，你们不能……"

汉奸兵："什么不能？我们司令都能，我们为什么不能？滚开！"将三姨踢在一边，用刺刀逼赵青云脱裤子。

赵青云惊恐万状，脱口急呼："金凤姐救我！"

卞金凤推开身边的柴草，摸过垛旁的扁担，扑向汉奸兵，一边喊："妹妹快跑！"

两汉奸兵用枪杆招架卞金凤。

赵青云趁机摸过了墙边的铁锹，向汉奸兵扑打。汉奸兵很快挑落了赵青云手中的铁锨，卞金凤手握着扁担扑向汉奸兵，被汉奸兵击掉了。汉奸兵分别抓住了卞金凤和赵青云，甩向柴垛，一边说："我们大老爷们，还收拾不了你黄毛丫头？都给我脱裤子！免得老子动手！"

卞金凤爬起身赤手要与汉奸兵搏斗。赵青云大喊："救命啊！"

这时于兆龙正从墙上翻进了院中。一名汉奸兵再次摔倒卞金凤，又听到身后有人，刚要回头，于兆龙扑上前，枪口已砸向汉奸兵脑袋，汉奸兵当即倒地。另一名伪军回身去摸枪，于兆龙一枪将其击毙。

两姑娘一看于兆龙来了，惊喜得喊叫"大队长……"

于兆龙说："背起他们的枪，快跟我走！"

五十六　山村街上　夜

于兆龙和两姑娘在黑暗的街上，贴着墙根前行。从一家门口突然出来一名正在搜查的日军，他发现了于兆龙，骂了句："八格呀鲁！"

于兆龙也还了句："八格呀鲁！"

两姑娘直往于兆龙身后躲。

日军的刺刀向于兆龙刺了过来。

于兆龙一闪身，躲过了刺刀，顺手抓住了日军的枪杆。日军拼命欲要抽回，于兆龙趁其不备，一脚踢向日军裆部，日军倒下，于兆龙夺枪在手，向日军刺下。他招呼两姑娘："快走！"

前边街口处又有人喊："干什么的？"

"你是干什么的？"于兆龙厉声喝道。

"我们是杨中九司令的人。"

"八格呀鲁！滚开！"于兆龙吼道。

"原来是皇军，误会！我们去那边了！"杨中九的人把街口让开去了。

于兆龙又喊了声："快！"三人迅速越过街口，出了村子。

五十七　县城日军司令部

日军长官训斥中队长谷野："你们统统无能，竟然让黄秋虎跑了！"

谷野不敢抬头。

日军长官："你的还有什么招数？"

谷野："田庄乡队长，那个大个子，他说不怕黄秋虎，可以用他侦察黄秋虎的消息。"

日军长官："必须将黄秋虎的义勇队一网打尽!"

"嗨!"谷野应声。

五十八　义勇队训练场上

义勇队队员在舞刀练射击。

黑仓练得大汗淋漓。

于兆龙走过来，说了声："好!"

五十九　营地伙房

赵青云和父亲在屋里忙着做饭。

卞金凤担水进院。

刘壁虎跟进来了。

卞金凤放下水桶，说："壁虎哥，队伍不是正在操练吗? 你咋的来了?"

刘壁虎："快渴死我了，我来找口水喝。"

卞金凤从屋里为他端来一碗水，说："我看到于大队长亲自指挥操练，他可真是事事带头。前天，我们的粮食吃光了，于大队长接着搞来了粮食，听说是进山从黄秋虎司令那里弄来的。"

刘壁虎喝完了水，微微一笑，凑上前去，几乎要贴到卞金凤的脸，神秘兮兮地说："听说那粮食是从田敬斋家弄来的。"

"不是黄司令给的?"卞金凤问道。

刘壁虎更神秘地说："金凤，咱兄妹实在，说个悄悄话。有人说，黄秋虎就是于大队长，别没有黄秋虎。"

卞金凤："可于大队长怎么说黄司令在山里打鬼子呢?"

刘壁虎："这事……我也说不清。"

六十　白立轩家

金凤娘问白立轩："白家兄弟，咱金凤跟着于大队长当兵，为的是多杀鬼子为爹报仇，也顺便找到黄秋虎这个大恩人。可是这时日也不短了，黄秋虎一点儿消息也没有，那于大队长领的兵可真是黄秋虎的队伍？"

"老嫂，据我所知，于兆龙的兵确实是黄秋虎的队伍。"

金凤娘："于大队长怎的总是不与黄司令在一起呢？"

白立轩："只要有利于打鬼子，可以分分合合嘛。"

金凤娘："这什么时候才能有黄秋虎的消息呀？"

白立轩："世道太乱……"

六十一 义勇队驻地

于兆龙对宗胜、王占牛说："黑虎山杨中九公开投日，被日寇编为皇协军。杨中九派出一个小队，由莫有义领着，与日军同驻小营据点，经常下乡征粮，抢掠牲畜，甚至帮助日军征要花姑娘，逼得群众叫苦不迭，许多村的群众要我们报告黄秋虎司令，救救他们。"

宗胜说："小营据点的日军小队长被黄秋虎司令杀死以后，又来了个叫木下的小队长，他和赖川同样疯狂。去年除夕，他带领日伪军突然窜到大车沟，抢走全村粮食和牲畜，烧毁了许多房舍，使老百姓大年之夜无家可归。"

于兆龙说："我们不能光被动挨打，也该惩治惩治狗日的！"

王占牛说："早就该打一仗了。"

于兆龙说："八路军的一支队伍前几天在龙山铺前劫了鬼子的军车，得了他们不少弹药，城里的鬼子下乡扫荡，但兵力不足，将小营据点里大部日伪军也调去参加扫荡了。"

王占牛："这正是收拾他们据点的好机会，我们现在就去打吧！"他搓着手掌说。

于兆龙看了王占牛一眼，耳畔响起白立轩叮嘱的话："打仗不仅要有勇，更要有谋。"说："不可硬攻，还是想办法巧进据点为好。"

六十二 路上

十几辆小车载着粮袋子，几头驴子驮着粮袋子，还有人赶着二三十只羊和牛，向小营据点奔来。

王占牛说："这麻袋里装沙子，比粮食还重。"

宗胜说："装沙袋冒充粮食，糊弄洋鬼子呢。"

六十三　小营据点门外

送粮车队被拦住了。保长打扮的于兆龙上前说："我是王楼村保长，皇军在南边打了胜仗，得了八路军不少粮食，让我们送到小营据点来。"

岗哨上前摸了摸第一辆车上盛装着的粮袋，又望了望后边的车队，说："我去报告长官。"

杨中九派来与日军共驻小营据点的小队长莫有义叼着烟出来了，斜着眼子看了看于兆龙："你是王楼保长？我怎么觉得你有些面熟？"

"那就是咱们在什么地方见过。"于兆龙说，"因为我是保长嘛。"

莫有义鼻孔里"哼"了一声："你一个保长有什么了不起！我表姨夫白立轩，皇军请他当县长，他还不干呢！"

于兆龙说："我没什么了不起，只是奉木下太君的命令，押送粮食过来，还要留守的太君出个收据，让我们回去交差。"

莫有义又看了看送来的粮食确实不少，说："跟我去见太君。"

于兆龙招呼宗胜说："宋庄宋保长，你也一起去吧。"

六十四　日伪据点内

莫有义领他们进了伪军院，又向东边一个便门走去，一边说着："皇军驻东院，我们驻西院，这个门通连着。"

日军院中东南方是高高的岗楼，北边是平房宿舍。

莫有义说："皇军留守的人很少，我领你们上岗楼去找他们吧。"

三人进入岗楼，岗楼底部无人，静悄悄的。

于兆龙向宗胜丢了个眼色，猛地从背后用左手卡住了莫有义的脖子。莫有义一惊："你……"

于兆龙右手用枪指住他脑袋，威严地低声喝道："不要喊！我们是黄秋虎！"

宗胜把莫有义的枪夺了。

于兆龙问道："你是想死还是想活？"

"我想活，我听黄……黄爷吩咐！"

于兆龙要宗胜摸出颗手榴弹，拴在莫有义的裤腰带上，宗胜把弹弦拉出来套在自己手上。

莫有义吓得面色惨白："黄爷……你不要……"

于兆龙说："回西院去，集合起你的人，全部把枪缴了，你要配合不好，就拉手榴弹！"

莫有义说："我办，我办！让他们全缴枪！"

宗胜说："走！"他牵着莫有义的手，二人好像很亲热的样子，回西院去了。

六十五　岗楼内

于兆龙提着枪往楼梯上走。一名日军下到了二楼，看见于兆龙，立即惊呼："什么的干活？"接着把枪举了起来。

于兆龙连发两枪，日军头破血流，从楼梯上滚下。

顶楼的日军岗哨下楼来了，一边喊着："中岛君！中岛君！为什么打枪？"

于兆龙闪身于楼梯后，侧身向日军开枪。

日军已发现于兆龙，侧身躲过，向于兆龙射击。

于兆龙举枪还击，枪卡壳了。

日军端着刺刀冲下来，要寻侧身于楼梯的于兆龙。

于兆龙甩出卡了壳的短枪，砸向日军，日军闪身，于兆龙乘机抱住了日军，两人撕打着滚下楼梯，于兆龙乘势压住了日军。日军咬于兆龙的左手腕，于兆龙挥起右手，拳头击中日军脑门，日军死了。

六十六　据点东院

王占牛听到响枪，和黑仓从西院赶来了。他们刚进院，就见两名日军从北边宿舍里出来了，一边喊着："为什么打枪？"

王占牛说："老子爱打枪！"

两名日军欲回室内拿枪。王占牛喊黑仓上前，两人各抱住了一名日军。

日军挣扎、扭打，喊着："八格呀鲁！"

王占牛将一名日军摔倒在地，死死压在他身上，说："老子今天就是要拔你的牙露！"朝日军口部狠狠一拳，日军牙齿脱落，口中流血。王占牛仍不解恨，说："老子还要摸摸你头上几根毛呢！"他的手掌乓乓地打在日军头上。日军死了。

黑仓像老鹰抓小鸡般抓住另一名日军，说了句："我老黑跟你玩玩！"他抓住日军的一臂，顺手就拧了两圈，一松手，猛一脚，将日军踢在北墙上。日军脑袋碰墙而死。

于兆龙从岗楼里出来了，看到将两名日军打死的院子里，向还在踢打日军尸体的王占牛说："里边还有鬼子没有？"

黑仓进屋去又出来了，背着两支枪，说："没有了。"

三人从便门走向西院。

六十七　据点西院

20多名汉奸兵已集合成一排。

宗胜握着莫有义的手站在前边。

莫有义战战兢兢地说："……你们……你们都把枪放下……"

汉奸兵看这情形不妙，要乱，要跑。于兆龙从东院过来，大吼一声："谁动就打死他！"

据点外推粮车的义勇队队员全进来了，一起喊："缴枪不杀！"

汉奸兵老实了。

于兆龙说："我们是黄秋虎司令的独立大队，原来这里的鬼子小队长赖川就是黄秋虎杀的！你们是中国人养的，不要再跟着鬼子害人作恶，不然就是死路一条！"

莫有义说："你们还不快跪下，谢谢黄爷对我们的不杀之恩。"

"但莫有义不能赦！他从小偷鸡摸狗，长大劫路夺财，欺男霸女，当土匪乱杀无辜，他老子偷牛，他当汉奸，十恶不赦！"

宗胜说："我处理他！"他将莫有义牵进岗楼，说了句："你狗日的和这个鬼子窝一起完蛋吧！"拉出了手榴弹弦，跑出了岗楼。

随着莫有义的一声惊叫，轰的一声响，岗楼烟火冲天而起。

于兆龙说："把袋里的沙子卸掉，把借来的羊回去还给老百姓。"他看了一眼日军据点，又说，"那边大概是仓库，把粮食带点回去作军粮，其他的分给老百姓。把那匹马带走！"他指了指马厩里拴着的那匹马。

六十八　路上

义勇队一边往回走，一边高兴地议论着。

王占牛对黑仓说："这回得了几十杆枪，你老黑可以有枪了。"

黑仓："嘿嘿！不知大队长发给不？"

"能给，你今天表现很好。"

走到一山坡处，于兆龙说："大家休息。"又对宗胜说："你跟我来。"

六十九　壶口谷山崖上

于兆龙指着下边的山谷说："这里是壶口谷，我从这里走过，山谷像壶腹，两端像壶口，只有谷底一条道可行，人称通天道。我想乘此机会，在这里设伏，再和小鬼子干一场！"他把自己的想法悄悄说给宗胜。

宗胜连连点头，说："可是，诱敌太危险，万一……"

于兆龙："不冒险怎能杀鬼子？就这么定了。你指挥设埋伏，我去诱敌。把你刀柄刻有'黄秋虎'的大刀借我一用。"

"鬼子虽然进了山，但你去说黄秋虎的义勇队夺了他们的据点，鬼子能相信？"宗胜还是不放心。

于兆龙说："我骑着他们的马去，由不得他不相信。"他又看了看宗胜，"就这么干，你安排设伏，待我把敌人诱来，你们在西崖壁拐角处放下绳去……"他看宗胜同意了，让人把方才缴获来的那匹马牵来，翻身上马去了。

七十　八岐山下

日军小队长木下正在命令部下："山上八路被包围了三天，他们已经弹尽粮绝，谷野中队长命令严密搜索，绝不让一个八路跑掉。现在开始梳篦式搜山！"

"嗨！"日军兵士应声。

又一日军向木下报告："木下君，抓到一名奸细！"随即将于兆龙押了过来，把马也牵来了。

木下看到马，吃了一惊："这是我皇军据点的马，怎么被你牵来了？"他迅速抽出指挥刀压在于兆龙脖颈上。

于兆龙说："太君，我不是奸细，我是田庄乡的乡队长，我前来向皇军报告有关黄秋虎的军情。"

木下听不懂于兆龙的话，命令将于兆龙吊在树上。

于兆龙大呼："我要见谷野太君，我要见谷野太君。"

木下听不明白："什么？谷野君是我上司！"

有人喊："谷野太君来了。"

谷野带几名日军和翻译田家北过来了。

木下向前报告说："中队长大人，我们抓到一名奸细。"

"什么人的干活？"

"正要审呢。"

日军抽打于兆龙。

于兆龙大呼："谷野太君，谷野太君！"

谷野止住了日军扬起的鞭子，绕着圈儿看了看吊在树上的于兆龙。

"谷野太君，我有军情要报告！"

田家北把于兆龙的话翻译给谷野。

谷野命令放人。

于兆龙站在谷野面前，用衣袖擦了擦嘴角被抽打出的血水，说："谷野太君，我是田庄乡乡队长。"

"我的知道，你是'大个子'！"谷野说。

"谷野太君，黄秋虎的义勇队趁皇军进山袭夺了小营据点，烧了岗楼，抢了皇军的粮食。他们走到下河村，被我们田庄乡队包围了，黄秋虎的义勇队拼命突围，被我们打回了村里，还夺了他们一把战刀，夺回了皇军这匹马。"他指了指自己骑来的那匹马。

谷野看了看那匹马。

木下说："这确实是我们据点里那匹马。"

一名日军将于兆龙带来的那把刀柄上刻有"黄秋虎"三字的大刀呈给谷野。

田家北向谷野说："这刀柄上刻着'黄秋虎'三字。"

于兆龙又说："义勇队拼命突围，我们田庄乡队眼看快顶不住了，请皇军赶快增援！"他转向田家北，"你放心，我们的人保护着你们家，你们家的安全，我敢保证！"

七十一　镜头闪回　田家后厅内

田敬斋忙捏住儿子的手："你忘了？他是后庄你表哥嘛！"

七十二　八岐山下

田家北点了点头，问了句："我家都安全?"

于兆龙："安全！我只是怕黄秋虎的义勇队会逃出下河村。"

田家北把于兆龙说的话翻译给谷野。

谷野高兴了："你的朋友大大的！他们不认识你，对你误会了。"

于兆龙："我只想好好效忠皇军，我一切都不怕，只想抓住黄秋虎领赏。"

"抓住黄秋虎，皇军大大地有赏！"谷野说。

谷野命令木下："你的小队速去下河村，对付义勇队！快快的！不要让黄秋虎跑了!"

于兆龙说："要想快，只有走通天道那条近路。"

谷野："你的领路。"

于兆龙："我的领路。"

木下："你领路要快。"

于兆龙："慢不了。"

七十三　壶口谷　夕阳残照

于兆龙领着木下等 20 多名日军走进壶口谷。

木下看了看四面高山，迟疑道："这个山谷，地势险要，能安全?"

于兆龙："木下太君，我的绝对保证安全，你们跟我走。"

山谷中，小铁锤赶着羊群在唱山歌：

> 快要黑天了，
>
> 狼要下山了，
>
> 羊羔羊妈妈，
>
> 我们回家了！
>
> ……

木下看到有人牧羊，心中踏实了，挥了下手："快快地！"迅速进了山谷。

七十四　山谷中西崖壁一拐角处

于兆龙向前边赶着羊群的小铁锤喊了一声："赶羊的孩子，把路让开，让皇军过去。"

小铁锤抽了几鞭子，走在路上的羊群乱跑起来。

日军的队形也乱了。

砰！砰！砰！

山崖上射下一排子弹，两名日军倒了下去。

木下一惊："有埋伏！"他要找于兆龙。只见于兆龙已跑向拐角处，他掏出枪要射击，于兆龙已跑到了拐角的后面，小铁锤也跑过去了。

木下要追于兆龙。

宗胜在崖上指挥，义勇队密集的子弹封住了拐角的外边，打得日军抬不起头。

七十五　拐角处山崖上　下

山崖上宗胜在喊："于大队长，快！绳子放下去了！"

崖下的于兆龙和小铁锤各抓住一条绳。崖上的王占牛、黑仓等抓住绳索，一起用力将二人从崖下吊了上来。

于兆龙长舒了口气说："赶快组织火力，不能让他们跑掉一个。"他又问宗胜，"两端的谷口封锁好了？"

宗胜："都布置好了。"

于兆龙命令说："打！打！狠狠地打！"

山谷中，日军卧倒对着崖上射击。

于兆龙指挥排子枪射向谷底，立即有日军翻倒在地。

山谷中枪声激烈，硝烟弥漫。

七十六　义勇队伙房营地

刘壁虎领人带回了两小车粮食。

卞金凤帮着去卸下粮袋。刘壁虎说："我们义勇队把小营据点夺了，把鬼子汉奸抢去的粮食分给老百姓了，于大队长让我领人带回这两车来，咱们部队上用。"

卞金凤好高兴："小营据点夺了？"

刘壁虎："夺了，把鬼子窝烧了！"

卞金凤："于大队长他们怎么还没回来？"

刘壁虎又贴近卞金凤的脸："他们去了壶口谷，在那里要和鬼子大打一场。"

"壶口谷?"卞金凤问道。

"是,日本鬼子若进了壶口谷,就有他好看的了。"

卞金凤想了想:"我要去参加战斗!"她去摸过了大刀。

刘壁虎欲拦住她:"金凤妹妹,你不能去,你不知道壶口谷在哪里。"

"我知道。"卞金凤说, "那一年我们马戏团巡回演出,走过那里的通天道呢。"

"你知道也不能去。没有于大队长的命令。"

卞金凤:"我咋不能去?我就是要去打鬼子。"她提着刀,牵出了从杨中九手中夺来的那匹黑马。

刘壁虎看拦不住她,说:"我去找赵大叔!"急向西院跑去。

"赵大叔也会让我打鬼子。"卞金凤牵马出院。

刘壁虎和赵万同赶来,不见了卞金凤。两人跑到街上,望见卞金凤骑着马已出村去了。

七十七　壶口谷

日军在谷底找不到避身之处,刚退到陡峻的东崖下。崖上扔下手榴弹,令日军惊呼惨叫,几名日军冲到谷口,又被义勇队打了回来。

义勇队居高射击,日军乱得像没头苍蝇。子弹在日军头上横飞,日军如网中之鱼。

木下命令架起了重机枪,对着崖上扫射。

"打掉机枪射手!"于兆龙一声令下,一阵排子枪射击,日军机枪射手死了。

一枚手榴弹扔下去,重机枪被炸。

日军死伤过半。木下率十几名日军以轻机枪开路,拼死向北谷口冲去。

于兆龙组织火力,从崖上打追腚枪。

日军在一小丘处用轻机枪扫射。

守谷口的王占牛咬着牙,骂了句:"狗日的!"将上衣一扒,握着鬼头刀,跳下崖坎,直奔小丘而去。

日军射手听到背后有响动,一回首,见王占牛举着鬼头刀向他奔来,日军惊恐地起身要去招架,一边骂道:"八格呀鲁!"

"你娘的呀鲁!"王占牛将鬼头刀向日军劈来,日军头落。

戴着头盔的日军头颅立时在王占牛脚下滚。王占牛骂道："你狗日的还想咬我的脚？"一脚踢去，日军头颅滚下山坡。

两名日军端着刺刀围住了王占牛。

"狗日的！都来吧！"王占牛手中的鬼头刀上下左右翻飞，舞出一道道银弧寒光，又砍死一名日军。

另一侧，黑仓追上了一名要逃的日军，将他一脚踢到了崖下。

木下急红了眼，率剩下的六七个日军拼命冲向谷口。

于兆龙组织追击，日军在谷口又倒下几个。木下等三人冲出谷口逃去。

七十八　旷野里

三个日军在狂奔，于兆龙命令排子枪射击，又有两名日军倒下。剩下的一个日军跑得更急了，眼看跑出了步枪的射程。

那逃走的日军是小队长木下，他已累得张口气喘，枪也掉了，只有刀还在手，他想喘息一下。

"狗强盗，还我爹的命来！"随着一声喊，卞金凤飞马而来，她翻身下马，举刀就向木下砍来。

木下举刀惊慌迎战。

卞金凤柳眉倒剔，怒目圆睁，又骂了声："狗强盗！"抡刀与木下拼杀。

木下举刀招架，转身抽刀砍向卞金凤。卞金凤使了个鹞子翻身，躲过了木下，接着又来了个回身反劈，被木下躲过。

旷野上喊杀声渐近，木下虚劈一刀，搞了个花刺的动作，欲要逃走。

卞金凤飞步向前："狗强盗，你跑不了！"

木下回身举刀，击落了卞金凤手中的刀。

卞金凤疾步后退，木下的刀劈向卞金凤。

黑仓赶来了，飞步上前击落了木下的刀，又向木下猛劈。

于兆龙赶来了，看木下狂号不服，他止住了黑仓，脚下一踢，将军刀踢还给了木下。木下接刀，号叫着向于兆龙扑来。于兆龙冷笑着防御，看他那几招"东洋刺"用完，骂了声："小鬼子，你还有什么招数？"随即趋步向前，虚刀左砍，木下急于招架。于兆龙迅速用刀背反击木下手臂，木下军刀落地。于兆龙飞起一脚将木下踢出数步远。于兆龙上前用刀指着他："中国人要杀你，犹如杀鸡，你狂什么？"

卞金凤拾刀上前："我要亲手杀了他，为我爹报仇！"

木下一双眼睛吓得失了神。

义勇队队员们围上来了，怒视着木下。

于兆龙说："绑了，押回去！"

有人说："幸亏卞金凤赶来截住了他，不然这狗日的就跑了。"

于兆龙看了看卞金凤："今天你擅自行动，要是出了问题，谁负责任？"

卞金凤："我只想杀鬼子……"

于兆龙说："不过，也多亏你截住了这个鬼子，算是有功，功和过相抵，扯平！"

一队员将木下丢落的短枪捡来了。于兆龙看了看，又看了看卞金凤，说："你一心打鬼子，要学会打枪，这枪算是你截下的，归你用吧。"

卞金凤接枪在手，向于兆龙立正敬礼："请于大队长今后多给我分配作战任务。"

七十九　义勇队营地　傍晚

刘壁虎正向前走着，猛听到有人在后边叫："壁虎哥！"

刘壁虎一回头，只见一个年轻女子在一家门前喊他。他返回身，立即认了出来："这不是表姨家春桃妹妹吗？"

"壁虎哥，你好眼力，一下子就认出我来了。"

"春桃妹妹长得好，哥哥我忘不了。妹妹不是嫁了个拿枪的吗？这是回娘家来了？"

春桃："我那死鬼男人王盼贵当了乡队长，跟着鬼子干，不知被什么人打死了，我也只得住娘家了。"

刘壁虎点了点头："噢——日子还能过吧？"

春桃："家里快断粮了，煮树叶糊糊吃。"她看到几名义勇队队员从街上过去了，悄悄说："壁虎哥，听说你们义勇队打了胜仗，你领着弄来了些粮食，能给我家点不？"她一边说着，一边向刘壁虎身前靠得更近了。

刘壁虎："这……这……我……我问问卞金凤。"

"卞金凤？就是伙房里那个漂亮姑娘？你跟她好？"春桃说。

"不是，是她管着粮食。"

八十　义勇队伙房

赵万同、卞金凤、赵青云在忙着做饭。

赵万同问道："金凤，昨天是不是你娘又来了?"

卞金凤："赵大叔，俺娘一直挂念我见到黄秋虎司令没有，黄司令是俺家的大恩人。大叔，你见过黄司令吗?"

赵万同说："我们这支队伍从招兵，发展到这么多人，全靠于大队长一个人在张罗，没见过黄司令。我问过于大队长，他总说黄司令在外地领着人打鬼子，一时来不了。"

"赵大叔，黄司令到底在什么地方?"

"这件事恐怕只有于大队长知道。有人私下猜疑于大队长就是黄秋虎……他若真是黄秋虎，何必瞒我们呢?"

赵青云："爹，于大队长只是个大队长，黄秋虎是个司令呢! 他不会是黄秋虎。"

三人谁也说不清。

八十一　义勇队营地村后　月下

于兆龙查岗走向村后。

卞金凤紧跟其后，叫了声："于大队长，查岗吗?"

"是。"于兆龙一回头，"卞金凤，有事吗?"

卞金凤："于大队长，我有事想问你。"

"有事?"于兆龙站住了。

卞金凤："于大队长，那边坐一坐不行吗?"

二人走过去坐在了一块石头上。

"卞金凤，有话你就说吧。"

"于大队长，我还是问那件事，你见到黄司令没有? 我要报恩，你告诉他没有?"卞金凤说。

于兆龙："黄司令一直没到这边来，他忙呢……卞金凤，我知道你想报黄秋虎的大恩，给他做媳妇，可是你想，他如果又老又丑又有家室……"

卞金凤："于大队长，这些我都想过了，黄秋虎是个为民除害的好人，他纵然很丑，我也不嫌弃他；他要是个老人，我就好好服侍他。我想，他既是能杀鬼子，未必年老；他若有妻子孩子，我情愿为他们一家洗衣做饭做佣人。黄司令帮我们报了仇，对俺是涌泉之恩，而我只能是滴水相报。他也许不在乎我这点儿报答，但对他相报于万一，是我的心愿，也好向爹的在天之灵交代。"

于兆龙好感动，只有点头而已。

"俺娘嘱咐过，见了黄司令，先给恩人磕头。可我跟你这么多时日了，总是见不到黄司令，连句谢谢的话也没说，我心里惭愧呀！于大队长，你是真的没见到黄司令，还是不想告诉我？"

于兆龙语塞。

卞金凤起身给于兆龙跪下了："于大队长，你告诉我吧，我要报他的恩，又不是想害他。"

于兆龙赶忙起身去拉她："别……别……"

"于大队长，你不告诉我，我就不起来。"

"金凤，起来，快起来。"

卞金凤伏地不动。

"金凤，你起来，起来听我说。"于兆龙用力拉起她。

卞金凤顺势握住了于兆龙的手："大队长，你跟我说实话，金凤求你了。"月光下，卞金凤闪动着一双妩媚的眼睛，紧望着于兆龙。

于兆龙心情激动，嘴唇动了动，没发出声来。

卞金凤又问道："大队长，金凤冒昧地问一句，有人说你就是黄秋虎？"

于兆龙一惊，马上恢复了平静，淡然一笑："你信？"

卞金凤："许多人都说你做的事就像黄秋虎，我也希望你真的就是黄秋虎。"

于兆龙发出激动的心声："我能对她说什么？"

卞金凤紧握着于兆龙的手，火辣辣的眸子盯着他。

于兆龙不说话。

卞金凤："于大队长，你是因为嫌弃金凤而不肯承认自己是黄秋虎吗？若真的是这样，你就告诉我，金凤今后保证不再给你添麻烦。大队长，你说话呀！"她急得落泪了。

面对卞金凤的火热情肠，于兆龙难以抑制自己了，十分歉意地拉着她的手："金凤，不要哭，我……"

卞金凤一头扑进了于兆龙怀里。

于兆龙紧紧抱住了她，两人谁也不说话。卞金凤仰起了脸子，于兆龙拥着她，吻她，情不自禁地抱起她，轻轻地放在草地上。

卞金凤眯着眼睛，顺从地让于兆龙摆布和安排。

于兆龙伏下身去，跪倒在她的身旁，颤抖着手去抚摸她的脸蛋，又从脸上慢慢移向高挺的乳峰。

卞金凤激动得喘不过气来，眯着眼睛，喃喃地说：“黄秋虎，我终于找到你了！”

“黄秋虎？”听卞金凤喊黄秋虎，于兆龙那移向乳峰的手突然停止了动作。

卞金凤抓住于兆龙的手：“黄秋虎，从今天起，金凤把一切都交给你了。”

于兆龙很激动，说：“金凤，我喜欢你，但是你对外人不能讲黄秋虎。”

卞金凤睁开了眼睛，推开他的脸：“怎么？你不是黄秋虎？”

于兆龙发烫的脸突然清醒些了，发出心声：“黄秋虎这块招牌比我于兆龙更重要，更有号召力，我……我不能承认自己是……”面对着卞金凤质疑的目光，他点了点头。

“你不是黄秋虎，你起来！”卞金凤严肃了，推开了扑在她身上的于兆龙。

于兆龙顺从地坐在了一边，问道：“金凤，你不喜欢我吗？”

卞金凤坐了起来：“我喜欢你，只可惜你不是黄秋虎，我这身子是给黄秋虎留着的，为报他的大恩，我要把一个黄花大闺女交给他。”卞金凤站起来，退了一步。

于兆龙点了点头。

卞金凤：“于大队长，我真的喜欢你，要不是为了报答黄秋虎，我就依了你。”

于兆龙：“金凤，你不用多解释了，我佩服你的情义，请原谅我的鲁莽。”

卞金凤：“于大队长，你不会记恨金凤吧？”

于兆龙很平静：“不会！你放心，我一定要找到黄秋虎，让你嫁给她。”

卞金凤：“于大队长，你这样理解金凤，我不知如何感谢你。”她十分遗憾地说，“你为什么不是黄秋虎呢？”

于兆龙：“我会帮你见到黄秋虎的。”

卞金凤：“于大队长，黄秋虎到底长得什么样？”

于兆龙：“许多人把他传得神乎其神，其实他只是个一般的20多岁的年轻人，他长得不太丑，却也算不上漂亮，和我们这些人差不多。”

卞金凤点了点头。

八十二　山村街上　月下

卞金凤往前走着，迎面走来刘壁虎，拦住卞金凤说："金凤妹妹，晚饭后我就找你，一直没找到你。"

"壁虎哥，有事吗？"

刘壁虎拉卞金凤到街侧，悄悄说："我表姨家就在这村，他们家断粮了。我想妹妹你也是善心肠，咱哪能见死不救？咱那保管粮食的钥匙是妹妹你拿着，我想求你给我点，我给表姨家送去。"

卞金凤："这钥匙我拿着是不错，可是咱大队有规定，这军粮是一粒也不能随便动的。"

刘壁虎："这规定我知道，只求你看在我帮咱义勇队运回粮食的份上，偷偷地弄出点儿来。好妹妹，咱不能看着他们饿死呀。这事只有你知我知，天王老子问这事咱也不说。"他抓住卞金凤的手，"好妹妹，咱这是救人命呀！"

卞金凤同情了，说："那就悄悄地弄一点儿吧。"

"好妹妹，好妹妹！"

八十三　春桃家大门口

刘壁虎敲响了门环。

春桃出来开了门，忙说："壁虎哥，是你呀。"

刘壁虎示意春桃别再说话，提一小袋粮食进了院。

春桃说："壁虎哥，爹娘都睡了，你到我屋里坐吧。"

两人进了小偏房。屋里暗暗的。春桃说："这灯里也没油了，壁虎哥在床沿上坐吧。"

刘壁虎说："你那日说挨饿，让我好心疼，给你们送了点粮食来。"

春桃在黑暗中拉住刘壁虎的手："太感谢哥哥了！春桃一句话，让哥哥挂在心上。"

刘壁虎的双手握住春桃的手："应该的。"

"哥哥你真好！"春桃一边说着，身子往前靠。

刘壁虎骚动起来，抱住了春桃。

"哥哥不嫌春桃是个寡妇?"

"不嫌。"

黑暗中一阵响动,接着传出春桃的浪语:"哥哥,哥哥……今后你可常来呀,我会想你的。"

"只要有机会,我就来找你。"刘壁虎的声音。

八十四　白立轩家

白立轩对妻子说:"前几天,于兆龙领着在壶口谷打了胜仗,打死鬼子 20 多人,还抓了个活的。这个兆龙啊,还真行!"

妻子说:"兆龙真不简单,咱龙雪能嫁给他多好。咋就让日本鬼子害死了呢。"她又用衣袖去擦拭眼睛。

院中突然有人喊:"这里是白立轩先生的家吗?"

白立轩一看,从大门进来一位老头,忙说:"我就是白立轩,你是讨饭的吗?"

那人径直走进屋里,又问道:"先生可有个侄儿叫白龙光?"

白立轩惊讶。

妻子忙说:"龙光是俺侄儿,好久没来信了。"

那人扯掉嘴上的假胡须,说:"我就是送信的。"他掏出一封信给白立轩。白立轩忙拆信展读:

叔父母大人安好!

侄儿离家多年,先参加红军,后改编为八路军,现任支队司令员。前些天,我侦察班在八岐山被日伪军包围,幸有人引走日军一部,我侦察班乘隙得以突围,后得知引走日军者乃是抗日义勇队,有人说司令为黄秋虎。我部多方侦察,不知黄秋虎为何人,为联合其共同抗日,请叔父代为访探。我部现正向家乡一带挺进,候有机会,一定回家探望二老。

侄儿　龙光

白立轩看罢信,十分高兴,忙要妻子为来人倒水,说:"龙光来信了,这真是天大的喜讯!请回去告诉龙光,他是军人,得守纪律,个人行动不方便,我可以去看他。这黄秋虎的事,我全了解,我一定让他们联合打鬼子。"

那人说:"这太好了,老先生,我回去一定告知司令员。

妻子一听是侄儿来信,很是高兴,连说:"这真是老天有眼,侄儿终于又来信了。"

八十五　于兆龙义勇队驻地

白立轩对于兆龙说:"我找了几个村庄,才好容易找到你们。"

于兆龙说:"我们拔了小营据点,在壶口谷打死了20多个鬼子,鬼子想报复我们,我们不能不经常转移,加强防范。"

白立轩:"是得百倍提高警惕。"他看了看于兆龙,"我看你瘦了,也许是太操劳的缘故。"又问道:"那金凤姑娘还在吗?"

"在。她肯吃苦,不仅会用刀,枪法也练得很好了。"于兆龙说。

"那就好。"

"只是……爹,她经常问我找到黄秋虎没有,我总是找个理由骗她,骗的次数多了,我自己都觉得心虚,难为情。"于兆龙说。

白立轩:"金凤是个好姑娘,不仅人长得好,干事洒脱,又决心打鬼子,你娶了她也不输眼色,爹可以为你们做主。"

"爹,现在形势很紧张,我不能丢了黄秋虎这面有凝聚力的大旗。"于兆龙说。

白立轩点了点头:"你想得倒是周到,先顾大局。"

于兆龙:"让卞金凤先受些焦急吧。在这种时候,总得先考虑我们义勇队。"

白立轩又点了点头:"我今天来找你,就是为这件事。你带着这百多人的队伍,跟鬼子倒是打得坚决,可终究人微枪少。"他看了看于兆龙,"听说过八路军吗?"

"听说过,听说他们打鬼子特别勇敢,打了不少胜仗。"于兆龙说。

"他们想跟你们拧成一股绳打鬼子。"

"爹,我们没法联系八路军。"

"有办法!现在他们有一个支队开到山下了,那司令员就是我侄儿白龙光。"

于兆龙很惊喜:"爹,这是真的?"

白立轩又点了下头:"他们已派人找过我了。我看你们可以集体加入八路军,施展身手打鬼子,也免得让我经常提心吊胆的。"

"爹,我们这样一支小队伍,是很难长久存在的,参加八路军我同意,请爹及早为我们联系。"

八十六　春桃家

一便衣男子进院就喊："这是春桃家吗？"

春桃迎出来一看，忙说："这不是王盼财兄弟吗？你不是当了皇协军小队长吗？"

王盼财止住她的话，随她进了屋，说："我哥自从被游击队打死后，我一直挂念着你，现在过得可好？"

"兄弟呀，自从你哥没了，我这日子一落千丈，现在饭都吃不上了。"

王盼财："嫂子别愁，现在有个发财的机会。"

"什么机会？"

"皇军恨透了黄秋虎的义勇队，就是找不到他，据说义勇队常到这边来活动，嫂子要是知道了，给皇军报个信，大大地有赏，嫂子今后的日子就好过了。"他掏出一叠伪钞，"这些钱，你先拿着用，我说的事，嫂子你能办吗？"

春桃眨着眼睛想了想："我认识个叫刘壁虎的，义勇队虽游踪不定，刘壁虎准能知道……"

"嫂子，事情办成了，不仅能为我哥报了仇，那笔赏钱够你今辈子花的。"

春桃笑了，说："谢谢兄弟！"她拉住王盼财的手，脉脉含情地望着他，"嫂子我好想你们王家的人。你看这天色也晚了，今夜就住在我这里吧，嫂子我会像待你哥一样待你。"

王盼财把她抱住了。

八十七　某山村　晚

宗胜问道："于大队长，今夜还住宿王庄吗？"

于兆龙想了想："不！今晚转移去桃花峪。"

八十八　山村　八路军某支队驻地

一位八路军战士走进室内，打了个立正，向一位30多岁的军人说："报告司令员，有一位老大爷前来找你。"

那位30多岁的军人正在看地图，转身说："老大爷？快请进！"

白立轩进来了。30多岁的军人立时就认了出来，上前拉住手说："叔，你怎么来了?"接着让白立轩坐,去为白立轩倒水。

白立轩说:"龙光啊,我和你婶一直挂念着你。你派人送了信去,说你们开到这边来了,我高兴得睡不着觉,先去找到了于兆龙,又来找你。"

"于兆龙?"

"就是于家沟于兆龙,你龙雪妹妹曾选定的丈夫。"

白龙光:"噢——我知道!只是他那时还小。和龙雪妹妹结婚了?"

白立轩叹了口气:"你妹妹没了。就在结婚那天,鬼子下乡扫荡,把你妹妹糟蹋害死了。"

"我龙雪妹妹被害死了?"白龙光吃了一惊。

白立轩惨然地点了点头:"于兆龙气愤不过,以古代英雄黄秋虎的名义组织起了抗日义勇队,打鬼子杀汉奸。你要找的那个黄秋虎,就是于兆龙。不过,于兆龙至今没有公开承认自己就是大家所崇拜的英雄黄秋虎,他一直以黄秋虎做号召呢。"

白龙光点了点头:"原来是这样,于兆龙就是黄秋虎。"

白立轩:"你们八路军要团结他抗日的事,我跟他讲了。他一百个同意加入八路军。"

白龙光:"这太好了。叔,明天我就去见他。你今晚在这里好好休息一下。"

八十九　山道　夜

义勇队在行军。到一路口,刘壁虎边走边发出心声:"这里离春桃家不过二里地……"

他找到行走着的王占牛说:"王小队长,我姨病得厉害,我几次想去看看她,咱又经常打仗、转移,总没有机会,这里离她庄不远,我想夜里去看看。"

王占牛:"不行!不能擅自行动!"

刘壁虎:"我这不是向你王小队长请假吗?咱部队去桃花峪,天亮以前我保证赶回桃花峪就是了。"

王占牛犹豫。

刘壁虎又说:"人都有长病生灾的,不能没点儿亲情呀。"

王占牛:"你保证天亮以前赶回来?"

刘壁虎:"今夜我就赶回来。"

王占牛："夜里注意安全，被狼吃了那是活该。"

刘壁虎："我刘壁虎是只虎呢，狼休想吃我。"

九十　春桃家　夜

刘壁虎悄悄推开春桃家的门，从院中又摸向春桃住的小偏房。

偏房门虚掩着，一推便开了，刘壁虎高兴地说："妹妹给我留着门呢。"他摸向床边，一边说："春桃妹妹，你想死我了，想死我了！"伸手往床上摸。

床头猛地站起一个人来，从背后抱住了刘壁虎。

"谁？"刘壁虎挣扎，门外又进来两个人，反剪了他的双臂。

"你们是什么人？告诉你，老子是黄秋虎！"刘壁虎说。

"不！你是刘壁虎，皇军在此等候你多时了。"一支手电筒亮光照到刘壁虎脸上，刘壁虎害怕了。

"春桃妹妹！春桃妹妹！"刘壁虎喊道。

"你那春桃妹妹进城享福去了。快说，黄秋虎在什么地方？"

"我……我不知道。"

一名日军军官用指挥刀挑掉了刘壁虎的帽子："不说实话，死了死了的有！"冰冷的指挥刀压在刘壁虎脖子上。

"我真的不知道黄秋虎，我……只知道于兆龙他们驻……桃花峪。"

"欺骗皇军，杀头的有！"

"我……我不敢欺骗皇军，于兆龙和义勇队今夜确实去了桃花峪。"

"你的带路！"

刘壁虎唯唯应诺。

九十一　桃花峪　夜

于兆龙对宗胜和王占牛说："村四面安排岗哨。"

王占牛说："不会有人知道我们半夜里又来到了这里。"

于兆龙很严肃："不得有丝毫的疏忽大意。"

宗胜说："是得提高警惕。"拉了王占牛去了。

于兆龙又问道："小铁锤，那些女兵也安排好了？"

小铁锤："安排好了，赵大爷和她们住在一个院里。"

九十二　桃花峪村外　夜

在一高地上，日军中队长谷野伸出指挥刀和左臂，做了个包围村庄的动作。

日军迅速地包围了桃花峪。

九十三　桃花峪村内　夜

月光昏暗，村内外一片模糊不清。

黑仓在村口值岗，注视着村外。突然望见村外有黑影在动。他问了一声："干什么的？"

外边没人答话。

黑仓擦了擦眼睛，聚精会神盯住村外，又见黑影向前移动，他大喊一声："什么人？再不说话，我要开枪了！"

村外仍无人答话。几个黑影迅速扑了上来。

黑仓急了，拉动枪栓，"砰"地打去一枪。

那几个黑影立即向着黑仓这边射击。

黑仓大喊："来敌人了！来敌人了！"他又向外射击。

这时，村四周都响起枪来了。

九十四　于兆龙住处

宗胜向于兆龙报告："于大队长，我们被敌人包围了。"

于兆龙："敌人的消息怎么这样准？"

九十五　桃花峪村头

王占牛、黑仓等着向村外射击。

村外传来刘壁虎的喊声："弟兄们，你们全被鬼子……不，被皇军包围了，要想活命，只有缴枪吧！"

王占牛骂了一句："他娘的，原来是你狗狼养的勾来了鬼子，我好心准了你的假，你却去勾鬼子！"他"砰"的一枪打了出去。

刘壁虎还在喊："王小队长，我也是为了活命……"

九十六　街中　树下　夜

四周枪声激烈。

于兆龙对宗胜和王占牛说："侦察班和警卫班跟我阻击敌人，你们赶快组织冲出村去，转移上山。"

宗胜说："于大队长，还是我留下吧，你是主帅，不能有闪失！"

王占牛吼了一声："不要争，我留下！"

于兆龙："敌人马上就要进村了，执行命令！"

宗胜："是！"接着喊，"一小队，跟我来！"

"保护好赵大爷和女兵们。"于兆龙叮嘱说。

"是！"宗胜在黑暗中回答。

于兆龙提起枪来："王占牛，你不执行命令，我就毙了你！"

王占牛无机奈何，回首喊了声："二小队跟我冲！"

九十七　村外高地上

日军中队长谷野举着指挥刀，声嘶力竭地呼喊着。

日军向村里冲来。

九十八　村内

于兆龙指挥阻击。枪声激烈。

一队员跑来说："报告大队长，我们的人大多数都冲出去了！"

于兆龙说："好，撤退！"

天蒙蒙亮了。

日军已拥进了街中。

黑仓说："大队长，四面都有鬼子。我领头冲！"

枪声从四面压了过来，日军机枪在村口"嗒、嗒、嗒"地吼叫着。

于兆龙说："敌人压过来了，上房！"

队员们占领几处高房，阻击巷口的日伪军。

日伪军又在喊话："黄秋虎，这回你跑不了了！赶快缴枪投降吧！"

于兆龙从房上瞄了瞄，一枪打去，喊话的伪军倒在了地上。

日军也抢占了几处房舍，向着于兆龙这边射击，机枪也架到了房上。

于兆龙隐于房上，悄悄移向日军机枪射手，一颗手榴弹扔过去，日军机枪哑了，机枪射手滚下房去。

日军隐于街侧，端着刺刀战战兢兢地向前推进。

九十九　村外山坡上　中午

王占牛大叫："于大队长他们和敌人打了半天了，弹药也该用完了，咱得去救他们，二小队跟我来！"他率队冲向街口。

日军的又一挺机枪吼叫着，几名队员倒了下去，王占牛也负伤了，宗胜率队拼杀接应他们回去。

赵万同、卞金凤、赵青云等紧望着山下烟火滚滚的桃花峪。卞金凤说："我们拼着一死，也得去救于大队长他们！"

这时传来马蹄声，她们回首一望。

一〇〇　山道上

四人四骑，从山道上奔来。

前面的是八路军一名参谋人员，后三人是白立轩、白龙光和他的通信员。

卞金凤认出白立轩，忙迎上去，叫了声："白叔父！"

白立轩望着山下火海般的桃花峪，问道："这是怎么了？"

宗胜忙上前说："白先生，我们义勇队被包围了，于大队长率队掩护我们突围，他们却未能出来，我们几次想救他们，鬼子的火力很凶，我们牺牲了十几名队员，进不了村。"

卞金凤说："白叔父，不知黄秋虎司令在什么地方？我想送信给他，让他赶快来救于大队长。"

白立轩："黄秋虎……"他看了看白龙光。

白龙光望了望山下谷中，说："通信员骑马回去，命令马营长率二营前来参战！天黑以前必须赶到！"

通信员上马去了。

白龙光担心地说："但愿于大队长他们能坚持到天黑。"又对高参谋说，"高参谋，你也回去一趟，告诉马营长，务必急行军，越快越好！"

"是!"高参谋上马疾驰而去。

一〇一 村内

日军支起了小炮,对着于兆龙等守卫的院落轰击。

房舍被轰塌处,烟火顿起。一名日军端着枪进了冒烟的小院。黑仓从侧边房上跳下,正骑在日军的脖颈上,掏出匕刀刺向日军。

于兆龙脸上受伤了。小铁锤说:"于大队长,你脸上流血了!"

于兆龙从房上攀到旁边的树上,正望见杨中九在街上指挥伪军进攻,还不住地喊着:"捉住于兆龙,受奖发大财!"

于兆龙骂了句:"狗汉奸!你发财去吧!""砰"一枪打去,杨中九倒在了地上。

日伪军发现了树上的于兆龙,欲向树上射击,于兆龙又早跳回了房顶的背面。

小铁锤从另一房顶蹿过来:"于大队长,我们只有7个人了。"

于兆龙说:"告诉他们,收缩集中到后边那个大院。"

"是!"小铁锤机灵得像只小猫,穿梭般地传达于兆龙的命令。

轰!又一发炮弹爆炸,黑仓被翻落到地上。

于兆龙跳下房,扶起他:"黑仓!黑仓!"

黑仓血流如注,微微睁开眼睛,喘息着说:"于大队长,我……我怕见不到黄秋虎司令了,我真想见他!"

于兆龙紧抱着他,呼喊着:"黑仓,黑仓……你挺住!你见到黄司令了,我就是黄秋虎!我就是黄秋虎!"

黑仓:"……真的?"

于兆龙:"真的!我就是黄秋虎,我先前骗了你,骗了大家。"

黑仓欲抬手摸摸于兆龙的脸,已经无力抬起。于兆龙抓住他的手,放到自己脸上,大呼道:"我的好兄弟!我骗了你,对不起你!"

黑仓的脖颈一扭,牺牲了。

小铁锤急呼:"黑仓大哥!黑仓大哥!"

一〇二 崖上

宗胜在指挥义勇队向村中射击,支援于兆龙。

头缠绷带的王占牛摸起鬼头刀:"不下山救不出于大队长,弟兄们跟我杀进村去，跟鬼子拼了！"

宗胜拉住他："王占牛，你……"

王占牛甩开他，说："愿意救于大队长的，跟我走！"

忽地站起来十几名义勇队员。

王占牛刚要冲，白立轩过来拉住他。

王占牛把眼一瞪："于大队长不救了？"

白立轩："不是不救，是你救不了他！你看鬼子的机枪那么凶，你只会把弟兄们白白赔进去，你懂吗？"他夺过了王占牛的鬼头刀，又问道："王占牛，于兆龙是怎么教你打仗的？打仗就只知道领着人送死吗……鲁莽！"

王占牛蹲在地上哭了："我的于大队长！"

卞金凤过来说："白叔父，黄秋虎司令的队伍在什么地方？于大队长他们在村里和鬼子汉奸战斗了一天了，黄司令怎不来救呢……"

王占牛说："这天快黑了，黑了天，我还是要杀进村去！"

白立轩刚要说什么，随着一阵跑步声，一队八路军从山路上赶来了。为首的一名军人跑向白龙光说："报告司令员，马勇率全营奉命来到！"

白龙光说："好！"他看了看气喘吁吁、汗湿衣背的战士们，"形势紧急，于大队长在村中与敌人血战了一天，日本鬼子十分疯狂，以为义勇队孤军无援，我们打他个措手不及。这边地形我观察好了，从四面都可以进攻。义勇队的弟兄们早就摩拳擦掌，我看可从村西杀进去，二营的三个连队分别从南、北、东三面进村！"

马营长把枪一举："同志们，快！"

"杀——"八路军排山倒海般杀向村中。

"嗒嗒嗒"八路军的机枪响了，在村头向村中吐着火舌。

卞金凤好高兴，又问白立轩："白叔父，这就是黄秋虎的兵吗？"

白立轩："这是八路军！现在我可以告诉你了，于兆龙就是黄秋虎！"

赵万同和赵青云也围上来了："怎么？于大队长真的是黄秋虎？"

白立轩："他是以黄秋虎的名义招兵打鬼子，他怕自己的威望不高，从不敢暴露真情。"

"他就是黄秋虎？"卞金凤瞪大了眼睛。

白立轩点了点头："都到这个时候了，白叔父还会骗你吗？"

卞金凤："原来他真是黄秋虎！……啊……黄秋虎！"她举起枪，连跳三道崖坎，拼命冲向村中去了。

一○三　村中　于兆龙等据守的大院

轰的一声，日军又一发炮弹爆炸，将于兆龙压在了墙下。

小铁锤急跑过来，大呼："于大队长！于大队长！"

丁兆龙的整个身子全被倒下的土墙埋住，露出的头部鲜血直流，他昏过去了。

一○四　村中街上

日军中队长谷野呼叫着向于兆龙据守的宅院合围，八路军排山倒海的喊杀声令他大吃一惊："是黄秋虎来了吗？顶住！顶住！赶快冲进去，抓住于兆龙，撤退！"

日军从一片片倒塌的土墙上合围了义勇队最后固守的大院。

一○五　村中废墟上

八路军喊杀着冲进村中。

王占牛、宗胜和义勇队队员们喊杀着冲进村中。

他们在黑暗中与日伪军交战搏杀。

卞金凤举着枪冲进村中，脚下绊倒了，爬起来又在喊："于大队长，你在哪里？于大队长，你在哪里？……你在哪里？"

一○六　义勇队固守的大院

房舍已塌掉一半，日伪军在废墟上走过去。

小铁锤拼命搬掉于兆龙身上的土块："于大队长！于大队长！"

于兆龙已经昏迷。

"于大队长，你在哪里？"卞金凤的声音。

小铁锤听到卞金凤的声音："金凤姐，在这边！"

"小铁锤，你在哪里？"卞金凤问道。

"我和大队长在这边枣树下！"小铁锤说。

"好像有人说于大队长在那边，是不是于兆龙？快赶过去！"日伪军的声音。

"小铁锤！"卞金凤从废墟中过来了。

"于大队长受伤很重，昏迷了。"小铁锤说。

卞金凤刚俯下身子，又听到日伪军在喊："那边！那边！有人说于大队长受了伤，快！快！活捉他！"

随着说话声，两个黑影端着枪扑了过来。

卞金凤挥手连发两枪，两个黑影倒了下去。

"于大队长，于大队长！"卞金凤拉起于兆龙半边身子，拖到了自己背上，又说："小铁锤，你托起他的后腿，赶快转移！"他们刚离开，又听到日伪军有人喊："这边咋的没有人？"

"仔细搜！刚才听到喊他负伤了，还能飞上天去！谷野太君命令抓住了他，我们好赶快撤退！"

一〇七　村中

一片搏杀声。

卞金凤吃力地背着于兆龙，脚下一绊，摔倒了。

义勇队也杀进村来了，只听王占牛一迭声地喊："于大队长，于大队长！"

小铁锤听到了，说："占牛大哥，我是小铁锤，于大队长在这儿呢！"

王占牛从废墟上跳过来了。

卞金凤说："于大队长受伤严重……"

王占牛二话没说，弯身背起于兆龙就跑，嘴里说着："你们掩护！"卞金凤和小铁锤端着枪，紧跟在后面。

日军中队长谷野还在指挥搜索，有兵士向他报告："报告中队长，我们被八路军从四面包围了！"

谷野一惊："黄秋虎的兵这么多？这么厉害？"

四面杀声震天。谷野喊了声："突围，撤退！"

一〇八　崖上

高参谋向白龙光报告说："鬼子要突围！"

白龙光把手挥下："不能让他们跑掉！"

一〇九　一轮红日从东方升起　村头上

王占牛将于兆龙放在担架上，于兆龙还在昏迷中。

卞金凤握着于兆龙的手，一迭声地喊："于大队长，于大队长，你醒醒，你醒醒！我是你媳妇卞金凤！"她哭了。

白龙光过来了，喊道："卫生员，赶快为他包扎，送我们战地医院。"

于兆龙微微睁开了眼睛。卞金凤又喊："你醒了？于大队长醒了！"

白立轩过来了，俯下身子握住于兆龙另一只手，说："是八路军来救了我们！"他拉过白龙光，"这就是八路军的支队司令员白龙光，我侄儿！"

白龙光俯身叫了声："于大队长！"

于兆龙微弱的声音："谢……谢……"

宗胜和王占牛也来了，都俯下身子，想跟他说话。

卫生员说："他伤势很重，不要多跟他说话。"

于兆龙缓缓地说："告诉大家，不要再找黄秋虎了，我就是黄秋虎，要打鬼子就参加八路军！"

宗胜起身向周围义勇队队员们说："弟兄们，方才于大队长说，我们不要再找黄秋虎了，他就是黄秋虎。他说要打鬼子，就参加八路军，大家同意不同意？"

"同意！同意！我们听于大队长的话！"队员们高呼。

白龙光说："我代表支队司令部欢迎大家参加八路军，今后我们就是战友和同志了。不管日本鬼子多么疯狂，中国人民团结起来，就一定能战胜他们！"

高参谋带头呼起了口号：

中国人民团结起来！

打倒日本帝国主义！

把日本鬼子赶出中国去！

一一〇　山道上

八路军队伍和义勇队在浩浩荡荡地行进着。

人们抬着躺在担架上的于兆龙行进。卞金凤跟在担架旁边，说："于大队长，这些年守着你，都不知你是黄秋虎，你咋就不跟我说呢？……今后我就是你媳妇了！我要让你赶快好起来，和你一起打鬼子！"

于兆龙笑了。

卞金凤脑中幻化出与于兆龙一起跃马扬鞭，驰骋疆场，并肩杀敌的情景。

字幕：剧终

樱花之落

故事梗概

故事发生在抗日战争时期。

日本姑娘樱花津子一家为报答中国留日学生李曙光对樱花津子的救命之恩，在自己家中为李曙光提供了住宿。三年相处，樱花津子深深爱上了李曙光。抗日战争爆发后，李曙光毅然回国参加抗战（后任游击队长）。樱花津子依然苦苦思恋着李曙光。

樱花津子的弟弟吉川本是个大学生，日军侵华，被征兵到中国来了。吉川所在的日军驻地，恰是李曙光老家所在的沙河县。一次，日军扫荡李家庄，吉川偶然从一家农户屋墙上的镜框中发现有姐姐樱花津子的照片，他立即想到这里很可能就是李曙光的家。他将这一发现写信回国告知了姐姐。这更激起了樱花津子对李曙光的思念，遂参加了日本国防妇女会组织的慰问团来到了中国。她甚至主动要求去沙河县慰问日军，意在不仅能见到弟弟，还可去寻李曙光。

然而，事情非她所料。到沙河县后，日军逼她做慰安妇。樱花津子誓死不从。吉川发现姐姐后，姐弟深夜越城墙出逃，被捉回后，痛遭鞭打。樱花津子惨遭蹂躏，以后疯癫，裸行街头。吉川目睹日军疯狂残杀善良无辜的中国百姓，终于受到良心的谴责，冒死出逃到了解放区。

樱花津子父母终于从归国老兵的口中听到有关儿女的消息，十分挂念，老夫妇便来中国探望。驻沙河日军长官唯恐樱花津子的真况被其父母得知，有损于日军的形象，竟下令处死樱花津子，置灵堂吊祭，并谎称樱花津子是被八路军糟害。又咒吉川叛逃，是皇军的败类。

樱花津子父母不明真相，只有抱着樱花津子的骨灰盒，从波浪滔滔的大海上，含泪以归。

故事揭露了日军侵华，不仅给中国人民带来了深重灾难，也使日本人民陷入了痛苦的深渊。

电影文学剧本

字幕：抗日战争时期，故事发生在沂蒙山区

一　傍晚　李家庄村头

炮火连天，尘烟滚滚。

一片黄压压的日伪军端着枪向村内冲锋。日军小队长举着指挥刀督战。

二　李家庄村内

到处是颓垣断壁，弹坑瓦砾。

战斗了半天的沙河县武工队队员们，许多人受了伤，仍在一处断墙的后面严阵以待，准备拼杀。武工队队长晓明的脸上被烟尘熏染得像雷公一样，已经很难辨清他原来的英俊面孔。他聚精会神地从枪孔中盯着村外冲锋的日军，准备下令阻击。

突然有人喊："大娘，你怎么来了？这里马上又要开火了。"

晓明一回首，见自己50多岁的母亲提着水壶为队员们送水来了。晓明猫着腰从断墙后转过来，急急地说："娘，鬼子又发起冲锋了，你快到后边去。"

"你们都不怕死，我还怕什么！我给你们送水来了。"晓明母亲说。

晓明叫住正在帮着搬手榴弹的小妹秋萍说："萍妹，你快扶咱娘到后边去，这里太危险！

十五六岁的秋萍应了一声，去了。

晓明又去指挥战斗了。

就在此时，鬼子的一发炮弹爆炸了，一堵土墙轰然倒塌。晓明母亲倒在地上，左腿被土块压住了。

武工队队员们阻击鬼子的枪声、手榴弹的爆炸声激烈地响了起来。

秋萍搬开压住母亲的土块，扶起母亲说："娘，伤着了没有？"

母亲试了一下腿脚："哎呀，我这脚伤了。"

"娘，我快扶你回家。"秋萍说着，让母亲的左手搭在她的肩上，架起母亲，从满是瓦砾的巷子里向后面转去。

三　李家庄村外

粗胖的日军中队长池谷正在训斥小队长村田："村田少尉，你的饭桶的是！一个下午都进不了村子，对付不了几个武工队。现在，我把新兵预备队带来了，一定要在天黑前杀进李家庄。"

"嗨！"村田立即下达了进攻的命令。他转眼又看到面容白净、颇为文静的吉川，特地关照了一句："吉川二等兵，为天皇立功的时候到了，冲！"

有些书生气的吉川急忙挺胸应道："嗨！"

四　晓明家中

秋萍扶着母亲走进已被炸塌了一角的门楼，刚进了院子，就听见村头的枪声和喊杀声更加激烈起来。

晓明母亲站定了身子，问道："莫不是鬼子进村了？"

秋萍说："娘，别着急，我哥和乡亲们都在跟鬼子拼呢！"

五　村西头

武工队队员林怀亮正在往枪里压子弹。

机灵得像山猴般的通信员小山子从冒烟的废墟中跑了来，说："林大叔，晓队长让我来问问你这边情况怎么样？"

林怀亮说："告诉李曙光，我这边弹药很少了，我们已经做好了和鬼子相拼的准备。"

小山子一怔："告诉李曙光？谁是李曙光？"

林怀亮瞪了他一眼："你小子连李曙光也不知道，就是晓明！"

小山子丈二和尚摸不着头脑："晓队长怎么又叫李曙光了？"

有个队员说："鬼子不是悬赏捉拿李曙光吗，所以他才改叫晓明，那是为了迷惑敌人的。其实，晓明和曙光的意思差不多，都是天要亮的意思。"

林怀亮压好了子弹，不耐烦地："不管叫什么，都是为了打鬼子！"又吼小山子："你小子快去！快去！"

小山子转身去了。

六 村前

武工队队员在与日军拼杀，手握棍棒和铁锹等物的乡亲们冲向敌人，进行搏斗。

七 村头石碾旁

晓明向敌群甩出两颗手榴弹，乘敌人躲避之际，他下达命令："向村中收缩兵力，坚持到天黑，夜间突围！"

八 晓明家屋内

秋萍刚把母亲扶到床上躺下，就听到从西邻院中传来鬼子的叫骂声："八格呀鲁！"

晓明母亲一惊："不好！鬼子来了。"

秋萍说："娘，我背你赶快离开！"

母亲说："你如何能背得动我，你快逃吧，去找你哥！"

秋萍知道自己背不动娘，正犹豫间，又传来鬼子的一声叫骂。母亲更急了："你快走，我这把年纪了，不要管我了。不然，咱娘俩都得被鬼子抓住。"

秋萍也急了，说："娘，我去找我哥来背你！"转身跑去了。

九 晓明家院内

秋萍刚走，两名日军和几名伪清乡队队员端着刺刀进了院子。日军和伪清乡队队员从院子搜向屋内。

十 晓明家屋内

一名日军发现了躺在床上的晓明母亲，说："这里有个老太婆！"

另一名日军便是吉川，他搜到正面的方桌前，突然看到了挂在墙上的镜框中的照片，眼睛立即睁大了，吉川一时惊愕，发出心声："啊！姐姐……"

照片上的日本少女站在盛开的樱花前。她笑容可掬，艳若樱花。这就是吉川

114

的姐姐樱花津子。吉川望着姐姐的照片，立即想到了另一个人："这难道是曙光君的家吗？"他又巡视了一下屋内，除了炕上躺着的老太太以外，没有别的人。他的目光又转回到了姐姐的照片上，思绪一下子回到了家乡……

十一　日本东京吉川家中

樱花津子望着正在收拾东西准备回国的李曙光，说："曙光君，你这就要回国了吗？"

李曙光把衣物放进手提箱，抬头望着樱花津子，笑着说："樱花，我来东京读书，住在你们家，多亏你们照顾，我永远不敢忘记你和你们全家对我的恩情。"

樱花津子颇有心事地问道："曙光君，你什么时候回来呢？"

"回来？"李曙光又望了她一眼，"这……现在日军正向我们中国大举进攻……未来……"他摇了摇头，"樱花，你有什么事吗？"

樱花津子鼓足了勇气说："曙光君，我有句话，压在心里很长时间了。你应该明白，我非常喜欢你，希望能嫁给你……"她终于把话挑明了，脸也红了。

猛然间，李曙光不知如何回答她："这……樱花津子，九井君很喜欢你，他几乎每星期都来看你，你应该知道。"

"他不仅来看我，还向我求过婚。可是，我心里没有九井，只有你！"樱花把话题说得更明白了。

"我是个太普通的中国人，我未必能给你带来幸福……"

"曙光君，请相信我，我会做你的好妻子，会给你生聪明勇敢的儿子和温柔漂亮的女儿，会孝敬你的父母，会使你幸福……"事情一旦挑明了，樱花津子将压抑在心头的勇气一下子全释放出来了。

"……"李曙光望着她，一时语塞。

"曙光君，我相信你也爱我。你如果还回来的话，我就等着你，你如果不回来了，就请你带我走。为了和你在一起，我愿意到中国去。"

"樱花，父母拉扯你不易，他们年龄高了……"李曙光说。

"他们都喜欢你，同意我们生活在一起。"樱花说。

"樱花，你很好，是我见过的最美丽的姑娘。我承认，我喜欢你……"

李曙光的话还没说完，樱花津子就站了起来，脸上乐成一朵花："曙光君，你答应我了？"

"樱花，你听我说，我们还是只做好朋友吧。"李曙光说。

"为什么？我们都互相喜欢，为什么不能做夫妻？"樱花津子的面容立时又变得焦急。

"因为……因为……"

"曙光君，我姐姐可是真心爱你，要报你的救命之恩！"樱花津子的弟弟吉川一直在门外偷听，这时闯了进来。

李曙光说："我来日本读书，这些年住在你们家，承蒙多方关照，给你们添了许多麻烦，我李曙光永志不忘，也理应报答。至于救樱花那点事，已成过去，千万不要再提。"

吉川说："不！我们全家不会忘记你对姐姐的救命之恩，当时要不是你曙光君……"

十二　三年前秋天　日本东京某条街上

初到东京求学的李曙光，提着行囊沿着街的一侧正匆匆走着。日本姑娘樱花津子在街中前行。猛听到背后有人惊呼，李曙光急回首，只见一匹受惊的烈马拖着一挂空车狂奔而来，李曙光和街上惊叫着的行人都急急向街侧躲避。

安然行走在街中的樱花津子猛回首看到惊马直冲她狂奔过来，惊叫一声，呆立于街中，不知所措。躲至街侧的行人也都惊呆了，以为樱花津子必遭惨祸无疑了。

在街侧的李曙光，说时迟，那时快，将手中行囊一撒，一个箭步蹿上去，抓住樱花津子拖了出来。烈马擦着他们的衣角呼啸而过。好险！街上的人都惊出一身冷汗。

樱花津子得救了。但李曙光由于躲闪过猛，而街道又较狭窄，自己闪撞在街侧的屋墙角上，额角流出了鲜血。

樱花津子安然无恙。街上的人在纷纷议论，说："多亏了这位年轻的中国人！"他们向李曙光投以敬佩的目光。

樱花津子的父母赶来了，其母对李曙光连连鞠躬，千恩万谢。他们领李曙光进街侧医所包扎了伤口，再次说些感谢的话。李曙光提起行囊，说："没有什么。"便迈步要走。樱花津子的父亲拦住说："先生是中国人，请留个地址、姓名，让我们也好感谢有门。"

李曙光说："我叫李曙光，是前来留学的。这点事不用谢，请让我抓紧走，我要去租住房呢。"

樱花津子一听李曙光是前来留学的，又正要去租房子，赶忙向父母说了句什么。其父向女儿点了点头，又看了一眼妻子，说："曙光君，你对我女儿有救命之恩，请让我们有所报答吧！我家有房，君可以去住，决不收费的。"樱花津子向李曙光深鞠躬，那意思是请答应她和她父母的请求。

一位学生气质的年轻人赶来了，他是樱花津子的弟弟吉川。父母向他说明李曙光是恩人后，他很同意李曙光住他们家，并立即为李曙光提行囊，还做了个请李曙光随他同行的手势。

十三　三年前　樱花津子家　室内

房间算不上高雅，但很洁净。樱花津子父亲说：　"曙光君，这就是你的家了。"

李曙光怕不合适："这……"

樱花津子母亲说："曙光君，你先休息，过会儿让吉川来喊你吃饭。"他们一家人退了出去。

李曙光定定地站着，恍若是在做梦。

画外音：李曙光就这样住进了樱花津子家中，在三年的时间里，不仅与他们一家建立了深厚友谊，他的勤奋、正派和坦诚也赢得了樱花津子的芳心。

十四　窗口　晚

窗口上映出李曙光读书的身影。

十五　樱花津子父母室内

樱花津子父亲指着李曙光读书的窗口说："此君正义，勤奋好学，必有出息，能认识这样一位中国朋友是幸事！"

十六　院中樱花树前

樱花盛开，花团锦簇，艳若朝霞。

樱花津子一会儿用脸蛋去亲抚樱花，一会儿又嗅闻樱花之清香。她高兴得按捺不住了，喊道："曙光君，樱花好看极了，我们照相吧。"

李曙光出来了，吉川和父母也出来了，他们排在樱花前，一家人将李曙光让在中间。李曙光说："还是樱花津子在中间吧，她能与樱花媲美。"

樱花津子好感动，羞涩地望了李曙光一眼。

连续的镜头留下了他们与樱花的合影，也留下了樱花津子、李曙光和吉川的一帧帧樱花青春照。

樱花津子父亲很高兴说："今天是星期天，下午去大海吧！"

樱花津子说："曙光君也去吧！"

十七　海滩上

樱花津子、李曙光、吉川手牵着手在欢快地奔跑。

樱花父亲对妻子说："孩子们的青春年代多有活力呀！"

樱花母亲说："曙光君融进了我们的家庭，他们像亲兄妹一样。"

父亲说："咱樱花津子将来能嫁曙光君这样的丈夫，就很情投意合。"

母亲："不知樱花怎么想的？"

父亲："我看出她很喜欢曙光君。"

十八（镜头返回）东京　李曙光室内

在收拾衣物的李曙光颇有为难地说："吉川君，难道你不知道，现在我们的国家正在遭难，正受到日军的进攻，处此战乱之际，我恐怕很难有机会再到日本来了。你们也未必能安全到中国去。我不能许诺这桩婚姻，正是为了樱花津子，免得遇到波折和困难，苦了她的一生。"

吉川不无遗憾地说："也真是的，我们日本为什么非要去打中国呢？"

"无非是有人看我们中国地大物丰，想进行掠夺。当年的中日甲午战争，日本夺取中国两亿三千万两白银，现在又向中国大举进攻……"李曙光叹息着说，"我母亲来信说，日本军队已过了黄河，正向我的家乡沂蒙山区进犯，乡亲们人心惶惶。"

樱花津子看李曙光颇为激愤的样子，也很气愤地说："这个仗还要打到什么时候？为什么非要打仗呢？两个国家和睦相处，大家友好往来多好呢……曙光君，我们的友谊天长地久，纵有千难万险，我也要到中国去找你。他们打他们的仗，我要去找我的心上人。我记住了你的家乡是山东省沙河县，那是沂蒙山区，那是我们日本人喜欢吃的柿饼的产地。"樱花津子追着李曙光不肯放手。

李曙光虽然为她的痴情所感动，但母亲的面容在他脑际晃动，母亲在信上说的话响在他耳边："儿子，你什么时候回来，我们好一起去逃难。"想到这里，他望着樱花津子，还是无奈地摇了摇头。

"曙光君，你学习很刻苦，你说天道酬勤，难道天道就不能酬爱吗？我相信我终将会成为疼你爱你的妻子。"樱花津子对李曙光的爱情坚如磐石。

"我可以送姐姐到中国去！"吉川信誓旦旦。

樱花津子拿来了自己在樱花前照的那帧笑容可掬的照片，还有他们全家人与李曙光在海边的合影："曙光君，请你带回去，给你家伯母看看。"

李曙光接过照片，仔细端详着，他又看了看樱花津子，樱花津子笑得比照片上还要灿烂。李曙光说："樱花，谢谢你对我的感情，但现实……樱花，这婚姻大事，我回去告诉母亲大人。"

樱花津子说："曙光君，一切会好起来的，请相信我！"

十九　晓明家屋内

镜头拉回到晓明家屋内，吉川面对姐姐樱花津子的照片，半张着嘴巴，发出心声："这无疑就是曙光君的家，他去哪儿了？床上的老妇人是他母亲吗……"

这时另一名日军说："这个老太婆也许是个八路家属，看我收拾了她！"他端着刺刀向床前走去。

就在同伙举起刺刀的一刹那，吉川赶忙止住了他，说："杀这样一个年迈的老太婆白费劲，这样的人，八路军也不会要的，走吧！"

同伙竟顺从了吉川，和几名伪清乡队队员向屋外走去。

吉川有意落在后边，等走到门槛处，又匆匆返了回来，到床前用日语问老太太道："你是李曙光的母亲吗？李曙光现在在哪里？"

晓明母亲疑惑地望着吉川，听不懂他的问话，却听到有"李曙光"三个字，她想："他难道认识我儿子？"

吉川知道语言不通，没法交流，他遗憾地摇了摇头，急匆匆地从口袋里掏出一封信，塞到晓明母亲手中，用叮嘱的语气说："李曙光！李曙光！"说完就出屋去了。

晓明母亲攥着手中的信，发出心声："他为什么没杀我？"她想着想着，突然眉宇展开了，她眼前出现吉川在镜框前一直看照片的情景，但眉宇又锁了起来。

二十　李家庄村头　夜

枪声大作，日伪军乱作一团。

村田少尉在吼叫："八路军武工队狡猾狡猾的有！佯攻东西，兵出西南，跑掉了，追！"

二十一　日军营房　深夜

日军士兵都已经睡了，有的还发出了鼾声。

吉川藏在被窝里打着手电给姐姐樱花津子写信。

姐姐：

我到中国山东后，恰恰驻进了沙河县城。李曙光的家就是沙河县。这个县很大，何处找李曙光？我是军人，不敢擅自外出寻访。更何况中国人对侵占他们国家的日本人是十分仇恨的。休说一名日军，就是少部分日军下乡也是极危险的。中国的老百姓和军人一样，誓死反抗侵略者，他们都骂我们是"鬼子"！

姐姐，你说，我堂堂男儿，为什么逼我当鬼子，侵略人家，落此骂名呢？

尽管曙光君很难找，可一个偶然的机会，我还是进到了他的家。一次下乡扫荡，我们进了他的村子。在一家中，发现了一位老太太，在我的同伴要杀她时，我从这家屋墙上的镜框里发现了你送给曙光君的照片。姐姐你想，要不是曙光君的家，你的照片能在这里吗？我断定这个老太太是曙光君的母亲。他家里没有别的人，也许是因为打仗的原因，曙光君躲到外边去了。我阻止了同伴杀害老太太，等他们走出屋子时，我故意走在最后边，把你写的那封信交给了老太太。老太太听不懂我的话，但我相信她会把信交给李曙光的……

二十二　日本东京　吉川家中

樱花津子捧着吉川的信：

……姐姐，我与曙光君近在咫尺，却如隔天涯。因为我是军人，若是个百姓的话，或许可以想尽一切办法去找他。

　　樱花津子在沉思着，发出心声："吉川是军人，不能随便行动，我是百姓，我若到中国去，准能找到曙光君。曙光君那天为什么不在家呢？他若在家，不就见到吉川了吗？他干什么去了？"

二十三　晓明家中

　　院门和厢房已被炸毁。

　　母亲将一封信递给晓明："儿子，那天鬼子进了我们家，不知为什么没杀我，还给了我这封信，他嘴里还喊叫着你的名字，'李曙光！李曙光！'"

　　晓明急急展开信，樱花津子那柔美的声音立即响起：

曙光君：

　　相别很久了。我盼着海外飞鸿，双眼望穿。会不会是因为战乱，你的书信没法寄传？

　　曙光君，长风可曾将我对你的呼唤传送到你的耳边？

　　我相信你一定会来信，令慈大人也一定会支持我们的婚事。因为我能做她最好的儿媳妇。曙光君，你如果来日本有困难，我可以去找你。我曾对你说过，纵有千难万险，我也要到中国去找你，一定和你在一起。我早就记住了你的家乡在沂蒙山区。

　　晓明捧着来信，樱花津子的形象不时在眼前闪现。她动情的画外音继续响着：

　　曙光君，没有了你的日子，太昏暗、太平淡、太无味。每想起你，心里就甜蜜。我站在山上呼唤你，隔着大海呼唤你，白天呼唤你，梦中呼唤你……曙光君，这就是倾心痴情爱着你的樱花津子。在这个世界上，不知还有哪个女人会这样爱你？樱花对你的爱，高山阻不断，大海隔不开！曙光君，你听到我激动的心跳了吗？

　　……

　　晓明望着书信，为樱花津子的痴心所感动，泪水模糊了眼睛。

　　母亲似乎看到了儿子表情的变化，问道："是谁的信？"

　　晓明没有回答母亲的话，樱花津子的信还在他手中抖动：

……弟弟吉川被征兵到中国去了，政府说兵源不足，独子也要应征。吉川到了大海那边，也许找你就方便多了。

曙光君，我还想告诉你，不管那些日军如何杀人，吉川不会伤害中国人，他是个善良老实的青年，他是被迫去当兵的。你如果见到他，请你多帮助他。也可通过他把你的信传来……

"啊！是他。"晓明终于明白了传信人是吉川。

"是谁？是城里的鬼子还是汉奸？是不是写信要你投降？还是说不投降就要再来打咱李家庄？"晓明母亲问。

晓明不语。

母亲又说："再不就是徐继祖？这一回就是他勾来的鬼子。以后你们可要小心这个人，他是个坏货！"

晓明略一沉思，说："娘，你说的那些都不是，这信是我跟你说过的那个日本姑娘樱花津子写的。"

"是她写的？"母亲吃了一惊，"她来中国了？当了个女日本鬼子？"

"她没有来。"晓明说。

"那就是她替鬼子写信劝你投降？这日本鬼子啊，没有好东西，什么花样都会使。"母亲愤愤地说。

"她不是替日本鬼子说话，她写的还是以前我跟你说过的那些话。"晓明说。

"那就是说，她还是想给你做媳妇？"

晓明点了点头。

"那怎么行？不管她说得多么好听，她让杀人的日本鬼子替她送信，这就看出她和鬼子串通一气。这个樱花津子一定不是好人！"母亲联想颇多。

晓明觉得一时很难向母亲解释明白。

晓明不说话，母亲越着急："儿子，咱不能再和这种人往来，我看以后别再给她写信了，反正这漂洋过海的，她也来不了。"

"不，她想来中国。"

"那你就快写信，告诉她，她来了我们也不见。她说什么好听的话，我们也不要听。日本鬼子杀人放火，她也觉得我们中国人好欺侮吗？"母亲说着，还真动了气。

晓明说："这个时候，到处打仗，写信也很难传到。给你信的那个年轻鬼子是樱花津子的弟弟吉川。他被日本政府征了兵送到中国来了……可是他怎么会把信交给你呢？他也不认识你呀？娘！"晓明也纳闷儿了。

"他曾在方桌前盯着镜框里的照片看，那里边不是有樱花津子给你的照片吗？"母亲说。

晓明恍然大悟："噢！是这么回事！"

秋萍端着熬好的药汤进来了，说："娘，再把脚烫一烫吧。"她听见娘和哥哥又说照片的事儿，插嘴说："娘，当初，我要把照片放进镜框里时，你还不同意，这不，要不是这些照片，说不定你就被鬼子杀了。"

母亲蹙着双眉："不管怎么说，咱不能再和他们往来。儿子，你快给她写信，就写上咱中国人不和鬼子的姐姐结婚，咱不当汉奸……日本鬼子跑到咱中国来杀人放火，还有点儿人味吗？"

晓明紧锁眉宇，沉思着："吉川，你也被驱赶到中国的战场上来了，你可不要做杀人的强盗呀！"他又转向母亲："敌人对抗日家属盯得很紧，你和小妹要多加防范，我们今天有任务，我去了。"

二十四　某山村农舍　灯下

晓明向一位40多岁的男子说："……田书记，情况就是这样，我想去沙河城见见那个吉川。"

田书记："争取他的理解和同情，咱中国人民的抗日战争是正义的战争。"他又沉思了一下，"敌人现在应该还不会认识你，不过，入虎穴总得多加小心。"

晓明点头。

二十五　沙河城天丰园酒楼　内室

酒楼冯掌柜让晓明坐下，热情地说："晓队长，你来得正好，山里来信，说八路军八支队吴连长的妻子被盯上了，要我想法搭救。我找到了那位吴大嫂，把她藏在了逢峪巷我父亲那里。敌人天天搜查，我想把大嫂转移出城，可是敌人盘查得很紧，出城很难。"

晓明点了点头："我们再想想办法。"他看了看冯掌柜，"我这次进城来是想找一个叫吉川的日军。"

"认识他？"冯掌柜问道。

"我在日本留学时，在他家住了三年，我们是朋友。"

冯掌柜好高兴："晓队长，如果能争取一个日军做我们的内线，那就太好了。"

晓明："我也是这么想的。"

二十六　日军驻沙河城司令部　门口

晓明向日军门警说："我是吉川君的朋友，我要见他。"

一日军门警问另一门警："谁是吉川？"

另一门警说："就是新来的那个小白脸，挺文静的。"他又转向晓明，"兵营的不能进。"

晓明说："那就请你把吉川君喊出来吧。"门警不耐烦地一挥手，欲要赶晓明走。

另一门警向门里一指说："那边来的好像就是吉川君。"他于是喊了一声："吉川君。"

晓明也看到了，接着喊了声："吉川君。"

吉川向门口走来了，他一眼就认出了晓明，惊喜地叫了一声："曙光君，是你吗？"他跑来了，紧紧握住了晓明的手，欲让他进里边去。

一名日军军官喊住了吉川："吉川二等兵，这里是军营，外人不得进！中国人更不准进！"

吉川跑上去给军官敬了个礼，说："村田少尉大人，曙光君是我的朋友，他在日本留过学。"

村田："朋友也不准进。"他又略一想，"朋友？我们皇军也可能用的着。我准你 10 分钟在门外跟他说说话，教他好好做皇军的顺民，还要为皇军服务。"

吉川应诺："嗨！"

二十七　日军驻沙河城司令部　门外场地

晓明与吉川坐在树下。

晓明说："吉川君，你捎的信，母亲已转给我了。"

吉川见到晓明分外高兴："曙光君，你那天怎么不在家呢？不然我们就见面了。"

晓明说："我敢在家吗？日军如狼似虎，烧杀掳掠。"

吉川笑了："曙光君对吉川也信不过了吗？"

晓明说："你不会杀我，但能保证别人也不杀我吗？"

吉川立即回忆起了那一日，他的同伴端着刺刀要杀李曙光母亲时的情景，他默认了晓明的话。

晓明："吉川君，你读了大学，不是发誓要搞学术研究吗？怎么当兵到中国来了？"

吉川："政府说是兵源不足，独子也得来当兵，由不得我和家人啊。"

晓明："日军杀进中国，这是侵略呀，难道你不懂得？"

吉川："侵略是天大的罪恶，但我是被逼使呀……只盼能早日罢战回国，与亲人团聚。"

晓明："现在日军正疯狂着呢，除非中国把日本打败了，战争才能结束。"

吉川："我昏昏蒙蒙的，只有服从命令。"

晓明："吉川君，昏蒙不行呀，做人必须要清醒。日军残害中国人，你可不能跟他们一样，善良的人要做善良的事，你有什么难处要想法告诉我。"

吉川点头说："曙光君有需要我做的，也可跟我说嘛。"

晓明说："我有难处自然会找你帮忙。前几天我本家大嫂来城里治病，现在需要回乡下去，怕清乡队盘查，再吓犯了病，吉川君能帮助她出城去吗？"

吉川："好，好的！"

"吉川君，时间到，长官喊你回去。"门警喊过话来。

吉川说："我要回去了，以后你要多多来看我。"

晓明说："是。"

二十八　沙河城大街上　中午

晓明搀着一位妇女向前走着，他悄悄地说："吴大嫂，你这么一装扮，脸上黑黑的，衣服也破旧，真像个老太婆了。"

吴大嫂："但愿能顺顺利利出城。"

晓明说："大嫂别紧张，我已找好了日军送我们。"

吴大嫂一紧张："找日军送我们？你不是出卖我吧？"她不走了，盯紧了晓明。

晓明说："大嫂放心。"

这时，从旁边一家酒馆里突然出来4名醉酒的伪清乡队队员，立即上来拦住了晓明二人。

伪清乡队队员问道："干什么的？"

晓明说："进城看病的。"

伪清乡队队员围住了："看病的？这女人不像有病，是八路探子吧？"

吴大嫂有些怕："俺是种地的乡下人。"

伪清乡队："身上藏着秘密没有？"

吴大嫂："看你说的什么话，俺是庄户人……"

一名斜眼伪清乡队队员对另一人悄悄说："搜他们身上，看看有钱没有？今中午的酒钱还记着账呢。"他于是喊了一声，"你们身上有什么通通地快拿出来，老子要搜。"

伪清乡队队员于是要摸他们身上。

晓明说："不怕你们搜，但你们往一个女人身上乱摸可不行。"

"斜眼"瞪起斜眼："老子对黄花大闺女都摸的不少，你多什么嘴？揍他！"

另一名伪清乡队队员抢起巴掌要打晓明，晓明一扬手臂挡住了伪清乡队队员的手。

斜眼伪清乡队队员还真将手伸向了吴大嫂的胸部，吴大嫂惊叫了一声，"斜眼"一巴掌打得吴大嫂鼻子出血。

晓明看到吉川从那边赶来了，心里更有底儿了，发问道："你们搜查为什么打人？"

"斜眼"更来了劲："打人？老子不光打她，还要揍你呢。"他挣扎着醉熏熏的身子又要去打晓明。

晓明一脚将他踢开了。

伪清乡队队员立即拉动了枪栓。

吉川一声吼叫，伪清乡队队员看到来了皇军，立即止住了打斗。"斜眼"上前说："太君，他们是八路探子。"

晓明说："他们仗势欺侮好人。"

吉川问伪清乡队队员："他们是八路探子，你的证据的有？"

伪清乡队傻眼了。

晓明喝问他们道："太君问你们有证据吗？"

伪清乡队队员不敢说话了。

晓明更胆壮了，说："你们没有证据，凭什么把大嫂打得口鼻出血？在太君面前，我们不能吃这个窝囊气。大嫂，打他们巴掌，还回来!"

吴大嫂看了看那"斜眼"，真想还回来，但她抬了下手还是不敢。

晓明说："大嫂被打怕了，我替你打!"他骂了一声，"狗日的，狗仗人势!"接着狠狠地给了"斜眼"一反一正两个巴掌，打得"斜眼"捂着脸直向后退。

晓明对其他三人说："你们自己打嘴巴，说再不敢欺侮百姓了。"

伪清乡队队员仗着有日军在场，自觉有气势，想不到吉川眼看他们挨打，竟一言不发。

晓明说："你们舍不得自己打自己?我替你们打。"他抡起了巴掌。

伪清乡队队员知道晓明的厉害了，忙说："我们自己打，自己打!"他们自己乒乒乓乓地打起自己嘴巴来。

晓明说："还敢欺侮百姓不?"

伪清乡队队员说："不敢了，不敢了!"

吉川说话了："你们的知道，他们不是八路，是皇军的朋友。"

伪清乡队队员这才明白，忙说："太君，太君，对不起，是我们有眼无珠。"

吉川一挥手，伪清乡队队员狼狈地走了。

晓明向吉川会意地微笑了一下。

吉川说："我送你们出城。"

二十九　日军兵营

吉川躺着未能入睡，他耳边响着晓明的声音："日军杀进中国来，这是侵略呀……"他一边想着一边发出心声："为什么逼我来当这个侵略者呢?"

他身边的二等兵青竹说："吉川君，还没睡着呢?长官命令明天下乡去扫荡呢。"

吉川的眼睛依旧睁得大大的，盯着上空。

三十　某山村村头

日军军犬在狂吠着。

十余名村民被捆绑着。

日军小队长村田向中队长池谷报告："报告中队长大人，他们不肯供出八路军的下落。"

池谷凶神恶煞般举着指挥刀从空中划下："统统地杀掉！"

"报告中队长大人，这正是新兵练刺杀、训练勇敢的好机会。"村田说。

池谷马上明白了村田的意思，环视了一下周围的群众，鼻子里"哼"了一声，表示同意。

村田转身要兵士们将十几名青壮年村民捆绑在一排杨树上。

叶着长舌的军犬仍在狂吠着。

村田说了两句什么，翻译说："你们再不说出八路军的下落，太君可要开刀了！"

青壮年们个个怒视着日军。

村田挑选出的新兵各自端着刺刀指向被捆绑着的青年。

村田吼叫着："现在练习刺杀！你们这些新兵对野战还不熟练，还没有杀过人，这次就练习一下。"他接着下令，"天皇陛下的勇士们，冲锋是皇军的光荣传统，畏缩不前就不配做具有武士道精神的帝国军人！不要害怕，你们现在面对的支那人，是些像猪狗一样的劣等人，杀死他们就犹如是在杀猪……"

池谷拍了拍指挥刀的刀柄，赞赏地看了村田一眼。

村田越有精神了，吼道："准备……"

士兵青竹突然退出了刺杀的行列，说："我……我……少尉大人，青竹二等兵出征时父亲正病得厉害，别的事可以做，只有这……请原谅！"

"什么？你父亲？你个窝囊废！"村田骂着，一鞭子将青竹抽倒在地。他血红着眼睛回首看到了吉川，命令道："吉川二等兵，你来刺杀！"

吉川犹豫了一下，看到脸上流着血的青竹，未敢说什么。

村田绕过来对吉川说："你应当尽快成为一等兵或上等兵，早当下士官。快，端着刺刀上！"

吉川端着刺刀，发出心声："难道要我们到中国来就是这样杀人吗？这些中国人都和李曙光一样，是有血有肉有灵魂的人啊，怎么能说他们和猪狗一样呢……"吉川的神情有些迷惘，又不敢违抗村田的命令，手臂有些颤抖。

在军犬的狂吠声中，村田命令："刺杀！"

士兵们端着刺刀向前冲去。吉川咬着牙也冲了上去，在快接近被刺的汉子时，慌乱得闭上了眼睛，手也哆嗦了。"嚓"地刺过去以后，刺到了肩头上。

"吉川，这是什么刺法！"村田吼道。他手中举着的鞭子扬到了吉川的头上，吉川依然不敢睁眼，头里轰轰的，只想着一个字：刺！刺！刺！他端着刺刀又冲了上去。这次刺中了，立即得到了村田的首肯："好!"

"中国人民一定会胜……利!"被刺的汉子发出怒吼。

吉川望了一眼一个个怒目苍天的死者，心头战栗，赶快收回了目光。

三十一　日军营房　士兵宿舍

一个面貌黑凶的日军问一个矮胖的日军："你下乡发了什么财?"

矮胖子说："我搜到一个小金佛像，被长官夺去了。"

黑凶的日军说："弄那东西干啥? 我们这些人说不定哪天就被打死了，搞到什么宝贝也无用。"他露出了得意的神色说："我这次下乡搞了个黄花姑娘，试得出来。"他又转向吉川："吉川是个雏儿，没摸过女人，太遗憾。"

矮胖子："不光是遗憾，要是哪一天被打死了，简直是白活了。"他转向吉川，"吉川君，去军人会馆吧，那里的女人不敢不顺从我们，现在我们就带你去见识见识。"

吉川未应。

黑凶的日军说："走吧，吉川君，不要装正经了，是男人谁不想干那事。"二人拉了吉川就走。

三十二　军人会馆门口

吉川站住了，矮胖子拉他，吉川想起了出征时，父母和家人的叮嘱。

三十三　（闪回）吉川家门外

吉川应征要走了，全家人为他送行。

母亲将"护身符"为他戴在身上，说："永远相伴，保佑平安。"

未婚妻美惠子送上"千人针"，装进吉川的口袋，说："这千人针是家人和亲友们亲手缝纫，装在口袋里，免灾免难。"又看了看他，小声说："你早日回来，我们结婚。"

不等吉川说话，父亲上前叮嘱说："吉川，全家人舍不得你走，但既然是天皇征召，只能服从，可是你不要忘了，父母供你上过大学，你是个有知识懂道理的人，谨慎行事，认真做人，不要辜负了全家人的期望。"

三十四　军人会馆门口

吉川转身去了。矮胖子日军看着吉川的背影说："书呆子！"

三十五　日军营房

村田说："吉川二等兵，这段时间，你表现有进步，长官批准你升为一等兵了。努力吧，你的晋升开始了。"他看吉川没有惊喜的反应，又说，"听说你在大学里学习成绩是最优秀的，冈本大队长也很器重你，你会有出息的，将来或许能当将军呢。"

吉川情绪还是不高。

村田又悄声问道："这次下去，搞了几个女人？"

吉川摇了摇头。

"真的？"村田说，"你是读过大学的人，是嫌中国女人脏，对吧？但也可以临时解决饥渴呀。"

吉川木然地呆望着脚下。

村田说："吉川，冈本大队长要我好好待你，你放心，我已要求长官让你尝尝日本女人的滋味。"他又看了看吉川，神秘地说："刚刚从日本招来的女子勤劳队，住在沙河城军人会馆。那里有日本女人、韩国女人和中国女人。长官可以去接受日本女人的慰安，时间可达两个小时；士兵只能接受韩国和中国女人慰安，每人半小时。你刚刚晋升了一等兵，长官特地奖掖你……"

吉川望了他一眼："小队长大人，你是说，我们日本人在这里开妓院了？"

"不叫妓院，叫军人会馆，主要是为日本军人服务的。那里边的女人也不叫妓女，叫女子勤劳队员。"

吉川有点木讷地望了村田一眼。

三十六　日军营房宿舍

吉川对着窗外，发出心声："到中国来刺杀无辜的百姓可以晋升，给予的褒奖是去找慰安妇，这是什么军队？"

矮胖子进来了，说："吉川君，我们叫你去军人会馆你不去，长官奖掖你，你也不领情，你到底在想什么？告诉你，枪子儿不会只打我们，而不打你。我们这些人，到时候能有一半活着回日本就不错了。说不定明天就被打死了，今日有酒今日醉吧！"他说完，拿了点什么东西，一边说着："我们要去喝酒。"去了。

吉川凝望着窗外，心声："我们这不是被逼上绝路了吗？唉！也许明天真的就会死在战场上……我杀过中国的老百姓，是刽子手，命案在身，罪恶难赎……我真的已经不是人了！唉……"

三十七　军人会馆

吉川走进院内，听到从某个房间里传出摧残女人的戏谑声。他怔了一下，走了过去。

三十八　军人会馆头头熊仓的房内

粗矮肥胖得像麻袋一样的熊仓看了看吉川，说："你就是吉川？司令部那边来电话了，我知道你。"他接着为吉川登记，又说："各个日本女人的房里都有客，只有三号房的女人空着。这是个黄花姑娘，人也俊俏，已经来了好几天了，只是又哭又闹，不肯接客。你小伙子长得白净漂亮，说不定她会收敛自己的倔脾气，舍得开苞接纳你。"

吉川木讷地望着熊仓。

熊仓又说："你要好好哄她。她要真接纳了你，说明你小子还真有艳福。去吧，小子，看你的造化。祝你玩得快乐！"

吉川出了门。熊仓还在后边说："以后不要忘了孝敬我，这个黄花姑娘让你小子先享用了。"

三十九　军人会馆三号房

这是个不大的房间。灯光柔和。吉川进房后，瞟了一眼身穿和服跪在用中国木床改做的榻榻米上的女人。那女人没有抬头。吉川"哼"了一声，那女人仍不搭理，吉川向女人走了过去。那女人将头紧拱在榻榻米上，直到吉川靠近了她，甚至站在榻榻米前了，她也没抬头。

吉川待了一阵，又"哼"了一声。

女人还是死命低着头，但却说话了："长官，你放过我吧，我是好人家的女儿，又是国防妇女会招来的慰问团的成员，我本想来看看你们，希望你们早日罢战回国，全家团圆的，不是来做慰安妇的，是他们骗了我……"

这声音让吉川一惊："你是谁？姐姐？"

女人也一下子抬起头来，脸上全是泪水，吉川一看，不是姐姐樱花津子又是谁？

两人同时惊呆了。吉川万万没有料到会在这里遇见姐姐，樱花津子更没有料到会在这种情况下遇到了弟弟。

"姐姐！"吉川一声惊叫，扑进了姐姐的怀里。

"弟弟！"樱花撕心裂肺地呼喊着，紧紧搂住了弟弟。

姐弟二人抱头大哭。吉川来不及询问家里情况，而急急问："姐姐，你怎么会到了这里，成了慰安妇？"

樱花的泪水又涌了出来，哽咽着说："接到你的信后，知道你们驻进曙光君的家乡，我很高兴。捧着你的信，我就想，有我照片的那个家一定是曙光君的家，那位老太太一定是他的母亲，我想那封信一定会转给曙光君的。但我不明白，曙光君为什么不在家中呢？是害怕日本军队而躲起来了吗？有你这样的善良老实人，难道会杀他吗？我觉得曙光君躲得好没道理，我就想到中国来，找到李曙光，向他解释清楚。他可以信不过别的日军，难道信不过你吉川吗？"

吉川流着泪水的脸上，带着无可奈何："可是，那天我没见到他。"

樱花："我想，你是军人，不便于自由行动，而我要是到了沙河城，不仅可以来看看你，还可以去找曙光君的家，见到他的母亲。读了你的那封信，我到中国来更有信心了，我觉得所有一切都会变成美好的现实。那天夜里，我在梦中都笑了。"

四十　东京吉川家中

樱花抱着吉川的信睡着了，脸上带着甜蜜的微笑。樱花的画外音："几天后，我又接到了曙光君的信，他在信中再三向我解释时局艰难，告诉我不要把事情想象得太天真，太浪漫，劝我不要到中国来，要我对自己的婚事另谋打算。但我总觉得他对时局和形势有误识，他把日本人想象得太坏了。于是，我就越觉得应尽快去中国，找到曙光君，我想，我只要见到了他，很容易使他茅塞顿开。"

樱花津子画外音："恰在这时候，日本国防妇女会组织慰问团，要去中国慰问作战的日军将士们，我想以我们女人的名义告诉将士们，家人盼他们回家团聚，我就报名了，我还曾提议要到山东去。"

四十一　军人会馆三号房内

樱花津子依旧是泪流满面："本来说得好好的，是前来慰问的，想不到一来到中国就把我们当成了慰安妇。我向他们解释我不是慰安妇，他们不听。我不从，他们就打我。"樱花津子撩起衣服让吉川看她身上依然青紫的伤痕。

吉川抚摸着姐姐的伤痕，心头立即升起一股怒火，心声："这就是我们的国家和我们的政府吗？不仅派出了军队屠杀中国人，对自己的子民也是这样欺骗吗？"他身心全崩溃了，一下子跪在了地上，哭喊了一声："天皇陛下！"他捶打着自己的脑袋，"这是怎么一回事啊？"

樱花津子顾不上擦去脸上的泪水，从榻榻米上站了起来，走到吉川面前："吉川，父母和我们送你出征时，要你好好做人，保护自己，早日安全回家，你怎么寻慰安妇呢？咱可是好人家的子女！"

"姐姐……"吉川对姐姐的问话不知如何回答。

"吉川，你怎么不说话？"

吉川只觉得无地自容，轻轻地摇了摇头。

吉川不回答，樱花津子愤怒了："姐姐才明白，就是你们要找慰安妇吗？你离开我们的家才多久？你就不是吉川了吗？就是你们要找慰安妇才把姐姐逼到这里来的吗？"

面对姐姐连珠炮般的发问，吉川只觉得羞愧至极。他跪在地上，抱住姐姐的腿，长号大哭："姐姐——"

樱花怒吼道："吉川，看着我，回答我，你已经不是咱父母的儿子了？不是樱花的弟弟了？你成了禽兽了？"她"啪啪"两个耳光打在吉川脸上，"我代表父母让你清醒清醒，你是人！不是禽兽！"

吉川仍是泪流满面，透过泪眼，望着怒目相向的樱花津子："姐姐，吉川的苦衷……"

"有天大的苦衷，也不能寻慰安妇！"

"我们的长官和士兵都是……"

"他们都寻慰安妇是吧？那你也不能找，你不要忘了，美惠子还在家里等着你呢。"

吉川有满腹的话，却不知从何对姐姐说起，他觉得自己的作为已是没法向姐姐说清楚了，只有撞地稽首谢罪，"姐姐，姐姐……我……"

樱花津子依然怒气未减："怪不得你在信中说，到了曙光君的家，他却不在。你们如禽兽一般对待中国人，他敢在家吗？我看你将来如何回家见父母大人……"

这时院子里传来熊仓的喊声："吉川君，时间到了。"

吉川只好对姐姐说："姐姐，我要走了，吉川是兵，只能待半个小时，这是规定。"

"规定？找女人上榻榻米也是规定？是帝国的军规？还是天皇的皇规？"

"是司令部规定的……"

"我不管那么多，吉川，我告诉你，你要还是个人，就赶快想办法把姐姐救出去。"

吉川哭着应道："是，吉川一定想法救姐姐……"

熊仓带两个士兵进来了，"看不出，吉川君还这么多情，才半个小时，就认上姐姐了。告诉你，这不过是让你来出出火，快活快活，你还当真了，跟她好上了。她是慰安妇，不仅跟你睡觉，还要与好多的官兵睡觉，不客气地说，她是婊子……"

吉川忍无可忍，一拳头打得熊仓倒退了两步，接着上前，又是两记耳光，骂道："你妈才是婊子！"

"带走！带走！"熊仓狂吼。

两名兵士架起吉川往外拖去。

熊仓捂着脸骂："到了时间了，还赖着叫姐姐，还动手打人，看我告诉你们长官，怎么来收拾你！"

吉川挣扎着回头对樱花津子说："姐姐的话吉川记住了。"

"还叫姐姐，你还指望再跟她上榻榻米？"熊仓跟上来，还了吉川一记耳光。

樱花津子站在门口，热泪直流。她不知道这所有的一切该向谁问个明白。她望着天空，心声哀叹："曙光君，你知道我到中国来了吗？能救救我吗？"

四十二　夜　一片新坟墓前

田书记悲愤地对晓明说："日寇疯狂，残酷杀戮我平民百姓，他们回城了，以为扫荡有成就了，我们就在这时拔掉他们的高庄据点。"

晓明说："高庄据点的伪清乡队也非常疯狂，将其拔掉，对日伪是个打击，对这一带老百姓是个鼓舞。"

田书记："这次日军下乡扫荡，让新兵对准中国人练活人刺杀，你说的那个吉川，不知道参与没有，凭你与他的关系非同一般，力求争取他做我们的内线，或争取他叛离日军。这件事做好了，比单纯杀一两个敌人更有影响。这次拔据点，由我组织县大队实施，你再进一次城，联系吉川。"

晓明："我正盘算去联系他。"

田书记："要有耐心，一旦能成，意义不小。"

四十三　沙河城天丰园酒楼

西装革履的晓明走了进来。

冯掌柜已看见晓明，却装作不认识的样子，喊了声："客官楼上请！"他引路让晓明上了楼。冯掌柜对正在收拾桌凳的伙计说："为客官沏壶好茶。"

"好咪！"伙计应声下楼去了。

晓明看没有了外人，说："我这次进城，还是要找吉川，我想邀他到你这里来细细谈谈。"

冯掌柜："晓队长现在不能找他。汉奸清乡队有个中队副姓于，是我表哥，他经常来赚我的酒喝，他说吉川出事了。"

"出什么事了？"晓明立刻焦急起来。

"说是吉川去军人会馆找慰安妇，打了会馆的头头，被军营关起来了。"冯掌柜说。

"吉川找慰安妇？"晓明蹙紧眉宇。

"我表哥的消息应该准确。"

晓明还是怀疑地摇了摇头，望着冯掌柜，"知道他为什么打那头头吗？"

"这倒不清楚。"

晓明说："请你一定要搞清楚，把具体情况告诉我。"

冯掌柜："到我这里来的人不少，汉奸兵也不少，应该能搞明白的。"

四十四　日军监押房

村田还在教训吉川："你这个不争气的家伙！长官奖掖你，你竟然打熊仓君，还认婊子做姐姐，你要好好反省！你要知道，作为帝国军人是不能有感情的，一切都得服从。今天，你的监押期到了，你被降为二等兵了。二等兵不仅要在营房值岗，还要轮流去军人会馆值勤，不论干什么，你都要干好，一切从头开始！"

"嗨。"吉川答道。

四十五　山野上　夜

武工队队员们都在露天睡着了，晓明望着天上的星星，发出心声："吉川去找慰安妇？日军会关押找慰安妇的兵士吗……吉川……"

四十六　军人会馆门口

吉川在值岗。他不时用眼角瞟向院内。姐姐樱花津子的话就响在耳边："你要还是个人，就赶快想办法把姐姐救出去。"

吉川面色凝重，心事重重。

熊仓向大门走来了。

吉川心声："要救姐姐，还得先接近熊仓。"他略一沉思，忙迎上去说："熊仓先生，我那天打你，违了军法，也受到了惩罚，我向你道歉。"接着又给熊仓点烟。

熊仓的面色缓和了些，瞟了吉川一眼："年轻人，接受教训。"

"嗨！"吉川给他敬礼。

"你现在是二等兵了，可以进去找中国女人，记住了。"

吉川点了点头："谢谢熊仓先生关照。"

熊仓出门去了。

吉川值着岗还在想心事："我这样一个二等兵，有什么办法救姐姐？除非是和她一起逃走……要是能逃出沙河城，我就带着姐姐去找曙光君……可是，能出得了城吗？"

四十七　沙河城内东北角

这是一片菜地，一农夫正用辘轳提水浇菜，一圈圈的井绳绕在辘轳上。

吉川走过来，盯住了那辘轳上的井绳在想什么。

农夫忽然发现了吉川，忙停下提水，打招呼说了声："太君。"

吉川知道这个农夫害怕自己是个日军，向他点了点头就越了过去。他走到城墙下，望着可以攀登城墙的斜土坡，暗想："从这里可以攀上城墙。"他又回首望了望那个辘轳上的井绳，便走了。

四十八　军人会馆院中

灯光照见一位身着日本和服、腰缠锦绣背带、脚踏木屐、梳着高高的唐装头、脸上搽粉、唇上涂红的日本女人穿过院中，走向一个房间。

熊仓在月下饮茶。

吉川进院，将一条"太阳烟"捧给熊仓，说："熊仓先生，这是吉川二等兵孝敬您的。"

熊仓高兴了："年轻人，你学乖了。我熊仓是宰相肚里能撑船，不会难为你的。十一号房里有个年轻的中国女人，你去吧，我多给你10分钟。"

"嗨!"吉川去了。

四十九　军人会馆十一号房

吉川进入房内，发现灯光映着一张痛苦不堪的少女的脸。

那女人发现吉川进来，吓得急忙向后退了两步。

吉川用日语告诉她不要害怕，但她不懂，又后退了一步。

吉川不去理这个女人，却坐在了一侧。吉川坐不住，不时从房门的缝隙中向院中望去。

五十　军人会馆院中

熊仓喝茶的桌凳还在，熊仓不见了。

吉川从十一号房走出来。

扫视了一下，院中无人，只有从什么房间里传出来一个女人的哀叫声。吉川急奔来到三号房前，略听了一下，屋内没有响动，便掏出一封信从门槛下塞了进去。

五十一　军人会馆三号房内

樱花津子呆呆地坐着。

她看到门槛底下伸进一封信来，也懒得去拿。

这时，院中传来说话声："那是谁?"

"我是吉川，我要找厕所。"

"厕所在那边。"

"吉川谢谢了!"吉川的声音较高。

樱花听到了吉川的名字，忙伸手将信抓了过来，展开一看，果然是吉川的笔迹:

姐姐:

自那日打了熊仓，我被监押了十五天。放出来后，被降为二等兵。我利用值岗的机会，又搭讪上了熊仓，才有机会给你这封信。姐姐，我决心救你，也想救自己，现在唯一的办法就是逃走。二十九日夜，我值岗看守大门，姐姐可到时去找我……

吉川的信，使樱花津子感到有了一线光亮。听到院中有人走动，她抹了把脸上的泪水，赶忙将信揉成一团，吞了下去。

五十二 军人会馆门口 晚上

吉川带了烧鸡和酒，对军人会馆的固定守门人说："你很辛苦，我慰劳你，你到屋里去喝酒，这岗由我站好。"

守门人是个有些残疾的退伍老兵，他为吉川的友好感到高兴，钻进警卫室就大吃大喝起来。

过了一会儿，吉川看门前人少了，推开警卫室的门，探进头去说："你将酒全喝了吧，我很喜欢你，要与你交朋友。"

老兵已将瓶中酒喝了一半，脸上开始泛起红光，边啃着鸡腿说："朋友，改日，我请你来玩韩国女人，韩国女人身上滑腻有趣，好玩!"说着又抓起酒瓶灌进一大口。

吉川笔直地站在门侧，注意着出进的每一个军人。村田在此做够了乐子，临走时对吉川说："吉川二等兵，你今天这站岗的姿势还有点军人的样子，今后要接受教训，我还会为你在长官面前说好话的。"他去了。

嫖妓的官兵们走了，许多房间的灯熄了，院子里更加黑暗起来。

吉川悄悄将大门虚掩了。

警卫室里传出老兵的鼾声。

随着一阵脚步声，传来熊仓的问话："谁在值岗？"他查岗来了。

"报告长官，是吉川。"

"大门锁上没有？"

"没有，不知里边还有没有长官要出门？"

"都走了，上锁吧。"

"是，长官！吉川这就上锁。"

熊仓听到老兵的鼾声，推门进了警卫室，他闻到了酒味，骂了一句："这老混蛋，又喝多了！"他取出锁，交给吉川，"把门锁上。"又指指老兵说："钥匙在他身上，黑夜里除了司令部长官来了，其他人来，一律不开门。"

"嗨！其他人来，吉川一律不开门。"

"年轻人，好好干，你会有出息的。"熊仓说着，转身回院内去了。

院中恢复了寂静，传出老兵鼾声如雷。

吉川悄悄进了警卫室，从老兵身上取下钥匙。老兵的眼睛蒙蒙眬眬睁了一下，吉川忙说："没事，你放心到床上躺好了睡吧，今夜站岗有吉川。"

"吉川……朋友……朋友……"老兵迷迷糊糊的，很快又睡着了。

吉川悄悄地将锁打开，紧盯着院中。过了一会儿，只见院中有个黑影在动，樱花津子来了。为了行动方便，她把木屐换去了。待看清是姐姐后，吉川示意她不要出声，一把拉住她，出了门，反手将门掩上，便顺着大街的一侧，急急向东奔去。

五十三　沙河城大街上

街口处有几名巡逻的日军向他们走来，吉川拉着姐姐急拐进北侧的巷子隐蔽起来。

夜深人静，虽传来几声狗叫，日军巡逻兵也没太注意，就过去了。

五十四　沙河城东北菜园地

吉川拉着姐姐直奔城东北角。吉川来到菜地中的水井旁，将辘轳上的绳子解下，圈成一团，挎在肩上，携同姐姐穿过菜地，直奔东北角的城墙而去。

五十五　城墙内外

城墙很高，其内侧有一很陡的斜坡。吉川和姐姐顺斜坡向城墙顶部攀登。

樱花津子身体虚弱，又加心内紧张，攀到斜坡半道，就累得走不动了，只得坐在地上。

其南侧城门楼上的探照灯向这边晃了一下，就过去了。

吉川右肩挎着绳子，左手拉起姐姐，让她俯在自己背上，向城墙攀登。快到城墙顶部时，他让姐姐踏在自己肩上，他慢慢站起身，把姐姐顶上去。樱花津子爬进城墙顶部的马道后，吉川也抓紧爬了上来。

探照灯又照了过来，吉川拉姐姐卧倒在马道上。待灯光过去了，吉川小声说："我先用绳子把你放下去。"

樱花津子只得听吉川的。

吉川把绳子的一端拴在城墙的凸字上，将绳子的另一端拴在樱花津子身上。吉川从城墙之凹处，紧紧抓住绳子，将姐姐沿着墙体慢慢往下放。

吉川大汗淋漓，但他知道，成功与否，在此一举了。

樱花津子已触到了城外地上，她摇了摇绳子示意吉川。吉川忙顺着绳子也下到了城墙外。

五十六　护城河

吉川和姐姐出了城，但宽达 5 米的护城河拦在面前，水深及人。樱花津子说："我们游过去！只要过了河，我们就去李家庄找曙光君，他会把我们藏好的。"她感到有了希望。

他们在日本时常去海边游泳，越护城河自当不在话下。吉川先下了水，当他去扶姐姐下水时，探照灯又照过来了。此地没有任何的遮挡物，姐弟二人立时被探照灯光盯上了。接着就传来伪清乡队和日军的喊声："干什么的？"

"什么的干活？"

"不要管他，赶快过河！"吉川拉着姐姐向对岸游去。

贼亮的探照灯紧追着他们。"砰！砰！"东城门楼上向这边射击，子弹落在水里，激起水花。

吉川爬上对岸，又把姐姐拉了上来，急急地跑去。

城东门开了，守门的日军和伪清乡队出了城，边追边喊，打着枪追来。

五十七　护城河外

探照灯紧紧咬住吉川姐弟不放，子弹从他们身边飞过。突然，樱花津子趔趄了一下倒在地上。吉川返身扶起她，"怎么了？"

"我绊倒了。"樱花津子已经力尽。

吉川一弯腰，背起姐姐就跑。

日军和伪清乡队的脚步声越来越近。

樱花津子看看这样是跑不脱了，就捶打着吉川的肩头："放下我，你快跑，不然，一个也跑不掉！"

"吉川说过要救姐姐，我不能放下姐姐！"吉川紧紧地背着樱花津子，早已是累得张口气喘了，但还是想把姐姐救出去。

"不行，他们追上来了，你快跑！"樱花津子不想连累弟弟。

吉川不理，继续向前奔跑。突然，他脚下被什么东西绊了一下，两人一起摔在地上。

日军和伪清乡队围了上来，用枪指住了他们。

"原来是吉川二等兵啊！你这是背着个慰安妇私奔呀？"

"她不是慰安妇，她是我姐姐！我要救她！"

"你姐姐？救她？"一日军军曹冷笑着，"带走！"

五十八　日军审训室

一名日军军曹在抽打吉川，累得流汗。

吉川已没了呼叫声，脑袋耷拉到胸前。

军曹报告说："小队长大人，吉川昏死过去了。"

村田愤愤地说："出了这样的败类，是皇军的耻辱！"他转身出门去了。

五十九　军人会馆三号房

粗胖的池谷正用皮带抽打樱花津子，嘴里骂着："老子为天皇征战，九死一生，今天就是要玩你，皇军能征服支那，征服世界，不信征服不了你一个女人！"他用皮带抽得樱花津子在榻榻米上翻滚呼叫。樱花津子一会儿就昏迷过去了。

池谷凶狠地撕裂了她的衣服，扑向她那白皙的胴体……

六十　监押房外

看守吉川的士兵看到青竹走来，问道："青竹二等兵，你们不是去街上搜查去了吗?"

"长官说武工队进了城,可什么也没有搜到,武工队狡猾得很。"青竹又问道:"吉川的伤怎么样?"

"中队长大人不让给他治疗,这几天正发烧呢。我方才给他喝了口水。"

"怪可怜的,我们都是一样的命,多关心关心他吧!"青竹说。

"打成这样,全身都肿了,又不给他用药。唉,看他的造化吧。"

六十一　日军大队部

"不能让吉川死!"少佐大队长冈本停住了踱着的步子,对池谷说,"不能让兵士觉得我们太残酷,因为他姐姐的情况有不少士兵很同情。"他沉思了一会儿,"最好的办法是将他训练成一名真正的斗士,让他感激不杀之恩,从而为帝国效命!"

"嗨!"池谷应道。

六十二　军人会馆三号房内

樱花津子撕扯着头上的乱发,一声声撕心裂肺地呼叫:"啊——啊——曙光君! 我还怎么再见你! 你在哪里? 曙光君——"她以头撞墙,头破血流,昏过去了。

六十三　李家庄　晓明家屋内

母亲问:"听说咱这边出了叛徒,可是真的?"

"地委一个叫焦忠成的科长叛变了,他还是我中学的同学呢。"

"这种叛徒害人不浅,你们可得好好防着。"

晓明点了点头。

"那个什么樱花津子又来信没有?"母亲又问。

"没有来信,她已到中国来了。"

母亲一惊:"怎么她到咱中国来了?"

"据说已经到了沙河城。"

"那不是快到咱了吗? ……还要来咱家不? 这个女日本鬼子,咋这么不要脸?"母亲又惊又气又怕,"她来咱家,娘不收她!"

晓明:"她来不了咱家了,我们的内线传信来,说她在沙河城被日本鬼子逼做慰安妇了。"

母亲不明白："什么是慰安妇？"

晓明："就是部队中的妓女，樱花津子不从，逃跑过，被日本鬼子抓回去，打得皮开肉绽，死去活来，鬼子把她糟蹋了。"

母亲怔住了："鬼子把她也糟蹋了？她不是和鬼子一伙的？日本鬼子连他们自家姐妹也要糟蹋？"

晓明十分愤恨："这就是日本鬼子的兽性，无恶不作，丧尽天良！"他呼出一口气，"据说现在樱花津子整天以泪洗面，自杀未成，哭救无门。"

母亲顿时有了同情的面容说："儿子，能不能救救她？咱虽然不要她做媳妇，但不能让人害了她，她那么爱你，看来是真的，你救出她，送她回日本吧。"

晓明面色凝重，不说话。

母亲又说："儿子，她既然和鬼子不一伙，就更得救她。"

六十四　天丰园酒店内室

晓明指着同来的男子向冯掌柜介绍："这是林怀亮同志，陪我一起来的。你说一下情况。"

冯掌柜说："军人会馆里那个日本姑娘是个烈性女子，坚决不做慰安妇，被日军强暴后，她以头撞墙，头破血流，昏死了过去，后被救活，她疯癫了。"

"疯癫了？"晓明又是一惊，他更急了，"去看看！"

冯掌柜："那地方很难进的，都是日军出入。虽然也有极少的中国人进去，但必须大把花钱给那个叫什么熊仓的日本人，他是会馆的头头。"

晓明说："一定要去，我扮成阔商。"又对林怀亮说："你在冯掌柜这里等我。"

林怀亮说："晓队长，你一个人去，我不放心，我还是陪你去好，你扮阔商，我扮随从，更容易蒙骗敌人。"

晓明想了想："也好。"

六十五　沙河城大街上

晓明身着长衫，头戴礼帽，与扮装随从的林怀亮正在走着，对面走来一位戴着墨镜、身穿长衫的男子，与晓明几乎擦肩而过。晓明望着那面形和身影，打了个激灵，发出心声："叛徒，焦忠成！"他与林怀亮急急越了过去。

戴墨镜的男子过去后,摘下墨镜,回首看了看晓明的身影,拧紧眉宇:"是他!"他急急去了。

六十六　军人会馆门口

晓明和林怀亮被日军门岗拦住了。

林怀亮赶忙上前,递上了太阳烟,又送上几张伪钞,说:"熊仓先生请我们掌柜的前来。"他拍了拍手中鼓鼓的提包。

门岗看晓明。

晓明一副高傲的神态。

门岗又看了看林怀亮那鼓鼓的提包,像是明白了什么,摆了个请进的手势。

六十七　熊仓室内

林怀亮对着像胖猪一样的熊仓说:"我们掌柜的听说你这里有美女……"

晓明说:"慕名而来。"

熊仓扫了他们一眼。

林怀亮有意将鼓鼓的提包往身前提了一下。

熊仓脸上堆起笑容,立即请晓明二人坐。

林怀亮抱紧手提包,问道:"你这里真有美女,我们掌柜是可以花大钱的。"

熊仓:"有!有美女,不止一位,都漂亮着呢。白天皇军来得少,倒正是机会。"

"可以先看看吗?"晓明问

熊仓:"行!行!最美的女人是个疯子!"

晓明说:"那就先看看她,到底有多美?"他又转向林怀亮,"你在这里等我。"接着指了指手提包,"给我看好了。"

林怀亮答应着:"是。"

六十八　军人会馆三号房门前

熊仓领晓明来到三号房门前。晓明心里十分慌乱,忐忑不安,发出心声:"这房子里的人真的会是樱花津子吗……樱花,我愿意见到你,但不要在这里……我说过,你不要来中国……"

画外音:年轻的武工队队长,面对敌人的扫射时,他的心里没有这么慌乱过；他的腿被敌人的子弹穿透时，也没有这么紧张过；这里边住的难道就是那个隔着大海呼唤过他的樱花津子吗？

熊仓将房门推开，让晓明走进。

六十九　军人会馆三号房内

晓明顾不上去看室内的凌乱，一眼看到榻榻米上站着个赤裸的女子，一条床单半披在身上，裸露着耸起的乳峰和下腹，头发凌乱地散在额前和两侧，一双惊恐的眼睛呆呆地望着来人。

晓明一看立即如炸雷击顶，疯女人那眉眼，那鼻梁，那容貌，不由得发出心声："原来真是她！"他头里轰的一声，眼前全模糊了。昔日樱花津子的身影在眼前晃动，樱花津子的声音在他耳畔响起："……我站在山上呼唤你，隔着大海呼唤你，白天呼唤你，梦中呼唤你……曙光君，这就是倾心痴情爱着你的樱花津子……"晓明晕眩了，嘴巴张了几次想喊："……"看到熊仓在场，终于没喊出来。他定了定神，又仔细看去，再次发出揪心的心声："冰清玉洁的樱花津子啊！"

"哈哈哈哈！我是慰安妇！慰安妇……"樱花津子突然狂笑起来，披在身上的床单滑落了，坦露着整个白皙的胴体，接着又在榻榻米上旋转着，舞蹈起来。

晓明终于相信了眼前的现实，深深吸了口冷气，胸中汹涌着痛苦和愤怒的潮水，情不自禁地脱口骂出："法西斯强盗！"

熊仓不懂汉语，以为晓明在夸这女人俊美，说："先生是说她漂亮吧？"

晓明强压心头怒火，口中不住地吸着冷气。

樱花津子已完全不认得晓明了，只顾胡乱跳着，口中还念叨着什么。突然又一下子歪倒在榻榻米上，使劲蜷曲着身子，双手紧紧护住双乳，身体也有些颤抖起来，目光惊恐地巡视着四周，露出极恐惧的样子。

晓明头里发晕，情不自禁地走上前："樱……"

"对，她叫樱花津子。"熊仓说。

晓明捡起滑落在榻榻米上的床单："把……把这披上。"他为樱花津子将床单披在了身上。满腔愤怒，两眼睁大。

这时，街上传来嘈杂的脚步声和喊声："有人看见八路军武工队进城了，全城戒严，逐一搜查，不怕他飞上天去！"

七十　军人会馆院

晓明走出了三号房门，林怀亮过来了，说："掌柜的，这边街上很乱。"

熊仓也出来了，说："你们快走吧，皇军要搜查了，这里是不准中国人进来的！不过，只要你们肯花钱，有机会我会让你们来享受的。"

晓明看了熊仓一眼，和林怀亮向大门走去。

他们尚未出门，听见一队伪清乡队队员呼喊着："抓八路。"从门外过去了。晓明向门外一探，又见十几名日军从街上搜过来，有人说："先去那边，回来再搜军人会馆。"

林怀亮说："看来，军人会馆他们也要搜的。"他望着晓明。

晓明拉住林怀亮躲进旁边的门卫室。

日军门卫不准进，驱赶他们。

晓明说："没有退路了。"他一把抓住门卫，不待他还手，就卡住了他的脖颈，晓明很用力，门卫挣扎了两下，很快瞪着眼睛口吐白沫，咽气了。

刚干掉了门卫，一名日军军曹一边推门一边说："上井君，把我的枪递出来，街上出什么事了？真晦气，我刚和她上榻榻米……"他一边系结着衣扣，探身门内，一眼看到上井死在地上，"啊……"便要往后缩身。

晓明眼疾手快，一把抓住他，拖进了室内。林怀亮立即猛击了他脑门一拳。

军曹还要挣扎，晓明朝他胯裆猛踢一脚，军曹倒地了。

林怀亮说："这尸体……"

晓明说："甭管他！赶快脱下他们的衣服，我们穿上出城。"

两人急急忙活起来，各自换上了日军的全套服装。

林怀亮说："墙上还挂着两支枪呢。"

晓明说："这大概是门岗和军曹为我们准备的，带上！"他们一人一支提在手上。晓明看林怀亮还要提那皮包，说："不要了，里边不就是装了些霉馒头嘛。"两人出门去了。

七十一　沙河城大街上

日军伪清乡队到处喊叫搜查，乱成一团。

晓明说："北门由汉奸清乡队把守，我们就去那边。"

七十二　城北门

大门也关闭了。

守门的伪清乡队队员见来了两名日军，立即立正等候训示。

晓明说："八路武工队扮装皇军从东门出城了，你们还关着门有什么用？赶快开门，出去截击。"

伪清乡队队员："是，太君！"他们立即将城门开了。

晓明对伪清乡队队员说："两人留下来守城门，两人跟我们绕那边去追！快！"

两名伪清乡队队员跟着晓明和林怀亮出城去了。

七十三　城外坡野

晓明说："那武工队或许就在野地的什么沟坎里藏起来了，不要开枪，我们赶快搜！"

转到一隐蔽处，晓明和林怀亮突然抓住了两名伪清乡队队员，下了他们的枪说："先饶你们不死，今后不要再当汉奸了，回家种地去吧！"

七十四　日军监押房

日军少尉村田将监押房打开，走了进来，说："吉川，你这次犯下了死罪，长官决定不杀你是为了让你戴罪立功，为天皇效力。"

吉川恭听。

村田继续说下去："长官说你姐姐是来为军人服务的，是国防妇女会送她来的，中途反悔不行……"

"少尉大人，我姐姐是被骗来的！"吉川嗫嚅着说。

"不！她是自愿报名来的。"

"她是报名来慰问的。"

"慰问是什么？不就是安慰官兵嘛，安慰就是慰安。这件事，你要想明白了，你们姐弟同为帝国效力，这应该是你们的荣耀！"村田说。

对村田的解释，吉川绝不敢苟同，他张了张嘴巴，很不理解地望着村田，但未敢辩释。村田继续说："我们这次下乡扫荡很辛苦，回来放假两天。你现在也可以出去和战友相处了，但你不要忘了好好反思，要戴罪立功。"

七十五　日军营房内

青竹和富山看到村田出来了，报告说："报告少尉大人，我们要去街上走一走，能与吉川一起去吗？"

村田沉思了一下，小声叮嘱说："你们要看顾好他，军人会馆不能去。"他严厉地盯着青竹说。

"是。"青竹和富山明白村田的意思是要他们看好吉川。

七十六　沙河城大街上

秋风卷着细雨。

街上行人匆匆。看到日军走来，人们急忙向一旁躲闪让路。

青竹、富山、吉川三人从细雨中走来。

青竹抹了一把挂在眼眉上的雨水，看到有的日军跟跄着从酒馆里走出来，便说："我们也去喝酒吧，庆幸这次又活着回来了。"

富山说："吉川，去吧。你也很长时间没有喝酒了。"

三人前后迈上台阶，走进了酒馆。

七十七　酒馆内

酒馆老板看来了几名日军，便小心翼翼地前来应酬："太君……"

青竹、富山、吉川挑选靠窗的一张桌坐下，青竹将吉川让进靠窗处坐，自己坐在外边。透过窗子即可看到大街上细雨中的行人。

店家把酒菜端上来了。三人一边喝酒一边闲聊。

青竹看吉川不说话，说："吉川，你不要为被关押而难过，这一次下乡，我们中队又被打死了十几个人，要不是我藏在汽车轮后，也可能就被打死了，这年头，活一天赚一天吧。来，喝酒！"

三人一起举起了酒瓶。

街上的风声渐渐大了，把雨线刮斜了。

忽然传来一声凄厉的喊声。

吉川转首向窗外望去，只见一个披头散发的女子正从雨中走来。

七十八　大街上

女子披了件脏兮兮的日式上衣，裸露着下身，赤着脚板在雨中走着，手臂还不时地胡乱挥舞一下，口中或怪叫一声。

七十九　酒馆内

"疯子!"有人说。

吉川等三人的目光不约而同地转向窗外。

"她走的是大和女人的脚步，是我们日本女人?"青竹说。

吉川看疯子的身高和走势，突然涌起一种不祥的预感（发出心声）:"她是姐姐?"他站起身，想出去看个究竟。

"一个疯子，有什么好看的。来，喝酒! 吉川君。"青竹和富山想起村田的叮嘱，拉吉川坐下了。

八十　酒馆门前

疯女人已走到酒馆门前。

她头发蓬乱，遮挡了半个脸，但有时扬头呼喊的一霎，也可略看清她年轻的面容。

八十一　酒馆内

吉川望着窗外，眼睛瞪大了。他趁着青竹和富山正在喝酒的一刹那，赶忙放下酒瓶，向酒馆外冲了出去。

八十二　酒馆门前的大街上

吉川冲下酒馆门前的台阶，迎住了疯女人。

疯女人一双惊恐的大眼望着吉川，突然一扬头，惊呼了起来:"魔鬼……魔鬼……"接着转身跑去。与此同时，吉川也认出了她就是姐姐樱花津子:"姐姐! 你是姐姐!"他看姐姐转身要跑，伸手想拉住她，不料把她披在身上的旧上衣扯了下来。

樱花津子赤裸全身，在雨中发疯地跑着，嘴里不住地喊:"魔鬼……魔鬼……"

赤裸的脚板踩在冰冷的街道上，剧烈地跑动把腿上的伤口震裂开来，地上斑斑血痕和着雨水在流淌。

"姐姐，我是吉川啊！姐姐。"吉川哭喊着追上去。

樱花津子什么也不懂得，只是一个劲地想逃开。孰料，脚下一滑，赤裸的身子摔倒在泥水里，她爬了一下，没有起身，便顺势在地上躲闪着向前爬去，似乎身后有毒蛇猛兽在追击。吉川追到樱花津子身边，急忙把她抱起来："姐姐，我是吉川，我是吉川啊！"

樱花津子依然惊恐地摇着头："魔鬼……魔鬼……放开我！魔鬼！"

吉川满脸泪水和雨水，他一手扶住樱花津子，一手抖开那件扯落的旧上衣，往她身上披。

樱花津子抖得厉害，拼命挣扎："魔鬼……我不上榻榻米！不上榻榻米！"

青竹和富山也跟出来了，他们没有阻止吉川。青竹同情地对富山说："这就是吉川的姐姐。"

吉川把旧棉衣披到姐姐身上，用力抱住她，试图让她冷静下来。

雨中行人也围了上来，两位中国老人虽听不懂吉川和樱花津子说的日语，但却看得出吉川对这个疯子没有恶意。老妇人把外层的上衣脱下来，包住了樱花津子的下身。吉川感激地看了老人一眼，起身鞠了一躬。

樱花津子在吉川怀里挣扎了一阵子，见吉川没有恶意，渐渐不再挣扎了，竟冲着吉川无意识地傻笑起来。

"姐姐，我是吉川啊！你不认识我了？"吉川声音哽咽。

"你不是魔鬼？不上榻榻米？"樱花津子依然颤抖着，目光直直地望着吉川。

"姐姐……你真的疯了吗？"吉川泪如泉涌，悲愤交加。

樱花津子看吉川哭了，又是一声尖厉的惊呼："啊……魔鬼……"她拼命从吉川怀里挣脱，向雨中跑去。跑了几步，脚下一滑，又摔倒了。

吉川要追上去扶她，急跑了两步，自己也滑倒在地上。

樱花津子爬起来，吉川方才为她披上的旧上衣又滑落了，赤裸全身只顾急逃，口中不断地惊呼："魔鬼！"

吉川跪行数步，抓起姐姐落在地上的旧棉衣，泪流满面地呼喊着："姐姐……"他爬起来，抱着棉衣又去追赶。

青竹和富山望着这悲惨的一幕，呆立在酒馆前，互相对视了一眼，谁也不知道该如何去做。

熊仓和军人会馆的门岗赶来了。熊仓吼叫着："他妈的贱货，跑到街上显身子来了，回去！"接着给了樱花津子一个耳光。门岗也吼道："趁我去方便的时间你就跑到这里来了。"他们各架了樱花津子的一条胳膊，向军人会馆方向拖去。

雨地上留有樱花津子赤脚划过的血迹印痕。

樱花津子还在呼叫："魔鬼……魔鬼……"

吉川再去追赶，青竹和富山前来拉住了他。

吉川扑通一声跪在地上，望着姐姐被拖去的背影大哭："姐姐——我该怎么办呀？"

一阵急风，雨下大了，将吉川的声音吞没了。

青竹和富山拉起吉川，不准他再去追赶。青竹同情地说："吉川，你不能再去军人会馆，否则，你不仅自己遭罪，姐姐也更加遭罪！"他们将吉川拉回了酒馆。

八十三　酒馆内

青竹对吉川说："你救不了姐姐，我们也帮不了你。"他又看了富山一眼。富山点了点头，同情地看了看吉川。

青竹又说："今天这事，长官不在，街上人又少，我们就不要汇报了，免得吉川又要受刑。"

富山说："长官如果再发疯，怕是吉川就没命了。"

青竹说："所以说，我们谁也不要说。我们和吉川一样，都是父母养的，也有兄弟姐妹。"

吉川感激地看了他们一眼。

八十四　军人会馆

池谷那粗胖的身躯站在熊仓跟前，几乎比熊仓要高出一头。

熊仓恭敬地望着池谷说："中队长大人，三号房那年轻女人疯了，我怕你玩不痛快。"

"疯了怕什么？我又不要她做老婆，不要她跟我过日子，就图她年轻嘛，放倒在榻榻米上，年轻女人才叫人销魂呢。让人给她洗洗身，我就是要找她！"池谷说完，凶傲地看了熊仓一眼，一屁股坐在了椅子上。

"是，中队长大人，当然是年轻的俊女人好，当然……"

池谷依旧盯着他："你小子在这里，大概没少在她身上取乐子吧?"

"前些日子她死也不肯，这以后又疯了，只有她房内空着的时候，才……"

池谷不耐烦地："让人给她洗干净!"

八十五　日本东京吉川家中

吉川母亲一脸愁苦地说："樱花没有回来，是出了什么事了?"

吉川父亲也放心不下："莫不是找到李曙光了?"

吉川母亲："樱花是极细心的，不管遇到什么情况，都应该来信的。"

这时推门走进一个男人。

吉川父母赶忙起身迎接："吉川舅舅来了。"

吉川舅舅落了座。吉川母亲说："我们正在说樱花没有信呢。"

吉川舅舅看了看他们说："我就为这事来的，听回来的老兵说，"他又往前凑了凑身子，"咱们樱花被逼做慰安妇了!"

吉川父母大吃一惊："真的?"

"回来的人这么说，吉川来信是咋说的?"吉川舅舅问道。

"吉川也很久没有来信了，难道……"吉川母亲更加着急起来。

"樱花当初是由国防妇女会招去参加慰问团的。我去问过妇女会，她们说慰问团去中国后，她们就不知道了。要不然，我再去问一问?"吉川父亲说。

"我看，你再去问，她们也说不清。"吉川母亲对国防妇女会已失去了信心。

"那怎么办?"吉川舅舅问道。

"到现在，问谁去? 我看没有好办法，只有我们自己去找女儿!"吉川母亲说。

"去找樱花津子?"吉川舅舅说，"要漂洋过海呢，容易吗?"

"那有什么办法呢?"吉川母亲一脸无奈。

吉川父亲一直在抽烟。

吉川舅舅劝慰姐姐说："我看也不要想得那么坏，不是还有吉川吗? 吉川是军人，难道不知道保护姐姐?"

八十六　日军宿舍　夜

吉川身边的人睡熟了，吉川睁着眼睛，望着夜空，发出心声："……我救不了姐姐，我连自己都救不了……姐姐快要被折磨死了，我能找到李曙光吗？他能救姐姐吗？他能找八路军救姐姐吗？听说武工队晓队长很厉害，李曙光认识晓队长吗？曙光君，我去哪里找你？你咋的不来找我呢？"

八十七　武工队营地　夜

晓明身边的武工队队员们都睡熟了。

晓明也睡熟了。梦中，美丽的樱花津子微笑着从樱花丛中向他飘飘走来，晓明赶忙向前迎去。突然一声枪响，盛开的樱花被枪击得缤纷散落，樱花津子吓倒在地，一名日军狞笑着向樱花津子扑来。晓明掏出枪，向日军连开三枪，日军倒地。晓明欲搀扶樱花津子，一迭声喊着："樱花！樱花……"他喊着喊着，将自己喊醒了。他定了定神，手中紧握着枪，没了睡意。

八十八　日军营房

吉川与青竹一边走一边问道："青竹君，我给家中去了几次信，父母咋不回信呢？"

青竹悄悄地说："也许怕你将你姐的情况报告了家中，军营把你的信查禁了。"

"有这样的事？"吉川初次听到。

"有，听说有专人检查，凡是影响皇军形象的信，一律封压，一封也不外发。"

"那就是说，我和姐姐的情况，父母大人至今也不知道？"吉川说。

"他们大概不知道。"青竹说。

"我们这算是囚徒，还是军人？"吉川又有些愤怒了。

青竹把吉川拉到一边压低声音说："你不要命了？这样的话说出去，又得打你……"

吉川仰望着远方，发出心声："我们的帝国政府到底是在干什么，把自己的子民也当敌人对待！"

这时，集合铃声突然响起。青竹喊了声："集合了！"拉了吉川就急急跑去。

八十九　拂晓　山道上

惨淡的星河下，日军队列如一条蟒蛇在山道上蜿蜒前行。

走在吉川身边的村田说："吉川，你能有今天立功赎罪的机会，多亏了长官的宽厚，也是天皇慈悲。这次外出演练，不仅可以扫荡武工队，我们也可到乡下过一个丰盛的节日，庆祝我们的胜利。你要好好干，脱胎换骨，做一个真正勇敢的帝国军人……"

吉川："嗨!"

"拿出行动来。"

"嗨!"

九十　一个小山村的茅舍里

身着便装的八路军武工队队员们在开会。

晓明说："据内线情报，日军已经出动，我们准备搞一次袭击。"

武工队队员们个个摩拳擦掌。

九十一　一个山村集市

集市上的人们在忙碌地交易。

太阳已挂在东南方了。集市上熙熙攘攘的人群。

突然一发炮弹呼啸着落在街口，轰的一声炸了，集市上立即乱了。随着一阵马蹄声，枪声响了，子弹在集市上空飞掠，有人喊了一声："鬼子来了!"赶集的人们各自跑着躲藏。集市上的货物没有人管了，有的散落在地上了。

一群日军饿狼般地扑进街口，用箩筐搜集肉、鱼、水果等食品和各种货物。

吉川看到集市上的情景，长长地吸了口冷气。

村田过来了，看到吉川迟疑，吼道："吉川，为什么慢腾腾的？这些东西，我们不享用就白叫支那人享用了，太可惜了，赶快装到车上运走!"

一位身着长衫、胡须花白的老者从一家门洞里出来了，质问日军："你们要干什么？我们村民百姓怎么惹你们了？你们是魔鬼还是豺狼？为什么又抢东西又杀人？"老人气得颤抖。

吉川和那些抢东西的日军看到老人愤怒的样子，急忙抬着盛满物品的大筐向后退。

"八格呀鲁! 八路的有!"村田举着指挥刀上来了。

"八路怎么了？八路军到日本去侵略你们了？抢你们的财产了？杀你们的爹

娘奸你们的妻子姐妹了？烧你们的村庄挑死你们的孩子了？"老人气得胡须抖动，目中喷火。

村田无言以对。恼羞成怒的他只能仰仗那把指挥刀："你的死了死了的！死了死了的！"

"你们这些倭奴狗强盗！杀吧！我炎黄子孙四万万同胞是杀不完的，中国一定会胜利，你们绝没有好下场！"老人怒斥日军。

面对老者视死如归的气势，村田也胆怯了，一边后退，一边命令："开枪！开枪！他是八路！"

日军的枪响了，老人倒在地上。

"爹！"一声惊呼，一个抱孩子的年轻女子从门洞里跑出来扑倒在老人尸体上，"爹呀！"

村田走近两步，用指挥刀从背后将女子的上衣挑裂了。

女子爬了起来："你们还是人吗？你们是鬼！鬼！"由于愤怒，使她气得发紫的嘴唇直打哆嗦。

村田喊了一声："女八路——嘿！"双手举刀向年轻女子劈了下去。他想将女子一刀劈为两半，女子向后一退，村田的刀将女子怀中孩子的头劈开了，还刀裂了女子的前胸和乳房。女子仰倒在地上，殷红的血水、白色的乳汁和着婴儿的脑浆在女人和孩子的尸体上混流。

吉川目睹眼前的一幕，吃惊地呆立着，暗暗发出心声："中国的老百姓犯有何罪……这样残酷地杀戮老人、妇女和婴儿就是英雄吗……"他不知所措了，竟又忘了去搬东西。

青竹碰了他一下，说："吉川，小队长大人过来了。"

吉川一侧首，只见村田怒冲冲地往这边走，他赶忙搬起一箩筐抢来的东西往车上装。

九十二　一农村的村头

夜，漆黑一团。

吉川和青竹在村口值岗，寂静的夜空中从村内传来日军喝酒作乐的声音。

吉川对青竹悄悄说："青竹君，我们该怎么办呢？长官拿我们不当人对待，要是遇上八路军就更没命了。"

青竹叹息说："我们有家难回，我也不知该怎么办。"

吉川鼓了鼓勇气说："青竹君，我们是好朋友，我有句话……"

青竹："你说！"

吉川："我……"他附上青竹的耳朵，"我想逃出去，我有朋友曙光君，他虽然是中国人，但他说过，有难处可以去找他的。现在我没有办法救我的姐姐，我想请他让中国人帮忙。"

青竹："能逃得了吗？我们都是杀过人的，中国人会饶了我们吗？"

吉川说："若被中国人杀死，就算偿还他们的血债，也比这样当强盗、当魔鬼强！"

青竹想了想："有机会咱俩一起逃。"

九十三　村外

晓明对武工队队员们说："村里情况已侦察好了，敌人用从老百姓手中抢来的东西，分在三个大院中聚餐，我们分头行动，用手榴弹炸他个人仰马翻。"他将手一挥，"跟我来！"

他们绕开岗哨，向村中悄悄摸去。

九十四　村口　夜

吉川和青竹二人正说着什么，突然从几家院中传出爆炸声和日军的号叫声，接着是武工队队员的喊杀声。

吉川和青竹马上明白发生了什么事。青竹在迟疑间，吉川拉了他一把："咱们跑吧！"二人向野外跑去。

吉川二人刚跑出村口，就听到交火中有日军在问："八路偷偷进了村中，皇军的岗哨呢？"接着村外也打起枪来。

九十五　夜　村外野地

吉川和青竹正跑着，一声枪响，青竹突然倒下了，对吉川说："吉川君，我的腿中弹了，不能跑了。"

吉川想背着他，又听到日军向这边搜索过来。青竹推开吉川说："你快跑！你要是再被抓住就一定没命了！"他说着掏出了一枚手榴弹。吉川无奈，只得独自跑去。他跑出几十步，就听到后边轰的一声响，他知道青竹引弹自爆了。

吉川在黑暗的旷野里向前奔跑。

村内的枪声继续响着。吉川焦急地仰望着天上的繁星，却不知逃往何处。心想："皇军杀了那么多中国人，中国人是绝不会饶恕我的……怎么办？只有去找李曙光。"

一阵脚步声传来，吉川赶忙伏在野地里。

随着脚步声的走近，来人的说话声也听到了，有人说："晓队长，这一回够小鬼子喝一壶的！"

吉川听不明白中国话，却听到了有"晓队长"三个字，他很害怕，心声："晓队长是八路军武工队队长，要是让他抓住就没命了！"他伏在地上，望着那一队黑影过去了，才起身向另一侧山上跑去。

九十六　村口

天亮了，十几具日军尸体摆放着。

吊着膀子的村田暴跳如雷："八路的厉害，神出鬼没……青竹自杀，吉川下落不明，要抓紧搜查，不能让他投了八路！"

一个个日军阴沉着脸子。

九十七　某山村

吉川被群众围着。两位民兵把吉川的枪收了，说："他说话我们不懂，把他送交军区去审吧。"

九十八　沙河城军人会馆　院中

樱花津子疯疯癫癫地胡乱舞动着，口中语无伦次地说着什么，她头发凌乱得犹如鸡毛，赤裸着一臂，衣服拖到地上。

熊仓在吼叫："滚回房里去！"

樱花津子什么也不懂，傻笑着乱舞乱跳。

九十九　日军驻沙河司令部

日军少佐冈本在训斥熊仓："你的沟通八路，我帝国军人被杀死在你的门口，你的要说明白!"

熊仓:"大队长大人,熊仓确实不知什么人敢到军人会馆门前杀人,我……"他战战兢兢。

冈本还要发话,村田进来了:"报告大队长大人,吉川的父母来了。"

冈本一惊:"你说什么?"

"是吉川的父亲和母亲来了,已到了我们营房。"村田说。

这是冈本未曾预料到的:"他们来干什么?"

"他们说是很长时间没有接到儿子和女儿的信了,前来看望他们。"村田说。

"看他们?……他儿子跑了,女儿疯了……"一时间,冈本未曾想出应对吉川父母的办法,显得有点儿慌乱。

"是否赶他们走?"村田说。

冈本不理村田,踱了两步,终于镇静下来:"他们万里迢迢来看儿子,赶他们走,让其他兵士寒心,他们回国后也会对皇军不满……"

村田等候着冈本的训示。

冈本继续说:"吉川的事,已经都知道了,不能隐瞒。要引导吉川父母声讨自己儿子对皇军的背叛,要让他们为有这样的儿子而感到耻辱。"

"可是樱花津子正在疯着呢。"池谷又说。

冈本紧盯着"武运久长"的布幅,背对着村田,紧蹙双眉,不说话。

室内静得没有半点儿声音。

过了一会儿,冈本突然从"武运久长"的布幅前转回身来:"樱花津子的情况。不能让她父母知晓。"他看了看池谷和村田,双手做了个砍杀的动作,目光中露出杀机。

村田望着冈本:"大队长是说杀人灭口?"

冈本说:"为了皇军的声誉,让疯女人这条命就做了奉献吧!"他盯住熊仓,"这事你去办,对外就说她突然得病死了。"

熊仓点头应诺。

冈本一挥手,熊仓去了。

冈本又说:"村田少尉,安排好吉川父母的食宿,不要让他们与兵士接触。"

"嗨!"村田转身去了。

一〇〇　日军营房

村田对吉川父母说："两位老人远道而来，一定很辛苦。冈本大队长说让你们先好好休息。"

吉川父亲说："我们想看看儿子吉川和女儿，不知你们知道不，我女儿是日本国防妇女会组织来中国的，她叫樱花津子。"

一〇一　军人会馆三号房内

樱花津子在痛苦地挣扎，从榻榻米上翻滚到地上。

熊仓看她虽然气力已尽，但一双眼睛还瞪着，仍觉心里有些害怕，说："你到了那边，千万不要恨我，我是奉了长官的命令。"

樱花津子的头一扭，一股血水从嘴角流出，气绝了，却依然是怒目圆睁。

熊仓摇着头，不无遗憾地说："可惜！真可惜！毁了我一棵摇钱树！"

一〇二　日军驻沙河司令部

日本少佐冈本大队长命令村田："樱花津子尸体要火化，装骨灰盒。"

"嗨！"村田应道。

冈本继续说："还要设灵堂……灵堂不能设在军人会馆，也不宜在军队营房……设在沙河县公署。要让樱花津子父母知道他们的女儿不仅受到皇军的尊重，也受到中国地方政府的尊重。"

"嗨！"村田应声。

一〇三　八路军鲁中军区敌工科

一位30多岁的军人正在与吉川谈话："你走向了光明，站到了反抗侵略的正义战场上，八路军欢迎你！中国人民欢迎你！"外面突然传来喊话："郑科长，有个叫吉川的反战日军在你这里吗？"

随着喊声，晓明闯了进来，他一眼看到了吉川，十分惊喜："吉川君，还真是你呀！"两人的手紧紧握在了一起。

郑科长向吉川介绍："这位是沙河武工队晓明队长。"

吉川更加惊喜了："晓队长？原来大名鼎鼎的晓队长就是你呀！我找你找得

好苦呀！你怎么改名字了呢？"

"为了混淆敌人视听嘛！"晓明说，"欢迎你，吉川君！我领着沙河部分受难民众前来行署参加控诉日军暴行大会，才听说有个叫吉川的逃到我们这边来了，吉川，你的路走对了。"

他们一直激动地站着，郑科长让他们坐。

吉川："曙光君，我太想找到你了，想不到你就是晓队长，那太好了！太好了！曙光君，我姐到中国来找你，却被皇军拦住了沙河城，逼做慰安妇，姐姐被糟蹋疯癫了，你赶快救救她，她快要被折磨死了。"

晓明说："我知道了，我们已组织了精干的营救队，马上就准备出发……"

吉川着急："曙光君，赶快……"

这时，外边有人在喊："晓队长，有人找你。"

晓明向门外一望，起身迎了出去。

一〇四　敌工科院中

晓明从屋里迎出，说："冯掌柜，你怎么来了？"

冯掌柜："有个重要情况，我找你到沙河乡下，又追你到这里。"他对着晓明耳语了几句。

晓明吃了一惊："怎么？死了？"

冯掌柜点了点头。

晓明说："进屋说吧，正好吉川也到我们这边来了。"

一〇五　敌工科室内

冯掌柜说："吉川的父母从日本来到中国了，日军长官害怕樱花津子被糟蹋的事一旦暴露，有损于日军声誉，让人将樱花津子害死了，又装模作样，设灵堂……"

一〇六　日伪县公署　樱花津子的灵堂

正中摆放着樱花津子的骨灰盒和她花容月貌的遗像。

冈本引领吉川父母走进灵堂。

吉川父母看到女儿的遗像和骨灰盒，惊呆了一会儿。母亲接着扑上去，抱住了樱花津子的骨灰盒，肝肠寸裂地哭号起来："孩子……"她昏厥在地上了。

吉川父亲抚摸着樱花津子的遗像："樱花怎么会死了呢？怎么会死了呢？"在他的幻觉中，看见樱花笑着向他扑来，甜甜地喊着："爸爸……"父亲张开双臂迎上去："我的女儿啊！"他欲抱住樱花津子，樱花津子却消失了，父亲抱住的是樱花津子的遗像，他顿首呼喊："女儿啊……"脸上老泪纵横。

冈本在一侧表示悲痛，说："樱花津子是我们日本最好的姑娘，她对我们帝国有认识才自愿到中国来慰问皇军将士，可是不幸的是，慰问团遭到中国八路军的袭击，樱花津子落入了八路军之手，皇军去解救时，她已被八路军杀死了。皇军夺回了樱花津子的遗体，进行了火化。对樱花津子的不幸，我皇军将士深表悲痛，也决心为樱花津子报仇。请二位老人节哀！"

樱花津子的父亲："八路军这么可恨，连一个女孩子也不放过？"

在一边的池谷说："八路军杀人放火，奸淫妇女，什么坏事都做得出来。"

冈本在一边斜着眼睛瞟了池谷一眼，那意思好像是说：你是在说八路军还是说皇军？你插什么嘴？

池谷立即闭了嘴。

樱花津子父母唏嘘哭泣，对着女儿遗像说："孩子，受到皇军的称赞，你也就够了，你放心，我一定让你弟弟给你报仇！"

"吉川的情况，让我慢慢告诉你。"冈本说，他接着命令，"送两位老人回去休息。"村田应声扶起吉川父母走去。

一〇七 八路军鲁中军区敌工科

吉川泪如雨下："我的姐姐呀！"

一〇八 日军营房

冈本看了看吉川父母："你女儿是好样的，中国人太可恨！你儿子却背叛了皇军，跑到中国八路军那边去了，是皇军的耻辱！"

吉川父亲："吉川是个懂事的孩子，怎么会把杀姐姐的仇人当朋友呢？"他感到惊疑。

一〇九 八路军鲁中军区敌工科

吉川愤怒地呐喊："杀了我姐姐，还要欺骗我父母！"

晓明说："法西斯暴行就是这样残忍又无耻，既要当婊子又要立贞洁牌坊。"

吉川痛心疾首："我的父母大人，你们被骗了，他们害死了我姐姐，还要你们感恩戴德！"

晓明说："法西斯暴行，一定要大白于天下！"

郑科长："晓队长，行署不是要召开控诉日军暴行大会吗？可以把这件事讲一讲呀，吉川讲不好中国话，你讲嘛！"

一一〇　一山坡前

台前坐满了八路军战士和群众。

晓明在激愤地讲着："……侵华日军犹如禽兽，他们就这样糟蹋侮辱杀害了日本姑娘樱花津子！"

台下人们举手举枪，愤怒地呐喊："打倒日本帝国主义！""为樱花津子报仇！""为受难民众报仇！""正义必胜！"

一一一　八路军鲁中区一山崖上

吉川手擎一束樱花，泪流满面，向着东方呼唤："姐姐……"

一一二　大海上

轮船在海上航行。

残阳斜照着大海，海水翻滚，波浪滔滔。

母亲抱着樱花津子的骨灰盒站在甲板上，骨灰盒上的那束樱花一瓣一瓣地被海风吹落。父亲站在一侧，怒目苍天，欲哭无泪。

海鸟哀号，汽笛哀鸣。

母亲将挂满泪水的老脸紧紧贴着樱花津子的骨灰盒："女儿，咱们快要到家了，你从小就喜欢樱花，妈妈把你埋在樱花树下，让樱花永远陪伴你。"

父亲痛心地说："樱花国色天香，为什么生命这样短暂呢？"

在樱花津子骨灰盒的画面上推出片题：樱花之落

片尾曲：

樱花呀樱花，

你是这样妩媚娇艳，
却为什么七日凋残？
是谁扬起皮鞭，
摧残了你的容颜？
是谁高悬利剑，
害你香销魂散？
大海翻腾，
要为你洗冤，
高山呐喊，
为你射出了复仇的怒箭！
待到来年春暖，
盼你重返人间！

字幕：剧终

烽火八岐山

内容梗概

抗日战争时期，活跃在八岐山中的一支抗日武工队，与日伪进行了英勇的斗争。年轻的武工队队长李曙光（晓明）和队员们带领群众反扫荡，多次机智地冲破敌人的封锁包围，并给敌人以沉重打击。日军千方百计进行围剿和突袭，都以失败而告终，奈何不了武工队。在艰苦复杂的斗争环境中，李曙光以自己高度的爱国热情，冒着风险说服和感动了一支"草头王"武装，使其走进了八路军行列，走向了抗日的战场。

在整个故事中，以李曙光和孙如梅的爱情为副线，故事更加曲折，扣人心弦。他们二人虽自幼定了娃娃亲，但一直互不认识，在如火如荼的抗日斗争中，相识相爱，走到了一起。故事结构严谨，人物形象鲜明。歌颂了在中国共产党领导下，中国人民所进行的艰苦卓绝的抗日斗争，揭露了侵略者的凶恶残暴，鞭挞了汉奸的丑恶嘴脸和灵魂。

电影文学剧本

巍巍八岐山，八座山峰，依次排列，如剑插天，气势高峻。
山间可见游击健儿抡着大刀在与日军拼杀。

在此画面上，推出片题：烽火八岐山

一 由远而近的山道上

一位少女骑着白马飞驰而来。她在马背上，一会儿抖缰纵马，一会儿翻身侧挂于马腹。白马四蹄腾空，马首高扬，马尾纷飘。

二　孙家大门前

少女翻身下马。她十六七岁，白皙俊秀，面容微汗，透着红润，显出她青春的活力。这就是孙家的三小姐孙娇娇。

一位老头接过马缰，说："三姑娘真是好骑术！能够侧挂那是不容易的，我只在马戏场见过。"

三　孙家室内

一位50多岁的男子坐在椅子上，看见娇娇进来，问了一句："又去骑马了？"

孙娇娇说："爹，那白龙驹闲着也是闲着，骑上去跑一圈真好！"

父亲："整天疯疯泼泼的，没个女孩子样。"

孙娇娇："爹，学骑马有什么不好？古代那些男女英雄，哪个不会骑马？"

父亲望了她一眼："你个姑娘家还想当英雄？"

孙娇娇："当不当英雄不重要，我娘让日本鬼子炸死了，这仇不能不报！"

父亲："要不是为报这个仇，我也不会让你哥去于学忠部当兵。"

孙娇娇："他们是国民党军队，见了鬼子就跑，我想去参加八路军。"

父亲一惊："你要参加八路军？"

孙娇娇："听说八路军在八岐山打了胜仗，打死了好多鬼子……"

不等她说完，父亲就急了："你不要再给我添乱子了，现在世道这么乱，又有人要夺咱家那片河洼地，仗着势力跟咱打官司，这已够我焦心的了！"他挥了挥手让孙娇娇走。

孙娇娇刚走，一位约40岁的女人从套间出来了，说："娇娇这闺女，人也大了，心也大了。你早年既是跟李家为她定下娃娃亲，我看及早把她嫁过去。"她望了一眼丈夫，"我是继母，不好多说，你得发话呀。"

男人蹙着眉："娇娇这婚事……"他轻轻摇了摇头。

"你不想承认娇娇的娃娃亲了？"

这时，一位40多岁的仆妇进室送水，夫妇的谈话立时停止了。

继母见仆妇已倒好了水，说："张嫂，你去忙吧，这里没事了。"

四　孙家院子里

张嫂提着水壶从大厅出来。

孙娇娇在那边喊："张妈，我再帮你洗菜吧。"

张嫂迎上去，悄悄说："三姑娘，我听到老爷太太好像在商量你的婚事呢。"

"商量我的婚事？"

张嫂指了指大厅。

孙娇娇悄悄迈到了厅房窗外。

五　孙家厅内

孙娇娇父亲："虽说早年为娇娇定过娃娃亲，但这些年两家联系不多。李家那边李天康先生为避难逃往外地，多年没有信息。李家那孩子去了日本读书，这桩婚事怕是……"他叹了口气，"眼下，咱家又遇上了土地官司，对方很强势。我托人到辛集去找刘汉民区长给咱帮忙。他虽然能帮咱打赢官司，但他听说咱家娇娇人才好，提出让娇娇嫁给他做填房。"

"你答应了？"

"别无路可走。"

"娇娇同意吗？刘汉民可是近 40 岁的人了。"

"我也正作难怎么跟娇娇说呢。家庭处此困境，只能是委屈娇娇了……过几天结了官司，刘汉民就亲自来……"

六　孙家院中

孙娇娇听到这里，吃惊地张大了嘴巴，悄悄退了下来。

七　孙娇娇房中

孙娇娇在沉思。父亲的话响在耳边："……过几天结了官司，刘汉民就亲自来……"孙娇娇对着窗口发出心声："看来父亲是不跟我商量了！让我嫁一个 40 岁的老头，可真舍得女儿的青春……"她双眉紧蹙，"……这个家不能待了！"

八 李家庄 李曙光家屋内

青年李曙光对母亲说："娘，我们组织县大队正忙着练兵，你让我回来有事?"

李母看了看儿子："你爹当年去南方当了红军，以后听说又转到了北方打鬼子，现在你又要领人打鬼子。这日本鬼子跑到咱中国来祸害人，烧杀抢掠，是该打，只是娘挂心你的安全。"

"娘，我一定好好注意。"李曙光说。

李母说："再就是你那婚事，娘始终挂在心上，现在那孙娇娇也不小了。"

李曙光："娘，我看这事就退了吧。不就是我爹当初在孙家庄教书时，为我定了个娃娃亲吗? 这都十几年了，我看跟那边解除算了。"

李母很认真："这哪儿能行? 当初立有婚约呢，黑字写在红纸上，那是金券铁书，不能变的。何况你爹又没在家，咱这样正经人家说话是算数的，我还想去孙家要媳妇呢。"

李曙光又要说什么，一个小姑娘喊着进来了："哥，有人找你。"

"小妹，谁找我?"李曙光一回头，只见一名身穿便服、腰扎武装带的男子进来了。李曙光认识他是县大队队员，问道："林怀亮，有什么事?"

林怀亮说："晓队长，田县长找你。"

李母看了看他们："晓队长?"

李曙光说："建立县大队后，我任副大队长兼武工队队长，对外为了糊弄日本鬼子，让他们难以摸清底细，我改名叫晓明。晓是拂晓的晓，拂晓就有曙光嘛。田县长就是原来高等小学的丁一农校长，成立了抗日民主政府后，他任县长，改名叫田夫了。"

李母点了点头："噢——不管怎么改，反正是我儿子。"

李曙光："娘，我先去了。"

九 县大队训练场

高大魁伟的李天功正在教练刺杀。

30多岁的田夫和晓明站在一端。田夫说："八路军战地宣传队来我们这里演出宣传已经七八天了。现在风声很紧，鬼子大部队很快就过来了，我们人少力单，怕保护不了她们的安全，我想让你和李天功护送她们回部队去。"

晓明："什么时候？"

田夫："宣传队的同志都准备好了，最好现在就走，40 多里地，争取天黑以前赶到。"他望了一眼训练场，"我再跟李天功说一下。"

十　山道上

晓明领着八九名宣传队队员走在山道上，李天功牵着红马，驮着宣传队简单的行囊和乐器，跟在后边。

他们攀上一道山梁，突然传来枪声，立即停住了脚步，向岭下望去。

十一　山坡上

两名日军正在追赶一位姑娘。姑娘惊叫着向岭上跑来，日军紧追不舍，一边喊着什么，一边放冷枪，吓唬姑娘。

晓明让大家隐蔽下来。

那姑娘可能没了体力，脚步越来越慢了。

一名高个子日军跑在前边，离姑娘很近了。

宣传队的人都紧张得屏住了呼吸。

晓明说："天功叔，你枪法好，干掉前边那个！"

姑娘刚刚攀上一道崖子，高个子日军也爬了上来，即将扑向姑娘。李天功取下长枪，瞄了瞄，一枪打去，那日军滚下崖去了。

另一名日军从崖上露出脑袋向这边瞧望，晓明骂了句："好疯狂！"一枪打去，日军也滚了下去。

崖上的姑娘吓得不知所措。

晓明喊道："快到这边来！"

姑娘跑来了，宣传队员们立即上前拉住她："别怕！"

姑娘惊喜地看了看他们。

十二　山谷中

八九名日军端着枪向山岭上张望。

十三 山道上

李天功又要向山下瞄准。晓明说："天功叔，鬼子人多，咱们送人要紧，你领她们走，我来掩护。"

李天功看了看那匹马说："把物件卸下来，大家背着走，我把狗杂种们引开。"

大家七手八脚将物件卸下了马背。

李天功又说："我绕个圈再去追你们。"他翻身上马，向山谷中打了一枪，背道疾驰而去。

山道上"嘚、嘚"的马蹄声越来越远。

十四 山谷中

日军向着李天功背道而去的方向一指："那边的！"

日军向李天功方向追去了。

十五 山道上

被救的姑娘惊魂稍定，向晓明说："谢谢你们救了我，你们是什么人啊？"

晓明看了看她，只见她相貌俊秀，细眉杏眼，有股刚毅劲儿，身穿蓝布褂，精爽利索，只是目光中闪着疑问。

晓明说："你不要怕，我们是八路军。"

"你们是八路军？"姑娘惊喜得眉开眼笑了，"怪不得你们救我，我就是要找八路军。"

"你一个姑娘家，这时候出门太危险。"

"我要参加八路军，我是一个人跑出来的。"

晓明看了看她极认真的样子，点了点头："那就跟我们走吧！"

姑娘走在晓明一侧又问道："你们八路军会要我吗？"

晓明又瞧她一眼，说："我不是八路军。"他用下颌点了一下宣传队员们："她们是八路军，我是游击队。"

姑娘问道："你是当官的吧？我看她们都听你的呢！"

"我是来送她们的。"

"游击队护送八路军？那就是说，游击队比八路军还厉害了？"

晓明蹙着眉微微摇了下头，对她的问话感到啼笑皆非，说："少说话，跟上走，我们送你到八路军那里就是了。"

十六　八岐山下　八路军支队司令部驻地

晓明和李天功从支队司令部出来，准备要走了。

那位被救的姑娘赶过来说："游击队，你们要走吗？谢谢你们救了我。"

晓明笑了笑："不用谢，只要你好好学习，勇敢地打鬼子。"

"我一定做到！"那姑娘颇有决心地说。

晓明和李天功走了。

一名女宣传队员从支队司令部出来，对被救的姑娘说："首长很忙，明天我再领你来找他，今晚你先跟我住一起。"

十七　田夫办公室

晓明说："安全送到，部队首长听说我们新建了县大队，组织了武工队，赠给一支驳壳枪。"他拿了出来。

田夫说："这家伙很好用，能打二十响，你留着用吧，武工队尤其需用短枪。"他把枪推给晓明："听说你们在路上还救了个姑娘？"

晓明说："世道这么乱，那姑娘一个人要去投八路军，她好像也是咱朐县人，一路上很紧张，没顾得上问她叫什么名字。"

十八　八路军支队司令部

"我叫孙娇娇。"被救的那位姑娘对一位中年军人说。

中年军人笑了笑："为什么要参加八路军？"

"我要打鬼子！"

中年军人还是笑着："那好啊！"

"那你批准了？你是大官？说了算数？"

中年军人看她一脸的稚气，问道："你是什么地方人？"

"朐县的。"

中年军人又笑了："娇娇？太娇气了不好，打鬼子是要吃苦的。我看你不如改个名字吧。"

"改个什么名字？长官。"

中年军人又笑了："不要叫长官。你这名字嘛……"他沉思了一会儿，"我看就叫如梅吧，像梅花一样，禁得住冰霜严寒的考验，怎么样？姑娘。"

"只要能让我打鬼子，叫啥都行。"

"好！"中年军人回首喊了一声："尹参谋！"

"到！司令员有指示？"一名军人进来了。

"这姑娘要当兵，你登记一下，送她去宣传队吧。"

"宣传队？"孙如梅一听送她去宣传队，立时急了："我不去宣传队，不就是演演节目唱唱歌吗？我要拿枪打鬼子！"

被称为司令员的中年军人说："搞宣传和扛枪同样都是为了打鬼子。"

尹参谋拉她走到门口，她又回头对司令员说："宣传队长要是不给我发枪，我还回来找你。"

尹参谋拉她出了门，说："你怎么这样和首长说话？"

"首长？首长是什么官呀？"

"是大官嘛。"

"他是大官……"孙如梅一边向外走一边回头看，口中自语着，"不像……不像！和个兵一样！"

十九　孙如梅老家

孙如梅的父亲和继母迎李曙光母亲进室。

孙如梅父亲问道："老嫂怎么来的？有几十里路呢。"

李母坐下，接过孙如梅继母端来的茶水，说："是本家侄儿借了头毛驴送我来的。这年头兵荒马乱的，我来商量商量，让孩子们早完婚吧。"

"完婚……"孙如梅父亲微微摇了下头。

李母："怎么？亲家公，你觉得不合适？"

孙如梅父亲："不是不合适，只是……只是……"

李母望着他："亲家公有难处？"

孙如梅父亲沉吟着，挠了下头，说："这……咳，老嫂来一趟不容易，咱就直说了吧，娇娇那孩子……"

"娇娇病了?"李母问道。

孙如梅父亲:"不是病了,她……她十分任性,偷着跑去参加八路军了。"

"她当了兵?"

孙如梅父亲点了点头:"唉!这事我该及早过去告诉你的,可家里又摊上了官司。"

李母张着嘴巴,愣了一会儿,又问道:"那……她还跟我儿子不?"

"老嫂别急,咱好商量,总有解决的办法。"孙如梅父亲说。

李母愣着神点了点头。

二十　孙娇娇父亲卧室　灯下

继母说:"一个姑娘两婆家,说不定刘汉民也快要来了,怎么办吧?"

孙娇娇父亲:"我正在考虑这事呢。"

"当初就不该再答应刘汉民……"

"没有刘汉民,这官司能打赢?"

"官司赢了,人家来要媳妇咋办?"

"我这不正在想办法嘛。"

"这有什么好办法?除非有两个娇娇。"

二十一　辛集区公所

孙寿昌领着人抬着两个沉重的钱财箱柜进了区公所。

刘汉民高兴地迎进房中,说:"等娇娇一过门,您就是岳丈大人了,小婿该先去看望您才是,怎么敢劳您先来看汉民呢?"

孙寿昌忙说:"刘区长有所不知,老朽我允诺的那桩婚事不行了,小女娇娇私自离家当八路去了。老朽无颜以对刘区长,前来谢罪。"

刘汉民:"怎么?你悔婚?"

孙寿昌诚惶诚恐:"刘区长,决不是在下要悔婚,实在是小女离家出走,难以找回。寿昌自知无颜面对刘区长的大恩大德,特送来一份钱财,算是为我女儿赎身。请刘区长另选良家女子。"他让人打开了箱柜,露出了钱银。

刘汉民:"你是想用这点钱打发我?"

"请刘区长看在老朽的无奈,高抬贵手,老朽我跪下了!"孙寿昌跪在地上了。

这时，一名区丁进来了，附着刘汉民的耳朵悄悄说："区长，外边来了个女人，她说她叫黑牡丹。"

刘汉民立时一喜："她来了！"他的态度立时缓和了许多，对孙寿昌说："你起来吧。你女儿既是跑了，我可以等你们去找回来。这钱我先收下了，我这里正组建抗日自卫团，用来买枪打鬼子，以后还望老先生多支持！"

孙寿昌忙说："一定支持！一定支持！刘区长的大恩大德，老朽没齿不忘！"

刘汉民又说："你舍不得女儿，舍得奉献白龙驹不？"

孙寿昌忙说："老朽回去即让人送来。"

刘汉民说："你走吧！你女儿不嫁我，别有美女会自己找上门来。"

孙寿昌出门，打了个趔趄，家人赶忙扶住了他。

"刘区长——"随着一声浪气的喊叫，一位年轻的风骚黑衣女子进门。

刘汉民笑容满面迎了上去。

二十二　孙家大厅

娇娇继母对呆坐着的孙寿昌说："刘汉民有了美貌的风骚女人，又得了我们的钱，牵去了我们的马，应不会来了，可是李家那头呢？"

孙寿昌说："李家那边是有婚帖、有证人的，他们既是还认这桩婚姻，我们也不能赖，只有赶快把娇娇找回来商量。"

二十三　八岐山下　八路军支队司令部驻地　晚上

八路军宣传队在演出。

孙如梅在合唱队里，她们正在高唱：

我们生长在这里，

每一寸土地都是我们自己的；

无论谁要强占去，

我们就和他拼到底！

台下坐满了观众。

二十四　县大队训练场

队员们在练习瞄准、刺杀。

李母在向晓明说："娘去了趟孙家庄，想商量让你们结婚，可孙家说，娇娇去当八路了，这可如何是好？"

晓明说："当八路打鬼子呗。"

李母："我是怕她远走高飞，以后就不跟咱了。"

晓明说："不跟就算了，权当是当初没订过这婚事……"

"孙家说是好商量，也许会派人去找。"

二十五　八路军训练场上

战士在练习瞄准射击。

一名战士射击完刚站起身，孙如梅立即卧倒端着枪瞄上了。

另一名战士说："孙如梅同志，你怎么又来了？这是我们连队的靶场，你是宣传队的！前天已让你打过几枪了，你还要来……你快起来，起来！"他拉孙如梅起来。

孙如梅不肯，说："让我学学嘛。"

司令员过来了，战士们立即向他敬礼。司令员看到有人拉孙如梅，问道："这是怎么了？"

跟在他身旁的连长说："她是宣传队的，硬是到我们这里来掺和着学射击。"

孙如梅站起身："报告司令员，我们宣传队不练习射击，我跑到这里来想学学。"

司令员说："你就是孙如梅吧？听说那天你骑着我的马绕山道跑了两圈，我还没找你呢，你又自己跑来练习打枪。其实，学会骑马、打枪也都没坏处，可是得守纪律，懂吗？"

"是！司令员。"孙如梅敬了个礼。

司令员又看了她一眼："你演唱得不错，好好干！"说罢走了。

"是！司令员。"孙如梅敬礼，目送着司令员。

这时，那边传来喊声："孙如梅，有人找孙娇娇呢，是不是你？"

孙如梅一回头，见是大哥和继母来了。

二十六　一株柿树下

孙如梅、大哥、继母，三人坐。

孙如梅问了一句："我爹可好？"

继母说："你爹病了。咱家那场土地官司，你爹请了辛集刘汉民区长帮忙，咱家赢了，可你爹气病了。为感谢刘区长，咱家花了不少钱，那白龙驹也给刘汉民了。"

"白龙驹送人了？"孙如梅好心疼，那是她心爱的一匹好马。

继母说："没有办法，你爹说总得谢人家刘区长呀，当初请刘区长帮忙时，他要你爹答应把你嫁给他，你离家走了，你爹只得花钱买平安。"

"白龙驹送了人，太可惜了！太可惜了！"孙如梅心疼不已。

"小妹，"大哥说话了，"你跑来当八路，全家人担心，爹更是十分焦急，他想亲自来叫你回去，自己又病了，特地把我从部队叫回来，让我劝你回家。"

继母说："我是继母，不该多说你，你爹生病来不了，我就和你大哥来了，咱还是回去吧，让你爹也放心。前些天，李家庄你婆婆去咱家要媳妇，想让你们结婚。"

"不！我就是要参加八路军，打鬼子，为娘报仇！"

"这打鬼子的事，有我们去干。"大哥说，"你一个女孩子家当兵……何况八路军很苦，吃得差，穿得差，武器更差，又经常行军打仗……"

"八路军生活是苦，但这里的人都很团结，首长和同志们待我很好，老百姓对八路军像亲人。"孙如梅说，"哥，我看你来了就不要回去了，跟着那边干，不如参加八路军受欢迎。"

大哥："我是来劝你回家的，你倒劝起我参加八路军来了。"

孙如梅："我说的是实话，八路军虽然装备和条件都差些，但因为积极抗日，敢于吃苦，纪律又严明，被老百姓称为子弟兵。老百姓拥护才是好队伍。大哥，我真的希望你留下来，咱兄妹俩都在这里干。"

继母看了看，欲言又止。

大哥："八路军的苦日子，时间长了你就知道了，你实在不走，就再待些日子，熬不住了，我再来接你回家。"

他们起身了。

二十七　孙家卧室

孙如梅的父亲躺在床上，对妻子和儿子说："唉！娇娇自小就执拗，任她去吧。八路军倒是也有些威望，只是李家再来要媳妇……"他锁紧了眉宇。

"听说娇娇那女婿从国外回来了，也参加了抗日游击队，还当了个什么头头，不知真不真？"孙如梅继母说。

二十八　田夫临时住地　灯下

田夫对晓明说："前些日子伏击了鬼子的汽车后，日本鬼子一心要报复，到处寻我们，我们一定要加强警惕。汉奸清乡队依仗日本鬼子的势力，到处抢掠，也十分疯狂，瞅准机会，教训教训他。"

晓明说："我已经派人侦察清乡队的行动。"

田夫说："有人反映武工队队员徐继祖有偷鸡摸狗的行为，对违犯纪律的事，必须严加管教。"

晓明："这事我也听说了，徐继祖是个光棍，原来就有些不检点的行为，我们组织抗日武装，他要求打鬼子，很积极，就吸收他了，想不到他恶习不改。"

田夫："他要想在抗日队伍里待下去，必须得好好做人。"他看了看晓明，"为发动群众，开展地方工作，上级准备派几名干部来我们胸县，听说还有妇女干部，我已派人去迎接了，通信员小山子也去了。"

二十九　八路军支队司令部

司令员正在写什么。

孙如梅走进来："报告司令员，孙如梅奉命来到！"

司令员放下笔，说："好，孙如梅同志坐。"

孙如梅："司令员，这一阵子我可没骑你的马。"

司令员笑了："那咱就不讲骑马的事。"

"司令员还有什么事？"

"这件事啊，比单纯骑马要重要得多。"司令员说，"现在各地的抗日斗争如火如荼地开展起来，急需一批干部，准备派你转去地方工作。"

孙如梅一听就急了："司令员，我不去，我要上前线向鬼子开火呢。"

司令员说："如梅同志，地方工作和部队同样重要。也许到地方上你能发挥更大的作用。你想想，你若在地方上发动成百上千的妇女都起来参加抗日斗争，比你一个人拿枪打鬼子，不是力量更大吗？当然，地方工作也有难处，难道你害怕去吗?"

"我不怕……只要是抗日……可是我喜欢咱八路军……"孙如梅说。

"咱们是革命军人,哪里需要就应到哪里去。再一说,咱们军民是一家嘛,如果有一天要你再回部队,你也得服从呀,是不是这么个理?"

孙如梅捏着衣角无话可说。

三十　某农村

晓明和县大队队员伏在几家农户房顶上。

二三十名汉奸清乡队员在村内乱翻乱抢。有的抢掠了包袱,有的手提着鸡,有的牵着羊……或走在街上,或从户里出来。

晓明瞄准一名正从老汉手中夺牛的伪清乡队队员"砰"地一枪打去,同时喊了一声:"打!"

砰! 砰! 砰! 县大队队员从各处房顶上一起向伪清乡队开火了。

伪清乡队遭突然打击,惊慌失措地乱跑乱躲。有的倒在了街上,有的躲向角落。

"打——"

"打——"

县大队队员齐声呐喊。

伪清乡队队员有十几人冲出街口,拼命逃去,未逃走的举手投降了。

县大队打扫战场,缴获几支长枪。

晓明在房顶分明看到一个提短枪的伪清乡队队员受了重伤,拖着身子爬进了碾棚。待他赶去时,那家伙在碾道里流了一汪血,已经死了。晓明翻了他的身子,他手中的短枪不见了。

一名县大队队员向晓明报告:"方才看见徐继祖过去一趟,也许他收缴了?"

收拾战场,晓明看见徐继祖,问道:"死在碾棚的那个汉奸清乡队员的枪你收了?"

徐继祖说:"不知道,我没收。"

有人说:"你去过碾棚,那家伙手中的枪不见了。"

"这个? 我确实是没见。"徐继祖一本正经地说。

晓明又问别的队员,都说不知道。晓明说:"这就怪了,我分明看见他提着枪爬进碾棚的。"

有人看见徐继祖后背有点鼓，便说："可不是有人藏起来了吧？我看搜搜身上。"有人将徐继祖的后背指给晓明看。

晓明立时明白了，点了点头。

有人喊："搜身！免得大家都不明不白地不好做人！"

"搜！我没意见。"

"我也没意见。"

徐继祖拉晓明到一侧说："晓队长，别搜了，那支枪我收起来了，等卖了钱，我分给你一半。"

晓明一听，怒道："徐继祖，你干点好事不行？"

有人从徐继祖背后一把掏出了枪："搜到了，在这里！"

徐继祖无言了。

晓明说："徐继祖，你这个孬种！你说愿意打鬼子，县大队就收留了你，可你那偷鸡摸狗的习性不改，再这样做，县大队就开除你！"

徐继祖的头落得很低很低。

有人唾了他一口。

晓明看了看大家，说："天要黑了，收拾战场，转移。"

三十一　李家庄村头

晓明悄悄说："今夜就在这里休息。"

武工队队员林怀亮说："我去安排警戒。"

又一名武工队队员前来说："晓队长，我进村去见到小山子了，他领着个妇女正要找我们的人。"

晓明发出心声："小山子是被派去接人的，怎么到我们这边来了？"

三十二　李家庄村长李荣光家　晚上

晓明一进院门，小山子就迎了上来，说："晓队长，我可找到你们了。田县长派我去领了一位大嫂回来，他们转移了，我很着急，就到这边来了。找到了你们，大嫂就安全了。"

"大嫂？"

"在屋里呢。"村长李荣光一边说着，与晓明一起向屋里走。

三十三　室内灯下

李荣光媳妇正在与一个绾着发髻的妇女说话。

小山子一进门就指着绾发髻的女人说："就是她。"

晓明正要打量这个绾发髻的女人。她突然站了起来，高兴地说："是你……游击队！"

晓明一时没认出她："你……"

绾发髻的女人摘去了头上的假发髻："怎么？不认识我了？是你们护送我参加了八路军嘛。"

晓明想起来了："噢……是你？你参加了八路军，怎么到这里来了？"

女人说："在部队上待了这一段时间，领导又要我回朐县发动妇女抗日，这位小同志领我没找到田县长，却在这里见到你了。"她说话快言快语。

晓明说："当初去八路军营地，一路很紧张，也没顾得上问你姓名。"

妇女说："我叫孙如梅。"

"孙如梅！好名字。"晓明说。

晓明对李荣光媳妇说："大嫂，你安排孙如梅同志吃饭，今晚就住在你这里吧。"

荣光大嫂："好！好！"

晓明握着孙如梅的手说："孙如梅同志，我还要安排同志们住宿……"

"你去忙吧。"孙如梅说。

小山子说："晓队长，我跟你去。"

孙如梅问道："小同志，他是队长？"

小山子认真地说："对呀，是我们武工队晓队长。"

孙如梅笑了笑说："原来你是队长。"

晓明笑了笑："我去了。"

三十四　一处民房里　夜

武工队队员们都睡熟了。

徐继祖没有睡意，在黑暗中他转动着眼球，发出心声："老子扛枪打鬼子，一点儿好处捞不着，还当众出我的丑，谁还看得起我……妈的！老子不干了……到清乡队去！"他眼球又转动两下，悄悄爬起来，下了地，又看看武工队队员们还在熟睡，于是悄悄向门外走去。

三十五　胸城　伪清乡队大队长徐麻子的办公室　灯下

徐麻子看了一眼徐继祖："他妈的！半夜三更跑来干什么？"

徐继祖："大队长，我有重要情报，武工队今夜……李家庄……"他向徐麻子悄声说。

徐麻子的眼睛瞪大了："真的？"

三十六　日军中队长池谷住室

池谷望着徐继祖："消息的准确？"

徐继祖："我向皇军以脑袋担保。"

池谷向徐麻子说："冈本大队长领主力进山扫荡，我这里派一个班配合你们。"

三十七　李家庄　拂晓

正向村口走着的晓明听到村外传来枪声，不由得一怔。

武工队队员跑来报告："晓队长，外边发现敌人。"

"清乡队，还是鬼子？"晓明问道。

"好像都有。"

"他们来得这么快？"晓明惊疑。

林怀亮和杨正先后跑来，说村西和村后都发现情况。接着，村四周响起了枪声。"我们被包围了？"晓明吃惊道。

"徐继祖不见了，是不是他投了敌人？"有人说。

李天功也来了，骂了声："这个狗杂种，我看他就不是块好货！"

李荣光也来了。

晓明说："阻击敌人进村。天功叔带人守南边，林怀亮带人守西边和北边，杨正守东边。"他又喊："赵本文，你把咱夺来的那挺机枪架在西南角。"他看了看李荣光，"荣光哥组织民兵，帮着守卫。"

孙如梅也来了，说："晓队长，还有我呢！"

晓明看了孙如梅一眼："你……"他接着又去追赵本文，说："赵本文，到必要时候，机枪再开火！"

孙如梅望着走去的晓明，自语了一句："看不起女同志！"

许多乡亲们跑出了街口，被敌人的枪弹阻了回来。

李荣光说："乡亲们找地方隐蔽，武工队在这里打鬼子，民兵全力配合作战，注意救护伤员。"

人们各自领命去了。

三十八　村南土墙内外

随着密集的枪炮声，日军从村南开始冲锋。

孙如梅隐在墙后，对李天功说："大叔，你能给我支枪吗？"

李天功侧首望了她一眼："这里马上开火了，快走开！"

孙如梅不走，从墙孔里望见日伪军端着枪上来了，而队员们却没有开枪，她急了，喊道："快打呀！快……"

李天功正在瞄准，听到有人喊，侧首一看，又是孙如梅，立即吼了一句："乱喊什么！走开！走开！"

孙如梅不满地自语道："你也看不起女人！"

这时只听晓明喊了一声："打！"武工队队员们的短枪和民兵的排子枪一起射向敌人，日伪军倒下几具尸体，退去了。

十几岁的小山子过来了，对李天功说："天功叔，我也想打鬼子，你教教我好吗？"

李天功："你小子挺机灵的，是该学学。来，我教你瞄准。"他让小山子将枪支在土墙豁口处，"来，就这样瞄。"李天功望着远处说："你看那狗杂种站起来了。"他瞄了瞄，一枪打去，那鬼子被打倒了。

小山子高兴了："这么远，天功叔也能打死他？"

李天功说："大叔我当年在东北骑着马打兔子，现在这小鬼子是些狼，狼比兔子好打，狼比兔子大！"正说着，发现敌人又冲锋了。

李天功隐在墙洞下瞄着准，让小山子挑起一顶帽子引诱敌人。那顶帽子时或从墙上露一下，果真引敌人向这边冲锋。李天功又将一名鬼子打倒了。

武工队扔出手榴弹，一阵枪弹，日军二次冲锋又被打退了。

　　李天功教人从墙上掏射击孔。孙如梅主动过来帮忙。李天功不领情，吼道："你怎么还没走？别忘了你是女人！这里太危险。"

　　孙如梅："我是女人，但不是一般女人，我是八路军战士，我要和你们一起打鬼子。"

　　李天功听她说的话不软不硬的，又看了看她，他想起来了："你是……是我们在路上救过的那个……"

　　"就是我。"

　　"你真当八路军了？"

　　"不信你问晓队长，我叫孙如梅。"

　　"我信了！你参加了八路军，我信了！"李天功一边压子弹，头也没再回，没好气地说，"不过像你这样的女人，在部队也不过是参加宣传队，唱唱歌，演个节目……你走吧！走吧！去找个安全地方……"

　　孙如梅："唱歌也是给大家鼓劲打鬼子嘛，你就那么看不起唱歌的？"孙如梅还是不走。

　　李天功不耐烦了："你还等着派人把你抬下去不成？有你这样的八路军？你有胆量，就在这里唱！给我唱！"

　　孙如梅并不与他怄气，反而把李天功的气话当成正话来听，说："那你不赶我了？我要唱了！"

　　李天功头也不回，再不理她。

　　孙如梅依在土墙后，还真唱了起来：

我们都是神枪手，

每一颗子弹消灭一个敌人！

我们都是……

　　日军又开始打炮。炮弹的爆炸声盖住了孙如梅的歌声。在爆炸声的间隙里，仍听到她还在唱：

我们生长在这里，

每一寸土地都是我们自己的；

无论谁要强占去，

我们就和他拼到底！

孙如梅一边唱着，一边为手臂受伤的武工队队员包扎。她不住地唱，反复地唱，歌声还真感染了武工队队员和民兵们，小山子一边来回跑着搬手榴弹，嘴里还一边哼唱：

我们就和他拼到底！

战士们监视着外边敌人，嘴里也在哼唱：

我们就和他拼到底！

……

土墙被炸了个缺口，一名队员被压在土墙下。日军和清乡队冲了过来。

晓明喊了声："救伤员！"又向那边大喊："赵本文，机枪封锁！"他的驳壳枪将最前面一名日军击倒了。

机枪响了，日伪军退去。

孙如梅转了过来。又一次要求："晓队长，给我支枪吧！"

"你的歌唱得好，歌声就是子弹，就是枪！"晓明望着后退的日伪军，虽然没有回头，但已为她的勇敢有所感动，问道："你会打枪吗？"

"会！"孙如梅回答得很干脆。

晓明从射击孔指着前边说："那个坟头后有个鬼子，有时露出脑袋来向这边观望，能打掉他吗？"

孙如梅接过了晓明的驳壳枪，从射击孔候着。一会儿，那鬼子真的露出头向这边观察，孙如梅一勾扳机，那鬼子倒下去了。

晓明立即佩服得不得了："哟！你的枪法这么好！"

孙如梅把枪还给晓明。晓明说："你用吧！"

孙如梅："不行！你是指挥员。"

日伪军在枪炮掩护下又冲上来了，队员们在等待着反击的命令。孙如梅的歌声更洪亮了：

大刀向鬼子们的头上砍去，
全国爱国的同胞们，
抗战的一天来到了！

……

李天功正在瞄准，飞来的弹片伤了他的额角，他抓把黄土往伤口上一摁，又去摸枪了。

日伪军离残破的土墙更近了，赵本文的机枪还没响。

"赵本文，你小子睡着了？"李天功向那边大喊。

李天功喊了两遍，没人应，他猫着腰跑向机枪隐蔽处，只见赵本文伤了左臂，淌了一汪血，昏过去了。"快来人给他包扎！"李天功又喊了一声。

武工队队员和民兵们都在向日伪军开火，没有人来。

孙如梅赶来了，二话没说，背起赵本文就走。李天功一定神，点了下头，那意思是觉得这个会唱歌的姑娘还行。他看到日伪军已冲到了土墙跟前，立即甩掉了帽子和上衣，扳过机枪向日伪军猛扫，口中还吼着："狗杂种，不怕死的你就来，老子对'车'！"

"咕、咕、咕……"李天功的机枪发泄着怒火。

"毛猴子的机枪的厉害！"一名日军嚷叫着，日伪军又退下去了。

晓明母亲和妹妹秋萍送来了煎饼和米饭，李荣光媳妇送来了饼子和鸡蛋。

胡须全白的一位老人也提着烧好的米汤送来了。

晓明说："三伯，你年龄大了，这里危险……"

老人说："你们不怕，我也不怕！鬼子进来了，我也不能白饶了他。"他从腰间摸出了一把菜刀。

李天功数数子弹不多了，对秋萍说："你到我家去，和你婶把我那老抬杆儿抬来。"

有人说："天功叔的撒手铜还没用上呢！"

李天功说："用老抬杆儿，把鬼子汉奸当兔子打，一打一大片。"

晓明说："子弹都不多了，要注意节约，坚持到天黑。"

外边的伪清乡队喊话了："土八路，你们跑不了啦，快投降吧！"

孙如梅也向外喊："狗汉奸，快回家看看去吧！你娘为有你这么个汉奸儿子，羞得吊死了！"

太阳快落山了，日伪军又向村中开火，发起冲锋。

李天功说："机枪没子弹了。"

日伪军冲上来了。晓明喊了声："扔手榴弹！"几颗手榴弹扔出去，他又喊："刺刀！大刀！队员们，老少爷们儿，上！"他一跃而起，第一个冲向鬼子。

日伪军冲进来了。

武工队队员、民兵们都冲了上去。

李荣光和村民们赶来了。荣光媳妇和妇女们赶来了，有大刀，有菜刀，有铁鞭，有木棍，有铁锹……

"杀！"

"杀！"

一片喊杀声。

孙如梅被这悲壮的战斗场面感动极了，她摸起棍棒冲向敌人，口中还在唱着：

我们生长在这里，

每一寸土地都是我们自己的，

无论谁要强占去，

我们就和他拼到底！

小山子捡起了一支日军尸体手中的枪，端着刺刀要刺另一名日军。

"八格呀鲁！"一个高大的日军端着刺刀冲向小山子。

孙如梅看小山子很危险，用木棍向那日军背后猛击，日军向后一仰，小山子将刺刀刺中日军的小腹。

李天功手中铡刀飞舞，只见血花四溅。

随着不断有人倒下去，武工队和村民们越战越勇。日伪军溃退了。

孙如梅歌声在硝烟中飞扬：

前面有英勇的子弟兵，

后面有全国的老百姓！

李天功望着孙如梅，心生敬意，烟尘遮黑了他的脸，露出两排白白的牙齿。

三十九　李家庄村前的日军阵地上

日军中队长池谷骑马气势汹汹地赶来了，训斥日军小队长："你的，小队长的无能！小小的李家庄，小小的武工队，一天竟拿不下！"他给了日军小队长两个耳光，回手又给了徐麻子两耳光，"清乡队的，不为皇军效力！"

日军小队长："报告中队长，武工队有机枪！"

"那是我皇军的机枪，被武工队劫车夺去了，帝国的勇士该去夺回来！"

"嗨！"日军小队长一个立正。

池谷："天已黑了，严密封锁，明天一举拿下！"

"嗨！"日军小队长又一个立正。

"是！池谷太君！"徐麻子也打了个立正。

四十　李家庄村外　夜

日伪军围村燃起了一个个火堆，火光中可望见日军的岗哨在走动。

四十一　李家庄李荣光家

晓明说："今夜必须突围，否则，明天将没法儿坚守。"

五六个人都望着晓明。孙如梅也感到了形势的严峻，她几次看晓明，等着他想办法。

"天功叔，你在东北当过兵，经验多，你有好办法吗？"有人问。

"我们部队也曾被围过。用的是在这里佯攻，在别处突围的办法。"李天功说。

"这是常用战术，不知敌人肯不肯上当？"晓明说。

林怀亮回来了，说："我检查了一下岗哨，发现不知谁家的猪圈炸塌了，猪跑到街上乱窜，还跑到鬼子的火堆那里去了，鬼子的岗哨好一个惊慌。"

晓明眼睛一亮："这倒是个办法，用牲畜迷惑敌人。"他转向李荣光，"荣光大哥，村里还有家畜吗？"

李荣光说："让鬼子汉奸抢的不多了，大概还有两头牛，八九头猪，十来只羊。"

"全部搞来，将来我们给以赔偿。"晓明说，"我们搞两处佯攻，从东南方突围。"

孙如梅正不知两处佯攻是什么意思，晓明又说："杨正和荣光大哥搜集牲畜从西南佯攻，林怀亮指挥从西北武力佯攻，大家准备从东南方突围。"

孙如梅一直望着他，微微点头，也许赞赏他的果断。

四十二　村西南角

火堆前，日军中队长池谷转过来了，对岗哨说："土八路的狡猾，小心的有！"

"嗨！"岗哨打了个立正。

砰！砰！砰！一阵子弹从村里射出来。

"八路要突围！"池谷一声喊，日军全起来了。

黑暗中有黑影冲过来了。

"射击！射击！"池谷喊叫着。他看到黑影冲向了自己阵地，正惊慌间，发现冲进阵地的是几只羊。"八路狡猾，以羊打头阵！"接着又见八九头猪在火堆间乱窜，两头牛也过来了。

日伪军正组织火力射击。西北方枪声大作。池谷一惊，立时明白了什么，喊道："毛猴子的这边的佯攻，那边的突围，快快的，堵住那边！"

四十三　村东南方　夜

晓明说："日伪军已运动向西北，我们就从这东南方突围。"他望了一眼后边等待突围的群众，问李天功说："天功叔，看到孙如梅同志没有？注意保护她。"

孙如梅从后边上来说："晓队长，我这里你放心。"她挽着一位大娘走过来。

晓明走上去两步，看到是自己母亲，被孙如梅和秋萍挽着，他对母亲说："娘，这是上级才派来的孙如梅同志。"

秋萍说："哥，咱娘的脚崴了。"

孙如梅说："晓队长，你去忙，大娘这边有我呢。"

晓明顾不上多说客套话，转身命令说："乡亲们不要乱，听指挥，准备突围！"

晓明带着小山子匍匐行至日军火堆旁，扔出手榴弹炸熄了火堆，又让身边的武工队队员向缺口两边猛烈开火，阻止敌人封锁。

群众呼叫着像潮水般涌出。晓明母亲走不动。孙如梅说："大娘，我背你。"她背起晓明母亲往外冲。又听到晓明喊："小山子，去找杨正和林怀亮，让他们撤！"

孙如梅发出心声："这个晓队长安排得真周细。"

四十四　村西北方一火堆旁

池谷握着指挥刀，正指挥阻击。一名日军跑来报告："报告中队长，八路从东南角突围了！"

池谷一怔："毛猴子狡猾狡猾的，我们又上当了！"

四十五　八岐山上

逃难的村民们散乱地坐在山坡上。

武工队队员们和孙如梅也在一边休息。

李天功对旁边的孙如梅说:"大叔我服了,你是个真八路!"

孙如梅说:"大叔,我倒是觉得咱晓队长不简单,昨天那处境多危险呀!他带领武工队,组织全体村民与日伪军对峙了一天,又领大家转移出来……"

晓明在那边说话了:"怎么夸起我来了?昨天那情况,咱只能军民齐上阵,与敌人拼杀呀!你的歌声倒是对大家很有鼓舞。"

另一边坐着的村民向孙如梅这边指了指:"昨天在阵前唱歌的就是她!"

"是她?"

"是她!"

"了不起!"

孙如梅起身走了过去,亲切地说:"咱李家庄的大娘、大嫂、姐妹们,都来这边,咱说个话儿。"

妇女们听说这就是敢在炮火中唱歌的女人,都肃然起敬,聚拢了过来。

孙如梅说:"咱女人说个知心话儿。大家都看到了,昨天那情况,要不是大家努力拼杀,敌人一旦得逞,恐怕要屠杀全村。看起来,我们只有和日本鬼子斗。其实这打鬼子,也不只是男人们的事,没有咱妇女支援绝对不行。现在许多地方的妇女组织起来了,成立了妇女抗日救国会,组织起来,抱成一团,力量就大了,我看咱李家庄也把妇救会成立起来,大家觉得好不好?"

立即有人呼应:"好!"

"那咱们说办就办。大家说选谁当会长呢?"孙如梅说。

妇女们互相对望着。

孙如梅说:"我初来乍到,大家说选李荣光大嫂怎样?"

"好!"大家接着呼应。

荣光媳妇:"我不行,不行……"

孙如梅说:"荣光嫂,大家选你,你就领着干吧。有难处,咱大家办。"她又转向妇女们,"咱李家庄妇救会今天在山上成立了,我们妇女有了自己的抗日团体,是件大好事,大家庆祝一下吧!"

妇女们鼓起掌来了。

在那边的晓明对武工队队员们说:"你们看,她抓得真紧,利用这点时间,开展起工作来了。"

李天功等几人同时伸了伸大拇指。

四十六　日军驻朐城大队部

日军中队长池谷在恭敬地向大队长冈本报告："冈本少佐，池谷无能，武工队突围跑了！"

冈本怒冲冲地站了起来："命你带队增援，也让网中的猎物跑了，你大大的无能！指挥的不力！"

"嗨！"池谷应着。

冈本："这支武工队屡屡跟皇军作对，必须铲除掉！"

"嗨！"池谷还是应着。

冈本："朐县境内，武装力量隶属关系不一。八路军这一派，是皇军的死对头，必须消灭；其他无背景的小军派，尽力收编，让其为皇军效力。如刘汉民部……"

他正讲着，一军士进来报告："报告大队长大人，县公署白金贵县长求见。"

冈本略一沉："让他进来。"

进来一个穿戴极讲究的50多岁的男子，他摘下礼帽，向冈本致礼，说："冈本太君，金贵奉命派人去游说刘汉民，他不但不给我这个昔日老上司以面子，反把派去的人打了一顿，他说谁也不依附，依附别人就受管辖，他现在既不靠国民党，也不靠共产党，更不听皇军的，他还说……决不当汉奸，甚至骂我白金贵为皇军效力是大汉奸……"

"够了！"冈本止住白金贵的话，"刘汉民没什么大背景，也敢不与皇军合作！"他拍案而起，"除掉！"

四十七　麦田里

小麦黄了。田夫和村民们一起挥镰收割。

一老翁说："田县长，你也来帮我们割麦子？"

田夫说："快收，快打，快收藏！预防鬼子和汉奸清乡队来抢粮。"

老翁说："过去的县长是太爷，出县衙都要坐轿子的，哪儿有干活的？"

有人接上说："新旧政府两重天，今日和过去不一般……"

一妇女抄小路过来，直奔田夫，说："田县长，出事了！"

田夫放下手中割下的小麦，站了起来。

那妇女说："孙如梅在刘庄地头发动妇女抗日，被刘汉民的人抓去了。"

田夫一怔："消息确凿？"

那妇女说："刚被抓走。"

田夫："好！知道了。"

四十八　某村头　月下

田夫与晓明对坐着。

田夫说："刘汉民以原旧区队为班底，扩大成一个自卫团。鬼子几次诱降，他没有当汉奸，倒还有点儿骨气，但我们做他的统战工作，他也不与我们合作，现在又把孙如梅抓了去。我们必须抓紧交涉……我想先派人过去，晓之以团结抗战的道理，他若实在不听，再想别的办法。"

晓明蹙着眉："孙如梅风风火火地开展工作，干得很好，得抓紧营救她。我去找刘汉民交涉。"

田夫："这刘汉民到底想干什么？"

四十九　刘汉民团驻地室内

一个穿黑衣的女子对刘汉民说："你把白金贵派来的人打了，他回去不告你的状？你过去当区长，人家白金贵当县长，是你的老上司，现在鬼子来了，人家依然当县长，他和鬼子的关系密切着呢，你得罪他，不等于得罪了鬼子？当下日本鬼子的势力大着呢！你不和共产党合作，倒没有什么，他们土枪土炮，小打小闹，不会成气候。这天下终归要属日本人，人家既然答应给你个大官当，你就该答应归顺，免得在辛集这么个小地方，让人提心吊胆的……"

"好了！好了！"刘汉民喝住了她，"当汉奸骂名千古！"

"有人骂，让他骂去，只要保住自己享福就行。"黑衣女子说。

"享福，享福！你知道享什么福？洋鬼子放个屁，也不敢说臭，那叫享福？我不想给日本人当三孙子，老子就想自己当皇帝，谁的管辖也不受。"

一名士兵进来："报告团长，我们抓住一个女八路。"

刘汉民一怔："八路？在哪儿抓的？"

"她到我们驻地附近宣传抗日，成立什么妇救会，被我们抓来了。"

"带进来。"刘汉民说。

孙如梅被绑着进来了。

刘汉民一看，孙如梅的美貌让他眼睛一亮，问道："你是八路？"

孙如梅："我不是八路，是胸县抗日民主政府的干部。"

刘汉民："那就是说，你是抗日的？"

孙如梅："胸县抗日民主政府的人都是抗日的！"

刘汉民冷冷一笑："你们那个政府算什么，连个落脚点都没有。不过，你一个姑娘家要抗日，我很赏识。来，给她松绑。"

士兵将孙如梅身上的绳子解了。

刘汉民说："坐吧！"

孙如梅坐下了。

"姑娘是哪里人？"

"孙家庄。"

"孙家庄？"刘汉民紧盯着孙如梅，"孙家庄孙寿昌有个女儿叫孙娇娇，你可认识？"

孙如梅立时忆起当年在老家厅房外听到的父亲的谈话："……但他听说咱家娇娇人才好，提出让娇娇嫁给他做填房。"想到这里，孙如梅发出心声："原来就是他要逼着娶我……我幸亏改了名字。"她说："孙娇娇和我一个村的。"

刘汉民："听说孙娇娇非常俊美，你也非常漂亮。看来，你们孙家庄风水好，出美人。来，喝杯茶！"

孙如梅说："刘团长别客气。"

黑衣女子带有醋意地说话了："姑娘这么水灵漂亮，团长能对你不客气？"

孙如梅看了看黑衣女子，说："如果我没猜错的话，你应该是刘团长的夫人。你才漂亮呢，又喜欢穿黑，人称黑牡丹。"

刘汉民笑了笑："这名字你也听说了？"

孙如梅："黑牡丹这名字叫得响呀。"

刘汉民："这话不提了！还是说抗日的事，我刘汉民坚决不当汉奸，姑娘你既是愿意抗日，就在这里跟着我干吧。我保你比在共产党那边日子好过。"

孙如梅说："刘团长，既然我们都要抗日，就该友好合作，团结对敌，至于个人愿意在哪边干，由着他自己决定，我希望刘团长马上放我走。"

刘汉民笑了笑："莫急，莫急！我说的话你再好好想想，在我这里，亏待不了你。"

孙如梅还要说什么，刘汉民喊了一声："来人！送姑娘去休息。"

191

进来两名兵士将孙如梅带走了。

黑牡丹说："你看上她了？"

刘汉民："你呀，就只知道吃醋。我是希望能训化她，让她离开共产党。你没看她口齿伶俐，让她过来，也许能为我担当一面，我刘汉民要发展，得多招揽人才呀。"

五十　刘汉民团部室内　晚

随着一声报告，一参谋进来了："团长……"他走近刘汉民，悄声说："这姑娘的身份查好了，确实是共产党那边的县妇救会会长，她叫孙如梅，原名孙娇娇。"

刘汉民："……是她！还真是名不虚传，确实漂亮。"

五十一　刘汉民卧室　夜

黑牡丹闭着眼睛，也许睡着了。

刘汉民在黑暗中大睁着眼睛，发出心声："她就是孙娇娇！还真是百里挑一！当年孙寿昌答应把她嫁给我，她投八路跑了。现在……老天爷把她给我送回来了，可真是天赐良机……"他侧首看看身边的黑牡丹已经睡熟，便悄悄起了床，轻手轻脚地出了门。

刘汉民掩门的一刹那，黑牡丹睁开了眼睛，翻身坐了起来，骂了声："老东西！老娘我还不够你享用的！你吃着碗里，还想扒着碟里……你以为老娘睡着了，哼！"她也穿衣下了床。

五十二　孙如梅卧室　夜

微弱的灯光照见孙如梅和衣而卧。

咚咚！传来轻轻的敲门声。

"谁？"孙如梅翻身爬起来。

"如梅姑娘，是我，刘汉民。"

"刘团长有事？"

"有情况，你开门我跟你讲。"

孙如梅把门开了，刘汉民走了进来。

"刘团长，有军情？"

刘汉民："没有军情，有喜事。"

"有喜事？"

"我终于知道你就是孙娇娇。当年你父亲可是答应把你嫁给我的，你跑去当八路了，让我刘汉民落了个空。现在老天爷把你给我送到门上，这就是缘分！这样好机会咱不能再错过。"他一把抓住了孙如梅的手。

孙如梅急挣脱，说："刘团长，当年那事我不知道，是以后听说的。你帮我家打官司，我父亲很感激，可你逼我父亲允婚，就有乘人危难之嫌。何况我父亲报答了你那么多钱，你不能再有别的想法。"

"不管怎么说，你父亲也是曾答应过。想我刘汉民大小也算一方诸侯，你跟了我，我就把那黑炭团赶走。现在夜深人静，咱俩成就了好事，只有你知我知……"他要抱孙如梅。

孙如梅一边挣脱一边说："刘团长，我要喊人了！"

"你不要不知趣，这是我的地盘，你快来吧！"

外边突然一声喊："孙姑娘睡了吗？"传进黑牡丹的声音。

刘汉民赶忙收手站住了，换上了一副正经模样。

黑牡丹进来了，看到刘汉民，说："哟——团长在这里！"

"孙姑娘是抗日干部，我过来看看在这里睡觉冷不冷？"

黑牡丹冷冷一笑："刘团长很关心孙姑娘！"

刘汉民："夫人怎么来了？"

黑牡丹说："这个季节，我倒是不担心姑娘害冷，而是担心这院子里有吃腥的东西。"

孙如梅说："谢谢夫人关心。"

刘汉民脸上麻搭搭的，无话可说。

黑牡丹说："走吧，团长大人，孙姑娘既是不冷，就让她休息吧。"

"走，走，孙姑娘休息。"刘汉民说。

黑牡丹一边向外走一边说："孙姑娘把门关好了，这院子里虽然有人有枪，可也有吃腥的东西。"

五十三　刘汉民卧室　晨

刘汉民还在睡，黑牡丹起床在梳妆，对着镜子照了又照，发出心声："老娘我哪一点比那丫头差？你守着天仙，还想她的好事！老娘我有十八般本事，那丫头会什么？不信就现场比试，管教那丫头当众出丑败下阵去，让你刘汉民看看她的狼狈样！"她瞥了一眼床上的刘汉民，出门去了。

五十四　孙如梅临时住室

黑牡丹进来了，说："姑娘睡得怎样？"

孙如梅："条件还好，但我如坐针毡，还望夫人向刘团长美言几句，及早放我回去。"

黑牡丹："要是闷得慌，就先出来走走吧。"

五十五　刘汉民团部院中

黑牡丹伴孙如梅走着，指点这指点那，又问道："听说姑娘会骑马，我想请教一下。"

孙如梅："如梅的骑技半平，恐怕比不了夫人。"

"试试吧！"黑牡丹接着喊，"卫兵，把我的火焰红牵来，给这姑娘也牵一匹。"

卫兵应声给黑牡丹牵过一匹红马，另一士兵给孙如梅牵了匹棕马。

孙如梅忽听到"咴儿咴儿"的马叫声，觉得声音有点儿熟，侧首一看，只见马棚里拴着白龙驹，孙如梅心里一喜，发出心声："原来白龙驹在这里。"她说："夫人，你骑红马，我骑那匹白马怎样？"

黑牡丹："那白马，我怕你骑不了。"

孙如梅："试试吧，也许能骑。"

黑牡丹："卫兵，给姑娘牵白马。"

白龙驹牵来了，向孙如梅打了个响鼻。

刘汉民也到院中来了，他也想看这两女人的骑术。

这时有人报告："刘团长，胊县武工队晓队长求见。"

刘汉民一回头，只见晓明过来了，晓明拱了拱手，说："刘团长，见你一面好难呀，我那枪也被门卫收去了。"

刘汉民大大咧咧地说："晓队长光临，汉民有失远迎。不准带枪进来是团里的规定，还会还给你的。"

孙如梅正要上马，一眼看见了晓明，说："晓队长，你来了？"

晓明说："我就是为你来找刘团长的。"

刘汉民大大咧咧地说："一会儿屋里谈。难得一观女人赛马，先看一看，看一看。"

人们的目光集中投向孙如梅和黑牡丹。

孙如梅贴近白龙驹，极友好地抚摸着它的面部，悄悄说："老朋友，你还好吗？"

白龙驹极为温顺。

黑牡丹往这边瞧了一眼，发出心声："你不用向它示好，凭它的烈性，我料定你骑不上它的背就得摔倒。"

黑牡丹轻松地上了马，对孙如梅说："八路同志，上马吧！"她咄咄逼人。

晓明吸着冷气，也发出心声："孙如梅会骑马？要是摔伤了……"他不自觉地将拳头攥紧了。

刘汉民笑眯着眼睛，得意地观望着。

孙如梅拱手说："如梅听命献丑了。"说罢洒脱地翻身跃上马背。

黑牡丹马鞭一扬，喊了一声："驾！"其坐下火焰红飞跃而去。

白龙驹一声长嘶，前蹄跃起。在场的人心都提了起来。

白龙驹双蹄落地的同时，孙如梅两腿一扣马肚，白龙驹随火焰红腾冲而去。

晓明暗发心声："孙如梅有这等本事！"

刘汉民也发出心声："这白龙驹原是孙家的，看来马识旧主。"

众人的目光跟向远处。

五十六　刘汉民团部院外

士兵们在议论。

"夫人的骑术高，我们都知道，这姑娘也厉害呀，这白龙驹谁驾驭得了呀！"

"八路军里真有能人！"

……

有人喊："看！回来了！"

五十七　山道上

两匹马已绕过东山，并驱腾奔而来。

白龙驹一声长嘶，马首高扬，腾跃超过了火焰红。

五十八　刘汉民团部院内

随着鼓点般的急促的马蹄声，白龙驹呼啸而来。孙如梅勒缰下马。

黑牡丹的火焰红尾随而至。

孙如梅拱了拱手说："如梅骑术平平，还望夫人指教。"

黑牡丹为保住面子，说："我怕姑娘输了难为情，有意让你先到。"

"如梅领情了。"她走向晓明，说："晓队长，你来了！"两人的手紧握在一起。

黑牡丹转到刘汉民身边悄悄说："我怕让这姑娘失面子，有意让着她！"

刘汉民对黑牡丹的话未置若否，而对晓明说："晓队长，屋里请！"

五十九　室内

刘汉民、黑牡丹、晓明、孙如梅围坐在盛宴前。

刘汉民说："晓队长率队几次敲击日寇，汉民久闻大名。孙姑娘骑技超群，更让汉民瞪目。"他举起了酒杯，"一杯薄酒，谨表敬意和欢迎。"

晓明说："谢谢刘团长和夫人的款待。我喜欢有话直说。我此次前来是奉田县长之命接孙如梅回去的，望刘团长……"

刘汉民："我也有话直说，二位才华出众，我希望你们留下来，反正都是打鬼子嘛。"

晓明说："刘团长真要抗日，就应与共产党、八路军结成统一战线，贵团尽管有几百人枪，但孤军难敌日寇。"

刘汉民："贵方不也是打游击吗？"

晓明说："我们有强大的八路军为后盾，能够不断出击敌人。贵部不敢出击，死守弹丸之地，难以持久。"

黑牡丹："晓队长看不起我们刘团长？"

晓明说："夫人，这不是看得起看不起，我讲的是事实。"他又转向刘汉民，"刘团长，我们应当互相尊重，加强团结，大敌当前，不能自耗。"

一兵士进来向刘汉民悄悄说："团长，得到消息说日军和清乡队要来进攻我们。"

刘汉民一怔："消息准确？"他起身了。

晓明说："刘团长，你有军情，我和孙如梅同志不打搅了吧。"他们也起身了。

刘汉民："何用太急！请夫人陪两位吃好，汉民去去就来。"出门去了。

六十 刘汉民团部

黎明时分，传来激烈枪声。

刘汉民踱着步："这小日本还真来了。"

黑牡丹："怎么办？"

刘汉民："我有两道防线呢。"

枪声一阵比一阵激烈。

士兵前来报告："报告团长，第一道防线失守。"

刘汉民一惊："这么快就失守了？"

士兵："日本鬼子的炮火很猛。"

刘汉民："告诉马营长，死守第二道防线，不准后退一步。"

传来的枪炮声更加激烈，也更近了。

"轰"的一声，一发炮弹在团部附近爆炸。

黑牡丹钻进桌底下，伸出头问道："怎么办？我们是打不过日本鬼子的。"

六十一 刘汉民团部院中

晓明和孙如梅在说着什么。

孙如梅低声跟晓明说："晓队长，趁着乱，我们能逃走吗？"

晓明说："不行，我们这时候偷偷走了，刘汉民会把我们共产党、武工队看成什么人？现在形势很危险，虽然我们只是两个人，和他们战斗在一起，也足可代表共产党团结抗战的诚意。当然，危险是有的……"

孙如梅："晓队长，我不怕危险，我只以为在我们那边才是真正抗日打鬼子。"

晓明："日本鬼子逼上来了，依不得刘汉民不向鬼子开枪了。"

孙如梅佩服晓明的说法，说："晓队长，我听你的。"

晓明说："进去看看！"和孙如梅向室内走去。

六十二 刘汉民团部室内

刘汉民在接电话。电话中传出："团长，第二道防线又被突破了，敌人的炮火更猛了。"

刘汉民大骂："饭桶！饭桶！"他急得搓手。

晓明说："刘团长，也许我不该多说话的，我看趁着敌人尚未合围，赶快突围。"

刘汉民："一突围，我这家当就全完了。"他舍不得丢掉自己的老窝。

晓明："敌人一旦合拢，想突围就难了。"

刘汉民看了看晓明和孙如梅："我本想留下你们跟我干，现在形势危急，你们可以走了。"

晓明："刘团长，这时候你赶我们走，我们也不走了，决定留下来和你一起打鬼子。"

刘汉民有所感动："危难见真情。卫兵，把晓队长的枪取来。"

晓明说："刘团长，不能犹豫了，必须马上突围。"

"轰"的一声，又一发炮弹落进院中爆炸。

"俺那娘哎！"黑牡丹又要往桌下钻。

刘汉民白了黑牡丹一眼："你娘的！你娘死了？"他转向晓明："晓队长，听你的，突围！"

孙如梅说："刘团长，给我一支枪吧，我可以和你们一起冲锋。"

刘汉民让人取来一支枪给孙如梅，说："你有巾帼气概，不过我的兵士没死光，我不准你冲锋，你保护好自己。"

"把马带上突围！"黑牡丹在院中喊。她自己骑上了火焰红，又一发炮弹爆炸，惊得火焰红长吼狂跑，将黑牡丹掀于马下。

卫兵拉起她："夫人……"

黑牡丹爬起来，"老娘我不骑了，你们把马全牵走。"

六十三　山坡上

兵士们逃至一山坡前。刘汉民张口气喘。黑牡丹一屁股坐下，说："可累死老娘了。"

晓明和孙如梅各提着枪上来了。晓明说："刘团长，现在不能休息，后面追兵上来了，我和弟兄们阻击，你们赶快走！"他和孙如梅与兵士卧倒于山坡上，监视着后面。

刘汉民起身说："走!"

黑牡丹望了望牵着的几匹马,说："有马也不敢骑,还得自己走。"

刚走出不远,前面又是枪响,听到徐麻子高喊："刘汉民,投降吧,我在这里等你多时了!"

"刘团长,汉奸清乡队挡住了前边去路。"兵士报告说。

"刘团长,后边的鬼子追上来了。"

刘汉民的队伍被挤压在了山坡上。

晓明说："刘团长,在这里,全暴露给敌人了,进那个玉皇庙吧。"

刘汉民允诺了："抢占大庙!"

六十四　玉皇庙内　夜

月色半明半暗。刘团长的兵士守在庙墙内。

刘汉民提枪顺着院墙检查岗哨。一处庙墙被炸塌了,刘汉民刚说了句:"这里要加强防守。"从缺口处向外望去,看见一个白色物体在动,刘汉民问道:"那是什么?"

岗哨说:"夫人说再不投降,天亮就全得死在这里。她说团长让她去联系投降,那白东西是她挑着的白布。"

刘汉民立即火了:"她娘的!老子把你从春馆里赎出来,要你好好做人,你还想当婊子!"他接过岗哨手中的长枪,一枪打去,那白旗倒下了。

晓明过来了,说:"刘团长,现在这情况,没有援兵,等于待毙。"

刘汉民很为难:"这援兵……"

"只有请县大队和八路军来支援。"晓明说。

"他们能来?"

"得把信送到。"晓明说,"杀出条血路,派人出去送信。"

"派谁去?"刘汉民话刚说完,就听背后孙如梅说:"刘团长,我去。"

刘汉民又是好感动:"你一个姑娘……"

晓明:"我看可以让孙如梅去,孙如梅能骑马,我知她枪法也好,请刘团长将白龙驹给她一用。"

刘汉民沉思着,看了看晓明:"晓队长陪她去……"

晓明:"不!我留下来和刘团长一起战斗!"

刘汉民再次受到感动，紧握晓明的手："危难见人心，真朋友！真朋友！"他接着喊，"备马！牵白龙驹！"

六十五　庙外阵地上

刘汉民对兵士们说："我亲自领你们冲锋，打开缺口，我全团将士生命攸关，在此一搏，只许成功，后退者杀！"

晓明也提枪站在刘汉民一侧。

"上！"刘汉民跃起了身体。

一阵激烈枪响，伪清乡队正待还手之际，孙如梅骑着白龙驹从他们旁边跃马而去。

徐麻子大喊："堵住！跑了刘汉民，提头来见我！"

突破口又被伪清乡队封锁了。

六十六　大路上　月暗星稀

远处，可望见巍巍八岐山的剪影。

孙如梅骑马飞驰。她伏在马背上，把头伸向前，悄悄说："白龙，咱可是老朋友了，你得帮我完成任务。"

白龙驹发出低低的鼻音。

几个伪清乡队队员从大路上走来。有人发牢骚说："队长去村里睡女人，我们还得夜里去接他，这真是……"

"人家是官，谁叫你不当官了。"

"屁！"

"注意，那边有个白东西。"有人说。

孙如梅在马上也看到了伪清乡队的身影。有人向孙如梅这边喊："什么人？过来！"

孙如梅在催马加速的同时，向着黑影"砰、砰"连发两枪。

"我娘哎！"黑影卧倒了。

伪清乡队正要掏枪，白龙驹像旋风一样过来了。清乡队刚看清是匹白马，白龙驹已从他们身边呼啸而过。有人刚要举枪，孙如梅侧身悬挂于马腹，回首又打了两枪，待伪清乡队再抬头时，白龙驹已没了踪影。

六十七　八岐山　八路军支队司令部

孙如梅急如风火地闯了进来："司令员……"

（画面：孙如梅在无声地报告情况）

司令员一扬手："集合出发！急行军！"

六十八　玉皇庙内

刘汉民和晓明焦急地踱着步。

刘汉民说："这天快亮了，如果援兵不到，只有和鬼子血战到底！"

"我佩服刘团长的民族骨气，晓明情愿相陪。"

刘汉民："认识你晓队长，汉民三生有幸！我再去检查一下岗哨……"他刚要走，就听到西北方传来激烈的枪声和冲锋号声。

晓明精神一振："刘团长，援兵到了！"

刘汉民大吼一声："弟兄们，突围！"

士兵跃起，刘汉民和晓明带头冲锋。

六十九　前沿阵地

八路军向日伪军扫射冲杀。

刘汉民率兵士突围，一片喊杀声。

七十　八岐山中一山村　热烈的欢迎会场

太阳升起来了。

刘汉民与八路军战士一一握手。

孙如梅牵着白龙驹过来，走向刘汉民："刘团长，归还你的马。"

刘汉民上前双手紧握孙如梅的手："谢谢冒死相救之恩！这白龙驹本就是你们孙家的，是我强夺来，理应物归原主。汉民有眼无珠，昔日多有冒犯，决心洗心革面！救命之恩，难以相报，唯有效命疆场，杀敌报国！"

孙如梅："相信刘团长会成为抗日的英雄。"

刘汉民上台了，看了看台下坐着他的老部下，说："我的弟兄们，这一回要不是八路军星夜赶来相救，我们就全军覆没了。谢谢八路军，谢谢晓队长危难之际与我们并肩战斗！谢谢孙如梅会长冒死送信！谢谢大家的救命之恩，再造之恩！我刘汉民决心带领弟兄们参加八路军，抗战到底！希望八路军接纳我们。"

台下欢呼起来了：

"八路军万岁！"

"打倒日本帝国主义！"

八路军支队司令员上台来了，握住刘汉民的手，说："我代表八路军九支队欢迎刘团长和弟兄们的加入，今后我们就是同志了，支队决定将你们编为本支队四大队，刘汉民任大队长。

刘汉民："谢谢首长的信任！汉民和弟兄们获此再生，誓死报国，以谢天下！"

七十一　村中槐树下

一群老少妇女围住了孙如梅，争相问候。

"孙会长，那一天，你被他们抓了去，我们好着急，不知如何救你，只好报告了田县长。"

孙如梅："谢谢姐妹们的关心！"

"孙会长，响应你的号召，这些天俺们做了上百双军鞋，已经收到村里了，不知送到哪儿去？"

晓明从那边过来了，孙如梅上前叫住他，悄悄问道："晓队长，妇女们做了两大包鞋子，送哪儿呢？"

晓明说："民政科的同志在山后村，田县长也在那边，我正好要过去，一块儿走吧！"

孙如梅背起了一大包鞋子，另一个妇女也背起了一大包鞋子，说："我跟孙会长去送。"

晓明说："我正要过去呢，我来背一包吧。"他接过了那妇女肩上的包袱。

七十二　八岐山山道上　夜

晓明和孙如梅各背一包鞋子在走着。

远处传来零星枪声，孙如梅不自觉地摸了摸腰间的枪。

晓明说："没事，远着呢！"

孙如梅脚下一滑，打了个趔趄，晓明说："小心！"

他接过了孙如梅肩上的大包袱。"来，给我。"他一个肩头背了一包。

孙如梅很感激："这让你……"

"没事！我是男子汉！"晓明说着又看了看孙如梅，"你知不知道，现在敌人把你传得可神了，你会骑马，被传为飞檐走壁。"

"任他们说去吧。"孙如梅说，"晓队长，其实我比你差远了，你不仅勇敢，沉着，还有谋划……我见过你家大娘和小妹，没见过大嫂。"

晓明一愣，没吱声。

孙如梅又问："你家大嫂一定是个大美人吧。"

晓明："你说到哪儿去了，我还没结婚呢。"

"真的？"孙如梅颇为兴奋。

沉默了一会儿，孙如梅又问道："晓队长，你该讨媳妇了。"

晓明笑了笑，没回话。

孙如梅："这有什么不好说的？告诉我，我给你帮忙，让妇救会给你帮忙。"

晓明又摇了下头："我……我母亲……"

孙如梅："晓队长很孝敬母亲，是想先听听她老人家喜欢什么样的儿媳？这好办，我下次见到大娘，问一下就行了。"

"我不是这个意思。"晓明说。

"那你是什么意思……看不出我们大名鼎鼎的晓队长在讨媳妇的事上却这么羞怯，难道比打鬼子还难？"

"怎么跟你说呢？"晓明一边走，一边闷着。

孙如梅："不好说？我替你说吧。找个女八路好不好？地方抗日工作人员行不行？"

"当然……当然……"晓明不知说什么好。

"比如说，像……像我这样的女八路？"

"你……"晓明有些兴奋地望着她。

"我……"孙如梅也不好意思起来，把头低了。

又有枪声传来。晓明说："快走吧！"

七十三　日军驻朐城大队部

日军大队长冈本又在发火："……让刘汉民跑到八路那边去了！"

池谷中队长："清乡队的防线被突破！"

徐麻子："突然来了八路军主力……"

冈本："不要讲了！皇军的围剿反让八路军扩大了势力，可恨！现在奥村司令官正运筹兵力，进行一次大规模的扫荡，皇军人人都要重温当初对天皇发下的征战誓言。"

"嗨！"池谷表示绝对遵从。

"清乡队必须冲锋在前！后退者……"冈本声色俱厉，做了个杀头的手势。

"是！冈本太君！"徐麻子立正回答。

七十四　八岐山脚　树下

晓明望了一眼山峰巍巍的八岐山，对周围的武工队队员们说："鬼子的扫荡开始了，这次调集的兵力特别多。武工队按照我刚才的分工，三五个人一组，分散行动，引导掩护群众转移，让群众少受损失……"

七十五　八岐山坡上

到处是搜山的日军和伪清乡队，追逐逃难的群众。

孙如梅正指挥群众转移上山，秋萍跑来，说："如梅姐，看到俺哥没有？俺娘被鬼子抓去了！"

孙如梅一惊："在哪边？"

秋萍往另一侧山凹处一指："就在那里。"

孙如梅四处张望，一眼看到了李天功和罗岩在扶着一位老大爷上崖子，她赶忙过去说："天功叔，晓队长的母亲被鬼子抓住了，你们快找晓队长到那边去看看。"

秋萍说："我也去。"

孙如梅说："你救不了母亲，反而会成了他们的累赘，快随大家一起转移。"她接着又指挥身边逃难的群众："大家别乱，跟我从这边走。"

七十六　山凹处

几名日军用刺刀指着被绑了的晓明母亲。

翻译官说："老太太，有人认出你了，你是晓明的母亲。快说吧，你儿子在哪里?"

"我儿子在打鬼子!"晓明母亲说。

一名日军伍长用指挥刀指着说:"不说出你儿子,死了死了的!"

晓明母亲"呸"了一口。

日军哇哇大叫。

翻译官说:"老太太,你再不说,皇军要点你的天灯了!"

晓明母亲不再跟他说话。

日军伍长把手一挥:"烧!"

七十七　山林中

晓明、小山子、李天功、罗岩在林间穿行。

小山子突然说:"在那边!"

他们立即顺着小山子的指示望去。

七十八　山凹处

晓明母亲被裹了一层棉被,外边紧紧捆住,丝毫动弹不得。日军又将一些柴草堆在了她的头上、肩上。

日军举着火把引近了晓明母亲。

晓明母亲高喊了一声:"打倒日本鬼子!"

日军举着火把,冷笑着:"老太太,皇军是打不倒的,你可要头上冒烟了!"

晓明母亲高喊:"儿子,给娘报仇啊!"

日军将火把举向了晓明母亲的头顶。

七十九　靠近山凹的树林中

晓明等四人瞪大了眼睛,屏住了呼吸。

晓明一枪打去。

八十　山凹处

举着火把的日军仰面倒地。

八十一　靠近山凹的树林中

李天功骂了句："狗杂种！"也一枪打去。

罗岩和小山子各扔出一颗手榴弹。

八十二　山凹处

又一名日军倒地。

"毛猴子的有！"几名日军刚要转身，两颗手榴弹爆炸。

晓明趁着尘土飞扬，一边射击一边冲出山林，奔向山凹，他要去救母亲。

李天功也来了："我来！你掩护！"他扛起被包裹着的晓明母亲就往林中跑去。

晓明看母亲被救走，用驳壳枪打着连发，几名日军难以还手。

罗岩和小山子也向日军射击，掩护晓明撤退。待日军爬起，他们已进了山林。

日军伍长："追！"向山林冲去。

八十三　山林中大树下

晓明将母亲身上的绑绳和棉被解开。母亲一看是晓明，惊喜地叫了一声："儿啊！娘以为见不到你了！"

下边传来枪声。

晓明说："上山！"他背起母亲往山上走。

八十四　一高崖处

晓明先将母亲托上崖去，自己刚要攀越时，日军追来了，晓明回枪射击。

崖上的李天功背起晓明母亲又往山上跑。

晓明在攀上崖时，腿部中弹，倒在崖上。

小山子说："晓队长负伤了！"

罗岩说："你掩护！向那边引走敌人！"他背起晓明就钻进了密林。

小山子向另一侧边打枪边撤退，一边喊着："小鬼子！你爷爷我在这边呢！"

日军追去了。

八十五 山林中

小山子正撤退，遇到李天功和林怀亮寻过来。小山子忙问："天功叔，大娘呢?"

林怀亮说："交给孙如梅和秋萍了，她们进山洞了。我们来接应你们，晓队长呢?"

"他负伤了，不能走了，罗岩背他进了那片密林。"小山子说。

李天功一听就急了："他负伤了?"

林怀亮："快去看看。"

八十六 八岐山下 朱家庄村头 夜

从村头可看见村内烟火滚滚，冲向夜空。

李天功、林怀亮、小山子、罗岩背着晓明来到了村头。他们望着村里浓烟大火，停住了脚步。

林怀亮说："本想让晓队长去张大娘家养伤，你看，这整个村子被鬼子放大火烧光了。"

李天功愤愤地骂了句："狗杂种! 小日本!"

小山子："林大哥，怎么办?"

林怀亮问李天功说："天功叔，去苏庄吧。"

李天功："行，去找苏老汉。"

林怀亮又背起晓明："我来背，罗岩歇一歇。"

八十七 苏庄村头 夜

苏庄也是浓烟大火。

他们在村头又站住了。

罗岩："鬼子把苏庄也烧光了!"

李天功顿足大骂："小日本，我日你八辈祖宗!"

小山子问晓明："晓队长，疼不疼?"

林怀亮说："这能不疼吗? 晓队长是忍着。"

晓明说："鬼子村村点火，处处冒烟，无处可去，送我进个山洞吧。"

林怀亮："进山洞不便于找人治伤，也不一定安全。"

罗岩向另一侧一指："那边的村子好像没放火。"

林怀亮："那是杨庄，汉奸区长杨仲仁的老家就在那个村里。鬼子汉奸也许是给他留了点面子吧。"

李天功："那是杨庄？汉奸区长的老窝？他家里还有人不？"

林怀亮："他家是地主，他老爹舍不得离开，全家还住在这里呢。"

李天功："小鬼子能照顾他家，咱也照顾照顾他家吧，我看就去他家养伤。"

罗岩和小山子立即反对："他家是汉奸！"

李天功："不怕！把伤员送进去，把他老子抓出来，他家不给我侄儿治好伤，我就先毙了他老子。"

林怀亮问晓明："晓队长，你看……"

李天功："不用看，曙光是我侄儿，我能做主，就去杨家。"

林怀亮又问晓明："晓队长，天功叔这办法也许能行，但杨家必须得有人押在我们手上。"

"天快亮了。"罗岩说。

晓明没再说什么。

八十八　杨家大厅　灯下

伪区长杨仲仁的父亲杨永甫和他妻子很小心地站着。

林怀亮说："老先生……"

李天功说："什么老先生？汉奸的老子！告诉你，你儿子他们打伤了八路军武工队的人，你得给我们治伤！"

"我儿子……他……没进山。"

"不是他，是他的干爹——小鬼子那狗杂种！"李天功说。

"这……要是让皇军……不……要是让鬼子知道了……"杨永甫不想接伤员。

李天功："我不管那些事，先说你是给治还是不给治？"他将枪拍在了八仙桌上。

杨永甫战战兢兢地说："长官，长官……我治……我给治！"

林怀亮："不叫长官！"

"是！不叫长官……不，应该叫……"杨永甫吓得语无伦次。

李天功："可是你们这种人，老子信不过，你得跟我们走！你家里人若是不给我们的人治好伤，你就……"

林怀亮止住李天功，说："老先生把家里人叫出来安排一下吧。"

杨永甫推了妻子一把："去叫。"

杨家的女儿、儿媳、孙子都来了。

林怀亮看了一眼，问道："这是你孙子吗？"

"是。"

"多大了？叫什么名字？"

"13岁了，叫小青。"

林怀亮与李天功耳语了几句，说："老先生，我看你不用去了，让你孙子跟我们走。"

"爷爷，我不去！"

"长官，孙子小，还是我去吧。"

林怀亮："不！还是你留下来照顾伤员好。我们不会虐待你孙子的，八路军连俘虏都优待嘛。你给伤员治好了伤，我就把你孙子送回来。"

杨永甫："那就让伤员住在后院吧。"又转向家人，"对外不许走漏消息。"

李天功："我们的人要是受了损失，你孙子甭想活！"

杨永甫："我知道！我知道！"

林怀亮喊了一声："三排长！"

"到！"冒充三排长的罗岩应声站在了门口。

"把伤员背到后院去！"林怀亮俨然是首长的口气。

"是！"

"其他人就不要进来打搅杨先生了，走！"

八十九 某山村农舍

田夫对林怀亮说："晓队长负伤，你临时带领好武工队。晓队长的伤，我已托人去弄药了。"

小山子进来了："田县长，白云道长来了。"

"快请！"

白云道长进来了，他皓首银须，依然是道人打扮。

田夫赶忙起座相迎。

白云道长进门拱手将背着的包袱解下。

"道长近来可安好？我让人去请你，听说你上山了。"田夫说。

白云道长："县长，听说晓队长负伤，我很着急。鬼子上次扫荡，把我白云观炸毁了。若不是晓队长相救，贫道早就没命了。今听说晓队长负伤，特地上高山采集的中草药，以助疗伤，盼他早日痊愈。"

田夫说："道长，你这把年纪，亲自登高山采药，让我们太感谢了。"

白云道长："八岐山那一带山上，我熟悉，还真采了不少好药。"他指了指包袱，又小声问道："不知把这药送到哪里？"

田夫跟他无声地耳语。

白云道长点了点头。

九十　杨宅大门内外

白云道长叩门。

杨永甫把门开了。

白云道长拱手道："你是杨老先生了？"

杨永甫："在下杨永甫，不知何方仙长到此？"

白云道长："贫道道号白云，乃山野之人，慕名想到府上讨碗水喝。"

杨永甫："既是仙长到来，不嫌寒舍敝陋，那就请吧。"杨永甫伸了个相让的手势。

九十一　杨家大厅

杨永甫说："道长请坐，我让家人烧水沏茶。"

白云道长看到没有人，说："贫道乃有事而来。"他解开包袱，取出一个纸包，说："此药乃贫道亲自采集配制，对治疗枪伤骨折效力极佳，请老先生收起。"

杨永甫一听这话，捧着药包，问道："道长可还有话要告诉在下？"

白云道长："其他不用多嘱，老先生自会知道该给谁用药。"

杨永甫将药收起，拉住白云道长："道长一定是有来历？"

白云道长悄悄说："毋须多问，受田县长之托。"

杨永甫连连点头："噢——噢——"又问道，"道长还去看看伤员吗？"

白云道长看院中不断有人走动，说："安全起见，不多打搅。"

九十二　杨家后院房中

晓明躺在床上。

杨永甫拿着药包进来了，说："伤员喝水不？我去前院接了位客人，他自称道人，银须白发，这是他采制的中草药，说是治枪伤骨折极好。"

晓明笑了笑："这必是白云道长。"

杨永甫说："他说是田县长让他来的，看来长官您也认识田县长？"

晓明点了点头，发出心声："田县长、孙如梅、同志们……现在在哪里呢？老娘和小妹秋萍呢？"

九十三　山洞中

晓明母亲坐在干草上，秋萍扶着她，孙如梅喂她喝了水，又试了试额头，说："大娘，你身上的烧总算退了。这几天来，我好着急。"

晓明母亲："这些天来，让你受累了，秋萍一个孩子家只知道哭。幸亏你弄水抓药，还到山下弄吃的。"

孙如梅："大娘，你那日受惊吓不小，这总算熬过来了。"

晓明母亲："还不是亏了有你陪着……唉！娘病了这么一场，曙光那孩子也不来看看我。"

孙如梅："大娘，您儿子不是晓队长晓明吗？还有个儿子叫曙光？"

晓明母亲："我儿子本就叫李曙光，他扛枪打鬼子后，为了糊弄敌人，才改了个名字叫晓明。"

孙如梅吃了一惊，张大了嘴巴，发出心声："晓明就是李曙光？"定了下神，她问道："大娘，怎么一直没见您儿媳呢？"

晓明母："我那儿媳还没过门呢。我去为儿子讨过亲，听说她当了八路军。"

孙如梅："你儿媳娘家远不远？她叫什么名字？告诉我，我帮着打听打听。"

"她娘家是孙家庄，离这50里，俺儿媳叫孙娇娇。"

孙如梅一听，差一点儿惊呼起来，大张着嘴巴，发出心声："天哪！她原来是我婆婆！"

九十四　杨宅门外

穿一身蓝裤褂，打扮极为精爽的孙如梅翻身从白马上跳下，将马拴好，便去敲门。

依然是杨永甫开门，他一看是位漂亮女子，问道："这位小姐你是……"

孙如梅说："杨先生，借一步说话。"便随杨永甫进了门。

九十五　杨家大厅

杨永甫问道："小姐你是走错门了吧？"

孙如梅说："不！"她从内衣深处摸出一封信给杨永甫，说："先生一看便知。"

杨永甫展开信，立即传出孙子小青的画外音：

爷爷：

　　我是小青，在这里，八路军叔叔待我很好，还让我上抗日小学……爷爷，这位骑白马的姑姑要看伤员……

杨永甫转向孙如梅："你是八路女长官？从那边来……"

孙如梅微笑着点了点头。

杨永甫说："你随我来。"又吩咐妻子，"把大门关好。"

九十六　杨家后院　晓明住室

孙如梅进门一看见晓明，就惊喜地要喊："李……"她还没喊出口，就被晓明的手势止住了。

杨永甫跟进来了，笑着望着他们。

孙如梅握住晓明的手："我来看看你。"

晓明说："谢谢！谢谢！"

杨永甫说："你们说话，我提水去。"他出门去了。

晓明说："敌人扫荡刚过去，你一个姑娘家单独行动，在路上没遇到麻烦？"

孙如梅说："路过两个伪军据点，我说是到杨庄杨仲仁家走亲戚，他们都知道杨仲仁是汉奸区长，又看我这身打扮，骑了匹白马，像是个有钱的大家闺秀，便放行了。"

晓明看了看她身上的蓝裤褂："这衣服穿在你身上，特别显得不俗。"

孙如梅向门外一望，没见杨永甫回来，又恢复了进门时的高兴劲儿，紧握着晓明的手，说："你母亲那日受到惊吓，病了一场，现在好了。已送她老人家和秋萍回家了，你放心。"

晓明说："谢谢你！给你添麻烦，受累了！我看你好像瘦了？"

孙如梅说："没有什么。"她很兴奋，拍着晓明的手，"这回陪大娘在山洞里，我倒是有个重大发现。"

"什么发现？让你这么高兴？"

孙如梅笑着说："你叫李曙光！"

晓明说："这有什么可笑的，我本来就叫李曙光，是参加抗战后，才化名叫晓明。你呀，真是娃娃心思。"

孙如梅："这对别人来说也许不重要，对我来说，却是重大发现。"

杨永甫提水来了，他让孙如梅喝水。

晓明说："回去告诉首长和同志们，就说我的伤基本好了，已经能下地走路了，很快就可以回去。"又看了看杨永甫，"这些天，多亏了杨老先生照顾。"

杨永甫："应该的，应该的。"

九十七　李家庄晓明家

晓明母："你哥负伤了，咋不跟娘说一声？"

秋萍说："娘，你那时不正病着嘛，怕分你的心。"

晓明母："他现在怎么样了？在哪里养伤？咱去看看他。"

秋萍："他伤好了，听说马上就要归队了。"

晓明母："你个死丫头，以后有什么事该和娘说。"

秋萍："这是如梅大姐的苦心，她只想让你先养好病。再说，那时候跟你说，你能去看我哥吗？还不是白增加一桩心事。"

晓明母："这倒也是。这个孙如梅呀，待人好，想得也周到，真是个好闺女……你哥要是能娶到这么个媳妇就好了。"

秋萍："那就让人给俺哥提提呗。"

晓明母严肃了："你哥不是与孙家庄还有桩娃娃亲嘛。"

九十八　小山村街上　傍晚

孙如梅和两个背着包袱的妇女正走进村，迎面走来田夫。

孙如梅迎上去，说："田县长，彭家庄妇救会送来军鞋 120 双，一共有 4000 多双了，我想过几天和民政科的同志一起送到军分区去。"

田夫："好吧，一路注意安全！日伪又搞什么夜袭队，夜里行路也要多警惕。"他刚走过去，又回过头来，说，"孙会长，晓队长回来了，见过了吗？"

孙如梅："没有呢，我刚从彭家庄回来。"

"有时间就去看看他。"田夫去了。

九十九　一农家院中

武工队队员们在围着晓明问候。

林怀亮说："晓队长回来就好了，下一步的斗争该怎么办，正需要你回来打个谱，领着我们干。"

晓明说："田县长要我先去军分区开个会，回来咱再商量一下如何拔据点，这些天，大家先做些侦察。"

小山子提着两只野兔，和李天功进院来了。小山子说："晓队长，你伤好了？天功叔打了两只野兔，让你补补身子。"

晓明赶快起迎："天功叔！"

李天功上前拍了拍他的肩头，看了看他身体，连声说："好！好！恢复了就好！"

一位老大娘进来了，说："晓队长，到俺家吃饺子去，你伤好了，大娘我招待你。"他又看了看武工队队员们："你们都去，都去！"

房东大婶从厨房出来了："我烙的饼，煮的绿豆饭呢。"

老大娘："那就有人也在这边吃。"

晓明笑了："谢谢大娘、大婶！"

一〇〇　农家院中　晚上

房东大婶："晓队长，你身体刚好，要是累就去那边屋里休息吧，我把床铺收拾好了。"

晓明说："大婶，让这春风吹着真好。这些天把我闷坏了，我出去走走。"

一〇一 村头上 月光下

月光照见远处的八岐山并排八座山峰像勇士一样矗立在大地上。

晓明在村头上伸臂展腰，享受着被春风吹拂的惬意。忽听背后有人叫："晓队长，我去大婶家看你，她说你出来了。"

晓明回头一看，是孙如梅踏着月光走了过来。他笑着应道："如梅同志，听说你很忙哩。"

"是，我今下午才回来的。你的伤全好了？"孙如梅问道。

"好了，谢谢你关心，还去杨庄看我。"晓明说。

孙如梅："我该去看看你，我还有话要问你。"她笑眯眯的。

"什么事这么乐？"晓明说。

孙如梅："那边山楂树下青石板上坐一坐吧。"

一〇二 山楂树下

周围的山楂树正是开花季节，白绒绒的山楂花在月光下像一朵朵毛绒绒的柳絮。

晓明和孙如梅相对坐在青石板上。

晓明说："这地方不错。"

"妇女们常在这里开会呢。"孙如梅说。她看了看晓明，"你在杨庄养伤时，曾对我说，你就是李曙光？"

"是的，这还能错吗？"

"你父亲是李天康？"孙如梅又问道。

"对呀，你是怎么知道的？"

"我关心你，就做调查呗。"孙如梅目光露着笑意。

"那也不用查我家历史呀。"

"我不仅知道你的家史，还查了你的婚姻状况，你父亲为你定过娃娃亲，你的未婚妻是孙家庄的孙娇娇。"孙如梅说。

"你……"晓明十分不解地望着她，"你知道得这么多。"

"我不是答应要给你说媳妇吗？不了解情况怎么说呀。"

"你不是说要给我介绍个女八路吗？像你一样的。"

孙如梅又笑了笑，"介绍个女八路好说，介绍个像我一样的更是不难。可是那个孙娇娇怎么办呀？干脆甩掉算了？反正是包办婚姻。"

晓明摇了下头，说："不能那样。虽说是包办的，我也不认识孙娇娇，可人家娇娇也是人呀。不向人家声明解除婚约，万一娇娇还等着我，岂不误了人家的前程，那多不道德呀。"

他们正说着话，听到村头上有人说着话向这边走："等孙会长有了时间，让她在这山楂树下再教我们唱歌吧。"

孙如梅悄悄说："来人了，咱们到那边去。"

二人起身，向山楂林中走去。

一〇三　山楂林中

晓明和孙如梅边走边说。

孙如梅："听你方才说的，你还挺有良心的。"

晓明："不是良心不良心，我不娶她不要紧，不能对不起娇娇。"

孙如梅又笑了："听你一口一个娇娇，叫得还怪亲的，万一那娇娇爱上你了呢？"

晓明也笑了："那是不可能的事，因为娇娇根本不认识我，我也不认识她。"

"听说娇娇参加了八路军，也许说不定会在什么地方就认识了你，天下奇事多着呢。"孙如梅说。她又指了指前边的石板，"那边再坐一下吧。"

一〇四　青石板上

二人坐下了。

晓明说："我没在八路军待过，对八路军的男同志认识也不多，对女同志基本上不认识，除非你是娇娇，就只认识你。"

"假如我是娇娇，你喜欢吗？愿意让我做你妻子吗？"孙如梅咄咄逼人。

"开什么玩笑？"晓明觉得她这是戏言。

"请你看着我的眼睛回答我。"孙如梅盯紧了晓明。

晓明望着孙如梅，发出心声："难道她真的是娇娇……不可能，不可能！"

"你怎么不回答我？"孙如梅越发紧盯着晓明。

"你……你要真是孙娇娇，我……我就爱你一辈子!"晓明说。

孙如梅激动得忽地站了起来："李曙光，男子汉大丈夫，说话算数?"

晓明也站了起来："我的话，可以让八岐山做证!难道你真是孙娇娇?"

"孙家庄孙寿昌先生的小女儿孙娇娇，参加八路军后，改名孙如梅了。"

"啊……"晓明一时喜呆了，猛地把她抱了起来："娇娇就是你呀!"

"曙光就是你呀!"

两人紧紧抱成一团。

妩媚的月光照着大地。

杜鹃在远处鸣啼："布谷……布谷……"

"娇娇，母亲为我们的婚事很是着急。"

"等我去军分区送军鞋回来，就去看她老人家，向她说，我就是娇娇。不知她老人家喜欢我不?"

一〇五　李家庄晓明家中

晓明母亲与女儿秋萍说："喜欢，娘就喜欢如梅姑娘，你看她多好呀。"

秋萍："娘，怪不得这些天你常提如梅大姐，你真喜欢上她了?"

"喜欢。"

"那就让我哥把孙家庄那头亲事退了，另娶孙如梅就是了。"

"这事得和你哥商量。"

一〇六　日军驻朐城大队部

中队长池谷在向大队长冈本报告："……八路军游击队狡猾，我部几次夜袭，都让武工队跑掉了。"

冈本："连续夜袭，游击队会有预防。有时出击，有时不出击，让游击队难以预防。夜袭还是要的，新战法，用八路的办法对付八路。"

池谷："大队长高明!"

冈本："要有耐心，偏远山区是八路藏身之地，搞夜袭的好。"

池谷："嗨!"

一〇七　沂蒙山腹地　八路军军分区驻地　街上

晓明等十余人从一大门里走出来，互相道别握手。晓明一回头，见孙如梅牵着白龙驹驮着几个麻袋过来了，后边跟着马车和小车，还有十多名八路军战士。

晓明忙迎上去，对孙如梅说："你这是送军鞋来了？"

孙如梅："我来送军鞋，部队上的同志要到根据地来运粮食，这也正好让他们帮着给把军鞋带过来。"她向晓明介绍了一名八路军，"这是运粮队孟班长。"

晓明与孟班长握手。他又转向孙如梅，"我们的会开完了，下午我去反战同盟看一个日本朋友，然后就回去了。你们去忙。"

孙如梅说："部队首长要求运粮队连夜返回，你也跟我们一起走吧。"

晓明说："也好，你们快去装粮。"

一〇八 日军驻朐城大队部

徐继祖在向池谷报告："池谷太君，我探到消息，八路军运粮队从南沂蒙往这边运粮，具体时间和路线不清楚。"

池谷想了想："分多路拦劫，夜间的行动。"

一〇九 八路军军分区驻地

马车和小推车已装好了粮，孙如梅的白龙驹也驮了粮袋子。

晓明说："你不骑了？"

孙如梅："用马驮一点儿，车上轻一些，我们一起走，在路上也说个话儿。"

孟班长对全班战士说："这是根据地人民对我们的支援，粮食很宝贵，大家一路提高警惕，我们一定要把粮食保护好。"

"是！"战士们齐声回答。

一一〇 山路上

运粮队在月光下行进。

孙如梅牵着马和晓明说着话跟在后边。

孙如梅很高兴，又与晓明说起往事："那次在李家庄打鬼子，你家大娘崴了脚，是我和小妹送她回家的，可不知道那就是我婆婆呀。这回回去，我一定去看她老人家。"

"她要是知道了你就是娇娇，不知有多高兴呢。"

运粮队在静静地前行，只有人的脚步声和车轮滚动的声音。

孟班长到后边来了："晓队长，你熟悉地形，有什么事随时提醒我。"

晓明："前边就进入游击区了，同志们更得多加注意。"

"是!"孟班长向前走去，叮嘱着一个个走在运粮队间的战士。

一一一　八岐山下　一山道拐弯处

孟班长急急转回来："晓队长，前边发现敌情。"

晓明伏在地上听了听，说："我听到了脚步声，有情况。咱们从五井村那边走吧。"又向孙如梅，"我去领路。"他向前去了。

运粮队拐上了左边的道路。

后边传来了喊声："什么人的干活? 停下!"

晓明一听，不由一惊。

孟班长上来了："晓队长，鬼子追来了。"

后边传来枪声。天色微亮了。

"有多少人?"晓明问道。

"看不很清楚，有三四十人，还有骑马的。"孟班长说。

晓明看了看周围："路边无险可守，赶快进五井村。这是我们的保垒村。"

一一二　村头台地上

日军中队长池谷在马上举着指挥刀指向五井村："包围!"

一一三　五井村中

晓明领运粮队拥进了村里。

一位中年男子向晓明走来："晓队长，这是……"

晓明说："杜村长，赶快集合民兵，帮助阻击敌人，保护军粮。"

"是!"杜村长转身去了。

晓明说："孟班长，我们带着军粮，难以突围。最好是在此坚守，派人联系主力部队增援。"

孟班长："我们四大队住在于家庄，我派人马上去联系。"

孙如梅说："于家庄离这里十多里，还是我骑马去。"

晓明看了看孙如梅："好，还是你去吧!"他和孟班长赶忙卸下了马背上驮着的粮食，说："敌人从南边来，尚未合围，你从后边突围。孟班长，组织火力掩护。"他为孙如梅正了正腰间的枪，又给她两颗手榴弹，说："也许用得上。"

孙如梅翻身上马，说："我去了！"

一一四　五井村口处

孙如梅骑马冲出村口。

听到有日军在哇哇大叫大喊。

孙如梅策马而去。

一一五　村头台地上

骑在马上的池谷发现了孙如梅骑着白马出了村子。他哇哇地喊叫着："骑马的必是八路长官，追！"

一一六　山路上

白龙驹前跃后蹬，呼啸而去。

池谷骑着日本红马，拍马而追。

池谷在马上瞄准射击。

孙如梅伏于马背回首还击。子弹从她身边飞过去，她紧伏于马背，或侧挂于马腹。

孙如梅小腿中弹，流出鲜血，她伸手摸了一下，又拍了下马颈："白龙，白龙，还得快一点儿。"她定了下神，伏身回首一枪，子弹击中池谷左肩头。

池谷在马上晃了一下，右手摸了下伤口，又纵马追上来。

跟随池谷身后追击的日军不断射击，一颗子弹穿进孙如梅侧胸，孙如梅身体猛颤了两下，她伏于马背回首反击，击中池谷坐骑。那马长啸一声，跑了几步，倒了下去，将池谷跌落于地上。

孙如梅体力难支，从马上滚落。

"八格呀鲁！"池谷狂喊着往前冲。

孙如梅伏地射击，池谷赶忙卧倒。

孙如梅拼力翻滚到一坟包后，白龙驹也绕到了坟包后。白龙驹前蹄双跪于孙如梅身侧，等候她骑上去。孙如梅体力不支，站立不起，她附着马首："白龙，白龙，我不行了，你能替我去送信多好！那边就是于家庄了，去找刘汉民大队长……"她指了指不远处的村庄。

池谷的子弹打得坟包噗噗地冒起烟尘，他匍匐向前爬来。

孙如梅扔出一颗手榴弹，"轰"的一声，池谷卧在了地上。

白龙驹也许听懂了孙如梅的话，突然跃起，向于家庄方向腾奔而去。

乘池谷伏地，孙如梅爬上了坟头，见池谷刚要抬头，孙如梅一枪打去，打在池谷手腕上，他的枪掉了。孙如梅回望五井村，只听枪声激烈。

一一七　五井村

日军被八路运粮队和民兵阻于村前。一小股日军向村后迂回。

晓明说："孟班长，你和同志们坚守在这边，我领民兵去村后。"说完，他向五井村民兵一招手："同志们跟我来！"

杜村长和30多名民兵随晓明向村后转去。

一一八　于家庄操场

八路军四大队的战士在操练。

刘汉民和政委站在一侧。听到远处传来枪声，刘汉民说："东方枪声不断，派人侦察一下。"他话音刚落，只见一匹白马跑进了村，他定睛一看是"白龙驹"。

白龙驹见了刘汉民，仰天长啸，前蹄刨土不止，像是要报告什么。

刘汉民一惊："这白龙驹，我给孙如梅了，难道她……还是县大队……"

白龙驹一声激烈的长嘶，转身向回跑去了。

刘汉民说："政委，可能有情况！我带人去那边看看。"接着转向操场，"集合出发！"

一一九　坟包前后

孙如梅占据了坟头。

池谷伏在地上，抬了下头。孙如梅又一枪打去，打在他头盔上，池谷又不动了。

鲜血染红了孙如梅胸侧，她看池谷又抬头，赶忙射击，却已弹尽。

池谷跃起，举着军刀，呀呀叫着向前扑来。

孙如梅握紧了最后一颗手榴弹，拉出了弦，准备与池谷同归于尽。

砰！突然一声枪响，池谷军刀落地。

"孙会长，我来了！"随着喊声，李天功从后面上来了。

孙如梅好高兴："天功叔，你……"

李天功："我和赵本文、罗岩夜里去骚扰敌人据点，刚回到卞坪村，听到这边枪响，就赶过来侦察……他二人在后面沟沿上掩护我……"

"呀——"池谷手上流着血，吼叫着去摸军刀。

李天功扑上前，跃身双蹬，将池谷踢倒，顺脚一勾，将池谷的军刀勾了起来。

池谷疯狂地喊着，向李天功扑来，欲夺回军刀。

李天功怒目圆睁，双手举刀，咬牙一声吼："嘿……小日本！"将池谷脑袋砍落。

赵本文和罗岩虽在沟沿上掩护，但日军还是冲上来了，包围了坟包。李天功背起孙如梅欲向谷中撤退，七八名日军已包围上来。

这时，突然枪声大作，一片喊杀声。日军一看八路军援兵来了，慌忙边打边退。

刘汉民赶到坟包旁，一看孙如梅上衣和裤子全被鲜血染红了，便一边去扶，一边不住地喊："孙会长，孙会长……"

孙如梅体力难支，看到刘汉民，感到放心了："刘大队长……运粮队被包围了……五井村……"

"知道了！"刘汉民喊了声："二中队长，赶快送伤员去野战医院！"他举着枪命令说："同志们，目标五井村，急行军！"

一二〇 野地里

白龙驹从野地里奔驰而来。刘汉民牵住了它，连说："神马，神马！你的主人我已送往医院了，你放心！"

白龙驹一声长嘶。

一二一 五井村头 土墙后

一民兵向晓明报告："晓队长，没有子弹了！"

晓明说："准备大刀和木棍，敌人敢越过这土墙，我们就拼了他！"

一二二 五井村口 日军阵地

一名日军小队长在吼叫："八路的，没有子弹了！冲锋！"

日军向村里发起冲锋。

一二三 五井村外

刘汉民率军赶到，立即命令："包围小鬼子！消灭小日本！"

八路军军号响了，战士们发起冲锋。

一二四 日军阵地

日军小队长看到腹背受敌，拼命大呼顶住。

一二五 五井村头

晓明率众杀出村口，与刘汉民紧紧握手。

八路军从四面冲向五井村。

天已亮了。

有村民们为鏖战的战士们送汤水和饭食来了。

秋萍也来了。

晓明问道："小妹怎的来了？"

秋萍说："我和娘为躲避敌人抓捕，经常转移地方，这几天正住在五井村呢。"

晓明说："等打完仗，我就去看咱娘。"他又转身对刘汉民说，"刘大队长，幸亏你们来得及时！孙如梅的信送到了？"

刘汉民说："孙会长负伤了，伤势很重，我已派人送她去战地医院了，是神马白龙驹送了信。"

晓明："孙如梅负伤了？"

秋萍也急问道："如梅姐负伤了？"

晓明："打完仗就去看她。"

秋萍急了："我得告诉娘。哥，你不知道咱娘多么喜欢她，恨不得让她给我当嫂嫂。"

晓明笑了："我告诉你，她就是你没过门的嫂嫂孙娇娇，她参加八路军后改名叫孙如梅了。"

秋萍高兴得要跳起来了："她真是我嫂子？我得赶快告诉娘去。"她跑走了。

晓明回首看到一股敌人冲出包围，想突围上山，说："小鬼子要跑！"

刘汉民说："他休想跑掉！"接着大喊。"同志们，不能让小日本跑了！"

"杀——"八路军发起追击。

晓明捡起了日军尸体上的一支长枪，一边喊着，一边冲了上去。

一日军回身与晓明搏斗，晓明眼冒怒火，三个回合将日军刺死。另一日军返身来刺晓明。晓明拉开架势，拨开日军的刺刀，猛力一冲，将刀刺进了敌人胸膛。

一二六　八岐山上

日军爬到了山腰，突遭山上打击。

原来田夫带领县人队出现在了八岐山顶，正向山腰的日军射击。

几十名日军上下受敌，慌不择路，抢占了几个坟头，支起机枪扫射。

刘汉民大呼："机枪手，打掉他！打掉他！"

八路军的机枪"嗒、嗒、嗒"地吼叫起来了，冲锋号也响起来了。

在机枪掩护下，晓明呼喊着冲锋。突然，一颗子弹打进了他的胸膛，晓明身子一晃，倒了下去。

刘汉民正赶过来，急呼："晓队长！晓队长！"

鲜血已染红了晓明的前胸。

一二七　八路军战地医院　病床前

孙如梅静静地躺在床上，面色惨白。

秋萍扶母亲立于床前。

秋萍附着孙如梅耳畔，轻轻地说："嫂嫂，咱娘看你来了。"

孙如梅慢慢睁开了眼睛，望着晓明母，轻轻喊了声："娘！"

晓明母好激动，一把拉住孙如梅的手，扑向床头："孩子，娘可找到你了！"她落泪了。

秋萍说："娘，别哭，知道了如梅姐就是俺嫂，咱不是高兴嘛。"

晓明母抹了把泪，破涕为笑："对，是高兴！"她握着孙如梅的手，"孩子，娘喜欢你！娘喜欢你！等你伤好了，你们就结婚。娘盼着呢！"

孙如梅惨白的脸上露出了笑容。晓明母向外望了一眼，说："你哥怎么还不回来呢？"

一二八　八岐山坡上

刘汉民抱起晓明，一迭声地惊呼："晓队长！晓队长……"

晓明胸前流出的鲜血从刘汉民的指缝里往下滴。他吃力地睁开眼睛，发出微弱的声音："刘……大……队长……杀敌……"他脖颈一软，去了。

刘汉民紧抱住晓明，惊呼："晓队长，晓队长，你不能走啊……晓队长！"他泪如雨下。

晓明再不回声。

刘汉民抱住他不肯放手："晓队长，我的好兄弟！恩人呀！恩人呀——"刘汉民急得浑身颤抖。

八路军的机枪突然停了。

刘汉民怒吼："机枪手，给我打！打——"

有人说："机枪手负伤了！"

刘汉民放下晓明遗体，抢过去抱起机枪，咬牙切齿地喊着："小日本呀！小日本……"他手中的机枪"嗒、嗒、嗒"地吐出复仇的火舌，边打边往前冲。

"杀——"八路军呐喊着发起冲锋，与日军展开搏斗。

日军尸横山坡，只剩下小队长绝望地跪在地上："天皇陛下……"欲要向日本天皇铭誓剖腹。刘汉民的子弹打烂了他的脑袋。

八路军与田夫领着冲下山的县大队会合了，欢呼声响彻山野。

刘汉民迎上田夫，悲痛地说："田县长，我没有保护好晓队长……"

田夫一惊，看到了地上的晓明，急附下身子，捧着晓明的脸："你……"他心痛得战栗，一时说不出话来，"你……"终于撕心裂肺地喊道，"我的好学生，我的好战友，你……竟然先走了……"他抹了把泪，轻轻抚合了晓明死不瞑目的眼睛，说，"你放心，不灭日寇，我们誓不罢休！"

一二九　八路军战地医院

床上的孙如梅说："娘，我和曙光商量过，结婚的事，听娘的！"

晓明母十分高兴："好，好……"

医生进来了，说："大娘，让伤员休息。"

晓明母说："好，娇娇休息，好好养伤，娘不会走远。"她出去了。

一三〇　病房侧室

晓明母惊问："真的？"

田夫说："老人家，你一定要挺住。"

晓明母惊呆了，突然一声大哭："儿啊……儿啊……"她发疯一般向外跑去。

一三一　八岐山坡上　一座新坟前

石碑上刻着：抗日英雄武工队队长晓明之墓

八路军战士和县大队及众多村民肃立于墓前。

田夫和秋萍架持着晓明母亲缓缓走来，田夫说："老人家，你是英雄的母亲，一定要保重，这笔血债我们·定要讨还！"他又跟秋萍说："暂不与孙如梅说，她伤势太重。"

山坡上，一张张悲愤的面孔和众多的挽联挽幛形成了肃穆的海洋。一幅幅挽词悲壮：

为国捐躯

抗战楷模

中华男儿

民族精英

壮烈千秋

威震敌胆

英雄本色

浩气长存

名垂青史

中华之光

万古流芳

……

刘汉民举枪指天，悲愤地大吼："战友们，同胞们，为晓队长报仇！"

战士们齐声呐喊："报仇！报仇！"一起举枪，砰！砰！砰！对天鸣枪三声。

吼声震天，山川震荡：

"打倒日本帝国主义！"

"打倒法西斯强盗！"

"还我河山！"

"杀敌报国！"

"讨还血债！"

……

在苍劲有力的"誓报国仇"横幅上，幻化出晓明举枪呐喊冲锋的英雄形象。

出现字幕：剧　终

望断南飞雁

故事梗概

这是一个时限很长的悲情故事。

抗日战争时期，万召成带女儿万荣逃难时，被日军弹伤致死。万荣被孙怀清母亲收养后，尊孙母为娘，称怀清为哥。当时因为战乱，12岁的孙怀清曾被姨妈带到大后方重庆读书，万荣与母亲在家相守。抗战胜利后，已是十六七岁的孙怀清从后方回来，又转入省城某校读书。孙母看到儿子和万荣都已长大，又看万荣是个好姑娘，就为儿子和万荣定下了亲事，只待怀清从省城毕业回来即可完婚。谁料1949年国民党败退台湾时，将孙怀清和他的同学全部裹胁而去。孙母和万荣从此失去了孙怀清的消息。她们母女一天天、一年年苦熬，盼着孙怀清早日回来。

直至20世纪60年代的一天，两名搞统战工作的干部前来告知孙母，说孙怀清去了台湾，现在在国民党军舰上服役，继而又带领她们母女到了福建前线，对台喊话，劝孙怀清弃暗投明，回归大陆。日夜思母的孙怀清听到母亲凄苦的喊声，痛心疾首，泪流满面，但他没有办法回归。

20世纪80年代末，当年与孙怀清一起被裹胁去台湾的同学肖南得以回大陆探亲，带回了孙怀清的书信和照片，孙母如见到了儿子般激动万分。她盼着已是花甲之年的儿子赶快回来，与苦守了40年的万荣完婚。于是天天去南岭，坐在石头上，仰望高空南飞的大雁，希望大雁能传信给儿子。夜里，孙母抱着儿子的照片睡觉，在梦中也经常呼唤儿子的名字。风烛残年的孙母在苦想苦盼中故去了，万荣为之披麻戴孝送葬。

数日后，孙怀清作为退役老兵终于能够回大陆探亲来了。得知母亲去世，怀清痛苦万分，在母亲坟前长跪不起。他很感谢万荣代自己行孝，照顾了母亲一生。他说台湾的妻子已故，自己回去收拾收拾，回大陆定居，与万荣相守，为母亲扫墓。怀清去后，万荣又像当年的母亲一样，天天去南岭，遥望着南飞的大雁出神，盼着远方亲人早日归来。

电影文学剧本

夕阳余晖下的山岭道路旁有一株古槐。槐树旁边的青石上坐着一位白发苍苍的老太太。

天空传来雁叫声。

老太太抬起头，睁开昏花的老眼向高空望去。

空中人字形的雁群鸣叫着向南飞去，飞去……

在雁阵渐渐远去的天幕上推出片题：望断南飞雁

画外传来儿歌声：

九月秋风凉，

树叶绿变黄；

空中雁叫阵，

地上人断肠！

一 南岭古槐树下

白发老太太无奈地望着远去的雁群已经消失了。晚风撩起她那稀疏的白发和衣襟，她还是坐望着天空发呆。

从岭下走上来一位 50 多岁的妇女，她走到老太太跟前说："娘，天晚了，风也凉了，咱回家吧。"她先抖开一方蓝头巾，为老太太围在头上，接着将她搀扶起来。她叫万荣，是老太太的养女，也是一直没拜堂的儿媳。

老太太没有任何反应，任从万荣架扶着走向下山的弯道。

二 老太太家中

古朴的土墙茅舍院落。

万荣扶母亲进屋坐下，说："娘，你想吃什么饭？我去做。"

老太太有气无力地摇了摇头。

万荣说："娘，我看你面色不太好，莫不是受了风凉？我给你烧碗姜汤吧。"她接着出门去厨房了。

老太太呆坐在椅子上，深深地长叹了一声。

万荣接着回来了，说："娘，咱家没有姜了，我去借一点儿去。"

老太太抬了抬头，想说什么，万荣已经出门去了。

三　东邻二婶家

万荣进门就喊："二婶！"

二婶从屋里出来了："是万荣啊！"

万荣说："二婶，您家还有姜没有？我想借一点儿。"

"有，有姜。"二婶回头向屋里喊道，"二牛，给你万荣姐拿块姜。"

一会儿，一位近 40 岁的男子拿着姜从屋里出来了，说："给，万荣姐。"

万荣接过姜，说："谢谢二牛兄弟，谢谢二婶！今下午风凉，俺娘怕是受风寒了，我回去给她烧碗姜汤。"她说完回头去了。

二牛望着万荣出门去的背影，说："万荣姐够难的，又守着我大娘这么个高龄老人。"

二婶也很同情："是够难的，能帮就尽力帮帮她。"

二牛点了点头，又问道："娘，万荣姐为什么死守在这里呢？你看，她也老了。"

二婶看了看儿子，说："你比万荣姐小十几岁，她那身世你不知道。万荣不是你大娘亲生的，只是说过要给你大娘的儿子怀清做媳妇……唉！"二婶叹了口气，摇了摇头。

"怀清哥，我就从没见过。"二牛说。

"那是早年的事了，还没有你呢。"二婶说。

二牛又看了看母亲："万荣姐是大娘抱养的吗？她老家是哪儿？"

二婶又是一声叹息："她是被鬼子汉奸逼到咱孙家沟来的。她的老家是万家坪。本来她爹娘守着一儿一女，一家 4 口过得好好的，想不到那一年来了日本鬼子进行扫荡。那时你万荣姐 8 岁，他哥哥 10 岁。一天，她娘和儿子在家里忙家务，万荣跟她爹在房后地里除草，突然一阵枪响，村里乱成了一团……"

四 （回忆）万家坪万荣家房后

万荣的父亲万召成听到枪响，忙跑向自家的房后窗，一边跑一边向着后窗口问道："孩他娘，哪儿打枪?"他跑过来，从窗口向屋内一望，不由得顿时惊呆了："啊⋯⋯"

五 万家房内

妻子和儿子被杀死在地上，尸体上正流着鲜血。

三四个鬼子汉奸正端着刺刀在室内乱翻，听到窗后有人问话，立即将枪口指向了后窗："八格呀鲁!"

六 万家房后

粗壮的万召成回身忙喊站在地里的万荣："荣荣，快往山上跑! 来了鬼子汉奸!"

父女二人向山上跑去。鬼子汉奸的子弹在他们头上飞。

七 山坡崖坎上

万召成将女儿万荣托上崖去，自己刚翻上崖时，身体被子弹打中。万召成身子趔趄了一下，差一点倒下去，鲜血流出来了，浸染着上衣。

"爹，爹!"万荣急了，回身扑向父亲。

传来日伪军的狂叫声。

子弹"日呜日呜"地向山上飞来。

万召成一手捂着胸口，一手拉着女儿，吃力地向山上攀爬。

八 村中

升起了大火，浓烟滚滚。

九 山坡上

小万荣跑得张口气喘："爹，我跑不动了!"

万召成听到后边日伪军魔鬼般的在狂叫，说："这里危险！"他弯腰背起万荣，右手捂着左胸，继续向山上攀爬……

十 东邻二婶家（镜头闪回现在）

二婶还在对二牛讲："……万荣和他爹总算躲过了鬼子汉奸的追赶，逃到咱孙家沟来了。"

二牛问道："他爹的伤……"

二婶说："那时候，西邻你大伯已经去世了，就只有你大娘和10岁的儿子怀清过日子，那天傍晚，你大娘前去关门……"

十一 孙家大门外（回忆）

地上躺着失血过多、面色惨白的万召成。小万荣抱着爹的头，哭着喊："爹，爹……"她看到怀清母亲出来了，忙哀求道："大娘，你救救俺爹吧！"

万召成吃力地喊了声："人嫂……"

怀清娘立即向门里喊："怀清快来呀！"

10岁的男孩孙怀清跑出来了。

母亲说："快！来帮忙抬到咱屋里去。"

万召成已完全没了力气。怀清母亲抱着他的上身，怀清和万荣各抱住他一条腿，半拖半抬地进了院子。

十二 孙家房内 灯下

怀清母亲忙着为万召成包扎伤口，一边焦急地说："这可怎么办……这可怎么办？"

万召成昏过去了，包在伤口处的布块又被鲜血浸透了。

万荣拉着爹的手，拼命地哭喊："爹，爹……"

怀清母亲慌成一团，急叫怀清倒杯水来。

万荣看爹不睁眼，越发急得呼叫。

万召成也许是听到了女儿的哭喊，缓缓地醒来了，无力地看了看女儿，又看了看怀清母亲，嘴巴张了张，没发出话来。

怀清母亲从怀清手中接过水杯，舀了勺水送进万召成嘴里。

万召成饮进点儿水，吐出微弱的声音："大……大嫂，你……你是好人……"

怀清母亲倾身向前："我应该帮你们，有话你就说。"

"我……不能为全家报仇了……"万召成心怀遗恨，"只是……这孩子小，你……要不嫌弃，就收她做女儿吧，她没家了……等长大了，大嫂若愿意，就让她做儿媳……听……听大嫂安……排！"

怀清母亲看万召成托付后事，心里十分难过，她流泪了。

万召成又看了看泪流满面的万荣："……荣荣……给娘磕头！"

万荣抹了把泪水，看了看爹。

"荣……今后这就是娘……磕头！"万召成也哭了。

万荣扑通跪在了怀清母亲跟前，叫了一声："娘！"

怀清母亲忙拉起来，抱在怀里，凄苦地说："孩子！"

万召成惨白的脸上露出一丝欣慰，又唤万荣："荣……你娘救过咱们，你要记住，救命之恩，以命相报……今后听娘的话！"

万荣扑到父亲身上，哭着说："爹，我记住了！"

万召成脖梗一扭，带着泪水归天去了。他脸上带着永远的遗恨和挂念。

万荣号啕大哭，万召成的眼睛永远闭上了。

在幼小的万荣身穿白色孝衣的画面上，传来二婶的画外音："从那以后，你万荣姐就成了你大娘的闺女。"

十三 二婶家中

二牛的脸上挂着泪水，说："原来万荣姐这么不幸。"

十四 孙家院中

10岁的怀清和8岁的万荣在抱柴帮母亲做饭。忽听到有人喊："怀清！"

怀清一回头，见从大门口走进一位约30岁的女人，他立即认出来了："小姨！"赶忙跑了上去，拉住了女人的手。

十五 孙家屋内

小姨对怀清母亲说："姐，我来告诉你，我要到大后方去了。你妹夫读完了书，好容易在大学谋了个职业，现在鬼子来了，他们学校迁到四川去了。他来信说那边安全一些，要我也过去，我来跟你说一声，以后就不能常来看你了。现在社会乱成这样，你和孩子要好好注意安全。"她又看了看万荣，"这个女孩子是……"

怀清母亲说："她叫万荣，爹娘和哥哥都被鬼子杀害了，我收了她……"

小姨同情地点了点头："日本鬼子到处作孽！"她看了看怀清，拉到跟前，"怀清很聪明，应该多读点书。"

"小姨，学校停了，老师也走了，没有人教我们。"怀清说。

小姨摸着怀清的头："这可正是读书的年龄，误了这个时候，就晚了。"

怀清望着小姨："小姨，你跟姨夫到后方去，那里有鬼子吗？我跟你去那边读书，好吗？"

小姨盯着怀清："愿意去？不想你娘？"

"我读好了书，打跑了鬼子，再回来嘛。"怀清说。

小姨笑了："小小年纪，倒还有志气。"

怀清又拉住母亲的手："娘，我跟小姨夫后方读书，好吗？"

怀清母亲说："我们这边，鬼子汉奸不断扫荡，整天让人提心吊胆的，你跟小姨去，我倒是没有不放心的，只是给你小姨添麻烦了。"

小姨又笑了："这有什么麻烦的，怀清懂事，讨人喜欢，我巴不得跟我去呢。"

"小姨，你同意带我去？"怀清拉着小姨的手。

小姨还是笑："只要你娘舍得就行。"

怀清又转向母亲："娘，我跟小姨去，你放心，我一定好好听小姨的话。"

小姨说："到那边去，看看你姨夫能给找个学校读书不。"

"怀清，娘舍不得你远行，但又怕误了你的前程，跟小姨去吧。"母亲同意了。

万荣上前拉住怀清的手："哥哥，你真要走？"

"你和娘在家，我还会回来的。"怀清像个大孩一样叮嘱妹妹。

万荣认真地点了点头。

小姨看着他们，说："这俩孩子真好！"

怀清母亲好欣慰。

十六　在万荣帮助母亲背柴、收麦、担水等画面镜头上，万荣渐渐长大了。同时传出二婶的画外音：

"怀清外出上学走了，万荣就跟着你大娘过日子。万荣是个好闺女，几年时光，不仅人出落得漂亮，而且很勤快，家里地里的活儿全拾得起，放得下，还不到16岁，就有人给他找婆家。"

十七　怀清家院中

怀清母亲将媒婆送出屋来，一边走一边说："俺万荣年纪还小呢，找婆家的事过两年再说。"

媒婆出门去了。

万荣担水回来了。她放下水桶，很高兴地向母亲说："娘，街上人都在说，日本鬼子投降了，汉奸也完蛋了！"

怀清母亲一听很高兴，说："老天有眼！老天有眼！你爹娘的冤仇得报了！明天去上坟，把这个好消息跟你爹说说。"

"唉！"万荣高兴得落泪。

十八　屋内

万荣扶母亲进屋坐下，问道："娘，鬼子投降了，俺哥也该回来了吧？"

母亲："该回来了，这些天我有时梦见他呢。"

"那就是你想俺哥了。"万荣说。

"娘就这么一个儿子，能不想他？这些年不知他会照顾自己不？"母亲说。

"俺哥聪明勤快，一定能照顾好自己的。"万荣说。

"也许吧，他今年18岁了，快长成大男人了。"

"哥的皮肤白，眼睛大，一定长得很英俊。"万荣说。

"我想他应该长成个好小伙子！这些天来，我常有个担心，他在外边可千万不要被什么女孩子缠上了。"母亲说。

"要是有女孩追俺哥，就一定是觉得俺哥长得好，也许看他学得有本事了。"万荣说。

"娘不想让他在外边找，从外地说个媳妇回来，娘不放心。"母亲看了看万荣，"男大当婚，女大当嫁，荣荣，"她拉住了万荣的手，"现在已经有人为你找婆家了，娘真舍不得你走。"

万荣说："娘，我哪儿也不去，就伺候娘。"

母亲将万荣拉在怀里，抚摸着她的头说："荣荣，娘有私心，舍不得你走。娘记得你爹临终前说过……"

（镜头闪回）

临终的万召成说："你……要不嫌弃，就收她做女儿吧，她没家了……等长大了，大嫂若愿意，就让她做儿媳……听……大嫂安……排！"

（镜头拉回现在）

万荣说："娘，当年爹的话万荣不敢忘，只是……俺哥在外边见的世面大了，见的人也多了，还会看中我这样一个山闺女？我又没文化，能配上俺哥？"

母亲越发抱紧了万荣："我闺女是山里一朵花，城里的女孩虽然会涂脂抹粉，梳洗打扮，未必比我闺女长得好。再说，也难得有我荣荣这般勤快，这般吃苦的，更难得有与娘这么亲的。"

万荣搂住了母亲的脖子："娘，荣荣也舍不得离开娘，舍不得离开咱这个家，只要俺哥不嫌弃……"

母亲更高兴了："等怀清回来，娘就跟他说这件事。将来你们结婚有了孩子，娘帮你们带。一生一世，你和你哥不分开，咱娘儿们也永远在一块儿。咱家的人口会越来越多，人丁越来越兴旺。"

十九　山坡地里

金黄的谷子和火红的高粱熟了。

母亲和万荣在收获高粱。万荣割倒了几棵高粱，抬头擦汗时，看到山道上走来两个青年。万荣盯着看了一会儿，说："娘，你看那好像是俺哥回来了，怎么是两个人呢？"

母亲以手遮阳望去，只见两个小伙子急急奔这片山地来了。

母亲终于说："我看前边那个就是你哥，长得那么高了！"她和万荣刚放下镰刀的一霎那，两位小伙子跑过来了。前边的一位边跑边喊："娘——娘——"他一直跑上来，紧紧抱住了母亲。

母亲也紧紧抱住了他："儿子……儿子……你回来了，快想死娘了。"

万荣望着同来的青年，问道："哥，这位大哥是……"

怀清忙回头介绍说："这是肖南，我的同学。他家在南边的肖家庄，我们昨天晚上到的他家，他今天送我来了。"

肖南说："伯母好！我和怀清兄同庚，他长我一个月，应该是大哥了。"

母亲高兴得不得了："好，好！同学就是兄弟嘛！"

怀清又向肖南介绍万荣说："这是万荣妹妹。"

肖南笑着点了点头："小妹好！"

怀清仔细看了看万荣："妹妹长得这么高了。这些年，幸亏有你陪伴照顾咱娘。"

万荣说："哥，你比我想象中长得还要高。"

母亲笑着说："快回家，我给你们做新米红枣饭吃！"

万荣略一想说："娘，先让两位哥跟你回家，我去瀑布泉那边摘些山葡萄给哥哥们吃，山葡萄熟了，可好吃呢。"

母亲同意了："好，你去摘。"

肖南看了看周围青山绿水，说："这地方真好，我们一起去摘吧。"

母亲说："好，你们去吧，怀清也该再好好看看老家的山和水了。"

二十　山道上

万荣健步引路，怀清和肖南紧跟其后。

怀清说："荣妹对这条路这么熟悉？"

万荣头也不回："打柴种地经常走。"

肖南立住足又环视了一周，说："怪不得怀清兄经常说你们孙家沟是个好地方，溪流谷底，青山环围，蓝天白云，山花烂漫……"

"你要作诗呀？"怀清说。

肖南说："怀清兄，将来毕业了，咱俩在这边办个诊所或医院吧，这地方太美了！"

怀清："我巴不得你来这边呢。"

他们正说着，从远处传来歌声：

人人（那个）都说沂蒙山好，

沂蒙（那个）山上好风光！

青山绿水真好看，
风吹草低见牛羊。
今天打败了日本鬼，
沂蒙山的人们喜洋洋！
……

怀清一怔："谁唱得这么好？简直就是歌唱家！"

万荣说："还有谁，东崖上三嫂子呗。她喜欢唱歌，尤其爱唱沂蒙小调，前些年怕招来日本鬼子，一句也不敢唱，说是快憋死了。现在日本鬼子一投降，三嫂子这嗓门就放开了。"

"打垮了小日本，真是人心大快呀！"肖南说。

到一崖前，万荣说："到了。"她飞快地攀上崖去，向下伸出手来，"我拉两位哥上来。"

待攀上崖，肖南惊呼道："哇！瀑布！飞流直下三千尺！"

对面悬崖上飞流直泻，浪花四溅。

怀清说："没有三千尺，总有十数丈吧！曾听老人们说，这是江北第一瀑。"

"好地方！好风光！"肖南有点儿陶醉了。

万荣指着崖上熟得发了紫的山葡萄说："大哥等着，我去摘。"

肖南不准："这崖很陡的，我看搭人梯吧。"

万荣说："我上！"

肖南说："不行，我们是男子汉！"

怀清搭肩托起肖南，肖南摘下一串山葡萄，传递到下边万荣的手里。万荣微笑着望着两位大哥，感到了安全和幸福。

二十一　怀清家中

母亲将金黄的小米红枣饭为他们盛进碗里，万荣又端来母亲炒好的山豆角。

一边吃着饭，怀清说："娘，我们在四川开始读医学专科班了，现在鬼子投降了，学校又迁回这边省城来了。校舍正在收拾，过些天才能开学，趁这个机会，我们回家来看看，今后离家近了，回来的机会就多了。"

母亲说："那太好了。"她又给肖南夹豆角。

肖南说："伯母，你喜欢让我们当医生吗？"

"好啊！当个好医生，给人治病救命，咱山里就是缺医生呢，当初如果有医生，荣荣的爹也许能救活。"母亲说。

"娘，不要说那些难过的事情了。"怀清说。

肖南说："伯母，下午我回家去，过些天开学时，怀清兄路过我家，我们结伴去省城。"

母亲很高兴："你们亲如兄弟，要互相照顾。"

二十二　怀清家厨房

万荣忙着做饭，怀清欲要帮忙。

万荣说："哥，你去那屋里歇着，这饭由我做就行了。"

怀清说："荣妹，这些年我没在家，多亏你和咱娘做伴，照顾她，哥谢谢你了。"

"哥，看你说的。"万荣不好意思了，"咱是一家人，你和我说这些话就生分了。"

"好，不说了。"

"怀清——"外屋传来母亲的呼唤。

"哥，娘喊你呢。"

怀清点点头，去了。

二十三　母亲房内

母亲收拾好了几件衣物，见怀清进来了，说："这几件衣裳，荣荣给你洗好了，我给你放在包里。"

怀清："娘，这些年，我会洗衣了。"

母亲说："这些年，不在娘身边，出门在外就是要靠自己照顾自己。"

怀清："娘，我知道。"

母亲说："你坐下，娘有话问你。"

怀清看母亲极认真的样子，便坐在了对面，望着母亲。

母亲说："怀清，你也十七八了，跟娘说实话，这些年在外边，有女孩追没有？"

怀清笑了笑："有是有，可是我还年轻，又正在上学，没在意这件事。"他望着母亲，"娘，你怎么问起这件事来了？"

母亲放心了："没有就好！娘跟你说，外边的野花不要采。"她用目光示了示厨房那边，"咱家里这朵花比什么都好。这是打着灯笼都难找的好媳妇，也是老天爷赐给咱们的。"

"娘，你是说荣妹？"

"娘就想让她给你做媳妇。人品好，又勤快，长得也俊。"

"娘……"怀清微微笑了。

母亲向儿子跟前逼了一步："怀清，你得给娘个话，这事你觉得行不？"

怀清："娘，只要荣妹不嫌弃咱家穷，她待娘又那么亲，怀清听娘的就是了。"

母亲攥住儿子的手，严肃地说："好儿子，这事说定了，外边再好的姑娘咱也不要！"

"不知荣妹……"

"你放心，这事有娘呢！"母亲说。

母子正说着话，听到院中有人喊："嫂子在家吗？"

怀清一探头，说："二婶来了，俺娘在家呢！"

二婶进屋来了。

怀清说："二婶坐。"他走了出去。

二十四 厨房

万荣已做好了馒头，要放进锅中算子上蒸。

怀清面带喜色走了进来。

万荣望了他一眼，问道："哥，什么事把你乐成这样？"

怀清掩饰说："我想帮你烧火。"他蹲下身子往灶门里添柴。

万荣说："哥，你出去吧，这里烟火太熏了。"

怀清笑了笑："看你说的，哥怕熏，你就不怕熏了？"

万荣："我是女人，女人下厨房多，应该不怕熏。"

怀清又笑了笑："没有这个道理。来，我烧火，你看锅。"

万荣："哥，你真好。"

二十五 母亲房内

二婶对怀清母亲说："大嫂，怀清回来了，听说还要去上学？"

"他那书还没念完呢。"母亲说。

二婶向怀清母亲身前靠了靠，说："咱怀清这几年出息成大小伙子了，我看该说媳妇了。我表姐家有个好闺女，我想把她说给咱怀清，不知大嫂……"

母亲不等她说完，就笑了。

"大嫂觉得不行？"二婶问道。

母亲："怀清现在不让提说亲的事呢。"

二婶："表姐家那闺女上门提亲的人不少，若不早去提，怕被人抢了先。"

母亲："可是，怀清自己不急，就等他上完了学再说吧。"

二婶只得点了点头。

万荣进来了，看见二婶也在，说："娘，馒头马上就蒸好了，让二婶一块儿在这里吃吧。"

二婶："不了，我回家几步远，免得你二叔他们等着我。"又看了看怀清娘，"我走了，那事以后再说，以后再说。"

二十六　怀清家院中

母亲和万荣送二婶出了门。

万荣说："二婶慢走。"

二婶走了。母亲往回走着，看了看万荣，发出心声："有人要给万荣找婆家，又有人要给怀清说媳妇，看来，这婚姻事得及早向他们说明白。"

二十七　母亲房内　灯下

母亲对怀清和万荣说："过几天怀清就又要去省城上学了，娘今晚上就把你俩的婚事说个明白。你们都是娘的好孩子，你们都大了，娘不想要外来的儿媳妇，也舍不得让荣荣嫁出去，就想让你们在一起，咱永远是一家人。这事娘跟你们各人说过了，今天一起再说一遍，明天咱吃顿水饺，这件大事就算说定了。咱不请什么三媒六证，自家的事自家定，比什么人给说和都心里踏实，娘给你们两人都能做主。"

万荣红了脸："娘，俺哥是个有学问的人，我怕配不上他。"

怀清说："荣妹，咱娘喜欢你，我也喜欢你，只是咱家里穷……"

万荣："哥，有咱娘，有你，我不怕。"

怀清说："荣妹，既是咱娘做主，我就更高兴了，等我上完了学，就回来娶你。"他拉住了万荣的手。

万荣有些羞涩地低了头。

母亲放心了："这才是娘的好孩子！"

二十八　南岭上

旭日东升，霞光万道。

母亲和万荣送怀清到了岭上大槐树下。

万荣说："娘，你就别往前走了，我再送送俺哥。"她为怀清背着包袱，伴着怀清一起走去。

母亲看着他们亲亲热热地说着话儿往前走，高兴得点了点头。

二十九　弯弯的山道上

怀清说："荣妹，这和十里长亭相送一样，已经走得很远了，不要再送了。"

万荣拉住他的手："哥，万荣不在身边，你要照顾好自己，免得我和娘挂念。"

"放心！"怀清看万荣两汪秋波含着无限深情，心中很激动，一把抱住，吻了吻她。

万荣的脸立时热了起来，红了起来："哥，我等着你。"

怀清："再有一年多我就毕业了，到那时咱就结婚，我想会很幸福的。我在外边当医生，也许和肖南回来开办诊所什么的，你就守着咱的家，照顾着咱娘，还要生孩子……"

"哥……"万荣的脸更红了。

"好，我走了。"怀清接过包袱，沿着古道走了。

万荣站在高坡处，一直望着他。

怀清攀到了对面岭上，回身向眺望着的万荣挥了挥手。

画外音：怀清走了，他是母亲和万荣的希望，也是她们的牵挂，她们盼着他早日回来。谁曾料到，这次离别，竟是生死永诀，母亲至死未能再见到他。

字幕：怀清离家半年后

三十　旷野里

北风发出凄厉的呼啸，打着旋。苍黄的山岭上不见行人。

三十一　母亲室内

北风拍击着窗棂，让人心寒。

母亲说："荣荣，把门掩好了。"

万荣去掩了门。

母亲说："明天把你哥那床铺收拾一下，他应该快要回来了。"她说着，拿下了挂在墙上的几个大石榴，一边擦拭上边的灰尘，一边说："这几个石榴给他留了4个月了。咱家这石榴，他已经好几年没吃了。"

万荣接过石榴说："娘，我来擦。"

母亲说："荣荣，我想等你哥回来，你们就结了婚吧。虽然同着你哥把这件事说好了，可我心里总是挂着。"

"娘，这事和俺哥一起商量吧。"

"怀清得听娘的。我想，只有结了婚，才不会再有人给他说媳妇，也才能真正拴住他，让他忘不了这个家。"

随着院子里有人喊："大嫂！大嫂！"二婶推门进屋来了，身上落了几片零星雪花。

万荣忙为她拍打。

二婶急急地："大嫂，咱怀清回来了没有？"

母亲说："没有。这已进腊月了，也许快回来了。"

二婶："怀清没来信向家中报平安？"

"怎么了？二婶。"万荣看二婶像是有话要说。

二婶："咱村里有人从省城回来了，说是那边打了场大仗，是解放军和国民党军队打的，战斗很激烈，死伤了好多人。"

"真的？"母亲立即紧张起来。

"是真的，东头王家二小子也去过省城，说是许多房舍都炸塌了，到处是炮弹坑。"二婶说。

"噢……"母亲吃惊地张大了嘴巴，半天没说出话来。她在这山沟里，对外边的事知道得实在是太少了。

三十二　母亲的套间房　夜

母亲在床上睡熟了。她梦见炮弹炸塌了房舍，硝烟中，怀清躺在地上，脸上身上都在流血。母亲拼命地扑向前去，大声呼喊："儿啊！怀清！儿啊……"她抱住流血的儿子，号啕大哭，"儿啊……"

三十三　母亲住室的外间房　夜

万荣躺在床上也睡熟了，睡梦中被母亲的哭喊声惊醒，她赶忙爬了起来。听到睡在套间里的母亲还在呼喊："儿啊……"万荣急忙披衣下床向套间走去。

三十四　母亲的套间房　夜

万荣摸索着用火柴点燃了油灯，只见母亲躺在床上颤抖着在梦中哭喊："儿啊……"

万荣忙向前抱住她，呼唤她："娘，娘！你咋了？你咋了？"

母亲醒了，身上大汗淋漓。她定了定神，看清是万荣抱着她，长长地呼了口气，说："娘梦见你哥了，被炮弹炸得浑身是血。"

万荣紧抱着她，说："那是你做梦呢，俺哥是学生，不会出事的。"

母亲的身子还有点儿抖："吓死娘了，吓死娘了！"

万荣："娘，你是挂念俺哥，他肯定没事的。"

母亲吸了口气："老天保佑吧！"

三十五　怀清家院中

院中摆着供案。供案上置放着供品，香烟缭绕。

母亲和万荣跪在香案前。母亲口中虔诚地念叨着："神明有灵，保佑我儿怀清平安回来，俺娘儿俩给您上大供，烧高香！"接着在案前燃烧纸钱，又连连磕头。

三十六　厨房

桌上摆放着饭菜，母亲呆坐着没有吃，筷也没摸。

"娘，你咋不吃？"万荣说。

母亲说："现在已经腊月二十了，你哥没回来，到现在连个信也没有，我放心不下，想去省城找他。"

万荣："娘，腊月天气这么冷，你又是小脚，怕走不动，要找俺哥，还是我去吧。"

"你一个女孩子家出远门，娘不放心。"母亲说，"还是娘去。"

"娘，要不然咱俩去，我陪着你，也好有个照应。"万荣说。

"都走了，这个家……"母亲说。

"咱家又没养羊没养猪的，把门锁了就是了。"万荣说。

母亲望了望万荣，点了点头，表示同意。

三十七　山道上　霜天的早晨

万荣背着干粮，和母亲在行走着。

母亲是缠足女人，一双小脚迈不动步，攀上一道岭去，就累得一拐一瘸的了。

万荣扶住她："娘，你脚疼了，咱歇会儿吧。"

母亲固执地说："这才走了几里路，到省城还早哩，走吧。"

"娘，我扶着你。"万荣搀扶着母亲继续前行。

三十八　一处小山村

惨淡的夕阳落下山去了。在北风卷着的黄尘中，万荣扶母亲走进一处小山村。村头上有处碾棚，万荣驾持着母亲迈了过来，说："娘，您坐在碾台上歇一歇，那边还有户人家还没关门，我去给您讨碗水喝。"待母亲坐下，她从包袱里摸出一个碗，去了。

村子里很寂静，偶尔传来几声狗叫。

母亲拍打着酸痛的腿，疼得她咧嘴咬牙。

万荣端着水回来了，说："娘，我问了那家里的人，想借宿一晚，老太太不肯收留我们，说是保长经常领人查户口，人心惶惶的，怕我们给她惹麻烦。"

母亲说："人家说的也是实情，不要为难人家，我看咱娘儿俩就在这碾棚里过一夜吧。"

三十九　孙家沟街上

二婶在质问一位鬼鬼祟祟的青年："刘狗子，那天你跳进万荣家院里去干什么？"

刘狗子："我……我没有……"

"是我在这边喊，你才从墙上跑了，难道不是？"二婶说，"你再这样偷偷摸摸的，不好好做人，将来还说个媳妇不？"

"我……我……"刘狗子灰溜溜地去了。

一位妇女走过来，跟二婶说："万荣和她娘去找怀清，不知找到了没？大嫂是双小脚，走路够难的。"

二婶："谁说不是哩。"

四十　坑坑凹凹的土路上

母亲拄着木棍艰难地走着。

万荣看母亲十分吃力的样子，说："娘，我背着你吧，肩上这干粮也快用完了。"

"你一个女孩子家，哪能背得动我……"母亲不忍心让万荣背。

万荣不容娘再分说，弯腰将她背了起来。

母亲说："荣荣，这可太苦了你了。"

"娘，我年轻。"

四十一　省城

母亲望着大大小小的弹坑和残垣断壁，问道："这就是省城？"

万荣说："娘，既是打过大仗，还会有好模样？"

"那就问问怀清他们的学校在什么地方。"母亲说。

万荣搀着手拄拐棍的母亲，询问一位青年，青年摇了摇头。

她又询问一位妇女，妇女也摇头。

二人继续前行，询问一位老翁，老翁耳聋。万荣大声说："大爷，请问省医学专科学校在哪里？"

万荣连问了两声，老翁总算听清了，"啊……啊……"指了指前边的一片废墟，就走了。

万荣和母亲从废墟上往前走。

四十二　一片废墟前

母亲和万荣站住了，眼前的情况是：

残破的碉堡、弹坑，毁塌的房舍。

母亲说："看来，这里也是战场，你看这多少碉堡。打仗的时候，学生们都在这里吗？还是躲到别处去了？"

凄厉的西北风发出尖叫，在废墟上打旋。

万荣说："那边有个小屋，好像有人，我们过去问问。"

四十三　小屋内外

万荣扶母亲走到了小屋门外。

小屋的门破了，可望见一位满面尘垢的老汉正在里面生火做饭。

一阵旋风将门推开了。万荣向前说："大爷，这里可是原来的医专学校？"

老汉抬头看了看门外这母女俩，生气地说："这还像学校吗？"

万荣听出这就是原来的学校，说："大爷，俺从乡下来，向您老人家打听个人。"

"你要问谁呀？"老汉用破扇子扇了扇冒烟的柴炉，说，"只要是这学校的人，我认识的不少，我本是这学校守大门的呢。"

"那太好了！"母亲一听，急着问，"有个孙怀清，你可认识？"

老汉站住了："你们找孙怀清呀，就是那个白白的高高的学生？"

"对！大爷，就是他！您认识他？"万荣也急不可待地问道。

"认识。孙怀清学习好，学校里差不多都知道他。"老汉说。

母亲急向前一步，迈到了门槛上，问道："你可知道他在哪儿？"

"大爷，他现在在哪里？"万荣也急急问道。

老汉看了看她们："开战前，学生就全撤走了，说是出去躲避战火，只留下我们后勤人员照看学校。战事一起，我这同事们有的被打死了，有的逃走了。现在这里就只有我这个无家可归的老头子了。"

"怀清去了哪儿？"母亲更急了。

"这个……我说不准。他们还回不回来，我也不知道。"老汉说着，又叹息了一声："孙怀清好学生呀！谁知道去了哪儿。"

一阵北风刮进小屋，屋内烟雾弥漫，呛得老汉直咳，他要将门闭了。

万荣说："娘，看来怀清哥是不在这里了，咱走吧。"

母亲被万荣搀着走了几步，只觉眼前发花，两腿发软，倒了下去。没有儿子的消息，她精神因焦急而崩溃了。

万荣赶忙坐在地上抱起她，揽在怀里，急急地喊："娘，娘！"

母亲缓缓醒来，望着万荣："荣荣，找不到你哥，娘不想活了。"她说着哭了。

万荣放下母亲，返回小屋讨来碗水，说："娘，你可不能这样想！我相信怀清哥他们那些学生还活着，是因为打仗撤出去了嘛。还有肖南哥和他在一起呢。怀清哥不会忘了家，更不会忘了娘。要是有一天回到了家里，找不着了娘，他不得急死。我看这样乱找，没有目标，没法找到。咱还是回家去等吧。"

母亲喝了口水，喘息了一会儿，说："咱这干粮吃完了，身上又没有钱……"

万荣说："娘，荣荣给娘要饭吃，饿不死咱娘儿俩的。我只是担心这马上过年了，怀清哥会不会已经回到咱家了呢。"

母亲说："你说的倒也是这么个理。你哥要是回到家，见咱们锁着大门，就只能先住到你二婶家里去。"

"娘，咱得抓紧往回走。"万荣扶起了母亲。

四十四　怀清家门前

天空飘着雪花。

一位约40岁的男子在怀清家门前徘徊。看见二婶从那边走来，便迎上去问道："请问这是孙怀清的家吗？"

"对呀！你是……"二婶看了看他。

男子说："我是肖家庄的，我儿子肖南与孙怀清是同学。这马上就要过年了，肖南没回来，我前来想问一问孙怀清回来了没有？他家怎么锁着门呀？"

二婶说："怀清也一直没有回来，他娘和闺女去省城寻找他去了，这已经快10天了，娘儿俩都没回来，我这里也着急呢。"

男子听了二婶的解释，一边点头一边"噢……"了一声，说："省城那边我去找过了。他们学校被打得不成样子了，人更是不见踪影。我若是早来几天，跟她们说一说，她们就不用再去省城了。"他说着，无奈地摇了摇头，看了看二婶，"既是如此，我就回去了，有了消息，我再来联系。"

二婶说："这大冷的天，谁知大嫂娘儿俩找着怀清了没有？等她们回来，有了消息，就给你送信去。"

"谢谢大嫂!"男子冒雪走了。

四十五　一处村头的柴垛前　年夜

雪花在空中飞舞。

母亲和万荣背依柴垛蜷缩着身子。

万荣将两捆玉米秆往母亲身前扯了扯，以遮风挡雪。

村子里传来鞭炮声。

"娘，过年了!"万荣说。

"嗯!"母亲应了一声。

"娘，你饿吗？我去讨点儿吃的?"万荣说。

母亲："这时候各家都在过年，忙着摆供敬神，千万不要去冲了人家的神灵。"一阵北风呼啸而过，她打了个寒战。

"娘，你冷?"万荣紧紧靠向母亲。想抱着她，让她暖暖身子。

母亲不让万荣抱，推开柴草，出来跪在雪地里："各方的神灵这时都下凡了，你们保佑我儿子! 保佑我儿子!"她连连在雪地上磕头。磕罢了头，又仰天长问："怀清你是去了哪儿呢?"在这大年夜里，她更加思念儿子了。

"娘，不知肖南哥哥有信没有？他和我哥在一块儿呢。"万荣说。

母亲眼前一亮："对呀! 咱出来时怎么没先去肖家庄问一问呢。"

四十六　岔道口

万荣搀着母亲从雪地上走到岔道口。

母亲说："荣荣，我慢慢往家走，你从这里去肖家庄问问肖南的消息。"

万荣："娘，你要走好!"

母亲："从这里去咱孙家沟，我识得路。你去肖家庄问个清楚，早去早回，娘回家等着你。"

四十七　肖家庄肖南家中

肖南母亲为万荣倒水。

肖南父亲说：“在你们去省城以前，我就去找过了，学校成了一片瓦砾。打听到开战以前，学生都迁走了，这倒让人放心了些，可是他们去了哪儿，没有人知道。我回来后，心里着急，就又二次出去打探消息……”

肖南母亲指着肖南父亲说：“他都没顾上在家过年……”

肖南父亲看了她一眼：“咱儿子都找不到了，还过什么年呀？”

万荣深有同感地望着他们，说：“叔，咱们都是同样心情。”

肖南父亲：“这一次，我一直找到徐州，听肖南和孙怀清他们同学的家属说……”他压低了声音，“他们这些学生好像是被强编进国民党军队里去了。”

万荣吃了一惊：“叔，消息准吗？”

肖南父亲：“是那些同学的家属从多方面得到的消息。”

万荣望着肖南父亲：“那就是说，他们成了国民党的兵了……他们愿意？”

肖南父亲说：“不愿意又有什么办法？有人见过一群被强征的学生，至于有没有肖南和孙怀清，他们不认识，但他们见到有人逃跑被抓回去挨打过……”

四十八　在一村头树下

树下站着一队刚穿上军服的学生兵，其中有肖南和孙怀清的面孔。

四周有老兵端着刺刀围着。

一国民党军官手握鞭子在抽打吊在树上的新兵，一边吼叫着：“你为什么逃跑？”

被吊在树上的新兵已被抽得遍身流血，但还在争辩说：“我是学生，我不要当兵，我要回家！”

手握鞭子的国民党军官骂道：“他妈的！共产党打过来了，党国要是失了天下，你还有什么家……告诉你，必须老老实实地跟着我们走，才会有出路！”他喘了口气，转身看了看站着的学生兵，“你们都看到了，谁要是再逃跑，老子就毙了他！”

学生们低着头，没有人敢应声。

四十九　肖南家中

肖南父亲："现在国民党兵败如山倒，一路溃逃，我们去哪儿找人去？"

万荣："既是有人见过，恐怕是真的了。"

肖南父亲："听说不止一个学校的学生被集体征了兵。"

万荣还是不解："既是被征了兵，他们怎么不给家中来个信呢？"

肖南父亲："现在乱成这个样子，谁给传信？再说，这些新兵怕是连行动的自由也没有，又加一路奔逃，地址不定，还能写信吗？我想，大概是这个原因，才一直没有信来。"

万荣焦急："叔，这可怎么办呢？"

肖南父亲："没有办法。但是……"他又压低了声音，"这件事不管真实不真实，万不可对外人讲。我们这里已经解放了，要是让人知道他们当了国民党的兵，不管是被抓的还是自愿的，那都是很严重的政治问题，我们的家庭也会受到歧视的。"他望着万荣，"你懂吗？"

万荣张着嘴巴，有些害怕地点了点头。

五十　怀清家中

母亲望着万荣，吃惊地问道："这是真的？"她张大嘴巴，半天没合上。

"肖大叔外出几次，访了许多人。"万荣说。

"天啊！早知道这样，不去上学的好！"母亲呆坐在椅子上。

万荣说："肖大叔说，这事关重大，万不可对外人多说，免得我们全家都被看成是坏人。"

母亲惊呆着点了点头。

五十一　街侧碾台旁

人们在议论。

"孙怀清现在是死不见尸，活不见人了。"

"现在这么乱，也许是跑散了。"

"孙怀清是个文化人，真是跑散了，也应该回来了，他还不识得家门？"

"只怕是已经死了。"刘狗子幸灾乐祸地说。

有人喝他："刘狗子，孙怀清死了，对你还有好处？"

刘狗子更乐了："那当然了。他死了，说不定我还捡个好媳妇呢。"

二婶正从那边走过来，生气地瞪了他一眼："呸！癞蛤蟆想吃天鹅肉！乡里乡亲的，不盼着别人好！"

五十二 山坡上 春天

母亲和万荣在点种玉米。

母亲总是不时地立定身子，以手遮阳向远处张望。她望着……望着……分明看见穿着学生装的孙怀清从山道上走来了……走来了……母亲笑了，口中叫着万荣："你哥回来了……"她扔了手中的工具，急急向前迈去。脚下一绊，倒下了。

万荣扔下镢柄，赶忙跑过去扶她："娘，娘！"

母亲看了看四周："我分明看见你哥从那边来了……唉！"她深叹了口气，眼里噙上泪花。

万荣说："娘，那是个过路的人，不是俺哥！"

母亲又向山道上张望。

山川绿了，山花开了。

五十三 怀清家院中

古老的石榴树开满了鲜艳的花朵。

石榴结果了。

榴果长大了。

榴果熟了。

母亲和万荣忙着采摘。万荣说："娘，还给俺哥留着不？"

母亲说："留！选几个大的，还是挂在屋里老地方。这已经留了十几年了，你哥也不回来，可是不给他留，娘不甘心，总盼着他突然就回来了，拿下石榴给他吃。外边的石榴没有咱家的好，咱家石榴酸甜可口。"她将几个大石榴给万荣，"就留这几个吧。"

万荣接了过来。

五十四 山地里

母亲和万荣在劳作。

五十五　村头上

万荣在汲水。

在母亲和万荣不分春夏秋冬，不断劳作的画面上，传出画外音：

> 时局虽然早就安定了，但她们还是不敢向外人探询怀清是否真被国民党抓了兵的事，她们担心事情没弄明白，反倒沾上了国民党的边，会受到歧视。她们相信怀清的品行，在外边不会干坏事。她们企盼着怀清有一天突然回来，给她们一个惊喜。她们从春盼到夏，从秋盼到冬，从日出盼到日落，从梦中盼到天明。十多年过去了，有一天，终于有了消息。

字幕：1962 年春

五十六　怀清家院内

母亲正在喂鸡。

从大门口走进两位身穿蓝制服的干部。那位腋下挟着皮包的干部问道："这里是孙怀清的家吗？"

母亲一回头："啊……是孙怀清的家，你们是……"

听到院中来了人，万荣也从屋里出来了。

两位干部走到母亲跟前，腋下挟着皮包的干部说："我们是上级统战部的。"

母亲问道："你们卖什么布？"

"不是布，是部！这位是我们统战部的李部长。"年轻一些的干部说。

李部长笑了笑，说："不要解释了，她不懂。"又看了看怀清母亲，"老太太，不管什么布和部了，我问你，你是孙怀清的母亲吗？"

"对，我就是他娘。"

"和儿子有联系吗？"

母亲望着两位陌生人，不知出了什么事，有些紧张，暗暗发出心声："难道他们知道怀清沾上了国民党的边？"她摇了摇头，"没有联系，怀清十几年没有音信，怕是早就死了。"

李部长又笑了笑："不，他还活着！老人家，你不要害怕。我叫李维成，是孙怀清的同学，当年我们一起在省城读书学医，我知道他还活着。"

"活着？怀清还活着？他在哪儿？"母亲听他们既是知道怀清的消息，就想干脆问个明白。

"我哥还活着？"万荣去为两位干部倒来了水。

"是活着，在台湾。"

"在台湾？我儿子去了台湾？不是说国民党跑到台湾去了？我儿子是学生，咋去了台湾？"母亲听到有人肯定儿子去了台湾，她实在想弄清楚是怎么回事。

"他是学生时被国民党强征集体去了台湾。"

"真的？"母亲问，"你们既是同学，你怎么没……"

李部长说："那时候，正巧我父亲病危，我请假回家来看护了几天。父亲去世了，我又料理丧事，就在那时候，省城发生了大战，因我没在省城，躲过了一劫。解放后，我参加了工作，现在的工作单位是统战部。"

母亲说："那么说，你是真的认识怀清了？"

李部长说："同班同学嘛！老人家，我多方了解，那些同学确实是集体被国民党征兵去了台湾。"

母亲长吸了口气："怪不得这些年连个信也没有。"

"老太太，想儿子了吧？"李部长微笑着。

"想！想！哪能不想？俺娘儿俩白天想，黑夜想，盼了十几年了，我头发都要白了，人都快想病了。你们有办法能让他回来不？他现在在台湾干什么？"母亲问道。

"他现在是国民党海军中校艇长，他们的舰艇就在大陆对面的金门前线，我们想让你去向金门那边喊话，告诉他跟着国民党没有出路，应及早弃暗投明，回到大陆来。"李部长说，"老太太，您老人家的话，儿子能听吗？"

"听！听！怀清是个孝顺孩子，娘的话他一定听，一定听！"母亲说。

"老太太……"

母亲已明白了两位干部说的话，说："你们不用说了，我愿意去喊，怀清会听我的话的。"

"老太太，你有这个觉悟很好。我们可以陪你到福建前线去。"

万荣不放心母亲独行，说："娘，我陪你去吧。"

母亲说："让她也去吧，这是我儿没拜堂的媳妇，等怀清等了十几年了。让她去劝上几句，怀清会更动心的。"

"好！"李部长看了万荣一眼，很同情地点了点头。

五十七 福建前线海岸

向对岸望去，海水茫茫，隐约可见对岸金门的影子。

高音喇叭在向对岸播送着京剧《四郎探母》选段：

杨延辉坐宫院自思自叹，

想起了当年事好不惨然！

我好比南来的雁，

失群飞散；

我好比虎离山，

受了孤单！……

万荣扶母亲站在海岸上。

李部长对她说："老太太，对面就是金门岛，你儿子就在那边国民党的舰艇上，你在这边喊话，那边就能听到。"

"能听到？"母亲问。

"能！那边干扰也无用。官兵们谁不想听听家乡亲人的声音。"

五十八 前线对台播音室

母亲在喊话："怀清，我儿啊！我是你娘！你听到了没有？我是娘！"她又转身问身边的李部长，"我的话他真能听到？"

李部长认真地点了点头。

母亲又继续在喊："……从那一年你去省城上学，娘就一直盼着你早日回来娶媳妇，想不到再也没了你的音信，娘想你想得好苦啊！"

五十九 金门前线国民党舰艇上

30多岁的国民党军人肖南急匆匆钻进艇长室，一连串地叫着："怀清兄，怀清兄……"

中校艇长孙怀清正怅然无绪地坐着，见肖南进来，忙问道："什么事？这么慌？"

肖南趋步向前悄悄说："怀清兄，你家伯母在对岸喊话呢！"

怀清一惊："我娘来了？"

肖南将一个袖珍收音机递到怀清手中："你听！"

收音机中传出母亲的声音："……怀清儿啊，娘想你要想死了！每天夜里，都是泪水将娘送入梦乡，噩梦陪娘熬到天亮，娘的泪早哭干了！这些年没有你的音信，娘都以为你不在人世了。现在才真正知道你当了国民党的兵，娘就赶来了。儿啊，这个兵咱不当了，还是早日回来吧，回来咱全家团圆。怀清啊，娘跟你说，万荣也来了，这些年一直盼着你回来娶她，这些年多亏了她陪着娘……"听得出，娘泣不成声了。

泪水从怀清眼中流出。

六十　福建前线对台播音室

母亲流着泪说："……怀清儿啊，娘就在大海这边，听说相距不远，可是娘看不到你！娘这辈子还能见到你吗？儿啊……"她哽咽难语了。

万荣坐在母亲的一边，她又喊起话来："哥……"她刚要说，就哽咽了，"哥！咱娘想你，我也想你，这些年你还好吗？我和娘盼着你早日回来，咱家的石榴，娘年年给你留着……哥……"

六十一　大海上

海水翻腾，波涛汹涌，拍击着船舷。

六十二　国民党舰艇上

怀清脸上的泪水流淌到下巴上，拿着袖珍收音机的手在颤抖。

收音机又传出母亲的哭声："儿啊，娘说话你听见了吗……"

怀清再也撑持不住自己，扑通跪在了地板上："……娘啊……"收音机也从手中脱落了。

掉在地板上的收音机中传出万荣呼喊的声音："娘，娘！你醒醒！你醒醒！俺哥能听到你的话的！能听到的……"

怀清明白母亲在那边昏厥了，急得他以头连连撞向地板："娘啊……你保重啊！娘啊……"

肖南赶忙去扶他："怀清兄，怀清兄，你冷静……不要让外边听到。"他又去将门掩了掩。

六十三　福建前线对台播音休息室

李部长对母亲说："老太太，你讲得很好，对去台湾的国民党官兵一定有所震动。"

母亲说："只要能让怀清早一天回来，我情愿天天来喊他。"

万荣为母亲擦了擦脸上残存的泪水。

李部长说："我们都做努力，祖国就早一天统一，你就会见到儿子了。"

"咱国家什么时候统一呀？我还能看得到吗？"母亲焦急地说。

"祖国是一定会统一的，人心所向嘛！"李部长说。

"俺们是白天黑夜的盼啊！"母亲说。

六十四　沟谷中万召成坟前

万荣跪在墓前，为死去的父亲烧纸，一边说着："爹，今天是你的祭日，万荣给你送纸钱，祝你在那边平安！爹，我还跟你说，怀清哥在台湾，不知什么时候才能回来，您老人家在天有灵，一定要保佑他，让他平安回来……"

万荣正述说着，突然从崖上跳下一个人来。万荣一看竟是刘狗子。

刘狗子嬉皮笑脸地向万荣走过来。

万荣慌忙站了起来："你……你……"

刘狗子一边向前走一边说："万荣妹妹，你别怕嘛，我只是想和你亲亲，你看这沟里又没有别人，是个多好的机会……来吧！"他说着，向万荣扑了过来。

万荣急忙后退："我要喊人了！"

刘狗子面容狰狞了："你喊什么？喊你是台属分子？告诉你，台属就是反革命，反革命就得受管制！你家这事我早就知道了，但我从不对外人讲，就是为的保护你！你要是不领我这份情，我就给你猛宣传，也可以带头批判你不老实！到那时候你休怨我无情无义！今天你若遂了我，今后有什么难处我帮你。"

"你……你要干什么？"万荣吓得话都说不顺畅了。

刘狗子扑上来抱住了万荣，将她按倒在地上，嘴里说着："我和你亲亲！"又用手去扯她的衣服。

"来人啊……来人啊！"万荣大喊起来。

刘狗子抽出一只手去掐万荣的喉咙。

万荣急了，顺手抓起一把沙土，扬到了刘狗子的脸上。

刘狗子正张着嘴说话，立时嘴里和眼里灌满了沙土。"呸！呸！"他一边从嘴里向外吐，一边去搓揉眼睛。

万荣拼命将刘狗子推倒，爬起身攀上了崖去。

刘狗子眼睛看不清，但知道万荣逃走了。于是一边揉眼一边骂："好你个小母狗，躲过了初一，逃不过十五，出不了我的手心！"他揉了半天，看没了万荣的身影，于是去坟前抓起万荣遗弃的供品吃了起来，一边说："老子享用！"

六十五　怀清家中

万荣回到家中。母亲看她眼睛挂着泪痕，面带惊悸，忙问道："荣荣，咋了。"

万荣扑到母亲怀里哭了："娘……刘狗子想欺侮我，他说咱是台属，又说咱是反革命。"

母亲长吸了口气："他是个无赖，咱惹不起他，躲着他。咱在队里好好干活挣工分吃饭，他要再欺侮你，娘就去跟他拼命！娘这苦也受够了！"

万荣在母亲怀里抽噎哽泣。

六十六　街口

万荣背着柴，和母亲走回家去。

街上有人指着她们母女的背影在议论什么。

万荣说："娘，人家好像在说我们。"

母亲说："人家的嘴咱能堵得住？咱娘儿俩本本分分做人，任他们说去。"

母女一直向前走，头也不回。

六十七　万荣家门口

走在前面的母亲刚迈进门口，走在后面的万荣就听到有人喊："站住！"

万荣一回头，刘狗子从那边过来了，直奔万荣跟前，一把抓住了万荣的手腕子，恶狠狠地说："你嫁给我吧！要是不同意，你家就得受管制！告诉你，老子是贫农！最穷最穷的贫农！是最革命的！"

母亲听到后面有人说话，一回头看到刘狗子的凶煞样子，立即喊道："刘狗子，你要干什么？欺负俺孤儿寡母……"她从门里冲了出来。

刘狗子看老太太向他拱着头撞了过来，这才松开手，悻悻地走了。一边走一边说："别以为老子管不了你！我去告你们不老实，看看你们受管制不？到时候别哭着鼻子来求我！"

万荣扶母亲走进门里，扑在娘的肩头哭了："要是没有您老人家，荣荣还能活吗？"

六十八　母亲房内　灯下

母亲说："荣荣，娘有话想跟你说。"

万荣向母亲身前靠过来，拉住母亲的手："娘，你说。"

母亲说："怀清这孩子还能不能回来，很难说，娘眼看着让你白白地空守一辈子，心里不忍。我看，你另嫁人吧，娘做主，陪送你。"

万荣握紧娘的手："娘，你怎么这样想呢？"

"怀清不回来，娘怕误你一生。"

"娘，我不！一旦怀清哥回来了……"万荣说。

"他要是有一天回来了，娘向他解释，就说他这些年不回来，娘怕误了万荣，便做主把她嫁了。我想，怀清也能理解。"母亲说。

"娘，怀清哥说过，一定回来娶我的，我得等着他。再说，我也说过，他不在家，我要照顾娘。"

"孩子，为照顾娘，你这命就更苦了。"母亲落泪了。

万荣也哭了："娘，是你收下我，救了我。你也救过俺爹，虽然他死了，那是受伤太重。俺爹临死对我说过，救命之恩，以命相报。"她扑通跪在了母亲面前，"娘，万荣不敢忘了爹最后的教诲，更不敢忘了娘的大恩大德，就算是怀清哥不回来，我也要伺候您老人家一辈子，娘，你答应我吧！"

母亲一把抱住她："我苦命的孩子，娘连累你了！"

"娘！"

娘儿俩抱作一团，哭成一团，哭得天昏地暗。

过了一会儿，母亲为万荣抹了把泪水，自己也抹了把泪，说："荣荣，娘越来越觉得下地干不了活儿了。"

万荣说："娘年龄大了，就该多休息。今后，荣荣一个人去干就行。您老在家守门望户，有娘在，荣荣就有依靠，就不孤单；有娘在，荣荣就觉得安全。娘，您一定要好好保重。"

画外音：母亲和万荣一天天小心翼翼地打发日子，唯有刘狗子纠缠不休。

六十九　碾台前

刘狗子拦住了前来压面子的万荣和母亲，要她们规规矩矩地站住。他跳上了碾台，挥着手向前来准备压面子的人及街上走着的行人吆喝说："你们都听好了，我现在正式宣布，因为孙老婆子和万荣不老实听从贫下中农的话，念念不忘逃台分子孙怀清，县里已决定对她们进行管制，让我直接监督她们。今后她们的一行一动，都得向我报告！"

下边的人听了刘狗子的话，都感到愕然。有人说："这件事，大队干部怎么没说呢？"

刘狗子说："大队干部是管大事的，她娘儿俩这点屁事，由我来处理就行了。"他又转向万荣和她母亲，"我的话你们听明白了没有？"

万荣和母亲低着头。

刘狗子："以后我说什么你们都得服从！"

七十　村口

两个男子向村里走来。

一位是腋下挟着公文包的县委统战部李部长，另一位是孙家沟大队党支部林书记。

李部长边走边说："林书记，有人到县里反映，说孙怀清的母亲和未婚妻万荣不老实，告她们与台湾有联系，今天我就是为这事来的。"

林书记有些惊愕："李部长，这个情况我还真不知道。你知道是什么人反映的吗？"

"他说他叫刘有子。"李部长说。

林书记微微笑了笑："噢——是他！"

"有这个人吧？"

林书记点了点头："有这么个人。他大名叫刘有子，村里人都叫他刘狗子。"

李部长说："他说自己是最穷最穷的老贫农，是最最革命的人。"

林书记说："村里人所以叫他刘狗子，就因为他好吃懒做，偷鸡摸狗，30多岁了也说不上媳妇，整天去纠缠孙怀清的未婚妻嫁给他。人家看他是个无赖，不愿跟他，他就到处说人家是反革命，不老实……"林书记一边说着，突然向前边一指，"那站在碾台上的好像就是他。"

七十一 碾台上

刘狗子还在继续讲："……你们不要以为我这是瞎说，告诉你们，我真的去过县里，是县委统战部李部长接见的我，说是要对孙老婆子和万荣进行看管，我这任务可是不轻哩。"

他正在讲着，猛听到背后有人喊："刘狗子，你又在干什么？"

刘狗子回头一看，紧张了一下："啊……是林书记。"

林书记指着同来的李部长说："知道这是谁？"

刘狗子忙跳下碾台，一边抓着头皮，十分尴尬地说："是……是李部长。"

李部长说："刘有子同志，你去县里反映情况，我可没对你说什么，因为你反映的情况是不是属实还没调查呢。我跟你讲过，孙怀清是孙怀清，家属是家属。说别人反动，要有证据，没有证据是不能乱说的。"

刘狗子把头低得很低，显得十分狼狈。

李部长又说："你这样胡揪乱斗，扩大了打击面，破坏了党的政策。"他转向林书记，"林书记，你们得对他多加教育，让他多学习。我看这事就由你们大队处理吧。"

林书记转向刘狗子："你跟我来。"

刘狗子跟着林书记去了。

李部长对万荣母女说："我送你们回家。"

七十二 万荣家室内

李部长对万荣母亲说："老人家，刘狗子这样做是很不对的，我已当众批他了，林书记还会教育他。你们是台属，你们为祖国统一做出过努力，你们去前线喊话，对台湾国民党官兵震动很大，据说，孙怀清现在已不在部队了。"

"怀清不当兵了？他现在干什么？"母亲问道。

"他现在具体干什么，尚不清楚。"

"不当兵了，该让他回来了吧？"母亲又问。

李部长笑了笑："老人家，没那么简单，因为两岸还没统一。"

"什么时候才能统一？怎么这么难啊？"

"咱们继续努力吧！"李部长说。

"您领导这么关心俺，有什么需要俺娘儿俩做的事，你就吩咐。"

"好！为了祖国统一大业，咱就努力再努力吧！那边有什么情况我会及时告诉你们，你们有什么事情可以找大队里林书记，也可以去找我。"

万荣再次为李部长倒茶，说："李部长，幸亏你来了，不然那刘狗子还不知要怎么折腾俺呢。"

母亲说："李部长是俺娘儿俩的大恩人，荣荣给恩人磕个头吧。"

李部长忙说："老人家，使不得，使不得！这不是我的功劳，是党的政策。"

母亲连连点头。

万荣说："谢谢李部长！"

画外音：自从李部长那次来过以后，刘狗子老实了许多，但他并没有死心。

七十三　山地里

万荣在割谷子。

远处传来喊话："万荣姐……有人进村找你们去了。"

万荣抬起头，向远方应道："知道了，我这就回去看看。"

她担起两筐谷穗向山下走去。

七十四　山坡小道拐弯处

刘狗子站在小道上，拦住了挑着谷穗的万荣。

万荣说："我要回家，你拦我干什么？"

刘狗子："当年我要你嫁给我，你不但不跟我，县里李部长还来批我。现在又 20 多年过去了，你也 50 多岁了，谁家还肯要你？只有我真心爱着你，一心等着你。你想好了没有？现在只有嫁给我了，咱俩……"

万荣着急地："你让开，我要赶快回家，家里来了客人……"

七十五　一处山梁上

二婶和儿子二牛在割玉米。二婶起身的霎那间看到了刘狗子在山道上纠缠万荣，忙说："二牛快去看看，刘狗子又要发坏！"她顺手向山道拐弯处一指。

年轻的二牛连跳三道崖子，向拐弯处飞跑了去。

七十六　山坡小道拐弯处

刘狗子还在拦着万荣不放，忽听背后有人喊："刘狗子！"

刘狗子回头一看是二牛："你……哪里冒出你来？"

"天上掉下我来，问问你在这里干什么？"二牛向他逼上来。

"我……我没干什么，这里不干你的事！"刘狗子说。

"俺家的鸡被你偷去吃了，我来找你算账！"二牛说。

"那不是我……"

粗壮的二牛一把扭住了他的衣领子，厉声说："是不是你？"

"哎哟！娘哎！我……今后不敢了！"刘狗子叫起来。

"告诉你，你要再敢欺侮万荣姐，我砸断你的狗腿！"二牛猛一推，推了他个跟头。

刘狗子爬起来还要向二牛理论，二牛一瞪眼，他赶忙灰溜溜地走了。

"二牛兄弟，谢谢你！"万荣说。

二牛说："万荣姐，这个癞皮狗要是再欺侮你，你告诉我，我揍他！"

七十七　怀清家门口

万荣担着谷穗走来，见一位约60岁的男子望着大门在喊话："家里有人吗？"

院内没人应声，男子正要徘徊，见万荣过来了，又问道："请问，这可是孙怀清先生的家？"

万荣说："对呀！"

男子说："我问了两声，家里没人应。"

万荣说："俺娘在家呢，她也许没听到，你请进吧。"

七十八　怀清家院中

万荣放下担子，顺手抹了把汗水，望着跟进的男子说："你是……"

男子看了看万荣："你是万荣小妹了？"又看到了从室内走出的怀清母亲，忙上前拉住手说："你老人家一定是孙伯母了？"

万荣："先生，您是……"

那人说："进屋说吧！"

七十九　母亲室内

男子没有落座就自我介绍说："伯母，我和孙怀清是同学，当年来过你们家，还一起去山上玩过。"他又看了看万荣，"你就是那个曾领我们摘山葡萄的小妹吧？"

万荣想起来了，惊问道："你是肖大哥？"

"对！我是肖南。"

"肖大哥，你这是从哪儿来？"

"从台湾来，我是来为怀清兄送信的。"

母亲怕自己听错了，将手招在耳旁："你从哪里来？"

"伯母，我从台湾回来探亲，捎来怀清兄的家信。"

母亲紧紧抓住他的手说："……你知道怀清？"

"伯母，你坐下听我说。"肖南说。

万荣端茶给他，说："肖大哥，你也坐下。"

肖南说："当年，我们全体同学被国民党强征当兵，事情发生突然，谁也未能与家中进行联系。那时正赶上国民党军队节节败退，从江北退到江南，从江南退到台湾，我们从此与大陆亲人天各一方，音信全无。"

"我和娘去福建前线向金门喊过话，不知怀清哥知道不？"万荣说。

"知道。"肖南说，"当时，怀清兄是艇长，我是参谋。尽管台湾当局对大陆的广播多加干扰，不准偷听，但我们还是偷偷地听。是我先听到了伯母的喊话后告诉怀清兄的。怀清兄听到母亲在对岸哭喊，他哭了，我也哭了。"他抓住了怀清母亲的手，"伯母，你想想，我们能不想家，能不想娘吗？怀清兄当时那个难过呀，唉！怎么说呢？他想大哭，但不敢放声呀！"说着，肖南眼里又涌上了泪水。

母亲和万荣都流泪了。母亲说："怀清啊，娘知道儿不会变心……我儿难啊！"

"娘，让肖大哥说。"万荣说。

肖南说："我们心里那个苦，那个痛啊，比用刀剜还难受，但在人前不敢流露，只能装作什么也不知道，什么也没发生。可是，上峰很快知道了，因为害怕怀清兄叛逆，将他的艇长撤了，把我们先调回台湾岛上，又很快削职为民了。以后，我去了台南经商谋生，怀清兄去了一家文具厂。各人努力打拼，还能维持生计。我那企业经常与日本商家打交道，这次就是利用去日本进货的机会转道回来的。"他伸手从怀里边摸出一个布包，"这是怀清兄的家信和照片。"

母亲抖动着手去接，一边呼万荣："快给我拿老花镜来。"

万荣将老花镜给她戴上。两人小心翼翼地将布包打开，先看到了怀清的照片。母亲立即捧在手上，仔仔细细地端详起来，说："荣荣，你看，这是你哥，是你哥！双眼皮，大眼睛，没有大变，只是……老相多了！"

万荣说："40多年了，俺哥都快60岁了，能不变老嘛。"

母亲捧着照片，紧紧抱在了怀里，颤抖着声音叫了一声："儿啊……"她极像是抱住了怀清本人。

万荣说："娘，俺哥还有信呢！"

母亲这才意识到手中还有封信，她又问肖南："这信是怀清写的?"

肖南："伯母，是怀清兄亲自交给我的。"

八十 台湾孙怀清室内

怀清流着泪将封好的信捧给肖南说："老弟，你转道日本若真能回得了大陆，务请代我看望老母，将详情告知。信中仅写数语，为防检查，不便详述。"

肖南接过信，十分郑重地说："请兄放心！"

八十一 怀清母亲室内

母亲将信又交给肖南："我和荣荣不识字，你给念念，看怀清说了些什么?"

肖南展信，于是传出怀清的声音：

"……娘，儿在海峡的另一边，向娘磕头，为娘祈祷，祝娘健康长寿……"

母亲泪水又流下来了，泪眼望着照片："儿啊……"

怀清的声音继续着：

"……怀清今生对不起荣妹了，其罪难赎……娘，你和荣妹都要好好保重。现在的政策有些松动了，一旦准许，儿将立即回家看娘。儿的详情，请肖南弟面告。"

母亲的泪水滴到照片上，她一边用衣袖去擦拭，一边说："儿啊，娘的眼都哭瞎了！"

万荣也在一旁拭泪。

肖南说："荣妹，这有件事，大哥得告诉你。"

万荣望着他，等他说下去。

肖南说："怀清兄在那边组织了个家。事情是这样的，他本来去一家文具厂打工，老板看他人品好，做事扎实，要招赘他做自己独生女儿的女婿，怀清兄说及老家有了荣妹，坚决不答应。以后眼看回大陆无望，在多人劝说下，他才入赘了。再以后老板死了，文具厂就成了他两口子的了，生有一双儿女。只是那位嫂夫人，身体不好，前年过世了，所幸儿女都已长大，各人自立，怀清兄也就没有什么负担了。"肖南说完又看了看万荣："荣妹可不要记恨怀清兄，那实在是没有办法的事情。"

万荣并没有表示反感，只是平静地说："俺哥这些年总算有人照顾，现在身体可好？"

"还好！只是想你们想得太苦，每次酒醉，大哭一场。"肖南说。

母亲说："你回去告诉他，娘想他，万荣想他。俺娘儿俩苦熬苦盼等着他。"

肖南看了看这母女俩，十分动情地点了点头。他要走了，又猛地跪在了母亲面前说："伯母，我与怀清情同兄弟，你是我们的母亲，我代表怀清兄给您老人家磕头，回去告诉他，就算是他给您老人家磕头了，您老保重！荣妹保重！"

八十二　怀清家院中

阳光灿灿。

母亲戴着花镜又在看怀清的照片，一边看一边说："……儿啊，你跟娘说句话呀！"

八十三　母亲房内　夜

窗口透进月光照着熟睡在床上的母亲。

母亲在梦中发出呓语："……怀清……娘可找到你了……可找到你了……娘抱抱你！"她在梦中将被子当成儿子紧紧抱在怀里，眼角还挂着泪珠。

八十四　厨房

万荣一边为母亲盛饭，一边说："娘，我听见你夜里又喊俺哥了。"

母亲："娘这些天夜夜都梦见他。"

万荣把饭端到母亲桌前："娘，你好好保重身体，等俺哥回来。"

母亲拿起筷，却没有吃，说："有人说王家沟有个姓王的从台湾回来了，你哥怎么还不回来呢？"

万荣说："也许快了，那天县里李部长来看你时，说台湾又有些退伍老兵要回大陆探亲，说不定就有我哥，我们等着吧。"

母亲："他回来了，你们就结婚，反正他那边的女人也没有了。"

万荣面露苦涩："娘，我们都这把年纪了……"

"年纪再大，娘也要看着你们成亲，不然的话，娘死了也合不上眼啊。"

万荣把手中的饭碗放下，扑向了母亲的肩头："娘……"她痛心地哭了。

八十五　万荣室内

万荣进入了梦乡。

梦中的她身穿大红嫁衣，头顶红盖头，正在香案前与怀清拜堂。

院门和窗上都贴上了大红喜字，母亲笑着接受村民们的祝贺。

鞭炮炸响了，院子里一片火红，一片欢乐。

……

梦中的万荣拉着怀清的手。

怀清将她紧紧抱住。

万荣好激动："哥……哥……"

一声鸡鸣，将万荣从幸福的梦境中唤醒，却听到母亲在套间里喊："怀清！怀清！"

万荣起了床，向套间走去。

八十六　套间

万荣轻轻拍了拍睡着的母亲："娘！娘！"

母亲醒了，急问道："你哥真回来了！"

"娘，你又在做梦呢。"

母亲叹了口气，哀怨地说："这个怀清啊，为什么总到梦里骗我呢？"

万荣倒了杯水端给母亲，说："娘，你身上又出汗了，喝杯水吧。"

母亲："娘这些天总梦见你哥，人说梦是前兆，也许他真的要回来了。他若回来，还认识这家门不？他从哪条路上来？我想还是走南岭上那条路吧？"

八十七　南岭小道

母亲拄着拐杖，迈着小脚，艰难地向岭上走去。

八十八　南岭大槐树下

母亲坐在石头上，又一次从怀中摸出怀清的照片，极力睁大昏花的老眼观看着，对着照片自语："怀清，娘在这里等你！"她抬头望向远方，望着望着……眼看见怀清走来了，她笑着站了起来，就在她眨眼的瞬间，眼前又什么也没有了。她又坐了下来。

一阵山风吹过，落叶掉在母亲的头上。

空中大雁互相呼唤着向南飞去了。

画外传来儿歌声：

九月秋风凉，

树叶绿变黄，

空中雁叫阵，

地上人断肠！

高空雁阵远去了，母亲还是不肯收回目光。

夕阳西下，晚风起了，撩起母亲的衣角和稀疏的白发。

万荣上山来了，说："娘，你又在这里等了一天，这已经一年多了。"

母亲："娘有这么一颗心，不信就等不了你哥回来！"

万荣："娘，以后秋凉了，风冷了，你不能再上山了。"

母亲："你说天上的大雁看见我在这里等着，能捎信给你哥不？"

万荣无奈地摇了摇头，搀起母亲："娘，回家吧！"

八十九　母亲的套间

母亲坐在床上，咳得厉害。

万荣侍奉她喝了水，又扶她躺下。

九十　厨房

万荣在熬药。

二婶来了："万荣，这是给你娘煎药？这几天好些了没有？"

万荣愁苦地摇了摇头："这几天不但没见好，眼也看不清了。"

二婶："看来病得不轻啊！这把年纪扛不住病了，我去看看她。"

万荣："她这阵子刚刚睡着。"

二婶点了点头，表示理解地"噢——"了一声。

九十一　母亲的套间

万荣端着汤药轻步走进来，看见母亲手在不停地动，上前说："娘，喝药吧！"

母亲似乎没听到万荣的问话，两手仍在枕边乱摸。

"娘，你要拿什么？"

"怀清……的相片。"

万荣放下药碗，赶忙将一旁的相片放到母亲手上。

母亲两手捧着相片，放在眼前，不断地睁眨着眼睛，焦急地说："我这眼怎么看不清了呢？这可是你哥的相片？"

"娘，是我哥的相片。"

母亲用手在相片上触摸了一阵子，将相片贴在了胸口上。她多皱的脸上露出欣慰，干瘪的嘴中发出喃喃的声音："儿子……儿子……娘要走了，你跟万荣好好过……好好待她，这……孩子苦啊……"

"娘，娘！"万荣扶住母亲抖动的手，泪如雨下。

母亲紧紧抓着照片，另一只手又在摸索什么。万荣明白，忙将怀清的那封信递到她手上，说："娘，这是俺哥那封信。"

母亲将照片和书信紧紧抱在胸前，嘴唇又抖动起来。万荣俯下身去，听到母亲极微弱的声音："……儿子……怀清……"声音渐渐地弱下去，弱下去……母亲的头一沉落，撒手归去了。

"娘啊……"万荣惊呼不止，母亲再不睁眼。

万荣哭得死去活来："娘啊，你走了，荣荣还靠谁啊？娘啊！"

九十二 去南岭的路上

乡亲们抬着灵棺为母亲出殡。

万荣披麻戴孝，代孝子怀清执哀杖，大哭着为娘的灵棺引路，"娘啊，您老人家一路走好，荣荣为您引路。"

抛撒的纸钱漫天飞舞。

村民们为万荣的哀痛所感动，许多人在擦拭眼泪，同情地说："老人家想儿子想痴了，想死了！"

二婶说："大嫂天天去南岭，那块大石头都被她坐矮了，山道被她踩平了，小道踩成了大道。"

又有人说："可不是怎的。"

九十三 公路上

一辆轿车在飞驰。

九十四 车内

坐着两位花甲男子。

其中一位是统战部李部长，看得出他也苍老了许多。他对身边的男子说："怀清兄，我们一别40多年过去了，现在1990年了，我们都变成老翁了。想想当年你可是我们医专的美男子啊！"

"旧事不再重提了吧！还是你幸运啊，想不到当年令尊大人谢世，倒荫庇你躲过了一场灾难。"说话的这一男子就是孙怀清，他也老了。

李部长说："解放后，许多同学的家属去向我打听你们的下落。你想，谁不为自家的亲人着急呀，可是我也不知根底呀！以后从多方面了解到你们被集体征兵去了台湾。这些年，我一直在做统战工作，对你们的家属情况了解较多。亲人盼团聚，民族盼统一，这一点，我体会至深。肖南回来时，我也去看过他……"

"肖南回台说知家乡情况，令人更加思乡心切。"孙怀清悲切地说。

"怀清兄你总算回来了，这可是大喜事！"轿车拐上一条岔道，李部长向左前方一指，说："怀清兄，那就是你们孙家沟了。"

孙怀清立即睁大了眼睛。

九十五　道路两侧

田野碧绿，远处青山巍巍。

九十六　车内

孙怀清感慨地说："我们这沂蒙山确实是好地方！山清水秀，我做梦都想。"

李部长看了看孙怀清："怀清兄，现在要到家了，有件事，我还是跟你说了吧。就是……你家伯母去世了。请兄一定要保重！"

孙怀清脸色陡变："怎么？我母亲没了？"

李部长："去世 5 天了。"

孙怀清神情立时呆滞了。

九十七　怀清家大门前

轿车停下了，李部长和孙怀清走下车。

孙怀清看了看门前高大的银杏树，说："没错，这就是我家。"他看到门板上贴着白纸，急忙上前敲门。

门开了，身着孝服的万荣出来了，问了句："先生找谁？"

孙怀清叫了一声："你是荣妹？"

"先生是……"

李部长上前说："孙怀清先生回来了。"又说，"孙兄，你到家了，一路劳顿，好好休息，尤其要节哀保重！过几天我再来看你。你方便时去我那里做客。"又转向万荣，"也希望你好好保重，照顾好孙先生。"他握别了孙怀清和万荣，钻进轿车走了。

万荣定定地看了看眼前的孙怀清，哭着一头扑上来："哥，真是你回来了！"

怀清抱住她："荣妹，是哥，是哥回来了。咱娘……"

万荣拉了他赶快进家。

271

九十八　室内

母亲披着黑纱的遗像挂在正面墙上，案上摆放着祭品，燃着香烛。

怀清："咱娘……真走了?"

"娘走了5天了，她一直喊着哥的名字。"

怀清望着母亲的遗像，难过极了，扑倒在供案前，号啕大哭："娘啊……"

万荣也陪着哭了一阵子，又去给怀清倒了杯水，拉起他说："哥，娘埋在南岭上，你歇一歇儿，我陪你去看她。"

"娘埋在南岭上?"怀清说。

"这一两年来，娘基本上天天上南岭，等着哥回来，她没了，就把她埋在岭上了。"万荣说。

怀清放下水杯，说："去看娘。"

九十九　去南岭的路上

怀清向岭上奔跑。

万荣也在跑。

怀清一边跑一边撕心裂肺地哭喊："娘啊，儿子来晚了……"

一〇〇　南岭大树下石头旁

万荣指着石头说："娘经常坐在这儿盼着哥回来。"又指了指旁边不远处，"那就是娘的新坟。"

此处离新坟有数十米远，怀清扑倒在地，一边向坟头膝地爬行，一边哭喊："娘啊！儿子不孝啊……娘啊……"

一〇一　母亲的坟前

万荣先行一步，跪在母亲的坟前，向母亲报告说："娘，俺哥回来了！俺哥回来了！"

怀清爬到母亲坟前，长跪伏地，抓起两把黄土，击打着自己的额头，"娘啊，儿不孝啊……娘啊，儿来晚了！"怀清以头撞地，哭昏过去了。

万荣抱住怀清的头："哥，你醒醒！你醒醒！"

怀清缓缓醒来。

万荣看天晚了，说："哥，咱回家吧！"

怀清说："不！我要在这里陪娘。"

万荣说："哥，你的心我知道，你要陪娘，我就和你做伴儿。"

"荣妹，我知道你和娘都苦……"两人于是边说边哭。

"哥，那年我和娘去省城找你……"

（回忆）

母亲拄着拐棍，艰难地行走……

万荣背着母亲走……

万荣和母亲在碾棚里过夜……

万荣和母亲在柴垛里度过年夜……

怀清说："本来说让我们去城外躲避战火，谁料出城不久就强迫我们穿上军衣当兵。那时我们心里急，也知道家里着急，但没有机会写信，也没有办法寄信，只有跟着国民党军队南逃。"

万荣说："咱娘没有一天不想你……肖大哥捎信来以后，娘天天看你的相片，夜里都是抱着你的相片和信睡觉，经常在夜里唤你……哥要是能早回来几天，让娘看你一眼多好！"

怀清："办手续太麻烦，关卡多。一旦成行，我是急急往回赶，谁想还是晚了！"他望着母亲的新坟，眼前出现母亲盼儿归来，双眼望穿的画面，他直觉心如刀绞，张开双臂又扑到了坟上，大哭道："娘啊，再抱抱儿啊……娘啊！再抱抱儿啊……"

他们在坟前边哭边说，边说边哭。

月亮落下去了，他们还在说。

星星隐去了，他们仍在说。

太阳出来了，他们跪在坟前磕头。

乡亲们拥上山来了，他们要迎接怀清下山去。

一〇二 下山的道上

林书记和村民们陪着怀清下山。他们一路走一边向怀清述说。

在一位长者述说中，怀清眼前出现了万荣披麻戴孝，手执哀杖，引领母亲出殡，哭得死去活来的画面。

怀清脸上泪水交流。

刘狗子也来到怀清身侧，说："怀清兄弟，还认识我不？我是你狗子哥。"

"噢……狗子哥！"怀清说。

"听说你在那边发财了，回来可别忘了我呀！"刘狗子说。

旁边的二牛听到了，说："刘狗子，你还有脸说话了？"

刘狗子赶忙退到后边去了。

一〇三　怀清家室内　灯下

怀清紧握着万荣的双手，动情地说："荣妹，乡亲们都说了，没有你，咱娘活不到这样高寿。你是代哥尽孝的，哥不知该怎么谢你！哥是个不孝之子，不仅对不起娘，而且误了你的一生，哥是个有罪之人！"怀清眼含热泪。

万荣说："哥，这些年，你难以想到咱娘是如何地盼你，想你。唉！都过去了，娘也走了，就不多说了吧，今后你也要保重，也是个上了年纪的人了，只要你好好的，娘在天有灵，也会高兴的。"

怀清只是泪下，无言。

万荣拿毛巾让他擦泪。

怀清说："荣妹，哥并没有忘了许下的诺言回来娶你，可是……"

"哥，我懂，那不是你的错，我不怪你。"

"荣妹，让哥晚年补偿一点儿吧。在那边，我是一个人了，经济上还可以，跟哥去台湾吧，让哥照顾你。"怀清拉着万荣的手，说得十分诚恳。

"这……"

"这边将门锁了就行了，或让邻居们过来居住。"怀清进一步谋划起程的事。

万荣说："哥的心，哥的情，万荣领了。但是我不能走，我走了，谁给咱娘上坟？咱娘一辈子太不容易了，又那么疼我，今后逢年过节的，我得去她老人家坟前烧纸，让娘在那边过得好好的。"

怀清听她说的话，更加感动了，抱住了她："荣妹，哥怎么报答你对娘的这份孝心？"

万荣仰起脸望着怀清："哥，咱是一家呀，还说什么报答呢。"

怀清说："荣妹，哥今辈子不能对妹相报于万一，就惭愧死了，活瞎了！妹忘不了娘，哥就回来吧，咱们一起给娘上坟烧纸。"

"可是，那边……孩子们……"

"孩子都大了，自立了，咱这边的情况，我会向他们讲清楚。孩子会通情达理的。"怀清说。

万荣感到好欣慰，她抱住了怀清的肩头："哥！"

"哥想今后多照顾妹一些。"怀清说。

"哥不是负心汉，不要太自责，万荣知道，那是没有办法的事。"

怀清说："我得回台湾一趟，把事情安排一下，把工厂交给儿子，然后就回来，咱平下心一起过日子，让我有机会为妹做饭，沏茶。"

万荣说："哥，有你这句话，妹苦熬的那些年，都值了。"

一〇四　母亲坟前

怀清和万荣在坟前磕头。

怀清说："娘，儿子回台湾一趟，很快就回来，和荣妹一起过日子，一起来给您老烧香送纸钱。"

万荣："娘，您保佑俺哥来去顺利。"

一〇五　南岭上

怀清远去了。

万荣还在望着他。

一〇六　怀清家院中

树上的石榴又熟了。万荣采摘了几个大的，自言自语道："这些大的给怀清哥留着。"忽听到空中雁又叫了，她望了望天空，发出心声："怀清哥回去半年了，该回来了吧？"她拿着石榴正向屋里走，突然听到大门口有人喊："这是万荣的家吗？"

万荣一回头，见是送信的邮差。

邮差拿出一封信说："这是从台湾寄来的信。"邮差交信给万荣接着就走了。

一〇七　孙家沟小学

万荣拿着信对一位女教师说："老师，请你给我念念这封信。"

年轻的女教师展信开读，立即传出一个男青年的声音：

万荣阿姨：

您好！

我叫阿义，是孙怀清先生的儿子。

父亲回籍探亲回来后，心畅神爽，犹如年轻了十几岁。他滔滔不绝地向我和小妹讲述了个人经历和咱家的历史。我们第一次听到父亲这样完整地讲述，太感人了。我们的家史是一部凝聚着血泪的大书，我和妹妹都哭了……

一〇八　台湾孙怀清家中

怀清在激动地讲着。

在一对男女青年因为难过而抹眼泪的画面镜头上，传出孙怀清痛心的画外音：……我对不起你们死去的祖母，对不起你万荣阿姨，她……她本应是你们的母亲……

孙怀清流着泪，说："她现在还在独守着，按时给你祖母祭坟……"他唏嘘了，"……为父这些年一直经受着痛苦的煎熬……又有谁能理解……"他哽泣难语了。

一双儿女潸然泪下。

一〇九　孙家沟小学

女教师在继续读信。

在海水翻腾的画面上，继续传来阿义的画外音：

……父亲特别讲到您本该是我们的母亲，时局却造成了今天的结局。父亲唏嘘不已，他说对不起祖母，对不起您！您是在那样艰难的情况下，代替父亲和我们晚辈为祖母养老送终的。您的不幸，令我们同情；您的高尚，让我们尊敬。尽管您不是我们的生母，我们还是诚心诚意地想认您为母亲，让我和妹妹发自肺腑地叫您一声："娘！"

万荣听着听着，眼泪在腮上滚淌。

女教师也被感动得热泪盈眶。

一一〇　台湾孙怀清家中

阿义在灯下奋笔疾书。传出心声：

父亲回来后，就忙着处理一些事务，准备回大陆去。我和小妹非常理解父亲的心情，完全支持他的决定。我们晚辈的最大心愿就是希望你们晚年幸福安康！但是，父亲也许是由于心情过于激动，又加上有些劳累，就在动身要回大陆的前天夜里突患脑血栓，住进了医院……

一一一　孙家沟小学

万荣抬起满是泪水的脸，急问道："怎么着？他病了？严重不？"

女教师又继续读信，于是又传出阿义的声音：

好在病情不太严重，只是这种病治疗缓慢……现在已有好转……

万荣又急问道："信上说他好些了？"

女教师点了点头，再继续念信。又响起阿义的声音：

……儿知道娘一定很挂念父亲，所以决定先行回去一趟，为我从未谋面的祖母扫墓，同时看望您——我从未谋面的娘亲。娘也许会觉得儿生在台湾，何以对大陆这么亲？因为儿的根脉在大陆，这是任何锋刀利剑都割不断的！儿已决定回去祭祖认娘！

万荣听着听着，激动得掩面而泣，几欲放声了。泪水从指缝里流出来。

女教师拿了块毛巾让万荣擦泪。说："您老也要好好保重，阿义说是很快就要来看您了。这可是天大的喜事，您好人有好报！"

万荣抬起泪脸点了点头。

一一二　南岭上

春风浩荡，山川绿了。

万荣坐在南岭大树下那块石头上，手里拿着阿义的来信，凝望着南天。发出心声："都说大陆和台湾隔的很近，可我总觉得好远好远！"她看了看群山，又发出心声："春天到了，山花开了，大雁回来了！"

高空中，大雁正在回归。雁阵越来越近了，越来越近了。

远处走来一位青年。万荣睁大眼睛，发出心声："是儿子阿义来了吗?"

在她前去迎接的画面上，出现字幕：剧终

沂蒙女人

故事梗概

抗日战争时期，沂山妇女王爱华对八路军侦察员郑为民有救命之恩。解放后，担任过县、市领导的郑为民曾多次看望王爱华大嫂。有一年，前去看望王嫂时，得知她的独子病重，无钱医治。郑为民立即伸出援手，帮她家渡过难关，治好了王嫂儿子的病。这使王嫂和她的儿子、儿媳陈厚兰万分感激。

王爱华去世后，陈厚兰夫妇依旧念念不忘郑为民的救助之恩，常以大恩未报为憾。当得知郑为民的儿子受伤住院，儿媳前去护理丈夫，无暇照顾高龄的公爹时，陈厚兰和儿子毅然前来照料。郑为民因为高龄已失去对陈厚兰的记忆，其儿媳虽不认识陈厚兰，但对她此时的到来却是十分感激。只有她的姐姐唯恐多支付保姆费而百般挑剔，煞费苦心地算计。郑老的儿子出院后，陈厚兰母子要辞行时，坚决不收保姆费，说明母子是前来报恩的。这令郑家儿媳的姐姐无地自容。这时，年迈健忘的郑为民也终于忆起这就是救命恩人王嫂的儿媳。两家人从战争年代结下友谊，数十年来，恩恩相报，体现了军民鱼水、干群和谐、人与人之间互帮互助的美好心灵。陈厚兰母子盛邀郑为民故地重游，郑为民很激动，极想再去恩人王嫂坟前祭拜。

旭日东升，在家人扶持下，似乎年轻了许多的郑为民乘上了进山的车。在环山道上，他看到今日沂山美丽如画，高兴不已。在王爱华墓前，更激起了郑为民深深的思念。

电影文学剧本

一 市委机关宿舍楼一楼 郑为民卧室

一位老翁坐在床上，举止形态和眼神已有些迟钝了。他叫郑为民，一位离休干部。

一位50多岁的中年妇女喂郑为民吃了饭，将碗勺放在床头柜上，又为他解掉围在胸前的兜巾。转首一看，电子表已亮出8：00，她急忙拨打手机："喂！老同学，我是周晓，我现在还在家中脱不开身，医院马上要查房了，你家离医院近，我想麻烦你再去一趟医院，帮我照看一下成国。一会儿，我大姐周会过来照看我爸，我就去医院替你……好，谢谢了！"她接着又拨打手机，"大姐，你……"

叮铃铃！客厅的电话铃声传了进来。周晓又转向客厅。

二 郑家客厅

周晓摸起话机："噢，是黄家峪黄书记……你给我找到保姆了？这两天就到？太好了，太好了……保姆姓陈……"

这时，一位中年妇女提着一桶蜂蜜和一兜新鲜水果推门进来了。

正在接电话的周晓点头用眼神打了个招呼，做了个请其落座的手势。

进来的女人一听电话是在说找保姆的事，立即上前说："让我跟他说吧！"她接过了周晓手中的话筒，"黄书记，我是陈厚兰。今天一早我就去乘车，现在已到郑家了。"

电话里传来一个男子的声音："你去得好快呀！我才要打电话告诉周晓呢，你到了，我就放心了。周晓呢？"

周晓拿起暖水瓶正要为陈厚兰倒水，听黄书记在电话上找她，忙过去接过电话："……黄书记，不用介绍了，你找来的保姆，我放心！"她将电话挂了，转身对陈厚兰说："黄家峪是我丈夫成国他们单位帮扶过的村子，现在村子富了，那黄书记每到市里办事，都要过来坐坐。这次幸亏他请你来……"她说着又要为陈厚兰倒水。

陈厚兰止住了她："我不渴。黄书记没来得及向你介绍，我自己说一说吧。

俺娘家和黄书记同村，昨天我回娘家听黄书记正着急为郑老找保姆，又听说这边有住院的，我回家和俺男人说了一声，今天就赶过来了。我叫陈厚兰……"

周晓看电子表已亮出 8：30，着急地说："你不用多说，黄书记让你来，我信得过。"她又看了看陈厚兰，"看样子，你比我大，就叫你陈嫂，好吗？"

陈厚兰笑了："那我就喊你周大妹子。"

周晓说："太啰唆！干脆喊我周晓或周妹。"

"行!"陈厚兰喜欢痛快。

周晓说："家中这情况，你一看就会明白，老人需要照顾，现在我丈夫成国为抢救横过马路的儿童，头部受伤又住了院，我真是顾了这头顾不了那头。陈嫂，你来了就好了，我多在医院那边照顾成国，家中照顾老人就让你多受累了。"

陈厚兰："放心! 家务活我会做。郑老是革命功臣，我一定照顾好老人家。"

周晓："你了解我家老人？"

陈厚兰："俺老家沂山那边，至今还流传着郑老当年打鬼子的故事呢。"

三 郑为民卧室

周晓向反应迟钝的公爹介绍说："爸，这是咱家新请来的保姆。"

郑为民也许听懂了儿媳的介绍，目光缓缓地转向陈厚兰。陈厚兰笑着叫了声："郑老，您好!"

郑为民微微点了点头。

周晓说："老人家 90 多岁了，反应慢了，陈嫂多担待。"她接着转身出去了。

陈厚兰摸着郑为民的手，正要跟他说什么，周晓又回来了。她拿来一个信袋，说："陈嫂，这些钱供买饭菜和水果，出门向东不远就有超市。至于保姆费，我不会亏待了你。"她将信袋放在桌上。

陈厚兰淡淡地一笑。

周晓又说："陈嫂，你捎来的东西，到时我一并付钱。"

陈厚兰说："那是自家养蜂产的蜜，我不要钱。"

周晓又看了看电子表，焦急地说："陈嫂，我要去医院了，回来再说话。"她拿着手机，一边向外走一边打电话，"大姐，你要是忙，就不用急着过来了，我家保姆来了。"

四　周会家中

一个胖女人在接电话："你们这么快就找到保姆了？是个什么样人？好好考察考察没有？可不能因为急着用人，就随便找个人来。"

周会的丈夫听妻子在电话上教育周晓，用手点了点她："你呀！你呀！总是觉得自己聪明呀！"

五　公交车站

周晓对着手机："大姐，咱以后再说，公交车过来了，我要上车了。"

六　郑为民卧室

陈厚兰沏好了茶水，端向郑为民，说："郑老，您喝茶。"她端着杯子让他喝了茶，又说，"郑老，您若没有别的事，我去擦地板。"

郑为民看了看她："啊……啊……"

陈厚兰正擦着地板，听到郑为民咳嗽，又马上过来为他捶背，再去为他倒茶。待郑为民稳定了，她看到电子表亮出 11：00，说："郑老，您想吃什么？我去做饭。"

郑为民望着她："啊……啊……"用手向厨房那边指了指。

陈厚兰点了点头："我知道了。"

七　周会家中

周会在打电话："……我刚才想了又想，保姆刚进门，你把家里这一摊子全撂给她，你放心？中午不回去看看？"

周会丈夫生气地说："郑家聘你当管家了？"他扔下一句话，气嘟嘟地出门去了。

八　医院走廊

周晓在接电话："我这边脱不开身，抽时间再回去吧。"

一名护士过来说："周阿姨，你家病人要小便。"

周晓对着手机："姐，我先挂了。"

九　周会家中

周会握着话筒："喂……喂……想提醒提醒你，又挂了！你……"她无可奈何地将话筒放下了。

十　郑家室内

一位漂亮姑娘推门进来，先进了郑为民的卧室，到床前叫了声："爷爷！"郑为民应了，她又向厨房走去。

十一　郑家厨房

陈厚兰刚将炒好的菜盛进盘，姑娘进来了，她说话很爽快，上前对陈厚兰说："你就是陈妈了？我妈打电话说了，你来了，我爷爷有人照顾了，我也有热饭吃了。欢迎你，陈妈，我叫彩虹。"姑娘颇有礼貌。

陈厚兰说："彩虹姑娘，我初来乍到，不熟悉这里的情况，有做不到的，你多提醒我，我会尽力的。午饭做好了，你先去吃，我去喂爷爷。"

"谢谢陈妈！"郑彩虹接过饭菜，去了餐厅。

十二　郑为民卧室

陈厚兰端着饭菜来到郑为民床前，先将罩巾围在他胸前，便一勺一勺地喂汤喂饭。

郑为民指了指饭菜，又指了指陈厚兰。

陈厚兰明白了他的意思，说："郑老，你先吃。你吃好了我再去吃。不用急，慢慢吃。"她刚喂郑为民吃了两口，又听到客厅电话铃响，忙说，"郑老，我去接个电话。"

十三　郑家客厅

陈厚兰摸起话筒就听到传来周晓的声音："陈嫂，做饭的那套炊具在厨房里，你有找不到的，就打电话问我。"

陈厚兰笑着说："你放得很有秩序，我用上了，午饭做好了，彩虹姑娘回来了，我正在喂郑老吃饭呢，你放心好了。"

十四 郑为民卧室

陈厚兰继续喂郑为民吃饭。

郑彩虹进来了，说："陈妈做的饭很好吃，我吃饱了。爷爷，陈妈，我要去学校了。"

"去吧！听说你正准备考研究生，好好学，祝你考出个好成绩。"陈厚兰说。

"谢谢陈妈！"郑彩虹出门去了。

陈厚兰看郑为民吃好了，说："郑老，你坐一会儿，我去收拾一下。"

十五 郑家院中

陈厚兰在院子里洗拖把，肥胖的周会进门来了。陈厚兰礼貌地笑着问道："我初来这里，不知怎么称呼您？"

周会看了陈厚兰一眼："我是彩虹的姨妈，老爷子认识我。"她不待陈厚兰相让，便径自向室内走去。

陈厚兰只得放下拖把，跟了进去。

十六 郑为民卧室

周会走到郑为民床前："老爷子，我是周会。"

郑为民看了看她，没有什么表示。

陈厚兰说："你请坐，请坐！"

周会不客气，将丰满的屁股塞进了一侧的沙发里，又瞟了陈厚兰一眼："你是新来的保姆？"

"是。"陈厚兰微笑着。

"听说你姓陈？从山里来？"周会脸上露出对山里人颇为不屑的神色。

"对，我是沂山那边的人。"陈厚兰不卑不亢。

周会看了一眼桌上的上等黄金梨、寿桃等水果："哟，买的水果不少呀，还都是上品！"

"应让郑老多吃点儿水果。"陈厚兰说。

周会打量着陈厚兰那饱经山风吹拂、黑中透红、略显粗糙的面容："今年六十几了？"

陈厚兰又笑了笑："俺山里人显老，我今年连虚岁55。"

"55岁？"周会盯着陈厚兰，不太相信，"真是55？比我还小呀。"

陈厚兰又是一笑，接过话说："那我就叫你大姐了。"

周会还是盯着她："在家伺候过老人吗？"

"伺候过孩子的奶奶和姥姥。"

"会做饭吗？做得怎么样？"

"会做庄户饭。"

"像你们在农村只会摊煎饼蒸馒头不行，城市的饮食讲究多样，水饺、煎包、馅饼、油条、花卷、发糕……各种饭食都得会，而且要做得可口。"周会说。

陈厚兰未置若否，只是点了点头。

"还有炒菜，不仅讲究色、香、味，更要讲究营养，过烂了不行，太生了也不行。要懂得掌握火候……"周会在滔滔不绝地教育陈厚兰。

郑为民虽然语言表达和记忆力大不如前了，但思维还是较清醒的，他一向为人谨慎，尤其尊重别人。对周会咄咄逼人地询问，他觉得太不礼貌，急得他几次蹙眉想制止，但他嘴巴不听使唤，焦急得摇头也表达不出来，只是望着周会，紧皱着双眉。

"再有……"周会仍没有将话打住的意思。

郑为民终于鼓足劲吐出了一个字："不……"

陈厚兰听郑为民要说话，忙问道："郑老，你要怎么？"

郑为民只是摇头，还是没有表达出来。

周会拉开了教训人的架式："伺候老人要不怕脏，不怕累，拉屎尿尿的不要怕有臭味，老爷子是离休干部，待遇高，是棵摇钱树，可不能让他身子有闪失……"

"郑老是革命功臣，我一定尽心尽力伺候好老人家。"陈厚兰说着，转身去泡了杯茶，端过来说："大姐请喝茶。"

周会放下架着的二郎腿，揭开杯盖闻了闻："你这是泡的铁观音？我不喝，我只喝毛尖。"

陈厚兰有些难为情："那……我另给大姐泡吧。不知大姐的口味，就随便给您泡了，对不起！"

周会似乎找到了教育陈厚兰的理由："你们山里人见识少，难怪待人缺礼貌，你该先问一问客人喜欢喝什么茶，然后再去泡。"

"以后我注意了。"陈厚兰说着，又另去给她泡茶。

"我不喜欢喝淡茶，淡茶无味。"周会说着，粗胖的双腿又架成二郎式，压在上面的那条腿还不时抖动一下。

陈厚兰将为她新泡的茶端了进来。

郑为民对周会居高临下的说话口气，实在听不下去，尤其是在他跟前，觉得有损于他一向谦虚做人的家风与形象，他实在忍无可忍了，着急得"哼哼"起来。但越是急，越是表达不出来，于是急得扭动屁股："……我……拉……拉……"

陈厚兰还没太明白郑为民的意思，而周会由于接触多一些，她倒是听懂了郑为民想大便，眼球一转，发出心声：看来他是要大便，老娘我不能陪着闻臭味。于是竖起了麻袋一样肥胖的身子，说："不知老爷子有啥事，你忙吧，我走了。"

陈厚兰不知她为何忽然要走，说："大姐，茶泡好了，你还没喝呢。"

"省给你喝吧。"周会再没打招呼，拽开房门，蠕动着麻袋身子走了。

陈厚兰终于意识到郑为民可能是要大便，说："大姐，我不送了！"便去拿来了便盆。

郑为民看周会走了，摆了摆手表示不大便，又指着周会走出门的后影，生气地说："走……走……"

陈厚兰明白了郑为民讨厌周会，也知道了郑为民不同于周会的为人，说："郑老，你别生气，我不计较的。"

郑为民依然愤愤，指着门口："坏……坏……"

十七 周会家中

周会在打电话："我去看你家保姆了，她说自己 55 岁，我看有 65 岁，是不是怕我们嫌她年老而不肯雇她，故意将自己年龄少说了 10 岁？当然，山里人不懂保养，也许是显得老相了点，这也不打紧，只要勤快就好。我问什么，她倒是都应着，只是人心隔肚皮，那品行一时半霎地看不透，既是从山里来的，保姆费该不会太高吧？"话机中传出周晓的回音："这事还没来得及商量。"

周会急了："那怎么行？以后她要是狠狠地向你要钱怎么办？山里穷，人也粗野，你不多给钱，她要是又哭又闹呢？这是关乎着钱的大事，你怎么这么傻？"

十八 医院楼梯门口

周晓在给周会回电话："工钱的事以后再说吧。我看陈嫂不像是不懂道理的人，又是黄书记介绍来的，让她守着那么多家务活，服侍着老人，咱也不能待人家太薄了。"

手机里传出周会的粗声："人善受人欺，马善被人骑！你这个人心地太善，我是怕你多花钱……再说，你不在家，一定得把家中值钱的小物件收藏好……还有，我问你，是不是多给她买饭菜的钱了？"

周晓："给了，不给钱，让陈嫂怎么去买饭菜呀？"

十九　周会家中

周会还在打电话："怪不得桌上有那么多高档水果，花你们的钱，她当然不心疼。今后你得控制一下，不能让她铺张。买那么多好吃的，老爷子能用多少？怕不如让她吃得多。"

电话中传来周晓的声音："大姐，你误会了，那些水果是陈嫂带来的。"

周会眉宇间打了个结："带来的？她那么大方？带着水果来当保姆？当保姆是为了挣钱的。只怕将来少不了要你家的钱，雇来的人，处处得防着点。"

二十　郑家客厅

陈厚兰在打电话："继承他爹，咱儿子回来了没有……噢，回来了就好。他在家待多长时间……两个多月？太好了！他爹，我跟你说，我这里一个人有时忙不过来，郑老身体胖大，我一个人给他擦洗翻身有困难，我想让继承过来帮帮忙……你同意了？好！那就早一天过来……他爹，还有件事，郑老肠胃不好，前些天拉稀，这两天又便秘，你采些山蘑菇、木耳什么的，让继承带来。"她放下电话，突然又想起什么，再次摸起电话给丈夫打了过去，"他爹，把咱们的沂山玉竹茶让儿子捎些来，给郑老用，玉竹茶清热消渴，很适合老年人的。"

二十一　公交车站

郑彩虹正要上车，周会像滚一样急急地赶过来拉住她："彩虹，我问问你，你家保姆干得怎么样？你妈没有时间多过问，有什么事你跟我说。"

郑彩虹："陈妈很勤快，给我爷爷收拾床铺，喂水喂饭，按时服药，揉腿捶背，照顾得很周到。只是我爷爷大小便不正常，让陈妈多受很多累。那天夜里拉稀了，陈妈给爷爷收拾尿布屎布，又为他擦身子。我爷爷身体胖大，陈妈一个人移不动他的身子，只得喊我起来帮了帮忙。"

周会眼睛睁大了："这怎么行？伺候好你爷爷是她做保姆的责任，她得全担起来。让你夜里起来帮忙，她这工钱还怎么算？再说，让你夜里睡不好，会影响学习的。"

"可是，陈妈一人确实有困难。"郑彩虹说。

"不行，我找她去。"周会接着向马路对面走去。

"姨妈，你不能……"

"你甭管！"路过的公交车挡住了周会从对面发出的声音。

二十二　郑家院中

周会进门发现一位陌生小伙子正在搓洗尿布，她先是一怔，问道："你是……"

小伙子忙站起来，笑着说："我是来帮着做保姆的，阿姨是……"

周会不搭理小伙子的问话，目光转向了晒在院中的山蘑菇、木耳、黄花菜。

小伙子说："阿姨屋里坐。"

周会带着满脸狐疑向室内走去。

二十三　郑为民卧室

陈厚兰正一勺一勺地喂郑为民吃饭。桌上放着炖蘑菇汤、炒黄花菜。郑为民在津津有味地嚼着，不时地点点头。

陈厚兰说："您老觉得好吃，就多吃点吧！多吃点蘑菇、木耳，便秘也许会好一些。"

周会进来了，望着桌上说："哟，生活不错呀！全是绿色食品。"

陈厚兰一边让周会坐，一边说："郑老这几天不拉稀了，又便秘，我想在饮食上给调剂调剂。"

"其实，老人也用不了太多的。"周会不阴不阳地说着，将圆滚滚的屁股蛋子颠坐进沙发里，两米之内产生了地震。

陈厚兰说："今天第一次用，总得多吃几天吧。"

周会又问道："院里那个洗尿布的，是新来的保姆？"

"是。我有时忙不过来，让他来帮帮忙。"陈厚兰说。

"是周晓让来的？我咋没听她说呢？"周会说。

"周妹子不知道，是我找来的。"陈厚兰说。

"周晓不知道？"周会瞪大了眼睛。

陈厚兰笑着说："周妹子这两天没回来，我还没来得及跟她说呢。"

"你……你怎么这样做事？她不知道怎么行？她是这家的主人！"周会说话的嗓门高了起来，意在警告陈厚兰，你不是这里的主人，没有资格随便找保姆。

陈厚兰说："大姐说得对！周晓妹子是这家的主人，我得听她吩咐。"

周会："听你说话，还是懂道理的，可周晓不在家，你敢擅自找保姆？"

陈厚兰："大姐，我有时确实忙不过来。"

周会："忙不过来得告诉周晓呀，你擅自找人来，这保姆费由谁付？"

陈厚兰侧身笑了笑："不用付费。"

"不付费？周晓不付费，你付？"周会的问话有些凌厉了。

"大姐，你甭担心，这事我说了算，他是我儿子肖继承，我说不付费就不付费。"陈厚兰一直微笑着，说得既认真又轻松。

"你儿子？"周会目光中还有怀疑。

"他在家中无事，这边又正忙不开，我让他过来帮帮忙。"陈厚兰说。

肖继承进来了，先去倒了杯水，捧给周会："阿姨请喝水！"

周会不理会肖继承的礼貌，冷冷地盯着他。

肖继承上身的 T 恤和下身的牛仔裤都是极普通的便宜货，周会心生鄙夷："小伙子，你正年轻力壮，找个地方打工比当保姆挣钱多。搞建筑干粗活总是不难找的。"她不等他们母子插话，又补了一句："当保姆挣不了多少钱的。"

陈厚兰说："大姐，我们不图挣钱。"

"不图挣钱？出来当保姆不为钱？你们可真是活雷锋，比雷锋还雷呢！"周会说着又扫了陈厚兰一眼，"当然，这事我说了不算，周晓同意就行，我走了。"她起身要走。

陈厚兰忙着喂郑为民吃饭，离不开身，说："继承，送送阿姨。"

二十四　郑家大门口

肖继承望着走去的周会："阿姨慢走。"

周会头也没回，站在路边向出租车招手，钻进了出租车。

二十五　郑为民卧室

陈厚兰已伺候郑为民吃罢了饭，她听到外边门响动，说了声："继承倒水让郑爷爷漱口。"

肖继承端进一杯水，递给母亲，自己又去床头摸过痰盂，让郑为民将漱口水吐进痰盂，然后又去倒痰盂。

陈厚兰说："郑老，你坐一坐，过一会儿再吃药。我去洗碗筷。"她出去了。

二十六　郑家厨房

陈厚兰正洗刷着碗筷，肖继承进来了，问道："娘，刚才你生气了吧？这位阿姨的态度冷冷的，好像是要赶我走。"

陈厚兰停止了洗刷，转向儿子："继承，忍一忍。她仅是郑家的亲戚，彩虹姑娘的姨妈，我们不是为她来的。"

肖继承："我本想利用回家的这点有限时间，帮爹干些活的……到这里来又不图啥……"

陈厚兰："快不要说了。我何尝不知道你爹一个人在家里很累，可是你郑爷爷对我们恩重如山啊！你爹那年病重，眼看不行了，又没钱住院，那时你奶奶还在，你郑爷爷去看你奶奶，知道了咱家的危难困境，是他拿钱又亲自联系医院给你爹治好了病。要不然，你爹恐怕早就没了，那年你才5岁。"

肖继承："娘，你都说过好多次了。咱是得好好报郑爷爷的恩，这事我懂。"

陈厚兰说："咱这样庄户人家，待有什么能力报答你郑爷爷？要不是他家遇上了特殊困难，咱是报恩无门啊！"

"娘，我懂！"肖继承说，"只是那位阿姨……"

"咱是为报你郑爷爷的恩而来的，不图这不图那，有人冷淡咱是不理解咱，咱不计较，咱就好好伺候你郑爷爷。"陈厚兰说。

"娘，我听你的。"

"好儿子，知道报恩才懂得做人。你去倒杯水，准备让郑爷爷吃药，我洗了碗就过去。"

二十七　医院走廊

周晓从病房出来，周会一把拉着她，用十万火急却又压低了的声音说："我告诉你……"她还没说话，那不愤的表情已在脸上和眼神中充分地调动起来了。

"大姐，有事？"周晓忙问。

"了不得了！了不得了！"周会有些气急败坏，"你不在家，那姓陈的女人反了天了，幸亏我及早过去发现了。她自作主张又找了他儿子来当保姆，买了那么多鲜蘑菇、木耳、黄花菜招待儿子。虽然也给老爷子吃了点，那不过是为了做做样子，名义上是为给老爷子调调肠胃，实际上老爷子能吃多点？这大贵的上等绿色食品大部分还不都是他们母子享用了？"她喘了口气，"买的也太多了！没吃完，晒在院子里，反正花郑家的钱，他们不心疼，晒干了，让她儿子带回老家去也未可知……我问了，她说她儿子来帮忙不要保姆费，我想那只是说说好听而已，也许怕我们不雇用她儿子，才故意这样先说好听的话……你想想，鬼才相信他们不图钱呢！"

听说家中又添了个男保姆，周晓也有些发愣。

"你若不信，我替你守护着妹夫，你回去看看。"

"陈嫂挺稳重，是黄书记给请来的，她……"周晓眉宇间打起了结。

周会："她太不像话了！我看把那孩子撵走，免得以后生出麻烦来！"

二十八　郑家

陈厚兰扶着侧卧着的郑为民，肖继承在为郑为民擦洗身子。娘儿俩正忙着，周晓推门进来，看到这情景，忙问道："这是为老人擦洗？"

陈厚兰说："周妹子回来了。"又说，"现在天气热，郑老体胖，出汗多，得多为他擦擦身子。"她又向儿子介绍说，"继承，这就是你周阿姨。"

肖继承抬头叫了声："周阿姨好！"

不等周晓发问，陈厚兰说："周妹子，你来了正好，这是我儿子继承，他这段时间在家没事，我让他过来帮帮忙，我一个人给郑老翻身擦洗有点难。有时我想出去买菜，让郑老一个人在家里，也不放心。我心里一急，就打电话把儿子叫来了，没事先跟你说一声，很对不起。"她又转向肖继承，"我把爷爷身子放平了，你再给他擦擦腿。"她放平了郑为民，又说，"周妹子这些天在医院陪护够辛苦了，我给你泡杯茶。"

周晓拦住她，说："陈嫂，你辛苦。"

"成国兄弟呢？这些天可好些？"

周晓点了点头："好些。"

陈厚兰说："这就好！你在那边尽心照顾。郑老这边，你放心，我一定照顾好。现在继承来了，我就更好办了。"

"谢谢陈嫂！"

肖继承一边给郑为民擦腿一边说："我娘老念叨成国叔叔的伤，又担心你很辛苦。阿姨放心，这边我和娘尽心照顾郑爷爷，阿姨还有什么事，尽管吩咐。"

周晓看他们做的，听他们说的，实在不知再说什么好。

"继承去洗菜、淘米，爷爷要吃米饭。我和你周姨再说句话。"陈厚兰说。

肖继承将郑为民的腿放好，对周晓说："阿姨，我去了。"

周晓望着很礼貌转身而去的肖继承，耳边响起了周会的话音："她太不像话了，我看把那孩子撵走，免得以后生出麻烦来。"周晓望着陈厚兰，也发出了心声："人家母子这么朴实诚恳，这怎好赶人家走……"她微微摇了摇头。

二十九　医院走廊

周会在教训周晓："你呀！你呀！真是无能！这有什么不好说的？这家是你的，一句话不就赶他走了。"她盯着周晓，看周晓十分为难的样子，"……实在不好说，变着法儿也能赶他走。"

周晓还是不说话。

周会急了："……嗨！你个书呆子，这么点事也办不了，还是得我去！"

周晓望着她的背影："姐……"想喊住她，周会已走了。

三十　郑家

周会又坐在客厅沙发上了。

陈厚兰向一侧喊："继承，给阿姨泡茶。阿姨喜欢喝毛尖！"

周会说："不用了……你儿子还在这里呀？"

陈厚兰点了点头。

周会又说："你儿子这样的壮小伙子，应该去打工挣钱。你虽然跟我说，你儿子来帮忙不要钱，这事我跟周晓说了，我们觉得那就更误了你儿子挣钱，实在是不合适。我看还是让你儿子回去吧，伺候老人这活儿，也不适合年轻人干。他走了，你一个人应该也能行。何必多耽误你儿子的时间呢？你若实在忙不过来，打电话给我。"

陈厚兰看了看周会："大姐的意思是一定要赶我儿子走？"

周会说："不是赶，是为你们着想，希望你儿子找到个能挣钱的好工作。"她看陈厚兰仍然没有说话，又说，"再一说，这边的房子，马上要有人来住。我女儿从外地回来探亲，我家住不下，她都是住在这边，今晚上就要来住。你儿子不走也没地方住了。"

陈厚兰："……噢……没地方住了。"

周会说："我看趁着天还早，让你儿子收拾一下，赶紧去车站坐车吧！"

陈厚兰半张着嘴巴，望着周会，半天没说出话来。

周会起身说："我要说的就是这些，我走了，去接女儿去，晚上送她过来睡觉。"她撂下这个话走了。

陈厚兰有点发呆。肖继承进来了，说："娘，周阿姨为什么非要赶我走呢？我们又不要待遇。"

"她也许不相信我说的话。"陈厚兰说，"……可是你走了，我怕对你郑爷爷照顾不周全……这怎么办呢？让你睡地板？"陈厚兰好为难。

"娘，我听周阿姨的口气，我纵是睡地板，她也未必同意。"肖继承说。

陈厚兰点了点头，默认儿子的说法。

母子沉默了一会儿，肖继承说："娘，我看这样吧，我在这附近找家小旅馆住下，白天过来帮你。夜里有什么事，你打电话，我很快就能赶过来。"

陈厚兰想了想："那就这样吧，你现在就去找旅馆去。"

三十一　周会家

周会在给周晓打电话："……我把她儿子赶走了！"

电话里传来周晓的声音："大姐，你说的话，可没让他们母子太难堪吧？"

周会笑了："……你以为你姐我就那么笨！放心，这回我说的可好听了……这些先不说了。昨天晚上，我让女儿装出刚从外地回来的样子，过去睡了一晚上，那山孩子是走了。今天女儿出来把门锁了，她儿子回来也进不去了。"

三十二 医院病房

周晓对渐有好转的丈夫说："大姐把陈嫂的儿子赶走了。"

郑成国说："对待人还是应记住老爸的话，要宽厚些。据我以往的观察，大姐待人总是有些刻薄……"他说着，眉头一蹙，伸手按住了太阳穴。

周晓问道："又头疼？不要说话了。"

三十三 郑家院中

郑彩虹拿着几件衣服从室内出来，将衣服放进洗衣盆，正要准备洗。

周会从大门口走了进来，一看这情景，问道："彩虹，你要洗衣服？不是有洗衣机吗？"

郑彩虹："几件小内衣，值不得开洗衣机，用手洗洗就行了。"

"那也不用你自己洗呀，保姆呢？"周会说。

陈厚兰提着垃圾从室内出来，说："彩虹姑娘，我说过了，你去复习功课，这衣服由我来洗。"

郑彩虹："陈妈很忙，这点事不用麻烦你。"

周会夺过郑彩虹手中的洗衣盆，说："做家务，洗衣服，都是保姆的分内事，你去复习功课去。"她将郑彩虹推进了书房，嘴里一边说着，"生在富贵家，却长着贱骨头！"

陈厚兰放下垃圾桶，去接洗衣盆，说："大姐，是我没做好……"

肖继承从大门口进来了，一看这情景，忙说："娘，要洗衣服吗？我来洗。"他去接洗衣盆。

郑彩虹从书房里出来了，夺过洗衣盆，说："这不能让你洗，都是俺女孩子穿的内衣内裤。"

肖继承愣住了。

陈厚兰："继承，你去给爷爷捶背揉腿，这衣服由我洗。"

周会拦住肖继承："你又回来了？"

肖继承苦笑了笑，说："阿姨，我没有走呢。"

"你没有走，住哪儿呢？"

"住旅馆。"

"住旅馆？你住旅馆？"周会紧紧盯着肖继承，又看了看陈厚兰，"出来打工还住旅馆？你们可真是骑着驴讨饭——有钱！"

肖继承："阿姨，我住的是小旅馆。"

"小旅馆也要花钱呢。"

"我住的是最便宜的房间，花钱不很多。"

周会冷笑着："你们有钱，有钱！"她又转向郑彩虹的书房，"外甥女，我走了，你可不能为家务耽误了功课。听说你外语不太好，找着补习老师了吗？"

书房里传出郑彩虹的声音："我妈说给我找呢！"

"你妈要给你找，可她这一段忙在医院里，哪儿有时间，你得自己多努力呀！"周会向着书房说。

"我知道了。"书房里传出郑彩虹的声音。

周会再次瞟了一眼陈厚兰，冷冷地："打工住旅馆！"

陈厚兰说："咱家里住不下，我就让继承住在外边了……"

室内传出郑为民的"哼哼"声。陈厚兰说："继承快去看看，爷爷叫呢。"

"唉！"肖继承进房去了。

周会看了一眼肖继承的背影，又转向陈厚兰："你是来当保姆的，家务活儿得全承担起来，不能让彩虹因家务而影响了学习。"

"大姐，你说的是。"

周会："那天我跟你说过，你儿子可以另找地方去打工挣钱，或回家干活，一定要赖在这里有什么好处呢？我就不明白。"

陈厚兰："继承也是怕我一个人忙不过来，照顾不好郑老。"

"娘，"肖继承在房门口出现了，"郑爷爷想到院子里透透气，乘乘凉，我把他抱在轮椅上，推出来吧？"

陈厚兰说："我帮你。"又转向周会，"大姐，我去看看。"向室内走去。

周会望着陈厚兰的背影，皱着眉，摇了摇头，转身出门去了。

三十四　医院病房楼下

周会望着从餐厅打饭出来的周晓说："你这是给妹夫买的饭？他还头疼不？"

周晓说："现在疼得不那么厉害了……我说不让你多跑了，你又来了。"

周会说："我又去你家了，还真发现了新情况。"

"咋了？"周晓问道。

"保姆那儿子没有走。"

"还在我家？"周晓问。

周会："他说住在旅馆，白天过来帮他母亲做保姆。"

周晓："住旅馆？那得花不少钱呢！"

"谁说不是呢！这娘儿俩又说不要工钱，又要去住旅馆，他们到底要干什么？我怀疑这孩子晚上就住在你们家，也许睡在地板上，不过……他何必非要赖在这里吃这个苦呢？"

"……"周晓也蹙紧了眉宇。

周会："你们家的贵重东西都藏好了没有？可不要出什么大事……社会上可是什么人都有。"

"……"周晓眨了眨眼睛，她也想不明白。

"你家这事，我也管不了了，你最好回去看看。"周会说，"不然，今晚让我闺女来值夜班，我陪你回家一趟？看看那孩子是不是住在你家。"

三十五　郑家院中

葡萄架上一串串葡萄垂了下来。

肖继承为坐在轮椅上的郑为民捶背。

郑彩虹坐在南侧念英语。

肖继承听到郑彩虹专心致志地读英语，便时或向她那边瞥一眼，有时不自觉地微微摇摇头。

郑彩虹依旧是埋头读着。

陈厚兰端着茶杯从室内出来，说："郑老，喝杯茶吧。"

肖继承停止了捶背，向郑彩虹走了过来，笑着说："你的刻苦学习精神很让人敬佩，不过，你的英语单词有的发音不太准，例如……应该读……"他很中肯地指出了几处。

郑彩虹望着他有些惊异。

肖继承仍然微笑着："供参考。"

郑彩虹说："大哥，你说的这几处，老师也曾为我指出过，只是我一直没有矫正好。我这发音缺点，你一听就知道，看来你学过英语，而且还学得很好。"

肖继承浅浅一笑。

郑彩虹有点新发现似的望着肖继承那不卑不亢的面容："大哥有这样好的外语基础，你该去考大学呀！你是没去考？还是别的学科不好？"

肖继承又是淡淡一笑。

陈厚兰让郑为民喝了几口茶，说："继承，爷爷好像有点累了，推他进屋躺下吧。"

"是。"肖继承应着，对郑彩虹说："我去了。"他推着郑为民向室内走去。

郑彩虹望着他的背影："大哥以后多教我。"

肖继承回首一笑，推着郑为民进房去了。

郑彩虹望着他的背影，满腹狐疑，发出心声："我读大学，英语还没有他学得好，他是怎么学的？为什么不去考大学，而出来打工呢？"她眉宇间聚起疑问。

三十六　郑家院中　晚上

周会和周晓轻轻一推，大门就开了。

周晓悄悄说："这大门怎么没关呢？"

周会要她别发声，两人蹑手蹑脚向院中走去。

室内亮着灯光，窗口映出陈厚兰的身影，也传出了她在打电话的声音，"继承，你赶紧过来，大门我给你敞着呢。"

周会悄悄说："你听，半夜三更的，把大门给儿子敞着干什么？幸亏我们今夜回来了不是？不然的话……"室内又传出陈厚兰打电话的声音："……继承，你快一点……"

周会说："你听，她急了……我们等着看个好戏吧！"

听到门外有脚步声，两人赶忙隐在了葡萄架下，瞪大了眼睛望着大门口处。

大门口进来一个高个子身影。周会与周晓的目光对视了一下，她们认识那身影就是肖继承。眼看着肖继承进室内去了，她们悄悄移身到了室外窗下，屏住了呼吸。

室内又传出陈厚兰的声音："继承，你来了好，赶快帮帮忙。"

"陈嫂要干什么？"周晓纳闷极了。

周会按住周晓的肩头，悄声说："耐住！捉贼捉赃，捉奸捉双！这时候不能进。"

客厅里没了声音。周晓说："好像进我爸室内去了。"周会又捏了妹妹一把，有些得意地小声说："他娘儿俩做梦也想不到咱们今夜回来了，这就是天意！"她想了想，"咱俩没有那山孩子力气大，你去找根木棍来，一旦用得着……"她做了个举棍子的动作。

三十七　郑为民卧室　灯下

郑为民便秘，排解不出，在床上痛苦地扭动着身子。肖继承说："娘，你不是说用食品好好调理吗？"

"用食品调理得慢慢来，才刚开始吃，能那么管用？"陈厚兰说。

"那怎么办呢？我看爷爷很痛苦呢。"肖继承很是着急，"打120，送爷爷去医院吧？"

"爷爷不同意，他觉得你成国叔叔在住院，自己又去住院，太分你周晓阿姨的心，还是先照顾好你成国叔叔要紧。"

肖继承："可是，爷爷拉不下来怎么办呢？"

陈厚兰说："抠吧！你抱住爷爷，我来抠！"

肖继承："用手？"

陈厚兰："用手！免得伤着爷爷。"她又转向郑为民，"郑老，我帮你！"

肖继承遵照母亲的安排，抱住郑为民的上体。陈厚兰移过便盆，将手指伸进郑为民的肛门，一点点掏勾粪便。

郑为民呻吟着。

陈厚兰说："郑老，您坚持一下，我会轻轻地抠。"

肖继承一边抱住郑为民，还伸出手去为郑为民擦脸上的汗。

三十八　窗外

周晓说："他们好像在帮我爸解大便呢。"

周会："他们真不嫌脏？又不是亲儿亲女的。"

周晓："咱既是回来了，就进去看看吧。"

三十九　郑为民卧室　灯下

陈厚兰在为郑为民抠大便，一边安慰说："郑老，抠出些来了，你别急。"

周晓和周会进来了，一看这情景，一切都明白了。周晓说："陈嫂，我爸……"

陈厚兰见周晓回来了，说："这两天郑老便秘，大便不出，肚腹胀满，用了点药也不管用。"

周晓很受感动，弯下身说："陈嫂，这叫你……我来吧！"她要接替陈厚兰。

陈厚兰说："还是我抠完吧，你就不要再插手了。"

周晓接过继承手中的毛巾，去为公爹擦拭额上的泪珠。

周会巧言说："我和妹妹怕你遇上这种情况，特地回来看看。"

陈厚兰："还是大姐想得周到。"

抠出几块干结的粪便后，郑为民脸上平静些了。

周晓目睹了这一幕，实在不知说什么好，向陈嫂的儿子点了点头，又转向陈厚兰："老人家肠胃不好，有时拉稀，有时便秘，过去就有这个病。"她忙去倒了水，让陈嫂洗手，又要去倒便盆。

肖继承已将郑为民平放到床上，抢过便盆说："阿姨，我去倒。"

周晓很受感动，扯过一块儿毛巾，让陈厚兰擦手："陈嫂，让你这样伺候老人，我真不知该怎么感谢！"

陈厚兰淡淡地说："这有什么，不少老人都有这个情况。这些天，我渐渐掌握了郑老的消化规律，药物固然要用，饮食上也要注意调理。我让儿子带来了山蘑菇、木耳和黄花菜什么的，这都是沂山的天然食品，对调理便秘有益处。这两天已开始用了，又让继承去买了香蕉，今天也吃了，逐步调理吧。"

郑为民肚腹好受了，他很感动陈厚兰用手指为他抠粪便，喃喃地说："太……谢……谢……不……不……好……意思！"

陈厚兰说："郑老，您说哪里话呢，这点事你不必挂在心上。便秘是许多老人都有的病，咱好好调理调理，就会好的。"

郑为民还是很感动，抖动着嘴唇："谢……谢……"

周晓忙去为陈厚兰泡茶，发出感动的心声："这样的举动，一般保姆是做不到的。看来，大姐的分析和认识，实在是冤屈这母子了。"她递上茶杯，说："陈嫂，你休息一下，喝杯茶。"

陈厚兰问道："成国兄弟可好些了？"

周晓又点了点头："好些了。"

四十　公交车上　翌日

周晓对一侧的周会说："看来肖继承还真是住在旅馆里。"

周会："我们不管，住旅馆是他自己找的，费用他自己出。"

"姐，人家可也是为了咱呀。"

周晓说："就算是为了咱，他真舍得花钱住旅馆吗？昨天晚上也许他在外边玩呢。我还是怀疑他睡你家地板，故意说出住旅馆的话来，将来向你多要些钱。我还是想找个晚上突然过去，再察看一下。"

四十一　郑为民卧室

肖继承在擦地板。

陈厚兰端着茶杯让郑为民喝茶，一边问道："郑老，这沂山玉竹茶能清热降火，你觉得还好喝不？"

郑为民咽下一口茶水，点了点头："啊……好……"

"沂山玉竹茶，许多老人喝了都说好呢。"陈厚兰又说。

郑为民又点了点头，紧望着陈厚兰，蹙眉沉思着，忽然指着陈厚兰似乎想起了什么，问道："你……你……是……"

陈厚兰："郑老，俺娘儿俩是保姆，来伺候您的，你有事就跟我和儿子说。"

郑为民还在思索："保……姆……你……你是……"他好像想起了什么。

四十二　周会家中

周会摸起话筒又给周晓打电话："我这几天因为孙儿发烧打针，没去你们家看看，不知你家保姆的儿子真住旅馆不？我总担心他骗我们，为了将来向我们多要钱……"

周会的丈夫夺过话筒，按在话机上："这事周晓自有安排，周晓不比你傻！你为什么总要替人家当这个家呢？"他很有些生气了。

周会把眼一瞪："怎么啦？我关心她是姐妹情谊啊！"

"你为什么总喜欢干预人家的事？"丈夫说。

"人家的事？是别人家哪怕是塌了天我也不管，这是我妹妹家，他们多花了钱，我替他们心疼！"

"你不要多给人家添乱子，好不好？"丈夫说。

"谁给他家添乱子了？我处处为他们着想。要不是咱孙子感冒在家待了这些天，我早就去他们家看看了。"周会想了想，"好吧，不去他们家，我去医院，也正好问问郑成国的情况。"

"拿你没办法！"丈夫说。

周会："我就不理解，你们男人整天下象棋，有什么用处？我为亲戚操点心，这是关怀呀！"

"好啦！快关怀去吧！"丈夫示意她快走，"我不跟你讲了，对牛弹琴！"

周会一边向外走，一边气昂昂地："在你的眼里，我不是猪就是牛，就你是人！"

四十三 医院病房

周晓扶郑成国坐起在床上，剥了根香蕉给他，说："大夫说你恢复得还是比较快的。你不要着急，还得按时服药，好好休息。"

郑彩虹进来了，很高兴地扑到郑成国床前："爸，你坐起来了？还头晕不？"

郑成国看女儿来了，很高兴："好多了，我想早点出院呢。"

"爸，何时出院得听医生的。"彩虹说。

周晓说："你爸又挂念单位的工作，又挂念你爷爷……"

"我爷爷很好，比前些天好多了，陈妈照顾得很细心。"郑彩虹说。

周会来了，她还没到床前，就有护士来测血压，说："病人需要安静，不要这么多人围着病床。"

周会要上前问候，周晓说："姐，成国好多了。咱们到外边说话吧。"她们三人先后向病房外走去。

四十四 郑为民卧室

陈厚兰和儿子正为侧卧着的郑为民擦身子。肖继承每擦一遍，陈厚兰就将毛巾接过来在脸盆里揉洗一次，然后再递给肖继承。

郑彩虹进门来了，很高兴地说："爷爷，陈妈，今天是星期天，我去医院看爸了，他身体好多了！"

侧着身的郑为民微微回了回头："啊……啊……"脸上露出了笑容，"好……"

"我爸挂心爷爷，我告诉他说，有陈妈和继承大哥照顾，爷爷的身体和精神也比过去好了许多，爸爸听了很高兴。"

郑为民："啊……"他还是笑着。

郑彩虹："我爸觉得让陈妈和继承大哥受累了！"

陈厚兰："俺娘儿俩伺候一人，还累什么。彩虹姑娘，你再去医院时，一定告诉他们放心家里，让你爸好好养病就是了。"

"谢谢陈妈！"郑彩虹说。

擦洗完了，郑为民挥了挥手。

陈厚兰说："你爷爷要睡觉，让我们到外边去。"

郑彩虹说："陈妈，咱们去客厅里坐吧。"

四十五 郑家客厅

郑彩虹、肖继承、陈厚兰相继落座。

郑彩虹说："陈妈，看你整天都忙，有时也看看电视休息休息呀！"又转向肖继承，"大哥，央视这几天一直在播青年歌手大奖赛，很多新歌手脱颖而出，节目很精彩，你打开看呀。"

肖继承笑了笑："郑爷爷睡了，我娘常在爷爷床头沙发上坐着，以备爷爷随时呼唤，我也怕有声音，影响爷爷休息，所以一直没有开电视。"

郑彩虹一边去打开电视，一边说："没关系的，把卧室门闭好，电视声响小一点，爷爷又有点聋，听不到的。"

陈厚兰说："你们看吧，我还是不放心！怕听不见老人家呼唤。"她起身回郑为民卧室去了。

电视上一名歌手正在放声唱着。

周会进来了。肖继承和郑彩虹忙起身迎接。

"姨妈！"

"阿姨！"

周会扫了一眼他们在看电视，说："你们好自在哟，看电视呀！不管爷爷了？"

"爷爷睡了，陈妈在屋里坐守。我和继承大哥看一眼青年歌手大赛。"

周会："这位小伙子是来当保姆的，你要是拉他看电视，误了正事，就是你的不对了。"

肖继承听明白周会是在警告他不应看电视，说："阿姨，我怕误事，这段时间从没开过电视。"

郑彩虹说："是我要继承大哥看电视的，不能光干活，也休息一下嘛。"

周会看外甥女护着肖继承，说："好了，好了！其实看一次半次的，别影响了工作就好！"

这时电视上的青年歌手已经唱完，主持人说下一步进行综合素质考试，提出的第一道考题是：第二次世界大战的转折点是什么？

青年歌手尚未回答，却从卧室里传来郑为民的哼哼声，又听到陈厚兰在问："郑老，我在这儿呢，你要怎么？"

肖继承起身说："郑爷爷醒了，我去看看有事不。"向卧室走去。

周会示意郑彩虹关了电视，二人也走向卧室。

四十六　郑为民卧室

陈厚兰帮郑为民正了下身子，垫了垫枕头，问道："郑老，这样好吗？"

郑为民眼也没睁，又挥了挥手。

陈厚兰与周会打了个招呼，说："我在这里，你们去客厅，继承给阿姨倒水喝。"

郑彩虹说："爷爷是要睡了，姨妈，我要去学习了。"

四十七　郑家客厅

周会的胖身子又挤进了沙发。

肖继承去为她倒了杯水，说："阿姨，你喝水。"他又转向郑为民卧室门口，向里边说，"娘，没有别的事，我就回旅馆了。我手机昼夜开着，有事打电话。"

周会怀疑肖继承这话是说给她听的，她想让肖继承懂得自己是个无知的农民，以后会更老实些，于是拦住了他："小伙子，刚才电视上主持人问第二次世界大战的转折点，你可知道？"

肖继承笑了笑："阿姨是想考考我？"

周会说："我是随便问问，这样的问题怕回答不出吧？"

肖继承听出周会看不起他，又微微笑了笑。

周会说："我知道你们在山里种地也用不着知道这些，这是大学问。"她坚信肖继承回答不出，"我告诉你，第二次世界大战的转折点是珍珠港事件，从那以后，战争就打得更大了，知道吗？"

肖继承难以认同周会的说法，笑了笑："阿姨，二战的转折点不是珍珠港事件，是斯大林格勒保卫战。"

周会瞪大了眼睛："什么？转折点是斯大林？"她感到太遗憾，"小伙子，太没学问了吧？斯大林是个人，他一个人能打什么保卫战？"

"阿姨，我是说斯大林格勒。"

"斯大林的胳背？他的胳背能有多大劲……小伙子，千万别不懂装懂，说出这样的话来，让人笑话！"

"阿姨，我说的是真的！"

"你小青年咋这么执犟呢？阿姨我还骗你吗？是想教你！"

肖继承苦笑不得地摇了摇头。

周会觉得他无知，愈是想让他难堪，又问道："小伙子，端午节吃过粽子没有？"

肖继承微微一笑："吃过。"

"你知道为什么要吃粽子吗？"

肖继承只笑没有回答。

周会很是认真："这样的问题城里人是连小孩都知道的。那是为了纪念一个叫什么园的。"

"周阿姨，是为了纪念屈原。"

"你知道？那个圆是很早很早以前的，已经几百年了，老人们都不记得的。"周会说。

"周阿姨，屈原至今两千多年了。"

周会听肖继承老是有自己的说法，感到生气了，带有训斥的口气说："你这孩子怎么这样不谦虚，你以为随便一说就是对的。"

陈厚兰从郑为民卧室出来，看周会有些生气的样子，说："继承，什么事惹阿姨生气了？"

"娘，阿姨说……"

周会抢着说："这孩子不谦虚，自己不懂装懂，还想教育我呢，真是的！"

郑彩虹从书房里出来了，说："姨妈，继承大哥说的是对的，你那说法不对！"

周会转向外甥女，蹙了蹙眉："怎么？你还向着他？你读大学也没读明白电视上说过珍珠港？那是了不起的大事，你没看到……不要以为你帮他说对就一定对……看来，真理有时还真在少数人手里！"

郑彩虹还想向她解释："姨妈！不是……"

周会："我说的你若不相信，等着问问你妈你爸。我走了！"她向外走去。

郑彩虹又喊了声姨妈，周会头也没回，嘴里却在说："你姨夫常对我说，君子不与牛生气，我也没闲工夫和你们争执！"出门去了。

郑彩虹追到门口："姨妈，你说什么呢？"

肖继承无奈地摇了摇头。

郑彩虹回过身来："继承大哥，你不要介意。我妈说过，姨妈就是这个样，只读了三年小学。以后是我爷爷介绍她进纺织厂当了炊事员，她总以为自己进了城，就什么也懂了，常常自以为是，我妈的话她也很难听进去。"

陈厚兰也说："不要跟阿姨计较，伺候好爷爷。"

肖继承点了点头。

郑彩虹说："陈妈真好！"

四十八　周会家中

周会气昂昂地对丈夫说："周晓说据她的观察，她家男保姆还有点素质。其实那山孩子有个屁素质！我今天有意突然去她家，发现那山孩子竟与外甥女一起坐在客厅里看电视……"

周会丈夫："在一起看看电视有什么不合适的？就算没有素质了？"

周会："那山孩子是保姆，外甥女是主人，两人能平起平坐吗？更何况彩虹还口口声声地叫他大哥呢！这样相处，太抬高了那山孩子的身份！"

周会丈夫："人家虽然是保姆，休息时坐一会儿看看电视也行嘛。现在这样年代了，不能再把保姆看成是下人。你这个60岁的人，思想比七八十岁的老人还落后，等级观念，把保姆当下人看，当贼防，这关系能处理好吗？"

周会不服气："为处理好关系，也不能把我外甥女搭上。"

"在一起看看电视，就把你外甥女搭上了？你也特神经了吧！"

"你个老东西，总是跟我唱反调！"

丈夫看了看："……好好好！你有理，你有理……我今辈子怎么就找了你这么个老婆！"

周会瞪眼了："后悔了？后悔了就离！"

"你呀！动辄就说离，你以为我怕你呀？我是怕搞得乌烟瘴气让人家笑话！"丈夫说。

"笑话？笑话也是笑话你，嫌我老了，看不中我了！"

丈夫生气地说："你不老！你正确！行了吧！"他出门去了。

"说这话，老娘我还爱听！"周会冲着丈夫走出的门口努嘴，"谅你也不敢跟我离！"

四十九　医院病房

周晓在接电话："……姐，成国恢复得很好，很快就出院了，这里没有别的事，你不要过来了。"

五十　公交车上

周会掩着嘴巴在打电话："既是妹夫快要出院了，我就听你的，不去医院看他了，我去菜市场买菜去。我估计你们出院后，那娘儿俩就该回去了，到时候，我去你们家，帮你们与他们娘儿俩算清账……"

五十一　医院病房

周晓在接电话："姐，你家里忙就不要再跑了。"

手机中传出周会的高声音："我一定得去！你们两口子那个怂包劲我还不知道，我怕你们吃亏！我得去替你们说话！再说，那姓陈的曾亲口对我说……"

周晓说："姐，你……"

"我一定去！"那边电话挂了。

病床上的郑成国看了看妻子，叹了口气："大姐挺热心，可也常给帮倒忙！"

"她就是这么个人！"周晓说。

五十二　公交车停车点

周会走下公交车，看见郑彩虹正在候车。她过去拉住了郑彩虹："外甥女，你要去学校？"

"姨妈，你这是要去……"

周会："我去给孙儿买药……我想问你件事。"

"姨妈，你说。"

"彩虹，你觉得保姆那娘儿俩怎么样？"

"对我爷爷服侍得很周到，以前我家找的保姆都不如陈妈和继承大哥对我爷爷好，他们对我爷爷像对待自家亲人一样，比我们想得还周到。"

"你一口一个大哥叫着他，论年龄可以这样称呼。但你可不要忘了，他是个山孩子，没有知识，和你这大学生不能相比。"周会说。

郑彩虹："姨妈，其实山里也有能人，有学识的人并不少，我看这位继承大哥就不是一般的山里人，说话做事谨慎谦虚，不俗气，带着知识味。"

"外甥女，他倒是很会说话，装得像是有学问，但是……"

"姨妈，真正有学识不是装出来的。"

"我断定他就没上几天学，真有学问，有本事，用不着出来打工。"周会说。

郑彩虹："至于他上了几天学，我不知道，但我觉得他虽然衣着简朴，来我家干粗活，他却不像是粗俗人。"

"不管怎么说，他是个打工仔，咱是主人，他无资格与咱平起平坐。你是金枝玉叶，不能与搬土块的坐一条凳。"周会说。

"姨妈，你说什么呢？人家给我爷爷服务，我回家也吃他们做的饭菜，总要礼貌相待吧。"郑彩虹说。

"姨妈是提醒你不要忘了咱和他们打工的不是一路人，不然的话，为什么还提城乡差别？就是不一样嘛。好了，车来了，你上车吧。"周会意犹未尽。

郑彩虹乘车去了。

周会望着开走的公交车，蹙紧眉宇，发出心声："这死妮子，莫不是看上山孩子了？"

五十三　郑为民卧室

陈厚兰服侍郑为民喝茶。

郑为民指着陈厚兰端着的茶杯："……啊……啊？"

陈厚兰明白他的意思："郑老，今天泡的还是沂山玉竹茶。"

郑为民高兴地点了点头。

陈厚兰："郑老，你这么喜欢玉竹茶，我太高兴了。我打电话让他爹多多采些，晒好捎过来。"

郑为民："……沂……山……宝山……啊！"

陈厚兰："郑老，要不是为保卫咱那宝山，你当年也不会受伤流血呀！"

肖继承进来了，手中提着买回的新鲜香蕉，说："娘，让爷爷现在吃一根吗？"

"稍等一等。"陈厚兰说，"继承，你还得去趟超市，刚才你周晓阿姨来电话说，你成国叔叔今天下午出院。"又转向郑为民，"郑老，成国兄弟要出院回来，咱们加几样菜庆贺庆贺吧？"

郑为民脸上溢出笑容，连连点头："啊……啊！"

陈厚兰要儿子再去买些新鲜蔬菜，又转向郑为民："郑老，稍过一会儿，咱再吃香蕉。成国兄弟他们好些天没有在家睡觉了，我去把他们的床上用品搬出去晒一晒。"

五十四　超市门口

肖继承手机响了，他忙接了起来："爹，我是继承……你挂心着郑爷爷和成国叔叔……爷爷近来很好！只是比以前健忘多了，他老人家早年去咱家看我奶奶时，我娘还年轻，郑爷爷对她印象不深，现在有时望着我娘，似乎想起了什么，但一直没有想起我奶奶和我娘是什么关系……这不影响我和娘好好照顾他，娘多次说，报他的恩啊……你问成国叔叔的伤，他今天就要出院了，你放心……爹，我听到你嗓音沙哑……怎么？在山上受雨淋感冒了……已吃药好些了……我和俺娘不在家，你一个人很累，儿子又没帮上你的忙，你一定好好保重！我和娘明天有可能要回去了，旅馆那边的住宿费我已经结账了，今夜的住宿费也交了，这边有什么事，我再告诉你……"

五十五　郑为民卧室

陈厚兰正为郑为民捶背。

周晓和郑成国进来了。

周晓抢先说："爸，成国出院了。"

郑成国趋步床前："爸！"

郑为民激动得手也动了起来："啊……好……好！"

郑成国赶忙握住父亲的手，坐在他的床侧："爸，你还好吧？"

郑为民："好……好……亏了……她……"他虽然说不太清楚，但在场的人都明白他的意思是说，多亏了陈厚兰母子的照顾。

陈厚兰说："这两天郑老的消化好多了。"

郑为民的面色和精神都很好，他又一次指着陈厚兰手中的茶杯："喝……"

陈厚兰又让他喝一口。

郑为民指着茶杯，对儿子说："……你……尝……"

郑成国没明白父亲的意思。

陈厚兰说："郑老的意思是让你也尝尝这沂山的玉竹茶。"

郑成国接过茶杯，闻了闻茶香："嗯，是不错！"

陈厚兰说："特别适合老年人饮用。"

周晓也闻了闻茶的味道："陈嫂，这样的茶在超市不好买，真让你费心了！"

陈厚兰说："听说你们今天回来，郑老心情特别好，一直坐着等你们。我和继承去做几样菜，包水饺庆贺，你们说说话。"她走到门口，又回过头来，"周妹子，再过半个小时，郑老就该服药了。"

郑成国说："陈嫂可真是个精细人。"

陈厚兰说："老人记性差了，就得靠咱们掌握。"她要出门。

周晓忙去拉住她："陈嫂，这顿饭我去做！"

郑为民望着陈厚兰，伸出了大拇指："啊……啊……"

周晓："爸，知道陈嫂母子伺候你很好，我和成国都很感激。"

郑为民连连点头。

周晓："陈嫂，你坐！我去做饭……"

这时，叮铃铃，从客厅传进电话铃声。

陈厚兰说："妹子去接电话。"

五十六　郑家客厅

周晓握着的话机中传出郑彩虹的声音："妈，我爸真的出院了？全好了？"

周晓："看你说的，不好还能出院……虹虹，今晚要做好吃的庆贺一下，你能回来吗？"

五十七　大学校园一花坛前

郑彩虹在打电话："妈，我这边还有事，吃饭就不要等我了，晚上我争取回去看看爸。妈，姨妈总觉得继承大哥是个衣着无华的穷打工仔，是个没出息的山孩子。最近我发现了个秘密，继承大哥的英语会话水平比我这个大学生要好得多，不仅口齿流利，而且发音准确。他的英语那么好，别的功课应该也不会差吧？我始终不明白，他怎么不考大学，而出来打工呢？我太为他遗憾了。"

手机中传出周晓的声音："或许是人各有志，或许是经济困难，误了他的大学梦。"

"妈，我觉得他就是个很好的英语辅导老师。"郑彩虹说。

周晓的声音："他挺朴实，也许自学了点。"

郑彩虹："至于他怎么学的，我不知道，只是看到他那么朴实，肯干，很令人同情他的命运。这些天来，陈妈和他照顾我爷爷可以说是无微不至。我爷爷不仅心情好，身体也好多了，现在能坐起来了嘛！人家这样好心肠，千金难买呀！妈，在工钱上千万别亏待了人家！"

手机中传出周晓的声音："妈知道。"

五十八　郑家厨房

陈厚兰忙着收拾菜肴。

肖继承一边包水饺，一边对母亲说："娘，刚才俺爹给我来电话了。"

"说什么了？"

"问了问郑爷爷和成国叔叔的情况。他说他没敢打电话给你，怕你担心家中有事，分你的心。其实，我从电话上听出爹嗓音沙哑，便问了问他。原来前几天在山上淋了雨感冒了，用了药好些了，他不让我告诉你……"

"你爹就是这么个人，自己能扛住的事，尽量一个人扛着，再累也不叫苦。继承，你成国叔叔出院了，我跟你周晓阿姨说一声，咱娘儿俩明天回去吧，旅馆那边……"

"我结账了，结到明天的。"肖继承说。

周晓进来了："陈嫂，我来忙。"她抢过了陈厚兰手中的炊具，又看到肖继承包水饺的熟练动作，夸奖说："继承什么都会干呀。"

陈厚兰笑了笑："穷人家孩子，这些活都学过。"

周晓："什么都做得来才好呢，艺不压身呀！"

陈厚兰接过肖继承手中的擀面棍儿："我来包，你去摆好餐桌，给爷爷摆把藤椅，坐着舒服。"

五十九　郑家餐厅

餐桌上摆满了菜肴。

肖继承帮郑成国搀扶郑为民坐在迎面的藤椅上。

周晓说："爸，今天是个喜日子，您喝一点葡萄酒吧？"

郑为民乐呵呵地："喝……"又示意儿媳为陈厚兰母子倒酒。

陈厚兰说："郑老，我不会喝酒的。"

郑为民一直微笑着："喝……喝……"

周晓说："陈嫂，喝点儿吧，我爸高兴呢，感谢你呢。"

郑为民又点了点头，赞成儿媳代他表达了心中想法。

郑成国让陈厚兰坐下："陈嫂，我们全家感谢你们母子!"

陈厚兰："这本来是祝贺你伤愈出院呢，怎么又成了感谢俺娘儿俩了？俺娘儿俩有啥值得感谢的。"

周晓说："陈嫂，幸亏你们母子照顾得好，我爸身体强壮了许多，我也能放心在医院里照顾成国，应该感谢你们，也为祝贺成国出院，来，咱们一起举杯吧!"

他们将酒杯举了起来。

肖继承叫了声："爷爷!"也帮他将酒杯举了起来。

六十　周会家中

周会与丈夫和 5 岁的小孙儿在吃晚饭。周会急急地吃完，放下碗筷，跟小孙儿说："你爸妈还没回来，你跟爷爷慢慢吃，我去你姨姥姥家一趟。"

周会丈夫："我的话你总是不听，又要去管人家的事!"

周会："成国妹夫今天下午出了院，我估计保姆那娘儿俩说不定很快就回去，一些账目今晚上就得算清楚，我得去……"

周会丈夫："人家不会算，得请你这个大数学家!"

周会："不是不会算，周晓两口子太要面子，说不出薄话，我得过去同那娘儿俩当面锣、对面鼓地说清楚。"她拍了拍孙儿的头，"孙儿听话，我回来晚了，你就跟爷爷先睡。"她走到门口，又回身说，"我怕回来晚了，就没公交车了，骑自行车去吧。"

丈夫白了她一眼："你太伟大了，离了你，地球肯定是不转了！"

小孙儿歪着头问："爷爷，什么球不转了？"

"地球！"

"我也要地球。"

"咱祖孙俩没有转地球的本事，你奶奶伟大！"

六十一　郑家餐厅

他们已用完餐，正在起身。

郑成国说："咱们去客厅用茶吧。"他搀扶起父亲，"爸今天真高兴。"

陈厚兰："你的伤好了，郑老能不高兴嘛。"

六十二　马路上

路灯照出周会躬身蹬着自行车急急前奔。

六十三　郑家客厅

陈厚兰上前帮郑成国扶郑为民坐下，说："郑老，先坐一会儿再上床吧。"

郑为民点点头。

肖继承将茶杯端了来，放在郑为民面前的茶几上。他回身一边向餐厅走去，一边喊："阿姨不用管，餐厅里由我来收拾。"

郑彩虹风风火火地进来了，急忙问道："爸，你好了？"又转身叫了声："爷爷！"

郑为民微笑着，让孙女坐在身边。

陈厚兰："彩虹姑娘吃过饭了？"

"陈妈，我吃过了。"郑彩虹说。

陈厚兰端起茶杯让郑为民喝了一口，然后拉着他的手说："郑老，成国兄弟出院了，周妹子也回来了，我和儿子明天就回去吧。"

这时，周会急急地闯进来了，她说话像打机关枪："妹夫出院，我想早过来看看，可是小孙子老缠着我，让人脱不开身，这不，晚上才有这点儿空闲。"

周晓说："姐，我说过，你就不要跑了嘛。"

周会："还是过来看看心里踏实。"又向陈厚兰母子看了一眼，没再说话。

周晓对陈厚兰说："陈嫂，何必急着回去呢？这俩月多来，让你好辛苦，现在我有时间了，我照顾着爸，你们休息两天。"周晓拉住了陈厚兰的手。

陈厚兰拍打着周晓的手："周妹子，你这心意我领了。只是我们家中也有不少家务事，这些天全靠继承他爹支撑着，管理着100多箱蜂呢，只要忙起来，他就顾不上好好做饭吃。我也是挂念着，我们回去吧。"

周会听明白陈厚兰母子决心要走，她闪了闪狡黠的目光，对郑成国和周晓说："我有件事要找你们俩。"又转向陈厚兰，"你们先陪一陪老爷子。"

陈厚兰说："大姐，有事你们去忙，这里你放心。"

六十四　郑成国的卧室

周会说："妹夫出了院，她娘儿俩自己提出要回去，这比我们赶她走要好得多。可是那保姆费只能给一个人的，她那儿子是自己找来的，曾对我说过不收费的，这话得让她兑现。"

周晓说："大姐，这保姆费当初就没定，你看得给多少？"

周会："城里人当保姆，每月少于2000元怕是没有人干，她们山里人，收入低，我看给个千儿八百的就行。"

周晓将目光转向丈夫。

郑成国微微摇了摇头，笑着说："大姐，这不太好吧？"

"有什么不好？"周会说。

"就给一个人的保姆费吗？"周晓问。

"对，就只给一个人的。她儿子是她找来的，儿子干活，她歇着；她干活，儿子歇着；两个人顶一个人嘛！只是我们白白多管一个人吃饭。"周会说。

周晓说："大姐，一个人伺候老人确实很累，我前些日子也是曾找保姆帮忙的，只给一个人的工钱……"

郑成国："大姐，咱不能歧视山里人，更不能那样刻薄。山里人很厚道，我接触过。山里人当保姆，甚至比城里人干得还好呢。他们朴实，能吃苦。"

周会说："你说山里人肯受累，也是实情，但她既是说过那个话，咱乘机不是可以省些钱吗？"

郑成国笑了笑："大姐，咱不能只为省钱而不做人呀！你看人家母子把我父亲照顾得多好！老人吃饭多了，精神也比过去好多了，这样好的服务有钱难买呀！"

周会听出郑成国的想法与自己不太一致，问道："你想怎么着？按城市保姆标准给工钱？"

郑成国："不能低于现行的城市保姆工资标准，母子二人都应该给！"

周会立时瞪圆了眼睛："哟！你们的钱花不了了？"

郑成国说得很认真："陈嫂说她儿子不收费，那是人家的高觉悟高姿态，我们就真的不给？我和周晓都是国家干部，这素质水平还能比人家低？这雇佣者和被雇佣者，应互相尊重，建立起朋友关系。"

周会又眨了眨眼皮，盯着郑成国，又转向周晓："朋友？什么朋友？人一走，茶就凉，过后谁认二大娘呀？现在多花钱就等于白白丢了。"

郑成国微微摇了摇头。

周会："觉得自己当干部，怕人家说你们太计较，是吧？你们不好说话，我替你们说。你们爱面子，唱红脸，我唱黑脸，丑话由我来说。她姓陈的当初说的话，由我证着呢，不怕她反悔！"她说着就要冲门而出。

郑成国拦住她："大姐，千万不能这样！在我们急需用人时，陈嫂马上就赶了过来，照顾着老人，担起了这一摊子家务。再说，一个人确实是忙不过来，陈嫂只得将儿子叫了来。她虽然说儿子在家无事，其实现在的农村人能没有事做？谁不知道挣钱养家！如今的农村里，一年四季没有闲人。大姐，咱对人家刻薄了，对不住人家。"

周晓也说："大姐，当初急需用人时，我曾说过，不会亏待了她们母子，今天我不能忘了呀。陈嫂母子带来了槐花蜜、玉竹茶和那么多沂山产的绿色食品，从没提过值多少钱。我看陈嫂不是那种肯计较的人，人家不计较，我们让人家受了累，反倒计较起来，这于情于理都说不通呀。"

周会瞪着眼睛，像不认识似的看了看郑成国，又看了看周晓，生气地说："我好心好意地想让你们省钱，情愿替你们唱丑角，你们不听，那就真是钱多得没处花了！"她气得把头扭向一边。

郑成国夫妇相视会意地摇了下头。

周会看郑成国和周晓都没说话，她更加生气了："你们有钱就去花吧，有钱到沂山顶上撒去，反正花的又不是我的钱！省下钱我也捞不着！"她气嘟嘟地把头扭向另一边，"真是的，我好心当了驴肝肺了，还害你们了！"

郑成国微笑着说："大姐别生气！我爸常说，用掉钱财，可以再挣；丢了人品，没法做人。这个道理，大姐一定比我们更明白。"

"甭给我上政治课，戴高帽！那些话都是虚的，是教育人时说的些漂亮话，实际上不顶吃不顶喝。人活在世上，有钱才是硬道理！古人说，有钱买的鬼推磨，现在还不是一样，钱能通天，什么也能办到，爹办不到的事情有钱就能办，钱比爹好使！权比娘好用！"周会教训起郑成国夫妇来了。

郑成国夫妇听了周会的话，无奈地相视淡淡一笑。他们的表情被周会发现了，她觉得自己是说服不了他们了，有几分讥讽地说："你们都念过大学，我看却念成书呆子了！好吧，你们既是铁了心要向一个山沟沟里的庄户娘们买好，愿意花多少钱就去花吧！你们的事，俺操的哪份子心！"她生气地拽开卧室门向外走去。

郑成国夫妇叫了声："大姐……"

周会头也没回，出门后顺手将门"砰"的一声没好气地带上了。

六十五　郑为民卧室

郑彩虹为爷爷捶背，肖继承为老人揉腿，陈厚兰服侍老人喝茶。郑彩虹一边捶着背，一边问肖继承："继承大哥，你的外语学得那么好，你是怎么学的呢？"

肖继承说："多读多练呗。当然，也要不断地纠正错误。只要努力，就会不断进步的。"

"继承大哥，我冒昧地问你一句，你怎么没考大学呢？"

肖继承还没回答，"砰"的一声门响，周会进来了，脸色铁青得像要打雷。陈厚兰忙说："大姐，你们有事先去忙就是了，这里有我和孩子们哩。"

周会向陈厚兰甩了下手，那意思好像是："别跟我说话，我现在心烦！"她将肥胖的屁股猛地颠落在沙发里，气得呼呼地喘粗气，发出心声："我就不走，倒要看看你们两口子给这个庄户娘们多少钱。"

郑彩虹和肖继承各自看了周会一眼，不知她为啥生大气，也不再同她说话。郑彩虹甚至还莫名其妙地回头做了个鬼脸，又转向肖继承："继承大哥，我觉得你上学一定是很努力的。"

肖继承："不是只有我努力，同学们都很努力呀，谁都想好好读书，挣个好前途呀。"

郑彩虹又要问什么，郑成国夫妇出来了。

周会懒得扫他们一眼，仰着脸子扭向一边对着墙。

陈厚兰将端给郑为民的水杯刚放下，周晓便将她按坐在周会左侧的沙发里，说："陈嫂，你坐坐，歇一歇。"

郑成国也去接替肖继承为老人按摩，说："你也歇一歇。"

周晓说："陈嫂，你挂念着家中，想赶紧回去看看，我也留不住。这已经两个多月了，肖大哥一个人在家里受累，你们在这里受辛苦，你和继承付出了那么多，这份情意我觉得没法儿感谢。"她说着掏出一个信袋，"陈嫂，这是一万块钱，你带回去，算是我们的一点谢意吧！"她将信袋往陈厚兰手中递。

坐在一侧的周会一听到这个万元大数，急得她身子往上蹿高了半尺，眼睛瞪得如灯泡，转向了陈厚兰，那目光恨不得将装钱的信袋勾了过去，发出心声："这两口子在向外扔钱呀！"

陈厚兰微笑的脸上，马上变得严肃了，她将信袋挡了回去，郑重地说："周妹子，成国兄弟，俺娘儿俩可不是冲着钱来的。"

周会又发出心声："看来，她还有比这更高的要求！"

陈厚兰说："咱们不是今天才认识呀。当年继承他爹没钱治病，是郑老帮助从死神手里拉回来的。郑老的大恩，俺永世难忘。今天你们有困难了，我和儿子过来帮点忙，这与郑老的恩情相比，算得了什么？周妹子，成国兄弟，这钱我坚决不收！"

周会睁大的眼睛变小了些，张着的嘴巴也闭上了一半。

郑成国一边给父亲揉腿，侧首说："我父亲一生帮助过许多人，那些事都过去了。就算是曾帮过你们，也是应该的。陈嫂，过去的事咱不提，这次你和孩子受累太多。"

周晓又将信袋往陈厚兰手里塞。

陈厚兰还是推了回去，说："周妹子，成国兄弟，与郑老对俺的大恩大德相比，俺做的这点事还值得一提吗？这些年来，俺一直觉得报恩无门，能有机会为郑老舀碗水喝，做顿饭吃，就算是俺娘儿俩尽一点孝心，也算是挺起脊梁做一回人吧。"

郑成国看陈厚兰还是不收，忙说："陈嫂，咱们是一码归一码，这点钱不多，你得收下，否则，我们也不好做人。"

陈厚兰更急了："周妹子，成国兄弟，你们硬逼我收钱，那就是看不起俺娘儿俩，看不起俺燕子崖人！"

郑为民一直在望着这一切。他听到了"燕子崖"三个字，终于联想到了一件事，指着陈厚兰："你……是……燕……王……嫂……的……"

陈厚兰看他焦急地发出疑问，忙起身去扶住他："郑老，你别急！俺家是沂山那边的燕子崖村，俺婆婆叫王爱华，她在世时，您老不论是在县里当领导，还是在市里当领导，年年都去看望她。"

郑为民的眼睛立时睁大了，目光也更亮了："燕……王……你……"他想起来了。

六十六　20 多年前的陈厚兰家

陈厚兰的婆婆坐在凳子上，陈厚兰正为婆婆梳好了头。

郑为民提着礼品进来了，进门就亲热地喊："王嫂，身体还好吧。"

陈厚兰忙说："娘，郑书记又来看你了。"

王爱华老人笑咧了口："你呀，年年都要来看我，你是大领导了，工作那么忙，不要多跑了啊。"

"王嫂，我来看看你，觉得放心啊，家里有困难就告诉我！"

陈厚兰端来了茶水："郑书记，你喝茶，沂山的玉竹茶。"

郑为民："不要叫书记，叫叔叔。"

陈厚兰忙改口："是，郑叔叔。"

郑为民："这就对了，咱是一家人，叫叔叔亲切。"

王爱华说："这是咱儿媳妇，叫陈厚兰，娘家是黄家峪。"

郑为民又看了看陈厚兰那极和善的面孔。

六十七　郑为民卧室

在郑为民面前，陈厚兰年轻的面孔变成了现在的面孔。郑为民真正想起来了，站在自己床前的，就是王爱华大嫂的儿媳。他激动了，指着陈厚兰母子："恩……恩人……的后人！"他又转向儿子："快……快……沏……茶！"他那意思是赶快沏茶招待贵客。一边说着，激动得眼窝里滚出了泪珠，嘴唇和手也在抖动。

郑成国从床那边转了过来，紧紧攥住了陈厚兰的手："原来你是王伯母的儿媳，咋不早说呢？王伯母是我爸当年的救命恩人，爸对家里人，对外边的人讲了多少遍。近些年的许多事他都健忘了，但早年惊心动魄的经历却记忆犹新。对王爱华伯母的名字，爸是没齿难忘的。"

周晓说："老人讲的次数多了，我们也熟了，都能把他那段故事完整地讲出来呢。"

郑彩虹也插话说："我也能讲出来。姨妈，你听我爷爷讲过吗？"

周会点了点头，态度终于缓和下来了。

六十八　抗日战争时期　燕子崖村头

年轻的王爱华正在转动辘轳向井中汲水。

一阵枪响，由远而近。一个穿便衣的小伙子，提着短枪，捂着左臂从响枪处跑了过来，看看无藏身之地，便直奔井前，说："大嫂救我，我是八路军！"这就是八路军的侦察员郑为民。

王爱华看郑为民的左衣袖已被鲜血浸透了，不由得脱口喊了一声："啊呀，你受伤了！"她接着解下自己的绑腿带为他包扎。日伪军的子弹"日鸣日鸣"地从村子上空穿过。王爱华知道情况紧急，赶忙将绑腿带在郑为民左臂绕了两圈，打了结，接着巡视周围想把郑为民藏起来。

周围空旷，虽有几片小树林和几个小柴垛，却是藏不住人的。王爱华好着急。

鬼子汉奸的恐吓声已从远处传来。情急之下，王爱华想到了跟前这个水井，说："先委屈你一下吧！这口水井两丈多深，俺男人下去淘井时说是下边有个洞坎。你站在我这水桶里，我把水桶放下井去，你先在洞坎里藏藏身。"

18岁的郑为民看了看王爱华那不容置疑的坚定神态，他抓住井绳，站进水桶。

王爱华说："你别怕，我慢慢地往下放。"她双手绞着缠在辘轳上的井绳，将水桶中的郑为民放了下去。

六十九　黑洞洞的井底

郑为民看到了旁侧的洞坎，便向上喊了声："大嫂，我看到洞坎了。"

井中传进王爱华的声音："躲进去，先待着！"

七十　井台上

王爱华四顾了一遍，看到井台上有血滴，她赶忙擦了，又用水冲洗了一遍，再去井台下捧了些沙土扬撒压迹。她听到有鬼子汉奸吼叫着过来了，便装作若无其事的样子，摇着辘轳从井中绞上一桶水来。

一群鬼子汉奸追过来了，用枪指着王爱华："你的，看见八路的有？"

王爱华看了看他们，装作不懂的样子："什么鹿？这山里没有鹿。"

鬼子呜哩哇啦地叫。汉奸翻译说："太君说了，不是鹿，是一个人，一个提着枪的人！"

王爱华："既是找人，又怎么说鹿呢？"

鬼子："不要耍刁，快说！"

王爱华："我确实没看见鹿，人倒是看见了一个，是个小伙子，提着枪，从村南边跑过来的。"

"去了哪儿？"鬼子又问道。

王爱华用手势比划着："绕过这村西，向村后跑去了。"

鬼子汉奸顺着她手指的方向，扫视了半圈，没有发现什么。鬼子又呜哩哇啦地吼叫，刺刀尖挑裂了她的前襟。翻译说："太君说了，不说实话，就捅死你！"

王爱华用手护着前胸："我一个庄户女人，纵有十条命也不敢欺骗太君啊。这里前后左右一眼就看个透，连个小狗小猫也没处藏，他不向村后跑，能躲到哪儿去？"

鬼子汉奸又扫视了一遍，井台周围确实很空旷。

有个汉奸走上井台，向井中探瞧。井筒中很昏暗，看不清什么。

王爱华忙说："老总以为他跳了井？"

汉奸听出这个女人在讥笑他进行毫无必要的搜索，他有些恼羞成怒，出手给了王爱华两个耳光，一边骂道："他妈的，你敢讥笑我！他没跳井，老子就不能瞧瞧这井有多深？"

王爱华捂着胸："呜呜！我跟你们说实话，你们还打我！呜呜……"

手握指挥刀的鬼子头头让士兵将几个小柴垛用刺刀捅了，看看别无藏身之处，哇啦了一声，鬼子汉奸奔村后去了。

"呜呜呜……"王爱华捂着胸还在哭。看鬼子汉奸都走了，她这才蹲下身子，用双手合成个喇叭状，对井内喊："八路同志！你在下边别着急，待敌人离开了村子，我再救你上来！免得他们再来找麻烦，我先回去了！"

七十一　井底

躲在洞坎的郑为民听到了王爱华的喊声，说："大嫂，我知道了!"那声音在井筒中嗡嗡回响。

七十二　井台上

王爱华已解下缠绕在辘轳上的绳索，用右臂腕挎着，担起水桶快步回村去了。

七十三　燕子崖村内

鬼子汉奸的叫骂声，砸门声，鸡飞狗叫声，乱成一团。鬼子汉奸在逐家逐户地搜查，将这个山村翻了个底朝天。

日军向长官报告没搜到八路。

汉奸向鬼子指挥官："报告太君，那边也没有八路!"

鬼子指挥官命令汉奸队长："这名八路受伤的有! 他进了村子，跑不了的! 你的领人蹲守，一定要抓到他!"

汉奸队长打了个立正："是! 太君!"

鬼子指挥官领着士兵们先走了。

汉奸队长命令士兵巡逻，又在村头放置了岗哨。

七十四　王爱华家屋内　夜

黑暗中，王爱华悄悄对男人肖大山说："我以为这些狗东西天黑就会全走了的，想不到汉奸兵住下来了，像狗一样在村里游荡，这可怎么办? 那同志还在井里呢。"

憨厚的肖大山说："汉奸盯得紧，村头上也有岗哨，怎么救他? 只能让他先坚持着，汉奸总会走的。"

王爱华着急说："那同志负了伤，得抓紧包扎治疗，在井下待久了不行。"

"那怎么办呢?"肖大山待王爱华拿主意。

两口子在黑暗的屋地上辗转。

王爱华终于想出了办法，说："我摸出村去，将汉奸引开，你去井上将那同志救上来，背他上后山藏到山洞里。"

肖大山想了想，说："行！只是你要小心，千万别让汉奸发现。"

王爱华说："这村子周围咱熟悉，他们抓不住我的。你做好准备，我先走了。"她出门去了。

七十五　燕子崖村中

汉奸燃着篝火，挂烤着捕抓来的鸡鸭，有的在抢吃，有的在喝酒骂娘。

王爱华躲进黑暗处，悄悄摸向一处草园子，从一处土墙的坍塌处摸了出去。

七十六　村南旷野里

王爱华摸着黑，越过一片洼地，攀上了一处高崖，故意放声大喊："是谁在我家地里？要偷我们的地瓜吗？"

村中没有响动。

王爱华又大喊："喂！你跑什么？把偷的东西放下！"

王爱华的喊声，引起了村里的狗向着南山崖狂叫起来。

七十七　燕子崖村头

汉奸岗哨向着南山喊起来："干什么的？"连着打了两枪。

七十八　王爱华家中

肖大山敞开荆条编织的寨门，将自己的黑狗放了出去。

七十九　燕子崖村中

肖家的黑狗听到了南崖上传来女主人的喊声，一边狂叫着，像箭一样直冲而去。

王爱华的喊声继续传向村中："你是不是八路？饿了就偷我家地瓜吃？你跑不了啦……老总快来呀，八路要跑了……"

村中的狗叫成一团。

汉奸队长慌了，披着衣裳从屋里出来了，一边骂着："极可能就是那个八路，快去追呀！集合！快！"

汉奸兵顾不上啃吃烧鸡，出村冲向南崖去了。

八十　村头井台上

肖大山提着那捆绳索，奔上井台，将绳索系在辘轳上，再系上水桶放下井去，对着井口说："同志，我是你大嫂的男人，要救你上来！"很快将郑为民吊了上来，说了句："汉奸没走，不能进村，我背你上后山。"他不容郑为民说什么，弯腰背起他就向后山奔去。

八十一　后山山洞

王爱华和丈夫为郑为民重新包扎伤口，一边说："同志，你放心，这个山洞敌人发现不了的。"

郑为民说："大哥，大嫂，谢谢你们！"

憨厚的肖大山说："不……不用谢！"

王爱华说："谢什么，你负了伤，还不是为咱中国人打鬼子……同志，你既是八路军沂山支队的，我能找到他们，把你的情况向首长汇报，免得他们着急。"

"谢谢大嫂！"郑为民很感动地望着他们。

八十二　郑为民现在的卧室

郑为民年轻的面孔幻化成现在的老态的面孔，嘴唇还在颤动着，指着陈厚兰："恩……恩人……的……后……人……"他犹如再次见到了王爱华一般的激动。

陈厚兰握住了郑为民的手："郑老，你是个重情重义的人。解放后，你每年都去看俺婆婆，把她感动得不得了，特别是那年冬天……"

八十三　20年前的陈厚兰家　室内外

病重的肖山林躺在床上，母亲王爱华和妻子陈厚兰正在给肖山林喂药。

5岁的肖继承稚气地站在一边。

肖山林说："娘，我这病怕是治不好了。有一天我要是走了，娘要保重！"

王爱华眼含着泪水："儿子，你还年轻，病能治好。我再去你姥姥家一趟，看你的几个舅舅能给借点钱不。筹到钱，咱去大医院。"

陈厚兰说："娘，我也回去找俺爹，让他把那几只羊卖了，也给凑点钱。"

肖山林有气无力地："只怕是连累亲戚，若是治不好，就落个人财两空。"

王爱华又是落泪。幼小的肖继承望着奶奶："奶奶，我爹怎么了？他怎么不起来领我上山呢？"

满头白发的王爱华抱起小孙儿，到了门外，泪水又流到了脸上，说："继承，你还小，不懂事。咱这个家，你爷爷没了，就靠你爹支撑，他要是……"她说不下去了，抹了把脸上的泪水。

"奶奶，为什么不给爹治病呢？"肖继承问道。

"治病要花钱，可是，咱没有钱。"王爱华说。

这时，郑为民进来了。

郑为民上前叫了声："王嫂。"

王爱华正被泪水模糊着眼睛，一时没认出他："你是……"

陈厚兰已闪现在屋门口，忙说："娘，是郑叔叔又来看你了。"

郑为民上前接过了肖继承，说："王嫂，我是郑为民啊。"

王爱华擦掉眼泪，看清了郑为民，说："是郑兄弟，屋里坐！屋里坐！"

郑为民一进屋就看到躺在床上的肖山林，忙问道："王嫂，山林这孩子是怎么了？"

王爱华："他得了一种病，老是发烧，吃不进饭，身体越来越瘦，这几天眼看起不来了……"

王爱华在向郑为民介绍肖山林病情的同时，陈厚兰为郑为民端来了一碗水，说："郑叔叔，你喝水。"

王爱华说："对不起，你大老远跑来，连壶茶也没有。刨的那点玉竹全卖了，为山林买了药了。"

郑为民说："王嫂，孩子有病咱就抓紧治呀！"

不等王爱华说话，幼小的肖继承快言快语："俺没有钱！"

郑为民知道幼童的稚语，道出的是实情，他扫了一眼屋内的凄清，又望了一眼王爱华脸上的泪痕，毅然说："王嫂，孩子治病的事交给我了！"

八十四　郑为民卧室

陈厚兰在继续说："要不是您老人家帮忙拉了一把，继承他爹恐怕早就病死了。"她轻轻拍着郑为民的手背，"郑老，您是俺家的大恩人，俺婆婆最是感恩不尽，她老人家临终时还再三嘱咐全家千万不要忘了您的救命之恩。"

郑为民听到这里，又着急了："不……不……王嫂……功……大……"

郑彩虹似乎听懂了爷爷的意思，问道："爷爷，你是不是说，你的功劳不如王奶奶救你的功劳大？"

郑为民向着孙女笑了，点了点头："啊……是……"

陈厚兰感动地哭了，边擦泪边说："郑老，您的恩情俺还不起，多少年来，只能是记在心里，俺惭愧呀！"

周晓说："陈嫂，这么一透说，咱就都知道了。你家山林大哥年年带那么多山货来看望老人，又是核桃、栗子，又是红枣、花生，还有晒好的黄花菜，霜柿饼……"

陈厚兰说："那都是自家产的，没有什么贵重值钱的东西，拿不出门的。"

周晓说："大嫂，那可都是好东西，都是你们的心意。只是山林大哥每次来，都是匆匆忙忙的，放下东西就走，从没在这里吃顿饭。让他带点东西回去给孩子们，他也不要，这使我爸常觉得不安。"

郑为民又频频点头。

陈厚兰说："俺男人老实，本来话语就少，自那次重病以后，说话比以前更少了，他心里有什么想法，常常是做出来了，但嘴上说不出来。越是有人处，说话越困难，在自己家里说话还稍顺溜一些。他每次看望郑老回去，都到娘的坟上去，让娘知道，没忘了她老人家的叮嘱。"

八十五　沂山山坡　王爱华坟前

肖山林肃立着，看看周围没人，开始向娘汇报："……娘……儿又去看……郑叔叔了，他……老人家身体还……还好，只是他总不提帮我住院治病的事……只说您当年救他……"

八十六　郑为民卧室

陈厚兰说："郑老，您别怪他，他当面不会说一句向您感谢的话，其实他肚子里装得满满的！"

郑成国笑着说："山林大哥是个实在人，厚道！"

郑为民情绪一直很好，微笑着注视每个人的面容，当他看到周晓手中装钱的信袋时，目光又转向陈厚兰，用手指着说："你……收……收……"

周晓说："陈嫂，提起过去的这些事，就知道咱们的友谊很深。可是，这些日子让你和孩子受了很多累，又从家里捎来那么多绿色食品，是都应该收费的，你不收，我爸着急了。"

郑为民点了点头。

郑成国也着急地说："陈嫂，你收下吧，这是我们的一点心意。"

郑为民："收……"

陈厚兰："郑老，俺没法儿报你的恩，有机会过来伺候你几天，太不值一提了，您千万别介意。"

"谢……谢……"郑为民脸上洋溢着灿烂的笑容，颤抖着抓住了陈厚兰的手，对他们母子充满了谢忱。他还是指着儿媳手中的钱袋，诚恳地说："收……收下……供……孩子们……上……上学……"

陈厚兰好感动，说："您老人家还是挂念着俺家里困难，挂念着孩子们念书上学，总是把我们挂在心上。郑老，这些年咱家不困难了。俺孩子他爹每年到这里来就该把家里这几年的情况告诉您，让您放心。可是他那个人嘴巴笨得就像块榆林疙瘩开不了缝，心里有话吐不出来。郑老，我跟你说，咱家里现在真的不困难了。孩他爹就在咱那沂山上放蜂，沂山大，花草多，仅那条槐谷就有十多里长，每逢槐花盛开，槐谷就像下了雪一样。到这个季节，许多外地的放蜂人也都跑到沂山来放蜂。咱家那上百箱蜜蜂都在忙，一个槐花季，咱就摇蜜几千斤，沂山槐花蜜质量好，不仅国内的销路旺，连日本人也来买，咱收入不少！"

郑老耐心听她讲："啊……好……"

陈厚兰接着说："咱家里孩子不多，就继承和他妹妹。自从沂山风景区开发旅游，每天几千人、上万人游沂山，女儿在山上当导游，为游客讲解，待遇不低。"她又指着一直为郑为民捶背的肖继承，"儿子今年读完博士了，一家大学聘他去教学，过些天就上班挣钱了。郑老你放心，今后咱家的日子会一步比一步更好！"

"啊……啊……"郑为民高兴得张口笑："好……好……"

郑彩虹听陈厚兰说话亲切实在，一直很感动。听说肖继承已经读完了博士要当教授了，立即上前拉住了肖继承的手："继承大哥，你已经是博士了，怪不得你的英语那么熟练！你天天在这里干粗活、脏活，让你受累，真看不出你还是个有大学问的人！"

肖继承不经意地淡淡一笑："我来就是和我娘伺候郑爷爷的，只怕是有许多没做好的地方，还请郑爷爷多原谅。"

郑彩虹不容别人插话："继承大哥，以前常听爷爷说打鬼子时，有位老奶奶曾救过他的命，我以为他是编故事呢，原来那就是你家奶奶呀！大哥，以后你可要常来我家玩。"

"以后，我会常来看郑爷爷的。"肖继承说。

他二人正说得高兴，陈厚兰说："继承，你去把我枕头下那个纸袋拿来。"

肖继承去了，郑彩虹又过去跟周会说："姨妈，继承大哥那么谦虚、朴实，难以看出他是个博士，进了大学很快就是教授了。"

周会："啊……啊……"不知说啥好。

郑成国说："越是有学问的人，越是不肯张扬。看得出，他的学问是扎扎实实学来的，彩虹得扎扎实实地向他学习。"

"是！"郑彩虹应道。

肖继承回来了，将一个纸袋交给陈厚兰。

陈厚兰将纸袋放在桌上说："周妹子，这是你当初让我买饭菜用的钱，没用得上，你收起来吧。"

周晓不解道："陈嫂，这些天买饭菜买水果……"

陈厚兰又笑了笑："周妹子，我带来的钱呢。俺娘儿俩在这里吃饭，还要花你们的钱，那像什么话。"

周会几乎要惊喊出口的话，变成了心声："她娘儿俩吃饭也自己掏钱？有这样的保姆？"她望着陈厚兰欲问又止，只觉羞愧难当。

周晓十分感动："陈嫂，你叫我们……"

陈厚兰落落大方："周妹子，你把钱收起来，这事就不要讲了。"

这时从院中传来问话声："这里是郑成国先生的家吗？"

周晓敞门。一位中年妇女和一位十七八岁的姑娘进来了。

周晓疑问道："你们是……"

中年妇女说："我们……"她一句话没说完，那姑娘就发现了肖继承，忙上来拉住了他的手，说："肖老师，我和俺娘就是来找你的。"

中年妇女也看到了肖继承，忙说："肖老师，你辅导我女儿学英语，老师说她进步很大，你却不收费。而住我们旅馆最差的房间，你还硬是交了住宿费。按理说，我们该给你辅导费。肖老师，我批评那收费人了，这钱还给你。听说你们又是特地来伺候郑老的，这钱我们更不能收。"说着把手中的纸袋递到肖继承手中。

肖继承说："你们开旅馆，该收费的。"

中年妇女说："不！欢迎你再来，我绝不收费！"

那姑娘说："肖老师，俺娘说得对，这钱你收起来，谢谢你这些天抽时间给我辅导，以后我到沂山那边去看你。"

中年妇女说："肖老师，我们回去了，欢迎你常来。"

肖继承连声说："谢谢！"

这母女走了。她们的举动令在场人都感动。陈厚兰说："不收住宿费怎么行呀？"

周晓说："陈嫂，你没听她说，继承不收辅导费，他们也决不收住宿费。看来，以后就建立友谊了，那姑娘不是还想到沂山去嘛。"

周会在一旁低着头，惭愧得无话可说。

陈厚兰又转向郑为民，"郑老，您老人家当年保卫咱沂山，那可是流了血的，沂山人至今不敢忘记你们老前辈。咱沂山过去穷，今天不一样了。现在的沂山是AAAAA级风景区，山上山下一片葱绿，三万多亩森林像铺天盖地的绿锦缎，把沂山遮了个严严实实，不然的话，也不会叫国家森林公园呀。至于那玉皇顶呀，歪头崮呀，狮子崮呀，百丈瀑布呀，神龙大峡谷呀……每天的游客多得就像赶集一样。"

郑为民听说沂山建设得好，由衷地笑了。

郑彩虹上前拉住爷爷的手："爷爷，等考完试，我也要去看看沂山，看看燕子崖，看看王奶奶救你的那个地方。"

郑为民很激动："去……去……王……奶奶……坟前……磕头！"说着，他的眼圈又湿润了，"替……爷爷……谢……她！"一激动，泪水又流了出来。

大家一时无语，郑为民对恩人发自内心的怀念，让全屋人为之动容。

郑成国摸过毛巾，一边为爸拭泪，一边说："我爸每忆起王伯母的救命之恩，其感情常常是不能自已，年龄越大越肯怀旧了。"

周晓对丈夫说："咱爸既是愿意，我看过些天我们一起去祭奠王伯母，向她老人家坟前献上鲜花，同时也看看咱爸当年战斗过的地方。"

郑为民很赞同儿媳此举，激动得说不出话来了，连连点头，伸出了拇指。

郑成国也许是担心父亲的身体，看了看父亲，没有说话。

陈厚兰对儿子说："继承，看你郑爷爷一家对你奶奶的感情！"她拉儿子一起站在郑为民床前，说："郑老，谢谢您一直想着他奶奶，她老人家在天有灵，一定是很感动的，俺娘儿俩替她老人家谢谢您！"母子一起向郑为民深深地鞠了个躬，肖继承在鞠躬的同时还说了句："祝郑爷爷健康长寿！"

"别……别……"郑为民太激动了，侧身伸手欲阻止他们。

陈厚兰怕他扭着身子，忙起身扶住了他。

周会为这眼前的一幕幕场景所感动，欲上前和陈厚兰搭话，又总觉无颜。郑彩虹过来说："姨妈，你看陈妈和继承大哥对我爷爷多关心，多尊重！这几十天里，他们可真是受了大累了，白白地服务不说，连饭钱也要自己掏，就这样走了，我心里很不好受！姨妈，请你也帮着说一说，让他们收下保姆费吧！"她说着，拽了拽姨妈的手。

周会看了看外甥女那恳切的神情，只得站起来上前勉强搭讪说："你们虽然有钱了，但那是你们的。现在我妹夫和妹妹既是把钱拿出来了，你们就收下吧，免得推来推去的。"

陈厚兰正色道："大姐应该还记得……"

八十七 （镜头闪回）郑为民卧室

周会在质问陈厚兰："……你擅自找人来，这保姆费谁付？"

陈厚兰侧身笑了笑："不用付费。"

"不付费？周晓不付费，你付？"周会的问话有些凌厉。

"大姐，你甭担心，这事我说了算，他是我儿子，我说不付费就不付费。"陈厚兰一直微笑着，说得既认真又轻松。

八十八 郑为民卧室

陈厚兰："……当初我对大姐你说过不收费的。俺山里人虽比不上城市人见识多，我和儿子却真的不是为钱来的，请大姐不要难为我们。"

周会被陈厚兰说得无地自容。低了头一边往周晓身后退，一边发出心声："当初我怎么把人家看得一钱不值呢……惭愧呀！"

陈厚兰又转向郑成国和周晓："成国兄弟，周妹子，咱们的友谊还长着呢。今后你们不管是用钱，还是用人，一个电话打过去，我马上就过来。"陈厚兰的话掷地有声，没有丝毫的客套和虚伪。

郑彩虹："继承大哥，我真的很想去看看你们沂山。"

肖继承："欢迎……"

陈厚兰说："欢迎你们都去，我全家陪你们去看看俺那山清水秀的沂山，俺山里虽没有海鲜招待，却有蘑菇、木耳、山鸡，还有许多野菜，都很有营养，是纯天然的。至于水果，有山楂、苹果、桃子、红枣……"

肖继承插话说："我们沂山人实在，好客。"

郑彩虹又拉了拉周会："姨妈，陈妈和继承大哥都这么热情，到时你也一块儿去吧。"

周会觉得没有脸面去沂山，一边往后躲闪，嘴里一边说着："我……我……"声音那么小。

陈厚兰已经看到了周会的窘迫样子，很大度地笑了笑，热情地说："你们都去吧，郑老也一块儿去。我让孩子他爹宰黑山羊招待你们，还有山鸡炖蘑菇。"

郑为民感动得连连点头："这……就是……好客……的……沂山……人！"他发出由衷的赞叹。

陈厚兰又说："郑老，我回家把房间收拾好，咱家新盖了两层楼的房子，又宽敞又明亮，你住在那里，保证心情好。再说，沂山的五谷和山泉水养人啊。郑老去吧，我伺候您。您老若是去了，不知道俺沂山人会多么地欢迎您哩。"

郑为民脸上显出兴奋："可……是……我这……腿……"

陈厚兰拍着他的手："郑老，不碍事的，山上的盘山道早就修好了，通达各处景点，坐在车上，就能巡游沂山。"

郑为民脸上笑容可掬，接着又严肃了："车……车……能……到……王嫂……的……坟……前吗?"

肖继承立时明白了郑为民的意思，说："娘，郑爷爷是想去祭奠俺奶奶。"

陈厚兰感动了，握住他的手："郑老，您还是没忘了俺婆婆她老人家……"

郑为民的唇有点颤："这……怎……能忘……"

在场人也都明白了郑为民想去沂山，最重要的还是想到王爱华墓前祭拜。大家又为他的不忘感恩而动容了。

郑彩虹眼中都含有泪水了，拉着父亲的手，说："爸，我看就让爷爷一起去，了却爷爷这桩心愿。"

郑成国认真地点了点头。

八十九　沂山盘山道上

周晓驾车行进在盘山道上。

车窗外青山碧碧，溪流淙淙，阳光灿烂。

坐在车上的郑为民紧盯着窗外，儿子郑成国和孙女郑彩虹不住地指点着窗外，向老人介绍着什么。

郑为民有时也向窗外指点，连连点头，脑海中又幻化出王爱华当年相救的情景，激动得热泪盈眶。在他的特写镜头上，映出歌词字幕：

> 惠风行，暖融融，
> 正是沂山杜鹃红。
> 情义未与年俱老，
> 战地重游热泪盈。

九十　沂山山坡

葱翠的柏树林中有一坟墓，墓前立着王爱华的墓碑。

郑为民由郑成国和肖继承搀扶着缓缓走向墓前。

一位极朴实的50多岁的庄稼汉子急急地赶到了郑为民的前边，向郑为民扑通跪下了，说："郑老……恩人……"

陈厚兰忙向前说："郑老，这是俺男人肖山林，是您当年救了他。"

郑为民："啊……啊……"

郑成国赶忙向前拉起肖山林："肖大哥，这些年你没少去看我父亲。"

肖山林接过肖继承的手，与郑成国分别从两侧驾扶着郑为民向前缓行。

郑成国说："爸，王伯母的墓地到了。"

陈厚兰趋步向前，扶着墓碑，动情地说："娘，郑老来看您了！"

郑为民昏花的老眼极力看墓碑上的字："啊……王嫂……"

周晓指着墓碑说："爸，这就是王伯母的墓，碑上刻着名字呢。"

郑为民很激动，手也抖了："啊……王嫂……为民来……来看你！"他深深一躬，竟扑通跪下了。

陈厚兰和肖山林几乎同时喊道："娘，郑老来看您了！"他们也双双跪下了。

肖继承很动情地流泪了："奶奶！郑爷爷来看您了！"他也跪在了地上。

郑成国、周晓、郑彩虹、周会及前来迎接郑为民的乡亲们都在郑为民身后跪下了。在此画面镜头上，映出歌词字幕：

天地明，松柏青，
恩人永远在心中。
九十老翁泪纵横，
人间最美是真情！

在郑为民泪眼蒙眬中，幻化出王爱华、陈厚兰的朴实善良的面容。

在此镜头上推出片题：沂蒙女人

剧　终

后 记

傅绍信

　　我喜欢电影。电影能够以画面镜头将生动的故事形象地展现给观众，比看书和讲故事更直观，受众面更广泛。也许因为如此，许多人喜欢看电影。

　　20世纪80年代以前，电影厂家少，电影片也不很多。由于盼电影心切，我便常找些电影文学剧本来读。那时登载电影文学剧本的刊物多是电影厂家办的，《电影文学》《电影新作》《银幕剧作》《电影作品》等都是我爱读的刊物，因为每一期都载有电影文学剧本。当时我在文化局工作，除了自己订阅外，也常去图书室借阅。有些特别感人的剧本甚至读好几遍，细心研究剧情内容、镜头和结构。以后，自己竟然也写起电影文学剧本来了。1982年底，《电影作品》发表了我的第一个电影文学剧本《春花》。《电影作品》是峨眉电影制片厂的刊物。《四川日报》于同时连载30期。这对我是个很大的鼓舞。县里领导很重视，要我去峨眉电影制片厂联系拍摄事宜。我是1983年春去峨眉厂的，见到了杜天文厂长。他说电影制片厂归中央文化部管理，每年的拍摄计划都要在前一年的年底报送文化部审批（包括经费）。因为《春花》发表在1982年底，那时1983年的计划已经上报文化部，所以《春花》未列入计划上报。又说1983年峨眉厂别无经费拍摄，只能待以后再说。这一来，《春花》的拍摄就搁置了。但这并没有影响我的创作信心，我想再写两个本子。可是不久，县委组织部调我去史志编委会办公室编修县志，离开了文化局。

　　县志是一县之百科全书，准备要修的这本县志的时间段限很长，上限1840年，下限1987年，要记载147年的县史，这是一个浩大的文字工程。我去史志办公室时，修志同仁们已经征集到1000多万字的卡片资料。我奉命充任主编，必须立即审定篇目，对全部资料进行梳理。这一来，三大厨资料摆在面前，哪还有心思考虑写电影文学剧本的事！只得一头扎进资料堆里，兢兢业业地审核论证资料的取舍或补充。欲从千万字中精选百万字最能代表县情的资料，谈何容易？继而又与同仁们一起撰写初稿，进行总纂，最后经县、市、省三级审批出版。这一干就是5年多，脑子里整天考虑的都是县情资料。县志出版后，有关领导觉得我修过县志，对县情了解得多，又要我帮助编辑和撰写文史资料，这又是数年。

修志写史虽占用了我很长时间，受益的是让我获得了许多创作素材，尤其是了解到了许多生动的抗日故事和革命英雄人物，那都是教育青少年的好教材。我到学校去宣讲爱国主义教育课时，讲过这些故事，学生们听得聚精会神，这又激发起我的创作欲望。为了形象地记载中国人民浴血抗战的历史，激发青少年的爱国之志，我根据那些故事开始写小说。2005年，抗日战争胜利六十周年之际，我的抗战题材的长篇章回小说《流血的土地》出版发行后，受到好评。这使我更有信心了，于是又一次开始创作电影文学剧本，不久写出了《樱花之落》。内容是写一个日本少女被侵华日军逼做慰安妇，惨遭迫害致死的故事。创作目的是想从另一侧面揭露侵华日军的兽性，鞭挞日本法西斯侵略者的惨无人道。因为手中资料较多，继而先后创作了长篇小说《燃烧的河山》和《不屈的沂蒙》等作品。在这段时间里，同时创作了《烽火八岐山》《黄秋虎起兵》《一门忠烈》《望断南飞雁》《沂蒙女人》等电影文学剧本。

这次将六个电影文学剧本结集出版，敬祈广大读者和方家提出宝贵意见，本人视为是诚挚的支持和帮助，预先感谢！

2021年4月